Karen Kingsbury

Zurück zu dir

Karen Kingsbury

Zurück zu dir

Deutsch von Dorothee Dziewas

BRUNNEN
Verlag GmbH · Giessen

Originaltitel: Shades of Blue

Originalausgabe bei The Zondervan Corporation L.L.C., 2009
Published by arrangement with The Zondervan Corporation L.L.C.,
a subsidiary of HarperCollins Christian Publishing, Inc.; Grand Rapids,
Michigan 49530.

FSC
www.fsc.org
MIX
Papier aus verantwortungsvollen Quellen
FSC® C014496

www.brunnen-verlag.de
Umschlaggestaltung: Daniela Sprenger
Umschlagmotiv: shutterstock
Satz und Druck: GGP Media GmbH, Pößneck
ISBN 978-3-7655-0938-4

I

Es fiel Brad Cutler für gewöhnlich nicht schwer, den richtigen Slogan zu finden, aber diesmal kam er nicht recht weiter. Sein jetziger Auftrag galt dem Internetauftritt von Kotton Kids, einem angesagten Label für Kinderkleidung, und war eine lukrative Kampagne mit einem Topprodukt, das ihm eigentlich keine Schwierigkeiten bereiten dürfte.

Er starrte aus dem Fenster und versuchte sich zu konzentrieren. Der atemberaubende Ausblick von seinem Büro im einundzwanzigsten Stock des Westmont-Gebäudes mitten in New York City war nicht gerade dazu angetan, sich heimelige Familienidylle vorzustellen, in der kuschelige Baumwollkleidung zum Einsatz kam. Aber das Chaos auf den Straßen von Manhattan war nicht das eigentliche Problem. Brad konnte überall arbeiten, und an diesem Tag hätte es ihm eigentlich besonders leichtfallen müssen, eine Kampagne zu entwerfen. Sein Büro war nicht mehr wiederzuerkennen vor lauter fließenden pastellfarbenen Stoffen, Spieluhrmusik zum Einschlafen und Kinderbildern in Plakatgröße – alles dazu gedacht, ihn aus dem hektischen Alltag der Stadt in eine andere Welt zu entführen.

Eine Welt voller Babys und voller Neuanfänge.

Brad wandte sich vom Fenster ab und stützte sich auf den Tisch aus massivem Walnussholz, der die gesamte Mitte des geräumigen Büros einnahm. Es spielte keine Rolle, dass er keine persönliche Erfahrung mit Babys hatte. Dieser Auftrag sollte ein Kinderspiel für ihn sein. Er glaubte an das Produkt – Kotton Kids stellte Kleidung und Bettwäsche der Luxusklasse aus biologischer Baumwolle für verwöhnte Säuglinge und Kleinkinder her. Brad wusste, worum es bei dem Auftrag ging.

Aber zwischen dem Wissen, was er zu tun hatte, und seiner Fähigkeit, unvergessliche Werbeslogans zu kreieren, stand eine virtuelle Mauer; eine schroffe Wand, die Brad nicht erklimmen konnte, so sehr er sich auch bemühte. Und das Schlimmste war, dass es für dieses Hindernis keinerlei logischen Grund gab. Außer vielleicht einem. Ihm wurde flau im Magen und er schloss die Augen. An diesem Tag hatte er den Tanz der Schatten längst vergangener Tage gesehen, hatte das Flüstern einer Erinnerung vernommen, die aus einem alten, beinahe vergessenen Ort in seiner Seele aufstieg.

Er starrte aus dem Fenster, und das Gefühl war wieder da. Der schwache Geruch nach Sommersand an einem Strand in North Carolina, die Blautöne, wo Himmel und Meer verschwammen, und sie an seiner Seite. Eine Erinnerung, an die er seit Jahren nicht zu denken gewagt hatte.

Du verlierst den Verstand, Cutler, ermahnte er sich selbst. Was soll das alles mit deiner Werbekampagne zu tun haben? Hilf mir, mich zu konzentrieren, Gott. Er fuhr sich mit den Fingern durchs blonde Haar und warf einen Blick auf die Uhr an der Wand. Beinahe Mittag. In wenigen Minuten würde sein Chef hereinkommen, um zu sehen, wie weit er war, und Brad hatte keine Ahnung, was er ihm sagen sollte. Randy James hatte ihm ein Projekt anvertraut, das das Unternehmen noch in diesem Jahr einen Riesenschritt voranbringen konnte – und eine rosige Zukunft verhieß.

Randy James. Sein Chef. Und in sechs Wochen auch sein Schwiegervater.

Er ging zum Ende des Tisches, wo verschiedene Baumwollprodukte zwei Stühle und den Tisch bedeckten. Die Stoffe waren in warmen, zarten Rosa- und Blautönen und Sandfarben gehalten. Er nahm eine kuschelige Decke in die Hand und fuhr mit dem Daumen über die Satinkante. Bis jetzt hatte er nur ein paar Werbeslogans zu Papier gebracht, und nichts davon begeisterte ihn wirklich. *Babys haben Besseres verdient* ... Die Worte gingen ihm wieder durch den Kopf und er änderte sie. *Ihr Baby hat etwas Besseres verdient.* Das war schon dichter dran, aber noch nicht der Volltreffer, den er suchte. *Weil Ihr Baby das Beste verdient …* Er ließ die Worte einige Sekunden lang im Vorzimmer seines Herzens nachhallen.

Egal, wie er sich entschied, am Mittwoch würde der Geschäftsführer von Kotton Kids zur Präsentation hier im Büro erscheinen. Wenn er den Kunden nicht überzeugte, könnte Brad den Auftrag verlieren. Er hob die Decke und fuhr sich damit über die Wange. Unglaublich weich, wie eine warme Brise auf der Haut. Das Produkt war fantastisch. Wenn er diesen Auftrag vermasselte, war es allein seine Schuld.

Aber die Mauer blieb.

Sein Blick wanderte über die Tischplatte zu den Babyfotos. Acht Säuglinge, alle noch kein Jahr alt und in unterschiedlichen Haltungen abgelichtet, die für Babys typisch waren – krabbelnd, auf dem Rücken liegend, die Füße in der Luft, auf dem Arm einer Mutter. Brad stellte sich vor, wie Laura, seine Verlobte, ein Baby in einer Decke wie dieser auf dem Arm halten würde. *Weil Liebe weich ist … die kuschelweiche Seite der Liebe …* Er versuchte, sich die Worte auf den Seiten einer Zeitschriftenanzeige vorzustellen, aber stattdessen blieb sein Blick an den Augen eines Babys auf den Fotos hängen. Ein blondes kleines Mädchen, das auf unsicheren Beinchen an einem Couchtisch stand. Die Kleine blickte über die Schulter zurück, und nach den Wiegenliedern und der Decke und seiner Gemütsverfassung in den letzten Stunden kamen ihre unschuldigen Augen ihm beinahe bekannt vor. Er wandte seine Aufmerksamkeit einem kleinen Jungen zu, der über einen hochflorigen Teppich krabbelte, den Kopf erhoben, den Schalk in den Augen. Wie es wohl wäre, wenn einmal ein Baby ihn so ansähe?

Es klopfte scharf an der Tür. Brad blickte von dem Bild des kleinen Jungen auf und ließ die Decke auf den Tisch fallen. „Ja?"

Randy James öffnete die Tür und streckte breit grinsend den Kopf herein. „Kommst du mit zum Mittagessen? Im Two Times Square?"

„Ähm ..." Brad wollte Nein sagen. Es war Montag und er brauchte jede Stunde hier zwischen Baumwollkleidung und Babyfotos und Wiegenliedern und damit jede potenzielle Gelegenheit, einen genialen Werbespruch zu Papier zu bringen. Aber Randy fragte nicht alle Tage, und das Two Times Square war eines der besten Restaurants im Theater District. Das wiederum bedeutete, dass sein Chef einen Grund für die Einladung hatte. Es gab nur eine mögliche Antwort. Brad lächelte. „Klar." Er drückte die Fernbedienung, und die Musik verstummte. „Gerne." Er ging um den Tisch herum, nahm sein Jackett und folgte seinem Schwiegervater in spe. Sie konnten bei Fisch und Salat über die Kampagne sprechen. Vielleicht würde der Tapetenwechsel ihn auf andere Gedanken bringen, sodass er den Kopf frei hätte, wenn er wieder ins Büro zurückkam.

Oder vielleicht würde ein gutes Gespräch die Mauer zum Einsturz bringen.

Das Two Times Square befand sich über der Lobby des Renaissance Hotels. Von außen war das Restaurant ganz verglast und wirkte ruhig und elegant, und man hatte von dort einen Blick über den Times Square, der ebenso umwerfend wie unwirklich war. Innen war es, als hinge man in einer stillen Luftblase über dem verrückten Treiben unten auf der Straße. Der Oberkellner kannte Randy. Er führte sie sofort an einen Tisch, ohne dass sie warten mussten, und Randy bestellte, was er immer bestellte – eine Flasche San Pellegrino und einen Krabbencocktail als Auftakt. Brad folgte seinem Beispiel mit dem Wasser, ließ aber die Vorspeise aus.

Randy wartete, bis sie beide volle Gläser hatten, bevor er einen ausgiebigen Schluck trank und die flache Hand auf die Tischplatte fallen ließ. „Noch sechs Wochen." Er lehnte sich zurück und strahlte Brad an. „In sechs Wochen hat die ganze Planerei ein Ende. Und Laura und du seid verheiratet."

„In sechs Wochen." Brad wurde es etwas leichter ums Herz.

„Ich kann kaum noch denken, so aufgeregt bin ich." Randy lachte leise. „Kannst du fassen, dass es schon so weit ist?"

„Es kommt mir vor, als hätten wir gerade erst unsere Verlobung bekannt gegeben." Brad sah durch die Glasscheibe hinunter auf den Verkehr. Vielleicht war es das. Die Hochzeit. Das Planen und die Aufregung, der Countdown und der Kontakt zu seiner Familie zu Hause in North Carolina. Vielleicht störte das den kreativen Prozess. Die Hochzeit ging ihm nicht aus dem Kopf. Er würde das Mädchen seiner Träume heiraten – in einer minutiös vorbereiteten Zeremonie unter freiem Himmel. Im Anschluss war ein aufwendiger Empfang im großen Ballsaal des Liberty House am anderen Flussufer, gegenüber von Lower Manhattan, geplant. Dann würden sie auf Grand Cayman ihre Flitterwochen verbringen, und danach würde Laura in seine New Yorker Wohnung einziehen. Alle seine Träume würden in den nächsten Monaten wahr werden. Schöner konnte das Leben gar nicht sein.

Nein, die Hochzeit war nicht das Problem. Seine Liebe zu Laura James hatte ihn noch nie abgelenkt und tat es selbst jetzt nicht, wo der große Tag zum Greifen nah war. Er hob den Blick über die Hochhäuser, vorbei an den riesigen Leuchtreklamen mit ihren Lichtern und blinkenden Botschaften, die selbst bei Tageslicht hervorstachen. Wenn er zwischen Beton und Stahl hindurchblinzelte, konnte er ein Stückchen New Yorker Himmel sehen. Nie so blau wie der über Holden Beach. Er blinzelte und ein Lachen, das ihm früher einmal sehr vertraut gewesen war, flirtete irgendwie entfernt mit seinen Sinnen. Ohne Vorwarnung überfiel ihn plötzlich ein Gefühl von Heimweh. Stärker, als in den letzten vier Jahren im Frühjahr.

„Brad?" Randy beugte sich ein wenig vor. In seinem Blick lag Besorgnis. „Du hast mir nicht geantwortet."

„Tut mir leid." Ein kurzes Lachen, und Brad richtete sich auf. Er trank einen großen Schluck Wasser. „Du hast mich dazu gebracht, von der Hochzeit zu träumen. Ende Juni." Noch ein Lachen. „Ich kann es kaum erwarten."

Randys Lächeln kehrte langsam zurück. „Ja." Er lehnte sich zurück und entspannte sich. „Es ist doch alles in Ordnung, oder? Du und Laura? Die Hochzeitspläne?"

„Alles bestens." Diesmal war es eine spontane und ehrliche Antwort. „Laura ist wundervoll. Ich bin der glücklichste Mann auf Erden."

„Ihr habt beide das große Los gezogen." Randy nahm die Speisekarte zur Hand und starrte eine Minute lang mit gerunzelter Stirn darauf. „Kürbissuppe. Merkwürdige Wahl für Mitte Mai."

Randy nahm das, was er immer aß – eine kleine Portion gegrillten Heilbutt mit gedünstetem Spinat. Brad nahm den kleinen Cäsar-Salat mit Hühnchen. Heute Abend würde er bei den James' essen, nachdem Laura und ihre Mutter von den letzten Hochzeitsvorbereitungen zurückgekehrt waren. Brad konnte es sich nicht erlauben, zu satt zu sein.

Erst als sie ihre Teller halb leer gegessen hatten, legte Randy seine Gabel fort. „Wie läuft es mit Kotton Kids?"

Brad nickte langsam, während seine Gedanken sich überschlugen. „Ein fantastisches Produkt."

„Auf jeden Fall. Hervorragend. Jetzt, wo alle auf Öko stehen, bei der Qualität der Materialien. Wenn wir die Werbekampagne richtig angehen, werden sie den Markt erobern."

„Das sehe ich auch so."

„Das muss ein Geniestreich werden." Randy tupfte sich die Mundwinkel mit der Leinenserviette ab. „Ich hab mir die Kollektion heute Morgen angesehen. Da freue ich mich noch mehr darauf, meinen ersten Enkel auf dem Arm zu halten. In einer Decke von Kotton Kids natürlich." Er lachte über seinen eigenen Witz.

Die Erwähnung eines Enkels war für Brad wie ein Schlag in die Magengrube. Er starrte einige Sekunden lang wortlos auf seinen Teller.

„Also“, sagte Randy und trommelte mit den Fingern auf der Tischplatte. Er wartete, bis Brad ihm wieder seine volle Aufmerksamkeit widmete. „Was hast du für Ideen?“

„Mehrere.“ Brads Herzschlag beschleunigte sich. Er trank noch einen Schluck Wasser. „Im Mittelpunkt der Kampagne wird die Weichheit des Materials stehen. Das Weiche rechtfertigt in diesem Fall die Kosten.“

„Das gefällt mir.“ Randy schien mit der Richtung einverstanden zu sein. „Am besten setzen wir uns morgen zusammen und gehen durch, was du hast. Bei der Sitzung am Mittwoch geht es um eine Vorbesprechung. Da brauchst du natürlich nicht mehr als einen grundlegenden Slogan und eine allgemeine Richtung für die Kampagne, damit die Leute von Kotton Kids zufrieden sind.“

„Genau.“

Sie aßen zu Ende und eine Limousine holte sie vor dem Renaissance Hotel ab, um sie ins Bankenviertel zurückzubringen. Zurück in seinem Büro, zog Brad sein Jackett aus, ging die vier Anrufe durch, die inzwischen eingegangen waren, und beantwortete sie. Den Anruf bei Laura hob er sich bis zum Schluss auf.

„Hallo.“ Er hörte seine Stimme weicher werden, sobald ihre Stimme am anderen Ende der Leitung erklang. „Wie war dein Vormittag?“

„Perfekt.“ Ihre Freude schlug ihm förmlich entgegen. „Wir haben die Tischdekoration im Liberty House ausgesucht. Es wird umwerfend, Brad. Wirklich. Und wir haben jede Menge Platz zum Tanzen.“ Sie hielt kaum lange genug inne, um Luft zu holen. „Und heute Nachmittag sehen wir uns noch einmal mein Kleid an. Ich wünschte, du könntest mitkommen.“

„Darf ich?“, neckte er sie. Er grinste.

„Natürlich nicht, du Schafskopf." Sie lachte. „Es ist nur ... es ist einfach so schön."

„Natürlich ist es das." Er konnte es kaum erwarten, sie nachher zu sehen. Wenn er sich vorstellte, wie sie in ihrem Hochzeitskleid aussehen würde, konnte er vielleicht seine Gedanken von dem weit entfernten Ort zurücklocken, an den sie offenbar immer wieder zu entschwinden beschlossen hatten. Es waren nur noch wenige Stunden, bis sie sich sahen, aber es dauerte ihm trotzdem zu lange. Er sehnte sich danach, sie in den Arm zu nehmen und ihre Hand in seiner zu spüren. „Ich kann es kaum erwarten, dich zu sehen."

„Geht mir auch so. Wir haben im Country Club mit dem Koch gesprochen. Er hat uns eine Liste zur Auswahl gegeben. Meeresfrüchte oder Steaks.

„Klingt gut." Er schloss die Augen und wünschte, die Stunden würden im Nu verstreichen, damit sie zusammen sein konnten. „Ich weiß schon, was ich haben will."

„Ja? Was denn?"

„Dich." Seine Stimme klang bedeutungsschwer. „Dich und immer wieder dich. Nur dich."

Er konnte beinahe hören, wie sie lächelte. „Hab ich dir eigentlich schon gesagt, wie sehr ich dich liebe, Mr Cutler?"

„Sag es mir ruhig noch mal." Er drehte sich mit seinem Bürosessel und beobachtete das geschäftige Treiben auf der Straße unter ihm.

„Ich liebe dich, seit wir uns zum ersten Mal begegnet sind, und ich habe meinem Vater schon tausend Mal dafür gedankt, dass er damals diesen Grillabend für seine Mitarbeiter veranstaltet hat." Ein Lächeln lag in ihrer Stimme. „Du hast über deinen Glauben gesprochen und darüber, dass er das Wichtigste in deinem Leben ist." Sie holte schnell Luft. „Ich weiß nicht. Wir sind den Weg hinuntergeschlendert, und die Sonne ging hinter den Bäumen am Ende des Gartens unter. Und irgendwie wusste ich, dass ich dich für den Rest meines Lebens lieben würde. Weil wir an dieselben Dinge glauben, du und ich."

Da war sie wieder, diese Nervosität. Brad schluckte mühsam und gab sich Mühe, sich nichts anmerken zu lassen. „Ich glaube, ich wusste es sogar noch früher."

„Wirklich?"

„Von Anbeginn der Zeit." Er konzentrierte sich auf das Bild von ihr, das er im Kopf hatte. „Erzähl mir von heute."

Sie redeten noch ein paar Minuten über die Hochzeit. Laura versprach, ihm später die Einzelheiten darüber zu erzählen, was sie und ihre Mutter an diesem Tag organisiert hatten. „Geh wieder an die Arbeit. Ach, hab ich dir eigentlich erzählt, dass mein Dad dich für genial hält?"

„Oh", lachte er. „Dann mache ich mich wohl wirklich besser an die Arbeit."

„Und ich kümmere mich besser um mein Kleid."

Sie legten auf und Brad griff nach der Fernbedienung. Sanfte Musik füllte den Raum erneut. Er würde es schaffen. In den nächsten zwei Stunden würde ihm ein Werbeslogan für Kotton Kids einfallen. Und damit würde er sich selbst beweisen, dass er wieder Oberwasser hatte. Zu den Klängen der Musik erhob er sich und schlenderte zurück zu den Bildern und den Produkten. Er fuhr mit der Hand über einen kuschelig aussehenden Strampler. Ein Babypyjama in Hellblau. Weicher als Luft.

Hmmm. Weicher als Luft? Er ließ die Worte auf sich wirken. *Weil Liebe weicher sein sollte als Luft.* Nein, es musste kürzer sein. *Liebe ist weicher als Luft.* Er blickte auf das Foto von dem kleinen Mädchen, das sich am Couchtisch festhielt. Das mit den vertraut wirkenden Augen. *Weil Babyliebe weicher ist als Luft.*

Diese Augen. Er wandte den Blick ab und die Worte blieben ihm im Hals stecken. Was hatte dieses Gesicht nur an sich? Er konnte das Mädchen unmöglich kennen. Er trat etwas näher, und einen Herzschlag später wusste er es. Es hatte nichts mit der

Hochzeit zu tun oder mit dem Druck, der mit einem wichtigen Kundenauftrag verbunden war. Es waren die Babys. Und etwas anderes fiel ihm ein. Es war Mitte Mai, also gab es vielleicht einen anderen Grund, warum seine Gedanken immer nach Holden Beach zurückwanderten.

Er zog sein Telefon aus der Tasche, um das Datum zu überprüfen, und da war es. Der 15. Mai. Er hätte eher darauf kommen sollen. Er starrte das Telefon an und ließ sich dann mit geschlossenen Augen gegen die Wand seines Büros sinken. In einem Anfall von Emotionalität und Schmerz vergaß er alle Bilder auf dem Tisch. Heute war der 15. Mai. Und plötzlich gab es keine Werbekampagne mehr, kein Essen später am Abend, nichts außer der einen, unbestreitbaren Wahrheit, die von allen Seiten auf ihn einstürmte. Diese Wahrheit:

Heute wäre sie neun Jahre alt geworden.

2

Das fröhliche Geplapper von dreiundzwanzig Erstklässlern klang durch die Nachmittagsluft von North Carolina und mischte sich mit der Brise, die durch die offenen Fenster hereindrang und alle daran erinnerte, dass es bald Sommer war. Sehr bald.

Emma Landon sah ihre Schüler an und hob die Hand. „Schhh, wir erinnern uns: Es wird leise gearbeitet, in Ordnung?"

Die Kinder antworteten im Chor: „Ja, Miss." Sie hatten ein Arbeitsblatt vor sich, auf dem sie die fehlenden Buchstaben in einfachen Wörtern wie *Hut* oder *gut* einsetzen mussten. Alle außer Francesca Gianapoulos. Francesca war lange vor den anderen fertig gewesen und malte jetzt brav ein Pferdebild aus.

Emma ging zu Francescas Tisch. Die Jefferson-Grundschule ging in wenigen Wochen in die Ferien, und Emma fiel es immer schwer, sich von ihren Schützlingen zu verabschieden. Aber Francesca würde sie am meisten vermissen. Der dunkelhaarige kleine Engel mit der Strubbelfrisur und den großen braunen Augen war ein Sinnbild für das Leben. Ein Energiebündel, das weder auf dem Pausenhof noch im Klassenzimmer jemals aufgab.

„Dein Bild ist hübsch", sagte Emma und kauerte sich neben dem süßen Mädchen hin. „Es gefällt mir, dass du so viele Farben verwendest."

„Wissen Sie, warum?" Francesca grinste zahnlos und ihre Augen funkelten.

„Warum?"

„Weil Gott uns so viele Farben gegeben hat, Miss. Darum."

Gott. Emma bemühte sich, sich von dieser Bemerkung nicht die Laune verderben zu lassen. Stattdessen legte sie ihre Hand auf die von Francesca, sorgfältig bedacht, nicht zu viel Druck auszuüben. „Ich finde, du bist eine richtige Künstlerin, Francesca."

Wieder lächelte das Mädchen mit tanzenden Augen. „Wenn ich Zeit habe. Ich klettere nämlich auch gerne auf Bäume und jage Jungs."

„Aha." Emma bemühte sich, ernst zu bleiben. „Da könntest du Mühe haben, genug Zeit für die Kunst zu finden."

„Stimmt. Weil man dabei so lange sitzen muss."

„Das ist wahr." Emma richtete sich auf und tätschelte sachte Francescas Schulter. Das Mädchen hatte überall an den Armen und sogar auf den Handrücken blaue Flecke. Der kleinste Druck tat ihr weh. Und deshalb konnte Emma Francescas hartnäckigen Glauben, dass Gott hinter allem Guten steckte, nicht nachvollziehen. Gott hatte zugelassen, dass dieses wundervolle Mädchen mit einer unheilbaren Blutkrankheit geboren wurde, die für Francesca eine ständige Gefahr darstellte. Einmal die Woche musste sie zum Onkologen und eine Behandlung über sich ergehen lassen, nach der sie erschöpft und krank war. Trotzdem ließ Francesca sich von keinem blauen Fleck ihre grenzenlose Hoffnung rauben.

Francesca hob noch einmal den Blick. „Miss?"

„Was ist denn, Liebes?" Emma beugte sich hinunter, um jedes Wort verstehen zu können.

„Sie sind ein bisschen traurig."

Emmas Magen sank ihr in die Kniekehlen. Sie zwang sich zu lächeln und versuchte, sich nichts anmerken zu lassen. Nichts an diesem Tag war ungewöhnlich gewesen. Die Abfolge der Ereignisse und Aufgaben, ihr Tonfall und ihr Aussehen – das alles war ganz normal. Darauf hatte Emma geachtet. Der Tag war fast vorüber, und niemand hatte bis jetzt eine Bemerkung gemacht, dass Emma sich anders verhalten hätte. Sie schluckte. „Nein, Liebes." Sie berührte noch einmal Francescas Schulter mit den Fingern. „Ich unterrichte heute. Und ich freue mich immer, wenn ich hier bei euch bin."

Francesca blinzelte ein wenig. „Ja, aber ich glaube, Ihr Herz ist doch ein bisschen traurig." Sie zuckte mit den Schultern. „Aber das ist in Ordnung. Ich hab nämlich schon für Sie gebetet. Dass Gott Sie wieder fröhlich macht."

Das Mädchen war so natürlich wie die Bergkette der Appalachen in der Ferne. Und auch wenn Emma es bestritt, so war es doch eine Tatsache: Francesca hatte recht. Emma war traurig gewesen, seit sie an diesem Morgen aufgewacht war. Traurig und überzeugt davon, dass sie hundert Jahre alt werden konnte und an diesem Tag Mitte Mai immer traurig sein würde. Und Gott? Wenn es einen Gott gab, würde er ihr ganz bestimmt nicht aus der Patsche helfen, indem er ihr die Traurigkeit nahm. Niemals. Emma drängte diese Gedanken in ihr wundes Herz zurück. All das konnte sie diesem wundervollen Kind schließlich nicht sagen. Sie merkte, dass ihr Lächeln echter wurde und das Erschrecken über die Äußerung des Mädchens abebbte. „Du hast wirklich für mich gebetet?"

Francesca kicherte. „Natürlich, Miss. Ich bete die ganze Zeit für Sie."

Emma lernte immer etwas, wenn sie mit Francesca zusammen war, und dieser Tag war in dieser Hinsicht keine Ausnahme. „Danke, Liebes. Ich bin froh, dass du für mich betest."

„Gern geschehen." Francesca schien mit sich zufrieden zu sein und wandte ihre Aufmerksamkeit wieder dem Pferdebild und einem grünen Buntstift zu, der neben ihrem Papierblatt lag. Sie nahm ihn in die Hand und fing an, Gras zu malen.

Emma betrachtete das Mädchen noch einen Moment. Dann ging sie weiter und sah nach anderen Kindern, als sie eine Bewegung in der Nähe der Tür wahrnahm. Sie ging darauf zu und schaute in das Gesicht von Gavin Greeley, dem Basketballtrainer der Mittelschule von Wilson, die etwa drei Kilometer weiter in Richtung Meer lag. *Warum gibt er nicht auf?*, fragte sie sich. *Er kennt mich nicht. Wenn er es täte, würde er es nicht einmal versuchen.*

Als sie die Tür erreichte, wandte sie sich zu ihrer Klasse um. „Ihr habt schön gearbeitet, Kinder, und das macht ihr jetzt auch bitte weiter. Noch fünf Minuten, dann sind wir fertig." Sie wappnete sich. Als sie ihre Fassung wiedergewonnen hatte, öffnete sie die Tür und trat auf den Gang hinaus.

Gavin hatte die Hände in die Taschen seiner Jeans geschoben. „Hi."

„Hi." Es klang beinahe wie eine Frage, als sie es sagte. Gegen ihren Willen spürte sie, wie ihre Augen ein wenig leuchteten. „Bist du nicht in der falschen Schule?"

„Früher Schluss. Lehrerkonferenz bis drei." Er grinste und hob leicht die Schultern. „Unsere Gruppe ist schon fertig."

„Und da bist du hergekommen?" Sie lehnte sich an den Türrahmen.

„Ich musste ein paar Formulare für das Zeltlager vorbeibringen. Und da dachte ich mir, es ist ein schöner Freitagnachmittag. Und dass du vielleicht Lust auf ein Abendessen am Strand hast."

Einen kurzen Moment lang stellte Emma sich vor, wie sie mit Gavin zusammen aß, ihm gegenübersaß, über ihre Schüler plauderte und über Gavins Humor lachen musste, den er stets bewies. Der Gedanke verblasste, bevor er noch ganz Gestalt angenommen hatte.

„Ich kann nicht." Sie warf über die Schulter einen Blick auf ihre Schüler. Sie kamen gut ohne sie klar. Krampfhaft suchte sie nach einer Ausrede, damit er ihre Absage nicht persönlich nahm. „Ich muss heute lange bleiben. Und dann muss ich noch zum Joggen an den Strand. Im November mache ich doch beim Halbmarathon mit."

„Da könnten wir schon eine Lösung finden." Wenn ihre Antwort ihn kränkte, ließ er es sich nicht anmerken. „Ich könnte zum Beispiel neben dir herlaufen und dich mit Weintrauben und gegrilltem Hähnchen füttern. Mit ein bisschen Senf, damit du nicht alles trocken runterwürgen musst."

Emma betrachtete ihn, diesen groß gewachsenen, jungenhaften Mann mit dem hoffnungsvollen Blick. Vor Jahren hatte Gavin in der Baseballmannschaft der Universität von Georgia gespielt, bevor er nach North Carolina zurückgekehrt war, um Geschichte zu unterrichten und die Kinder der Mittelstufe zu trainieren. Er war zweiunddreißig und hatte den straffen, muskulösen Körper eines Wassersportlers, dazu hellbraune Haare, einen sonnengebräunten Teint und grüne Augen, in denen sie sich leicht verlieren könnte.

Aber das würde sie nicht zulassen. Jetzt nicht. Und auch in Zukunft nicht.

Ein Seufzer hing auf ihren Lippen und ihr Lächeln fühlte sich so müde an wie ihre mühsam aufrecht erhaltene Fassade. „Wirklich, Gavin, ich kann nicht. Nicht heute."

„Hatte ich erwähnt", sagte er mit einem übertrieben nachdenklichen Gesicht, „dass ich bei demselben Wettkampf mitlaufe?"

„Ach was!" Sie sah ihn mit einem sarkastischen Lächeln an.

„Wirklich. Derselbe Lauf. Outer Banks Marathon."

„Und das bedeutet ..."

Er legte den Kopf schief, was seinen Charme verdoppelte. „Und das bedeutet, dass wir zusammen joggen könnten, weil ich ja auch trainieren muss. Wir könnten uns gegenseitig anspornen. Vielleicht ein paarmal die Woche am Strand laufen, damit wir fit sind."

Sie stellte sich vor, wie sie neben Gavin Greeley herlief, zum Strand hinunter und an dem kleinen weißen Kreuz vorbei, das von dem hohen Gras auf den Sandhügeln oben am Ufer fast ganz verdeckt wurde. Dem Kreuz, das sie selbst dort aufgestellt hatte. Ein Schauer lief ihr über den Rücken, aber sie ließ sich nichts anmerken. Stattdessen lachte sie und schüttelte den Kopf. „Du bist doch schon gut."

„Ich könnte noch besser sein, wenn ich mehr trainiere."

„Ich meinte nicht das Laufen." Sie schüttelte immer noch den Kopf und musste einfach lachen. Seine Hartnäckigkeit hatte manchmal diese Wirkung auf sie. „Du bist wirklich gut."

Er tat so, als wüsste er nicht, was sie meinte. „Nein, ehrlich. Ich bin kein Joggingprofi wie du." Er verlagerte sein Gewicht auf das andere Bein, und ein Sonnenstrahl fiel in seine Augen und ließ sie noch intensiver leuchten als schon zuvor. „Ich sag dir was: Wenn du mich anspornst, könnte ich *richtig* gut sein." Er zog die Augenbrauen hoch und wartete auf eine Reaktion.

„Gavin." Es war die Stimme, die sie auch bei ihren Schülern einsetzte.

„Okay." Er zog das Wort in die Länge und nickte langsam. „Ein anderes Mal, meine ich. Dann könntest du mich anspornen."

Ein Anfall von Bedauern nagte an Emmas Herz, aber er ging schnell vorüber. Sie kniff die Augen zusammen. „Jetzt mal im Ernst ... du läufst den Marathon nicht wirklich, oder?"

„Willst du es genau wissen?" Sein Lachen machte deutlich, dass die Neckerei vorbei war und er es ernst meinte. „Ich trainiere seit März. Aber ich bin kein richtiger Langstreckenläufer, also mache ich den Halbmarathon." Er grinste wieder. „Vielleicht sehen wir uns ja am Strand."

Nicht heute ... bitte nicht heute. Sie blickte wieder zu ihren Schülern hinüber und machte dann einen Schritt in Richtung Klassenzimmer. „Vielleicht." Sie zögerte kurz und schenkte ihm ein ehrliches Lächeln. „Ich weiß das Angebot zu schätzen. Ehrlich."

„Ist gut." Er zuckte noch einmal mit den Schultern und trat einen Schritt zurück. „Bis die Tage."

Emma zog sich ins sichere Klassenzimmer zurück und hob eine Hand zum Abschied. „Bis bald", formte sie lautlos die Worte mit den Lippen.

Und dann war er fort. Emma schloss die Tür hinter ihm. Sie wandte sich zu ihrer Klasse um und ihr Blick begegnete dem von Francesca. Das kleine Mädchen lächelte sie traurig an, beinahe so, als verstände sie den Kampf in Emmas Herzen. Als wären die

Gebete, die das Kind für sie gen Himmel geschickt hatte, nur der Anfang ihrer Fürsorge und ihres Wissens.

Wieder ging Emma langsam zu Francescas Tisch. „Also gut, Kinder, wenn ihr fertig seid, bringt ihr eure Arbeiten zu dem roten Ordner auf meinem Tisch und setzt euch wieder."

Die meisten Schüler schoben ihre Stühle zurück und hüpften oder gingen mit ihren Zetteln nach vorne. Francesca blieb sitzen, die Augen noch immer auf Emma geheftet. Was hat sie nur an sich? Und wie kommt es, dass sie mich ansieht, als könnte sie durch meine Seele hindurchblicken? Emma versuchte, selbstsicher und ruhig zu wirken, so wie es sich für eine Lehrerin gehörte. Vor Francescas Tisch blieb sie stehen. „Alles in Ordnung, Liebes?"

„Ja, Miss." Ihre Miene erhellte sich ein wenig. „Ich habe Sie nur beobachtet, das ist alles."

Emma strich über das prachtvolle dunkle Haar des Mädchens. „Mir geht es gut."

Francesca legte den Kopf schief und sah sie prüfend an, wie nur ein Kind es konnte. „Gut." Sie streckte die Hand aus und hielt Emmas Finger fest. „Sie sind die besteste Lehrerin auf der ganzen Welt." Ihre Augen leuchteten. „Wissen Sie auch, warum?"

„Warum?"

„Weil Sie nett sind und weil Sie aussehen wie eine Prinzessin." Francesca drückte Emmas Hand ein bisschen und ließ sie dann los. Mühsam erhob sie sich. Ihre Arme hatten mehr blaue Flecken als sonst. „Ich bringe meinen Zettel jetzt nach vorne."

Emma sah, dass Francesca mit den ersten Schritten Mühe hatte. Das Kind litt unter chronischen Schmerzen. Aber nach drei Schritten ging sie schneller und sah aus wie jedes andere Kind. Francesca ließ sich von Schmerzen nicht bremsen; seit Emma sie kannte, hatte sie das noch nie erlebt. Sie war der Beweis dafür, dass das Leben auch schön sein konnte, wenn es nicht vollkommen war.

Der Lärm in ihrer Klasse war wieder angeschwollen, die Schüler redeten laut und neckten einander, plauderten über das Wochenende und darüber, wer in der Pause die Spiele gewonnen hatte. Emma ließ sie gewähren. Sie ging zu ihrem Tisch und schichtete die Arbeitsblätter in der roten Mappe ordentlich auf. Während die letzten Minuten des Schultages verstrichen, starrte sie aus dem Fenster.

Es war ein Tag gewesen wie der heutige. Kälter natürlich. Vielleicht auch weniger schwül, aber genauso klar. Der Tag, der alles hätte verändern können. Die Erinnerungen überfielen sie, aber sie drängte sie zurück. Daran konnte sie später denken. Unten am Strand.

Die Glocke ertönte und die Kinder stellten sich brav an der Tür auf. Emma verabschiedete sich von jedem einzelnen Kind und setzte sich dann wieder an ihren Tisch. Zwei Stunden später, als alle Arbeiten korrigiert und abgeheftet waren und ihr Klassenraum so ordentlich war, wie es so kurz vor Beginn der Ferien ging, machte sie sich auf den Heimweg.

Emma hatte das Verdeck ihres alten VW-Cabrios heruntergeklappt. Die salzige Sommerluft linderte ihren Kummer ein wenig, während sie in Richtung Südosten zur Holden Beach Bridge fuhr. Aber ihre Einsamkeit währte nur kurz. Ihre Umgebung mochte noch so heiter sein, aber an ihr nagten die Fragen, stachen sie, spielten mit ihr, verhöhnten sie. *Was wäre, wenn sie nie … Was, wenn sie damals nicht … Wie wäre es wohl heute, wenn …*

Sie hielt gerade an einer Ampel, als ihr etwas auffiel. Sie drehte sich um und einige Sekunden lang stockte ihr der Atem. Der Fremde neben ihr saß in einem Dodge Pick-up, und in diesem Augenblick sah er aus wie … also, er glich *ihm*. Wie ein Gesicht aus der Vergangenheit, das sie nie ganz vergessen konnte. So wie er jetzt mit achtundzwanzig aussehen könnte. Die gleichen blonden Haare und das kantige Gesicht, dasselbe Profil.

Du bist verrückt, schalt sie sich. *Du hast zu viel Fantasie und siehst Gespenster aus einer längst vergangenen Zeit.* Sie kniff die Augen zusammen, um die Erinnerung zu vertreiben, und richtete den Blick wieder auf die Straße. Sie würde den Abend niemals überstehen, wenn es ihr nicht gelang, im Hier und Jetzt zu bleiben. Ihre Seele schmerzte von all den Gedanken und sie lehnte den Kopf an die Kopfstütze. Dass sie aber auch ausgerechnet an diesem Tag jemanden sehen musste, der ihm so ähnlich sah. Tief in ihrem Herzen formte sich ein Seufzer und entschlüpfte dann ihren Lippen.

Sie erreichte den Scheitelpunkt der Brücke und blickte auf den tiefblauen Atlantik hinaus. Zu bestimmten Jahreszeiten konnte man von der Insel Holden Beach aus an bestimmten Stellen des Strandes sowohl den Sonnenaufgang als auch den Sonnenuntergang sehen. Sie bog rechts ab in den Ocean Boulevard und genoss die Sonne auf ihrem Gesicht. Ihr dunkles Haar flatterte gegen ihre große Sonnenbrille.

Wenige Hundert Wohnwagen umrahmten den Strand; die meisten davon breit und geräumig, gruppenweise ein Stück vom Meer entfernt angeordnet, Eigenheime mit Meerblick. Direkt am Wasser gab es eine Handvoll millionenschwerer Häuser. Emma dachte jedes Mal, wenn sie nach Hause fuhr, was für ein Glück sie doch hatte, ein Haus in der Dolphin Street zu haben, nur einen Häuserblock vom Strand entfernt.

Sie hatte noch immer die Stimme ihrer Großmutter im Ohr, als sie sie eine Woche vor ihrem Tod angerufen hatte. „Ich war nicht für dich da, als ich es hätte sein sollen“, hatte sie mit zittrigen und undeutlichen Worten gesagt. „Es wird Zeit, dass ich das wiedergutmache.“

Das Strandhaus war ihre Form der Wiedergutmachung gewesen.

Emma fuhr in ihre Auffahrt und betrachtete ihr Zuhause. Es stand auf Stelzen, war weiß und grau gestrichen und hatte auf der

Wetterseite eine Holzverkleidung, die von der Seeluft verwittert war – die meisten Häuser auf der Insel hatten diesen ausgeblichenen Look. Zur Veranda vor dem Haus führen auf beiden Seiten ein paar Stufen empor, die wie schräg stehende Stelzen hervorragten. Emma klappte das Verdeck ihres Wagens zu und schloss die Tür ab. Auf den ersten Blick glich ihr Haus einem überdimensionalen Krebs, der auf einem mit Gras bewachsenen Stück Sand saß – ihrem Vorgarten – und dessen Beine in unterschiedlichen Winkeln abstanden. Das Haus war in den späten Sechzigerjahren erbaut worden und hatte einen Charme, den sie nicht hätte missen wollen.

Es war nicht in dem Sinn schön, wie einige andere Strandhäuser es waren, aber das war Emma gleichgültig. Sie war in einer Minute am Strand und bei den acht Meilen Sand, auf denen sie so lange entlanglaufen konnte, bis ihr das Herz nicht mehr wehtat. Sie kannte alle Nachbarn in der Dolphin Street – darunter auch etliche Lehrer im Ruhestand, die den größten Teil ihrer Tage Zeitung lesend auf ihrer Veranda verbrachten. Irgendjemand war abends immer zu einem Schwätzchen und einer Tasse Kaffee aufgelegt. Aber heute war Emma froh, dass niemand draußen saß.

Außerdem würde sie nicht allein sein. Sie hatte Riley, ihren rotbraunen Labradormischling, und zwei Katzen – Oreo und Tiger. Und sie hatte einen Plan. In einem Jahr würde sie ihren Masterabschluss in Pädagogik in der Tasche haben. Danach wollte sie die Verwaltungsprüfung ablegen, dann konnte sie vielleicht irgendwann nach Wilmington oder Raleigh ziehen und Rektorin einer Grundschule werden. Sie liebte ihr Strandhaus, aber wenn sie aus Holden Beach wegzog, würde ihr nicht an jeder Ecke ihre Vergangenheit begegnen.

Sie hob den Riemen ihrer Handtasche über den Kopf und betrat das Haus. Von der Tür ging es direkt ins Wohnzimmer.

„Riley! Komm her, alter Junge." Durch das Fenster über der Spüle konnte sie einen kleinen Streifen Atlantik sehen, und um diese Uhrzeit glitzerte die Sonne auf dem entfernten Wasser, als wolle sie sie herbeiwinken.

Aus dem Flur kam das Geräusch von Hundepfoten, die über die alten Holzdielen kratzten, und Rileys wedelnder Schwanz schlug gegen die Wand. Er bog um die Ecke, gefolgt von Oreo, einem schwarz-weißen, frechen einjährigen Kätzchen, und Tiger, einem auffälligen Langhaarmix mit exotischen grünen Augen und einer hochmütigen Persönlichkeit. Die drei schliefen nachmittags meist zusammen auf dem Sofa in ihrem Schlafzimmer und badeten in der Sonne, die durch das Fenster hereinschien, während sie darauf warteten, dass Emma nach Hause kam.

„Hallo, ihr Süßen. Ich habe euch vermisst!“ Sie widmete jedem Tier eine Minute besonderer Aufmerksamkeit. Dann trank sie ein Glas Wasser und zog ihre Laufschuhe an.

Sie musste raus, musste zu dem langen weißen Sandstreifen, der sich hinter ihrem Haus erstreckte. Bei den Erinnerungen, die sie heute umgaben, gab es nur einen Ort, an dem sie sein wollte, nur einen Ort, der ihr ein wenig Trost spendete. Mit Riley an ihrer Seite lief sie in Richtung Wasser, zu dem vertrauten Strand von Holden Beach. Wo alles vor einer Ewigkeit begonnen hatte.

Und wo alles zu Ende gegangen war.

3

Das weiße Hochzeitskleid hing bei Clea Colet in der Upper East Side von New York City vor der mit Satin bespannten Wand, als Laura und ihre Mutter die Umkleide betraten. Laura stockte der Atem und sie schlug sich unwillkürlich die Hand vor den Mund. Sie konnte einfach nicht anders. Jetzt, wo das Kleid angepasst war, sah es irgendwie noch schöner aus als vorher.

„Diese Kleid iste gemachte für eine Prinzessin." Die Schneiderin hatte einen starken italienischen Akzent. Sie stand ein, zwei Meter entfernt und betrachtete das Kleid mit offensichtlicher Zufriedenheit. Dann wandte sie sich lächelnd zu Laura um. „Ich weiße nicht, ob wir schon haben gehabte schönere Braut für diese Kleid."

„Die Spitze ... sie ist wunderschön, Liebling." Ihre Mutter beugte sich vor und küsste Laura auf die Wange. „Wie alles an dir."

Laura war nicht sicher, ob sie lachen oder weinen oder um einen ungestörten Augenblick bitten sollte. Aber als sie das Kleid mit seiner eleganten Spitzenschleppe, dem Rock aus Seide und Taft und der gekräuselten, ärmellosen Korsage anstarrte, erinnerte sie sich plötzlich wieder an damals. An den Tag, als sie gerade dreizehn geworden war und ihre Mutter überredet hatte, ihr die neueste Ausgabe von *Braut & Bräutigam* zu kaufen.

Da die Hochzeitsvorbereitungen so viel von ihrer Zeit beanspruchten, ertappte sie sich manchmal dabei, dass sie sagte, sie träume seit Brads Antrag von ihrer Hochzeit. Aber das stimmte nicht. Sie plante und träumte hiervon, seit sie in der Mittelstufe gewesen war, seit ihrem dreizehnten Geburtstag, als ihre Eltern ihr einen kleinen Goldring und ein Gebetstagebuch geschenkt hatten.

„Bitte Gott um den richtigen Ehepartner", hatte ihre Mutter zu ihr gesagt. „Und gib dich niemals mit weniger zufrieden als mit diesem einen, ganz besonderen Mann."

Laura hatte sich ihre Worte zu Herzen genommen. Wenige Wochen später waren sie mit einer Ausgabe von *Braut & Bräutigam* nach Hause gekommen, und Laura hatte eine einfache Frage gestellt. „Wieso sind die Kleider alle weiß?"

Ihr Mutter lächelte. „Weiß ist – für viele Bräute – ein Symbol für Reinheit. Dein Ring bedeutet, dass du ein Versprechen gegeben hast, Liebling. Du hast versprochen, dass du für deinen Ehemann rein bleiben willst, damit es eines Tages, wenn du ein weißes Brautkleid trägst, eine ganz besondere, wundervolle Bedeutung hat."

Die Erinnerung verblasste so schnell, wie sie aufgetaucht war. Laura hakte sich bei ihrer Mutter unter. Dann warf sie einen hoffnungsvollen Blick in Richtung Schneiderin. „Darf ich es anprobieren?"

„Natürlich." Die zierliche Frau eilte zu dem Kleid und nahm es von dem seidenbespannten Bügel. „Sie haben gezogen an richtige Unterkleidung?"

„Habe ich." Laura und ihre Mutter unterdrückten ein Kichern. Sie waren an diesem Vormittag die ganze Madison Avenue hinuntergezogen und hatten den richtigen trägerlosen BH und die perfekte Unterwäsche zu dem Kleid gesucht. Was sie schließlich gefunden hatten, war eine umwerfende Mischung aus Satin und Spitze, ganz ähnlich dem Kleid.

Laura hatte die neue Unterwäsche in der Umkleidekabine von Rose's angezogen, dem Geschäft, in dem sie die Kleider für die Brautjungfern bestellt hatten. Jetzt, wo die Tür zum Umkleideraum geschlossen war, ging sie zu dem kleinen Podest am Ende des Raumes, das auf drei Seiten von Spiegeln umgeben war, und schlüpfte aus T-Shirt und Jeans. Derweil half ihre Mutter der Schneiderin, und zusammen hoben sie das Kleid vorsichtig über Lauras Kopf.

„Oh, Liebling …“ Ihre Mutter trat einen Schritt zurück und ihr Blick war ganz staunend und liebevoll. Trotz des Lächelns, das auf ihrem Gesicht lag, hatte sie Tränen in den Augen.

„Ihne gefällte, Missis Rita?“ Die Schneiderin nickte Lauras Mutter zu. „Passte genau, ja?“ Sie legte den Kopf schief. „Sie sehen aus wie Berühmtheite, Miss Laura. Reese Witherspoon vielleichte.“

Laura und ihre Mutter mussten beide lächeln. Die Schneiderin war nicht die Erste, die sie mit der blonden Schauspielerin verglich. „Danke.“ Laura strich den Rock glatt und hob den Saum ein wenig an, damit er gleichmäßig um ihre Füße fiel.

„Ich habe wohl nie gedacht …“ Ihre Mutter starrte sie an. „Es ist vollkommen, Liebling. Ganz eindeutig.“

Das Kleid passte so, als wäre es für sie entworfen worden, und so war es ja auch beinahe. Laura starrte sich selbst und ihre Mutter, die ein, zwei Meter hinter ihr stand, im Spiegel an und sie wusste, dass sie diesen Augenblick ihr Leben lang nicht vergessen würde. Dieses Kleid würde in gewisser Weise ein Symbol für ihre ganze Vergangenheit und Zukunft sein, die an einem einzigen Tag miteinander verschmolzen.

An ihrem Hochzeitstag.

„Sie haben verloren eine bisschen Gewichte, ja?“ Die Schneiderin runzelte die Stirn und zupfte an dem Stoff um Lauras Taille. „Wir nehmen noch eine Zentimeter?“

Laura lachte. „Ist schon gut. Wenn ich abgenommen habe, werde ich wahrscheinlich in den verrückten kommenden sechs Wochen wieder zunehmen.“

Ihre Mutter nickte nachdenklich. „Laura hat recht. Wir lassen es so. Wenn es sein muss, können wir es in der Woche vor der Hochzeit immer noch anpassen.“ Sie zog eine Kamera aus ihrer Handtasche und machte Fotos von Laura: zwei von vorne und ein paar von beiden Seiten. „Dein Vater wird dich in dem Kleid sehen wollen. Wenn er gekonnt hätte, wäre er hergekommen.“

„Er kommt doch zum Abendessen, nicht wahr? Mit Brad?“

„Ja." Ihre Mutter machte ein letztes Foto. „Um sechs Uhr auf der Terrasse. Marta macht ihre Krabbenspieße, Steak und Folienkartoffeln."

„Dann habe ich die verlorenen Pfunde gleich wieder drauf." Sie strich noch einmal über den Rock. Es war ein herrliches Gefühl, und sie wollte nicht, dass die Anprobe zu Ende ging. „Daddy wird begeistert sein. Und Marta auch." Die Haushälterin und Köchin war schon bei ihnen, seit Laura elf war. Die ganze Familie hing an ihr.

Die Schneiderin half Laura, das Kleid auszuziehen, und wenige Minuten später war sie wieder angekleidet und stand mit ihrer Mutter vor dem Geschäft. Sie hatte zwar am frühen Nachmittag mit Brad gesprochen, aber jetzt freute sie sich darauf, ihn zu sehen. Sie wusste nicht, wie sie es schaffen sollte, ihm nicht von dem Kleid zu erzählen.

Wieder hakte sie sich bei ihrer Mutter unter, und mit der Sonne im Rücken gingen sie langsam die Madison Avenue hinunter. „Du siehst in diesem Kleid einfach traumhaft aus." Sie trugen beide eine Sonnenbrille, aber trotzdem war der träumerische Ausdruck im Gesicht ihrer Mutter gut zu erkennen.

„Erinnerst du dich an damals, als ich dreizehn war?" Laura, die ihre Schritte langsam und mit Bedacht setzte, blickte auf. „Wir haben eine Ausgabe von *Braut & Bräutigam* gekauft. Und dann haben wir über den Ring und weiße Hochzeitskleider gesprochen, und wir haben uns jedes Kleid in den Anzeigen angesehen. Weißt du noch?"

„Damals habe ich zu dir gesagt, dass du eines Tages eine Märchenhochzeit erleben würdest."

„Und ich habe dir geglaubt."

Ihre Mutter zog sie ein wenig näher. „Ich war immer gerne deine Mom. Du hast mir vom Tag deiner Geburt an nichts als Freude gemacht, Laura. Irgendwie kann ich noch gar nicht glauben, dass du wirklich heiratest."

Laura lächelte, und sie spürte das Glück der Liebe bis in ihre innerste Seele hinein. „Ich habe meinen Märchenprinzen gefunden."

„Ja." Sie blieben stehen und ihre Mutter zog sie in eine zärtliche Umarmung, ohne auf die vorbeilaufenden Passanten und die Hektik der Madison Avenue zu achten. „Den hast du ganz eindeutig gefunden."

Der Tisch für das Abendessen war auf der Terrasse hinter Lauras Elternhaus gedeckt. Das 500-Quadratmeter-Haus stand in West Orange, New Jersey, umgeben von zwei Hektar Land. Es war nicht weit bis zum Essex County Country Club, und selbst zur Hauptverkehrszeit war man in nur einer Stunde in Manhattan.

Laura half Marta beim Tischdecken. „Ich habe Fotos." Sie konnte ihre Aufregung nicht länger verbergen. „Mom hat sie heute bei der Anprobe gemacht."

„Von dem Kleid?", fragte Marta und senkte ihre Stimme dann zu einem Flüstern. Sie war Anfang fünfzig, eine polnische Einwanderin mit weißgrauen Haaren, leuchtenden blauen Augen und einem lebendigen Glauben. „Wann kann ich sie sehen?"

„Nach dem Essen." Laura warf einen Blick zum Wohnzimmer hinüber, in dem Brad und ihr Vater über einen ihrer Werbeaufträge sprachen. „Brad darf nichts davon wissen."

Lauras Mutter kam mit zwei Platten mit Krabbenspießen herein. „Das Essen ist fertig. Es duftet köstlich."

„Danke." Marta ging um den Tisch herum und richtete die Leinenservietten, damit alles perfekt aussah. „Wie lange brauchen die Männer noch?"

„Ich sehe mal nach." Laura lief ins Haus zurück. „Na, ihr beiden? Das Essen ist fertig."

„Eine Minute noch." Ihr Vater klang gut gelaunt. Was auch immer Thema seiner Unterhaltung mit Brad war, sie musste gut verlaufen sein. „Wir kommen gleich."

Draußen erstreckte der grüne Rasen sich von der hölzernen Terrasse über den hinteren Teil des Grundstücks bis zu den Bäumen, die das Anwesen der James' säumten. Es sah aus wie die Kulisse für einen Film, und Laura war sich dessen bewusst, dass diese Umgebung keine Selbstverständlichkeit war. Dass Gott ihnen dieses Leben schenkte, an diesem Ort ... dass er sie Brad hatte treffen lassen – einen Werbemanager ihres Vaters, den er am meisten schätzte –, und dass sie beide in nur sechs Wochen eine Traumhochzeit und ein gemeinsames Leben im Glück erleben durften. Das alles war mehr, als Laura fassen konnte.

Ich habe das nicht verdient, Herr ... danke. Ich danke dir von ganzem Herzen.

Die Männer gesellten sich zu ihnen und ihr Vater umarmte sie zärtlich. „Du hast also heute mit deiner Mutter ein bisschen eingekauft?"

„Wir haben ein paar letzte Änderungen an den Kleidern der Brautjungfern vorgenommen." Lauras Augen funkelten, als sie ihre Mutter ansah. „Und außerdem ... sagen wir mal, wir haben den Tag gut genutzt."

Brad versenkte seinen Blick in ihren, während er um den Tisch herum auf sie zukam. Die Chemie zwischen ihnen war spürbar, als er ihre Wange berührte. „Ich habe dich vermisst", flüsterte er mit einer Stimme, die nur für sie bestimmt war. „Ich kann es gar nicht mehr erwarten, mit dir verheiratet zu sein."

Sein Atem in ihrem Gesicht, die leichte Berührung seiner Haut, überhaupt seine Nähe berauschten Laura sofort. Ihre Eltern waren abgelenkt, als Marta das Essen auftrug. Laura lehnte sich an Brad. „Die sechs Wochen kommen mir vor wie eine Ewigkeit."

Wieder begegneten sich ihre Blicke, aber wo Brad sonst den Augenblick in die Länge zog oder vielleicht ihre Hand ergriff, wandte er diesmal seine Aufmerksamkeit ihren Eltern zu. „Das Steak duftet wundervoll."

Laura betrachtete ihn einige Sekunden lang, aber dann beteiligte sie sich an der Unterhaltung. Es gab keinen Grund zur Sorge. Wie könnte es auch, wo sie doch auf der Zielgeraden eines Jahres waren, in dem sie ihre Hochzeit geplant hatten? Sie beobachtete ihren Vater und die Art, wie er und Brad sich unterhielten. Manchmal führte die Arbeit dazu, dass Brad stiller war als üblich, aber an diesem Abend lachte er und redete mit ihrem Dad über die Hochzeit. Alles war gut. Sie hatten ihre Teller gefüllt und dann gab ihr Vater ihnen allen ein Zeichen, sich an den Händen zu fassen.

„Herr, dies ist der Höhepunkt unseres Lebens, und wir danken dir mit jedem Atemzug. Danke für Laura und Brad, für die wunderbare Liebe, die sie miteinander verbindet, und dafür, dass sie ihr Leben zu deiner Ehre führen. Es gibt keine zwei jungen Menschen, die einander mehr verdient hätten, Vater. Dafür und für dieses Essen danken wir dir."

Es war ein warmer Abend und der Duft von frisch gemähten Gras und die schwache Süße blühender Magnolien aus der Ferne lagen in der Luft. Laura wartete, bis sie fertig gegessen hatten, bevor sie ihrer Mutter ein Zeichen gab, sie solle Brad ablenken.

Rita James war nicht nur ihre Mutter, sondern auch ihre beste Freundin, eine lebhafte Frau mit dunkelblondem Haar und einer sportlichen Figur, die von vielen Jahren Tennis und Powerwalking in der Umgebung zeugte. Jetzt zog sie die Augenbrauen hoch und zwinkerte Laura zu. Dann nahm sie Brads Arm. „Ich habe einen Katalog im Auto. Smokings." Sie warf Laura ein kurzes Lächeln zu und zog mit Brad davon. „Laura hatte eine ungefähre Vorstellung davon, was dir gefallen könnte, aber sieh es dir lieber selbst an."

Sobald ihre Mutter und Brad sie nicht mehr hören konnten, holte Laura die kleine Kamera aus der Handtasche ihrer Mutter und winkte ihren Vater und Marta zu sich in eine Ecke der Küche.

„Was gibt das denn?“ Das Lächeln war seit dem Abendessen nicht mehr aus dem Gesicht ihres Vaters gewichen.

„Das Kleid!“ Marta war als Erste neben Laura. „Kommen Sie! Schnell!“

„Ach ja ... die Anprobe.“ Er kam näher, doch auf halbem Weg durch die Küche blieb er stehen. „Weißt du, ich glaube, ich warte bis zur Hochzeit. Noch etwas, worauf ich mich freuen kann.“

Laura stellte sich vor, wie ihr Vater reagieren würde, wenn er das Kleid zum ersten Mal sah, hier in dem Haus, in dem sie aufgewachsen war. Er hatte recht. Die Überraschung konnte warten. „Gute Idee.“ Sie zeigte Marta die Fotos.

Die Haushälterin holte tief und hörbar Luft. „Laura! Es ist wundervoll!“ Sie betrachtete jedes Bild und umarmte Laura dann spontan. „Meine Süße ... es hat noch nie eine schönere Braut gegeben.“

Sie hörten Stimmen auf der anderen Seite der Tür zur Garage, und Laura schob die Kamera wieder in die Handtasche ihrer Mutter. Brad betrat die Küche als Erster, einen Katalog in der Hand. Er sah Laura verwirrt an. „Die sehen doch alle gleich aus.“

Ihre Mutter folgte Brad auf dem Fuß, und ihre Augen tanzten bei dem Gedanken daran, wie sie ihn aus der Küche gelockt hatten. Sie räusperte sich. „Ich habe gesagt, du würdest ihm helfen.“

Laura unterdrückte ein Kichern und wandte sich dann mit halb ernster Miene zu Brad um. „Vielleicht nach unserem Spaziergang?“

„Aber sicher.“ Die Verunsicherung in seinem Blick ebbte ab. Sie halfen Marta, den Tisch abzudecken und die Spülmaschine einzuräumen, und dann gingen sie die lange, geschwungene Auffahrt hinunter bis zu dem Weg am Ende des Golfplatzes. Diese Runde hatten sie schon so oft gedreht, dass Laura es gar nicht mehr zählen konnte. Die Sonne ging schon unter, und Laura konnte es kaum noch erwarten, mit Brad allein zu sein.

Sie hatten den halben Weg auf der Zufahrt zum Haus zurückgelegt, als er sie anlächelte. „Die Anprobe ist gut gelaufen?"

„Wunderbar." Sie lächelte. „Ich wünschte, du könntest das Kleid sehen."

„Du würdest jedes Kleid schön aussehen lassen." Dann lächelte er. „Du hast Marta Bilder gezeigt, stimmt's?" Seine Augen tanzten, während sie gemächlich weiterschlenderten. „Die ganze Lock-Brad-in-die-Garage-Nummer."

„Brad!" Sie lachte. „Wie … hast du hinter der Tür gestanden und gelauscht?"

Er blieb stehen und trat näher, um ihr einen zarten Kuss auf die Lippen zu geben. Der Kuss war bestimmt von einer Selbstbeherrschung, die Brad während der ganzen Zeit ihrer Beziehung an den Tag gelegt hatte, und trotzdem raubte er ihr den Atem. „Du bist nicht gut im Geheimnisse hüten." Er schmiegte seine Wange an ihre. „Jedenfalls nicht vor mir."

„Du darfst es nicht sehen." Sie umarmte ihn. „Aber es ist vollkommen."

„So wie du."

Sie lächelte und verkniff sich eine Erwiderung. Nach einer langen Pause schob sie ihre Hand in seine. „Wie war dein Tag denn eigentlich? Dad hat etwas von einer neuen Werbekampagne erzählt."

„Ja." Brads Stimme klang plötzlich müde. „Kotton Kids. Aber ich komme damit nicht weiter. Ich habe den ganzen Tag lang Babybilder angeschaut und mir ist trotzdem nichts eingefallen."

Sie wandten sich nach rechts und folgten dem Weg einen kleinen Hügel hinauf. „Babykleidung? Darum geht es?"

„Nicht irgendwelche Babykleidung. Luxus, Bio, hergestellt in einer komplett umweltfreundlichen Fabrik, und die weichste Baumwolle, die du dir vorstellen kannst. Solche Babykleidung." Brad fuhr sich mit der freien Hand durch die blonden Haare und seufzte. „Aber ich hatte keine Idee.“ Er lächelte halbherzig. „Es gibt eben solche Tage.“

„Es ist schon merkwürdig ... in ein paar Jahren werden wir über Babykleidung reden.“

Sie hatte erwartet, dass Brad den Faden aufgreifen und bemerken würde, er könne es kaum erwarten oder dass es wunderbar sein würde, Vater zu sein. Aber Brad schwieg. Nach einer Minute drückte er leicht ihre Hand. „Weißt du, woran ich heute denken musste? Als ich eigentlich einen Werbeslogan erfinden sollte?“

„Was denn?“ Sie gingen weiter. Der Pfad verlief an dieser Stelle bergan, bevor er weiter oben auf einer Höhe weiterführte.

„Wie wir uns kennengelernt haben.“ Er strich mit dem Finger über ihren Handrücken, was er immer tat, wenn er ein wenig sentimental war. „Und daran, dass ich schon nach einer Stunde wusste, dass es nie jemand anderen geben würde, der besser zu mir passt.“

„Mmmm.“ Sie erinnerte sich daran, wie sie bei dem Betriebsgrillfest ihres Vaters vor vier Jahren zu zweit davongeschlendert waren. „Du hast mir erzählt, dass du dir deinen Wirtschaftsabschluss nachts erarbeitest. Weißt du noch?“ Sie kicherte. „Du warst schon ein Jahr bei meinem Dad beschäftigt und ich hatte dich aus irgendeinem Grund noch nicht wahrgenommen.“ Sein Arm an ihrem fühlte sich warm an, und es war ein wunderbares Gefühl. „Du bist übrigens fantastisch in deinem Job. Du könntest einer Horde eingeschworener Junggesellen Babykleidung verkaufen.“

„Vielleicht.“ Er lachte, aber das Lachen erstarb früher als sonst. „Heute war es merkwürdig.“ Seine Schritte wurden langsamer. „Ich konnte mich nicht konzentrieren.“

Sie blieb stehen und sah ihn an, aber eher beiläufig als besorgt. Sie nahm seine andere Hand und sah ihm in die Augen. „Wegen der Hochzeit?“

„Nein." Seine Antwort kam ohne Zögern, und seine Miene entspannte sich. „Du und deine Mutter – ihr sorgt dafür, dass mir alles ganz einfach vorkommt."

„Sie ist einfach wundervoll." Laura dachte an all die Arbeit und Planung, die nötig waren, um einen Hochzeitsempfang für dreihundert Personen auszurichten. Und zwar eine Hochzeit im Liberty House im Liberty State Park. Die Regionalpresse würde über die Feier berichten, und als Abschluss würde es ein Feuerwerk am Ufer des Hudson River geben. Ihr Vater hatte keine Kosten gescheut. Sie hatten zwar einen professionellen Hochzeitsplaner engagiert, aber ihre Mutter war gut beschäftigt gewesen, den Fotografen und Videofilmer, das Catering und die Einladungen zu koordinieren – und Letztere waren vor einer Woche abgeschickt worden. „Ich finde es toll, dass sie keine einzige Entscheidung getroffen hat, ohne uns zu fragen."

„Das überrascht mich nicht." Er entzog ihr eine Hand und legte sie auf ihre Wange. „Deine Mutter genießt diese Hochzeit." Seine Mundwinkel wanderten ein wenig nach oben. „Daran besteht kein Zweifel."

„Es ist also nicht die Hochzeit?" Wenn Brad etwas zu schaffen machte, wollte sie wissen, was es war.

Er zog sie in seine Arme und fuhr mit der Hand über ihren Rücken. „Nein. Ich verspreche es." Als er sich von ihr löste, gab er ihr einen Kuss auf die Stirn und nahm dann, anstatt den Blick auf ihren Augen ruhen zu lassen, wieder ihre Hand und setzte sich erneut in Bewegung. Er redete über Kotton Kids und eine Unterhaltung mit seinem Vater in North Carolina und darüber, dass er sich auf die Flitterwochen freute.

Aber über das merkwürdige Gefühl an diesem Tag sagte er nichts mehr.

Erst als Laura schlafen ging, fiel ihr auf, dass er es nicht erklärt hatte. Er hatte ihr nicht gesagt, was die Ursache für seine Stimmung heute gewesen war und warum er sich so merkwürdig fühlte. Sie dachte daran, dass er auf ihrem Spaziergang gesagt hatte, sie könne vor ihm kein Geheimnis haben. Sie lächelte. Er hatte natürlich recht. Für Brad war sie ein offenes Buch, ihre Gefühle waren offensichtlich, und so war es von Anfang gewesen. Aber was war mit ihm?

Eine unbehagliche Frage nagte an ihrem Herzen, als sie sich schlafen legte. Nicht, dass sie Grund zur Sorge gehabt hätte. Aber hier war etwas, worüber sie bisher noch nicht nachgedacht hatte. Sie konnte vor Brad nichts verheimlichen, das stimmte. Aber trotz ihrer Vertrautheit und all der Zeit, die sie zusammen verbrachten, trotz ihres gemeinsamen Glaubens und ihrer gemeinsamen Träume, und obwohl sie glaubte, alles von ihm zu wissen, war sie sich einer Sache nicht sicher:

Konnte er vor ihr ein Geheimnis haben?

4

Brad ließ sich auf der Heimfahrt nach Manhattan mehr Zeit als sonst und verließ den Holland Tunnel, ohne überhaupt bemerkt zu haben, dass er hineingefahren war. Der Abend mit Laura und ihren Eltern war perfekt gewesen. Das Wetter, das Abendessen im Garten, der Spaziergang danach. Alles. Ihr Leben und die bevorstehende Hochzeit waren der Stoff, aus dem Märchen geschaffen wurden. Wie es einem Kerl wie ihm gelingen konnte, ein Mädchen wie Laura James zu erobern und schließlich als Familienmitglied zu enden, war etwas, das nur Gott erklären konnte.

Aber es gab ein Problem.

Brad schaltete das Radio aus und konzentrierte sich auf die Straße vor ihm. Von dem Tag an, als er Laura kennengelernt hatte, war er der Wahrheit aus dem Weg gegangen, und er hatte sich immer wieder dasselbe eingeredet. Sie musste es nicht wissen. Seine Vergangenheit lag weit hinter ihm, und er war inzwischen ein anderer Mensch. Das hatte er sich auch gesagt, als er das letzte Mal in Wilmington gewesen war. Jedes Mal, wenn seine Gedanken ein Jahrzehnt zurückwanderten, war er am Ende davon überzeugt, dass seine Vergangenheit in einem dunklen Schrank ganz hinten in seinem Herzen eingeschlossen war und auch dort bleiben würde. Es gab keinen Grund, sie ans Tageslicht zu zerren und darin herumzustochern, um zu sehen, ob sie lebendig genug war, um seine Zukunft zu beeinflussen.

Oder seine überwältigende Liebe zu Laura.

Er musste laufen. Seit er in der Innenstadt wohnte und arbeitete, hatte er viel zu selten Zeit, durch die Natur zu laufen, so wie er es getan hatte, als er bei den Outer Banks gewohnt hatte, damals, als er noch ein Surfer in Carolina gewesen war, mit schwieligen Füßen und sonnengebräunten Armen. Er würde auf sein Laufband steigen und die Lichter der Stadt anstarren müssen. Und laufen, bis ihn allein das Atmen so anstrengte, dass es seine Fähigkeit verdrängte, so weit zurückzudenken.

Die Kampagne für Kotton Kids war schuld daran, dass es ihm so ging. Die und das Datum natürlich. Er umfasste das Lenkrad fester als vorher. *Gott ... warum geschieht das? Warum jetzt? Ich habe meinen Frieden mit dir gemacht, oder? Reicht das nicht? Es muss doch nicht jeder Irrtum und Fehltritt aus der Vergangenheit allgemein bekannt werden, oder? Vor allem nicht so etwas Schreckliches ... wie das.*

Er hörte keine Stimme, die ihm antwortete, und auch in seiner Seele hallte nichts wider.

Stattdessen erschien Lauras Gesicht vor seinem inneren Auge. Sie war vollkommen. Er dachte daran, wie er sie das erste Mal gesehen hattc. Er hatte schon ein Jahr lang für ihren Vater gearbeitet, und die betriebliche Weihnachtsfeier hatte er verpasst. Als er bei dem Grillfest für die Mitarbeiter erschienen war, hatte er Randy und Rita James begrüßt, und da hatte er sie auf dem Rasen gesehen, eine Erscheinung in einem ärmellosen weißen Leinenkleid. Blondes Haar und gebräunte Schultern, aber vor allem ein Lächeln, das ihr ganzes Gesicht erhellte. Er schlenderte zu Phyllis hinüber, der Sekretärin, die fast seit Gründung der Agentur im Betrieb war.

Er plauderte ein paar Minuten mit ihr, dann deutete er mit einem Nicken auf die Stelle im Garten, an der Laura sich mit einigen anderen Gästen unterhielt. „Wer ist das?"

„Das?" Phyllis lächelte verzückt. „Randy James' Tochter."

Brad konnte den Blick nicht von der jungen Frau abwenden. „Was wissen Sie über sie?"

„Sie hat keine feste Beziehung. Sie spielt Tennis und schreibt Gedichte und besucht kranke Kinder in der Kinderklinik. Sie interessiert sich mehr für Gott als für Männer." Phyllis lächelte in Lauras Richtung. „Sie ist genau das, was ihr Vater sagt: einmalig."

Irgendwie sah man das. Er bedankte sich bei der Sekretärin, und eine halbe Stunde später fasste er sich ein Herz und wagte sich in ihre Nähe. Schließlich trat er ihr in den Weg und hob eine Hand, während das Herz in seiner Brust hämmerte. „Ich wollte Ihnen das schon die ganze Zeit sagen ..."

Laura sah ihn überrascht an. Sie blieb stehen, und der Wind spielte mit ihren blonden Strähnen. „Sie wollten *mir* etwas sagen?"

„Ja." Brads Zeit als Klassenkasper der Wilmington Highschool half ihm, seine Angst zu bekämpfen. „Ich schlage Folgendes vor." Er legte den Kopf schief und zuckte in einer unschuldigen Geste mit den Schultern. „Ich glaube, wir wären als Freunde besser dran."

Sie brauchte einen Moment, um zu begreifen, was er gesagt hatte. Dann runzelte sie die Stirn und lachte verwirrt. „Kennen wir uns?"

„Noch nicht." Er nickte nachdenklich. „Aber das werden wir. Und dann glaube ich, wären wir als Freunde besser dran."

Sie sah ihn noch immer mit einer leisen Skepsis, aber auch mit Neugier an. „Und warum?"

„Sehen Sie" – er trat einen Schritt näher und senkte die Stimme, so als wollte er nicht, dass jemand anders seine nächsten Worte hörte – „Sie sind nicht mein Typ. Ich mag Brünette." Noch ein Schulterzucken. „Aber das bedeutet ja nicht, dass wir keine Freunde sein können." Er grinste. „Verstehen Sie?"

Sie nickte langsam. „Und wann sollen wir Ihrer Meinung nach diese wunderbare Freundschaft beginnen?"

„Heute?" Seine Miene erhellte sich angesichts dieser Möglichkeit. „Ich arbeite für Ihren Vater ... und dies ist ein Mitarbeitergrillfest." Er zuckte wieder mit den Achseln. „Ein perfekter Zeitpunkt."

Sie mussten beide über seine verrückte Bitte lachen. „Wie heißen Sie?"

„Brad Cutler."

„Hmmm." Laura musterte ihn schmunzelnd. „Ich fasse es nicht."

„Wie bitte?"

Ihre Augen funkelten humorvoll. „Ich habe von Ihnen gehört, aber das hat mein Vater nicht erwähnt."

„Was hat er nicht erwähnt?" Sein Herz schlug inzwischen wieder ruhiger.

„Dass Sie versuchen, sich als Comedian zu etablieren."

Er lachte ein wenig verlegen über ihre Bemerkung. „Heißt das, dass wir Freunde sind?"

Einige Sekunden lang sah es aus, als würde sie Nein sagen, obwohl er sich wirklich Mühe gegeben hatte, sie zu bezaubern. Aber dann lachte sie wieder und willigte ein. „Einen Freund kann jeder gebrauchen."

Er organisierte eine gekühlte Flasche Wasser und forderte sie zu einer Runde Hufeisenwerfen heraus. Sie besiegte ihn, aber nur, weil er noch nie so abgelenkt gewesen war. Sie sprachen über den Glauben, den sie gemeinsam hatten, über ihre Begeisterung für verschiedene ehrenamtliche Engagements, darüber, dass sie die Musik der Band MercyMe mochte und davon träumte, eine Weltreise zu machen. Die Zeit verging wie im Flug, und viel zu schnell war die Party zu Ende und die Mitarbeiter machten sich auf den Heimweg.

Brad hatte nicht gehen wollen, aber er konnte auch nicht gut einfach bleiben. Er schob die Hände in die Hosentaschen und suchte nach den richtigen Worten. „Du hast keinen ... gläsernen Schuh, oder?"

„Was?" Sie kicherte. Es war offensichtlich, dass sie sich ebenso amüsierte wie er. „Bist du immer so witzig?"

„Es ist mein Ernst." Er spürte, wie sein Lächeln nachließ. „Ich möchte dich wiedersehen."

„Ich habe einen ziemlich vollen Terminkalender." Ihre Augen funkelten. „Ich bin nicht ganz sicher, aber ich glaube, ich bin nächste Woche drei Tage voll beschäftigt. Die Bücherei der Kinderklinik zieht um."

„Ich kann helfen." Plötzlich erschien ihm die Vorstellung attraktiver als ein Abendessen auf dem Hudson.

Laura lachte, aber am Ende nahm sie Brads Angebot zu helfen an. Er war an jedem der drei Tage, an denen sie als freiwillige Helferin arbeitete, an ihrer Seite, sobald er Feierabend gemacht hatte, und als das Wochenende kam, gab es bereits eine Verbindung zwischen ihnen, die keiner von beiden mehr missen wollte. Er musste die ganze Zeit an das denken, was Phyllis über Laura gesagt hatte. Dass sie Gott mehr liebte als die Männer. So sollte es wohl sein. Dass man Gott mehr liebte.

So war er selbst auch erzogen worden – dass Gott wichtiger war als alles andere. So hätte er Gott sein ganzes Leben lang lieben sollen. Immerhin hatte er die Zeit im College genutzt, um zu Gott zurückzufinden, und als er Laura kennengelernt hatte, war er bereit gewesen für eine Beziehung, die auf Glauben gründete. Brad fühlte sich von Lauras unschuldiger Schönheit herausgefordert und angeklagt, und er war entschlossen, der Mann zu sein, zu dem seine Eltern ihn erzogen hatten – ob er Lauras Liebe gewinnen konnte oder nicht. Sein Vater, Carl Cutler, war ein Mann aus diesem Schrot und Korn. Tiefgläubig und charakterstark. Jetzt war es an Brad, in seine Fußstapfen zu treten.

In dem ersten Monat hatten sie sich eines Abends unweit der Agentur ihres Vaters auf einen Kaffee verabredet. Sie fanden einen Tisch am Fenster, wo sie bei Latte macchiato über das Leben lachten. Sie kam aus einer wohlhabenden, gesellschaftlich angesehenen Familie, und ihren Eltern war gemeinnütziges Engagement ebenso wichtig wie ihr Glaube.

„Diese beiden Dinge sind untrennbar miteinander verbunden", hatte Laura ihm damals erklärt. „Gott lieben und dienen? Das ist dasselbe."

Je länger sie sich unterhielten, desto sicherer war Brad sich. Er würde sich nie damit zufriedengeben, mit Laura nur befreundet zu sein. Sie war schön und intelligent und eine unkomplizierte Gesprächspartnerin. Sie erzählte ihm, wie sie am Wochenende zuvor einen Topf mit Brokkoli hatte anbrennen lassen und dabei beinahe ihr Elternhaus in Brand gesteckt hatte.

„Ich weiß ja nicht, welcher Mann sich mit mir abgeben wird", sagte sie lachend und legte den Kopf in den Nacken. „Nein, im Ernst, ich kann überhaupt nicht kochen."

Aber Brad dachte das Gegenteil. Dass der Mann, der sie eroberte, sich glücklich schätzen konnte. Sie ließen es langsam angehen, und den ganzen Sommer über versicherte Brad ihr, dass er kein Interesse an einer Beziehung hatte. Sie gingen gemeinsam zum Gottesdienst, und als die Herbstferien anfingen, spazierten sie zusammen durch den Central Park. Sie machten an der Brücke halt und setzten sich auf eine der Steinbänke dort.

„Ich muss etwas beichten." Er sah ihr unverwandt in die Augen, ohne zu blinzeln. Aus seinem Tonfall musste sie schließen, dass er ein dunkles Geheimnis offenbaren würde.

Ihr Lächeln erstarb. „Was auch immer es ist, du kannst es mir sagen."

„Ich weiß." Er schluckte und nahm ihre Hände in seine. „Ich habe dich angelogen, Laura. Ich kann nicht weitermachen – keinen einzigen Tag mehr –, ohne dir die Wahrheit zu sagen."

Inzwischen sahen sie sich beinahe jeden Tag, und zwei Mal hatte er mit ihr und ihren Eltern zu Abend gegessen, als diese aus New Jersey zu Besuch gewesen waren. Für gute Freunde waren sie unzertrennlich. Aber in diesem Augenblick lag Besorgnis in Lauras Blick, und ihre Hände fühlten sich kälter an als zuvor. Ihre Stimme klang ein wenig tiefer. „Sag es mir."

Er behielt die ernste Miene und den feierlichen Tonfall bei. „Ich hab' dir erzählt, dass ich auf brünette Frauen stehe … aber das stimmt nicht."

Wie sonst auch, wenn er sie auf den Arm nahm, dauerte es einen Moment, bis sie reagierte. Aber allmählich sah er in ihren Augen, dass sie begriff, und das vertraute Lachen lag wieder darin. „Tatsächlich? Lass mich raten. Rotschöpfe, Brad? Suchst du eine rothaarige Frau?"

„Wenn das Gottes Wille für mein Leben ist, dann ja. Die Haarfarbe ist schließlich nicht wichtig." Er setzte eine fromme Miene auf. „Aber ehrlich gesagt … ich bin verrückt nach Blondinen, Laura. Einfach verrückt danach."

„Du suchst also eigentlich gar keine gute Freundin, meinst du?" Jetzt neckte sie ihn, spielte sein Spielchen mit.

„Im Moment", sagte Brad und sah sie mit aller Ernsthaftigkeit an, die er empfand, „ist es mir eine Ehre, mit dir befreundet zu sein. Aber du musst etwas wissen."

„Was denn?"

„Ich habe mich in dich verliebt, Laura James. Hals über Kopf verliebt."

Sie errötete und lachte als Erwiderung, um dann das Thema zu wechseln und für die nächsten paar Stunden mit ihm durch den Park zu wandern. Aber dieser Tag war für sie beide ein Wendepunkt gewesen. Einen Monat später brachte er sie nach einem Abendessen und einem weiteren langen Spaziergang zurück nach Hause, und ein paar Schritte vor der Eingangstür legte er zärtlich beide Hände um ihr Gesicht. „Darf ich dir einen Gutenachtkuss geben?" Er wollte sie nicht drängen, aber sie sollte sich über seine Absichten im Klaren sein.

„Ich habe nur einmal einen Jungen geküsst", sagte sie ihm. „Meinen Freund in der Highschool. Aber er wollte mehr als nur küssen. Deswegen haben wir uns getrennt." Sie sah ihn aufmerksam an. „Wie ist es mit dir?"

Brad war richtiggehend nervös. Er war schon einmal auf dieser Spur unterwegs gewesen, und er war nicht stolz auf sein Verhalten. Aber er war nicht mehr der Mensch, der er damals gewesen war. „Wir müssen nicht küssen." Er fuhr mit dem Daumen über ihre weiche Wange. „Du sollst dich nie zu etwas gezwungen fühlen. All das auf Abstand zu halten, ist mir genauso wichtig wie dir. Gott wird nicht segnen, was wir begonnen haben, wenn wir ihm nicht die oberste Priorität einräumen."

Sie starrte ihn an. „Wirklich?"

„Ja." Er vermutete, dass es ihr für einen Kuss noch zu früh war, und damit konnte er leben. Aber als er ihre Hand nahm und sie die Treppe hinaufbegleitete, veränderte sich der Ausdruck in ihren Augen. Sie zog ihn ein wenig näher an sich heran und er kam dieser Geste bereitwillig nach. „Dann solltest du mir vielleicht doch einen Gutenachtkuss geben", flüsterte sie.

Langsam und mit der größten Selbstbeherrschung sah Brad ihr in die Augen, um sich zu vergewissern, dass sie den Kuss auch wirklich wollte. Dann näherte er sich ihr vorsichtig und küsste sie einige köstliche Sekunden lang. Als sie sich voneinander lösten, sagte sie etwas, das er nie vergessen hatte. „Wer hätte gedacht, dass du genauso bist wie ich? Was die ganze körperliche Seite betrifft."

Bilder der Vergangenheit stiegen in ihm auf und zersplitterten in zahllose rote Schlusslichter vor ihm. Brad biss sich auf die Unterlippe und wünschte, er könnte die Uhr zurückdrehen. Er hätte es ihr damals sagen sollen, das wäre der richtige Zeitpunkt gewesen. Er hatte es nicht beabsichtigt, aber er hatte ihr eindeutig den Eindruck vermittelt, als sei er noch Jungfrau. Von diesem Abend an sprach sie mit ihm, als wäre seine Keuschheit noch intakt, so als hätte er auch nicht mehr getan, als in der Highschool seine Freundin zu küssen.

Im Laufe der Zeit hatte er versucht, das Thema anzuschneiden und ein paar Dinge, die er in seinem letzten Schuljahr getan hatte, auf den Tisch zu legen. Aber er war ein ganz anderer Mensch als der Junge, der er damals gewesen war. Außerdem ergab sich ein Gespräch über dieses Thema nie. Laura und er sprachen nur selten über körperliche Aspekte ihrer Beziehung oder über den Mangel daran. Gelegentlich küsste er sie, nach einem besonders schönen Abend oder am Ende eines intensiven Gesprächs. Dann, nachdem er ihr einen Antrag gemacht hatte, neckten sie einander mit Anspielungen auf die Flitterwochen und darüber, wie wunderbar es sein würde, verheiratet zu sein. Aber seine Vergangenheit blieb im tiefsten Keller seiner Seele verborgen, und er hatte keine Ahnung, wie er mit ihr darüber reden sollte.

Inzwischen hatte er sich selbst davon überzeugt, dass die Fehler, die er vor beinahe zehn Jahren gemacht hatte, unmöglich eine Auswirkung auf sein jetziges Leben haben konnten. Er erinnerte sich nicht einmal an den jungen Mann, der er damals gewesen war. Es war ja nicht so, dass er Laura erzählt hätte, er wäre sein Leben lang keusch gewesen. Sie musste doch den Verdacht haben, dass seine Vergangenheit nicht so makellos war wie ihre, oder? So oder so war sein letztes Jahr an der Highschool schon eine Ewigkeit her. Es war ein anderes Leben gewesen. So als wäre das, was damals geschehen war, einem anderen widerfahren und nicht ihm. Der Person, die er nicht mehr kannte oder verstand. Dem Mann, der er damals gewesen war.

Brad war zu Hause angekommen, parkte den Wagen und fuhr mit dem Aufzug in den sechzehnten Stock. Seine Wohnung war nicht groß oder nagelneu, aber der Ausblick war umwerfend. Das Apartment gehörte der Werbeagentur, und Lauras Vater hatte es ihm zu einem besonders günstigen Preis vermietet. Hier würden Laura und er ihr gemeinsames Leben beginnen.

Er zog seinen Anzug aus und schlüpfte in Jogginghose und T-Shirt. Das Laufband rief ihn. Aber sechs Kilometer später war sein Kopf noch immer nicht frei und seine Gedanken schlugen sich mit der Vergangenheit herum und mit allem, was er so krampfhaft zu vergessen versuchte. Und so hatte er, als er schließlich von dem Sportgerät stieg, nicht das Gefühl, er wäre in einer Wohnung mit Blick auf New York City, sondern liefe in North Carolina an einem Strand entlang, den er nicht vergessen konnte, so sehr er sich auch bemühte.

Dem Strand von Holden Beach.

5

Montags kamen die Freiwilligen von der Highschool an die Jefferson-Grundschule, und Emma freute sich jede Woche darauf. Nicht unbedingt deswegen, weil ihr dann jemand mit den Kindern half – ihre Schüler waren nie ein Problem. Sie hatte sie sogar lieber für sich allein, weil die Klasse dann konzentrierter arbeitete. Emma freute sich aus einem einzigen Grund auf den Montag.

Der Grund hieß Kristin Palazzo.

Kristin, die im ersten Jahr in die nahe gelegene Highschool ging, fuhr jeden Montag zur Grundschule, obwohl sie sehr krank war. So ähnlich wie Francesca aus Emmas Klasse lebte Kristin mit einer Krankheit, aber ihre war schlimmer, weil sie das Herz angriff. Wie ihre Mutter Emma zu Beginn des Schuljahres erzählt hatte, bezweifelten Kristins Ärzte, dass sie ihren Schulabschluss noch erleben würde.

Das Schicksal, das Gott Kristin aufgebürdet hatte, war genauso unfair wie das von Francesca. Als Kristin zehn Jahre alt war, hatte sie eine schlichte Lungenentzündung gehabt. Aber anstatt sich zu bessern, hatte ihr Gesundheitszustand sich verschlechtert und Kristin musste auf die Intensivstation der Kinderklinik in Raleigh gebracht werden. In den folgenden Tagen wäre sie beinahe gestorben, und als sie endlich über den Berg war, trug sie eine schwere Herzmuskelentzündung davon. Ihr geschädigtes Herz bedeutete mit Sicherheit eines: Kristin brauchte ein Spenderherz, und zwar bald.

Um genau 13.30 Uhr erschien Kristin in der Tür zu Emmas Klassenzimmer, ihre große Nikon-Kamera um den Hals. Sie grinste erst die Kinder an und dann Emma. „Noch einen Tag fotografieren, dann müsste ich so weit sein!“

Die Kinder kicherten, und einige hielten sich die Hand vor den Mund. Sie genossen die Zeit mit ihrer Teeniefreundin Kristin. Gemeinsam hatten sie ein Jahr lang an einem Projekt gearbeitet, das in der nächsten Woche endlich fertig sein sollte. Es war ihr Geheimnis, und Emma traute sich nicht, Fragen zu stellen oder mehr darüber in Erfahrung zu bringen als das, was ganz offensichtlich war. Denn das Projekt hatte ganz eindeutig etwas mit Fotos zu tun.

Kristin wirkte etwas langsamer als sonst, als sie ihre Kamera ablegte und ihre langen braunen Haare über die Schulter nach hinten warf. Eine Kinderschar drängte sich um sie. „Na, alles klar bei euch?"

„Kannst du uns die Geschichte von Junie B. Jones und dem Haustiertag vorlesen?", rief Francesca. „Bitte, Kristin, bitte!"

Die anderen Kinder stimmten in die Bettelei um eine Geschichte ein. Kristin strich ihnen leicht über die Köpfe und legte einen Finger an die Lippen. Emma sah staunend zu. Sie würde einmal eine wunderbare Lehrerin sein ... wenn sie die Chance bekam und lange genug lebte. Wieder einmal fragte Emma sich, wie sie das Bewusstsein der Menschen für Herztransplantationen schärfen konnte. Kristin brauchte ein neues Herz, und zwar gestern.

„Ist ja gut", sagte das Mädchen und der Klang ihres Lachens erfüllte das Klassenzimmer. Sie ging mit den Kindern in die Ecke des Raumes, der mit Sitzsäcken und weichen Teppichen ausgestattet war. In der nächsten halben Stunde las sie ihnen die gewünschte Geschichte vor und lachte genauso laut wie die Kinder, wenn es lustig wurde.

Als sie fertig war, nahm Francesca Kristins Hand. „Ich mag Geschichten, die einen zum Lachen bringen", sagte sie mit einem Grinsen. „Und du? Sind die lustigen Geschichten nicht die bestesten?"

„Auf jeden Fall!" Kristin drehte sich um und sah Emma an. „Kann ich mit ihnen in die Pause gehen?"

Kristin war jeden Montag nur eine Stunde in der Klasse. Emma zögerte nicht, ihre Einwilligung zu geben. „Natürlich. Ich bin hier, wenn etwas ist."

Es war ein sonniger Tag; wieder ein Nachmittag, der in den Kindern die Vorfreude auf die Sommerferien weckte. Bis dahin waren es nur noch acht Schultage, das heißt, sie würden nur noch einen Montag mit Kristin haben. Emma lächelte, als die Kinder dem hübschen jungen Mädchen auf den Schulhof hinaus folgten. Sie war auch einmal so gewesen wie Kristin, arglos, unschuldig und ganz erfüllt von ihrem Glauben. Wäre es doch nur so geblieben ... Sie stand auf und trat ans Fenster, um einen Blick hinaus zu werfen. Durch die gleißende Sonne auf dem Schulhof konnten die Kinder sie unmöglich sehen, also setzte sie sich auf die Fensterbank und schaute ihnen zu.

Mit der Geduld und Führungsbegabung einer reifen Collegestudentin half Kristin den Jungen und Mädchen der Reihe nach auf eine Schaukel, und als die Kinder zu schaukeln anfingen, schoss sie Dutzende von Fotos. Wieder schien es Emma, als würde Kristin sich langsamer bewegen als sonst. Trotzdem schaffte sie es, alle Kinder auf die Schaukel zu setzen, sie zu fotografieren und ihnen dann beim Anhalten und Absteigen zu helfen.

Schließlich, als sie jeden Schüler beim Schaukeln abgelichtet hatte, sammelte sie alle wieder ein, und brachte sie zurück ins Klassenzimmer. Wenn Gott zuhörte, warum wurde Kristin dann nicht gesund? Da ihre Eltern, ihre Gemeinde und Francesca für sie beteten, hatte Kristin mehr Unterstützung als jeder andere, den Emma kannte.

Kristin brachte die Mädchen und Jungen herein und bat sie, an ihre Plätze zurückzugehen. Dann sah sie Emma an und ihre Miene veränderte sich. „Kann ich mit Ihnen reden?", sagte sie in lautlosen Worten. Was auch immer sie auf dem Herzen hatte, es war wichtig. Kristin holte Emma sonst nie während der Schulzeit von ihren Kindern fort.

Emma hob eine Hand und lächelte die Kinder an. „Kommt, wir sagen Kristin auf Wiedersehen."

„Auf Wiedersehen, Kristin ... tschü-üß!" Die Kinderstimmen schwebten durch den Raum.

„Also gut, Kinder. Ich bin mal kurz auf dem Flur. Bitte holt eure Lesehefte heraus und geht eure Fragen und Antworten noch einmal durch."

Die Schüler gehorchten, während Emma Kristin auf den Gang hinaus folgte. Emmas Herz hämmerte, und plötzlich war sie mehr als nervös. Kristin sah sonst nie so ernst aus wie jetzt. War dies ein Zeichen dafür, dass es ihr schlechter ging? Hatte ihre Herzerkrankung ein neues, gefährlicheres Stadium erreicht? Sie verschränkte die Arme und starrte das Mädchen an. „Ist ... ist alles in Ordnung?"

„Nein." Kristin verlagerte ihr Gewicht auf das andere Bein und vermied es, Emma in die Augen zu sehen. Sie zog einen dicken Packen aus ihrer Handtasche und hielt ihn hoch. „Ich brauche Ihre Hilfe." Sie reichte Emma den Umschlag. „Ich bewerbe mich bei der Liberty Universität und ... na ja, ich brauche ein Empfehlungsschreiben."

Emma spürte, wie Erleichterung sie durchflutete. Wenn Kristin sich Studienorte ansah, dann musste es ihr doch besser gehen. Vielleicht hatten sie ja sogar ein Herz für das Mädchen gefunden. Emma nahm die Unterlagen und starrte einige Sekunden auf das Logo der Hochschule auf dem Umschlag. „Ich schreibe dir gerne einen Brief." Sie kniff die Augen ein wenig zusammen. „Das ist toll ... eine Bewerbung fürs College."

Kristin lächelte halbherzig. „Das finden meine Eltern nicht. Sie ... sie wollen, dass ich warte, bis ich ein Transplantat habe." Sie zuckte mit den Schultern. „Oder wenigstens die Aussicht auf eines."

„Oh." Emmas gute Laune sank ein wenig. „Wo ist denn dieses College?"

„Es ist eine christliche Hochschule in Virginia." Kristins Augen leuchteten. „Sie ist nur sechs Stunden entfernt. Das kann man gut fahren." Sie seufzte und ihre Begeisterung legte sich. „Ich will wohl einfach bereit sein für das Leben. Wenn die Sache mit der Transplantation funktioniert, wissen Sie."

„Tja ..." Emma spürte, wie ihr die Tränen kamen. Sie blinzelte zwei Mal. „Ich kann irgendwie beide Seiten verstehen. Deine Eltern wollen dich in der Nähe haben."

„Ich weiß." Kristin deutete mit einem Nicken auf den Umschlag. „Da ist ein Formular drin, das können Sie ausfüllen." Jetzt lächelte sie wieder. „Ich will Lehrerin werden. So wie Sie."

Emma kämpfte mit ihren Gefühlen. Sie legte Kristin eine Hand auf die Schulter. „Ich habe das Gefühl", sagte sie, und es war, als würde sie tief in Kristins Seele blicken, „dass du irgendwann eine sehr, sehr gute Lehrerin sein wirst."

Kristin strahlte wegen des Kompliments. Spontan trat sie näher und umarmte Emma ganz fest. „Danke. Das werde ich nicht vergessen."

Emma löste sich aus der Umarmung und drückte den Umschlag mit den Unterlagen an ihre Brust. „Wenn du das nächste Mal kommst, habe ich das Formular fertig."

Kristin warf einen Blick ins Klassenzimmer und sah dann wieder Emma an. „Wissen Sie, was ich mir wünsche?"

„Was denn?" Wieder spürte Emma Tränen aufsteigen. Sie drängte sie zurück.

„Ich wünschte, ich könnte nur einen Tag lang Sie sein. Schon erwachsen, meine Transplantation hinter mir, und so tolle Kinder wie diese hier unterrichten."

Emma wartete, bis sie wieder sprechen konnte. Dann räusperte sie sich. „Halt an diesem ... diesem Traum fest."

Kristin zögerte, als gäbe es noch etwas, was sie sagen wollte. Aber was auch immer es war, sie schien es sich anders überlegt zu haben. „Das mache ich." Sie hatte ihre Kamera in einer Hand, als sie Emma noch einmal umarmte und ihr dann zum Abschied winkte. „Bis nächste Woche." Sie hielt die Kamera hoch und grinste. „Bis dahin ist Ihr Geschenk fertig. Von der Klasse und mir."

Der Gedanke zauberte ein strahlenderes Lächeln auf Kristins Gesicht als alles andere in den vergangenen Minuten. Emma sah zu, wie sie den Gang hinunterlief und durch die zweiflügelige Schultür verschwand. Nur wenige Jugendliche würden sich so kurz vor den Sommerferien mehr Gedanken über ihre Studienbewerbung und über Geschenke für andere machen als darüber, wie sie möglichst viel Zeit am Strand verbringen konnten. Selbst mit ihrem schwachen Herzen hätte Kristin das tun können, was die meisten anderen in ihrem Alter taten. Aber sie war nicht wie die meisten anderen.

Es war Zeit für das Malprojekt der Schüler, und Emma ging wieder in die Klasse zurück. Sie verteilte Farbe, Kittel und buntes Tonpapier. Aber sie musste die ganze Zeit an Kristin denken; an ihr Mitgefühl und ihre Überzeugungen und ihren Wunsch zu leben, trotz der widrigen Umstände. Ihre Entschlossenheit, die schwierigen Entscheidungen mit großem Glauben zu treffen.

So war Emma als Jugendliche nicht gewesen. Sie hatte in dem Sommer nach ihrem ersten Jahr an der Highschool auch schwierige Entscheidungen treffen müssen, aber sie hatte … nun, sie hatte den einfachen Weg gewählt. Oder so war es ihr damals zumindest erschienen.

Jemand zupfte an ihrem Arm, und Emma blinzelte die Vergangenheit fort. Francesca stand grinsend vor ihr, als hätte sie die blauen Flecken auf ihren beiden Armen gar nicht bemerkt. „Wissen Sie was, Miss?"

„Was denn, Liebes?" Emma drehte sich um, sodass sie dem Kind direkt gegenüberstand.

„Schauen Sie mal." Francesca hielt ihr Bild hoch. Es zeigte zwei Mädchen, eines groß mit langen braunen Haaren, das andere klein mit kurzem Haar in der gleichen Farbe. Das ältere Mädchen hatte etwas Schwarzes um den Hals hängen und ein großes Herz auf ihrem T-Shirt. „Das sind Kristin und ich." Francesca zeigte auf den schwarzen Gegenstand. „Das ist ihre Kamera, und daneben ist ihr großes Herz."

Emma spürte einen Stich. „Kristin hat eindeutig ein großes Herz."

„Meine Mommy sagt, dass freundliche Menschen immer ein großes Herz haben. Deshalb hab ich das hier für Kristin gemalt. Es ist eine Überraschung für sie, wenn sie nächsten Montag kommt." Francesca gab ihr die Zeichnung. „Können Sie es bis dahin aufheben?"

„Das mache ich." Emma zog die oberste Schublade ihres Tisches auf und schob das Bild hinein. „Hier ist es in Sicherheit."

Emma musste noch immer an das Bild denken, als sie die Schule verließ und selbst später, als sie zu Hause war und ihre Laufkleidung angezogen hatte. An das Bild und an ihre Unterhaltung mit Kristin. Mitte Mai war es immer so. Das bevorstehende Ende des Schuljahres schürte in ihr immer die Angst vor der Leere des Sommers. Der Verlust all dessen, was hätte sein können, war nie schmerzlicher als bei den Abschieden im Mai. Sie lief zum Strand, Riley an ihrer Seite. Nach fünf Kilometern änderte sie die Richtung und ließ das Wasser hinter sich. Sie hatte das Kreuz oberhalb des Strandes in einem Büschel mit wildem Seegras errichtet.

Die Markierung aus weißem Holz war sichtbar, wenn man danach suchte, aber ansonsten bezweifelte sie, dass viele Passanten es bemerkten. Keuchend blieb sie stehen, ganz außer Atem von ihrem Lauf. Riley suchte sich einen Bach und erfrischte sich, aber Emma nahm ihn kaum wahr. Sie bückte sich und berührte mit den Fingern das raue Holz. Ein einziges Datum war in das Kreuz eingraviert: 20. November 1999. Die Sonne und das Wetter hatten die Kanten abgewetzt, sodass die Buchstaben weniger hervortraten. Aber sie waren immer noch da.

Ebenso wie jede auch noch so kleine Erinnerung an jenen Tag.

Emma richtete sich auf und verschränkte die Arme. Sie drehte ihr Gesicht in die spätnachmittägliche Sonne und schloss die Augen. Der Wind war heute kühler, und die direkte Sonne auf ihrer Haut tat gut. Aber die Sonne war nicht stark genug, um die Kälte in ihrer Seele zu erreichen. Hätte sie damals gewusst, was sie jetzt wusste, hätte es kein weißes Kreuz gegeben und keinen ungelösten Kummer, der jede andere Farbe in ihrem Leben überschattete.

Keine drohenden einsamen Sommer.

Sie öffnete die Augen und starrte hinaus aufs Wasser, wo die Blautöne von Meer und Himmel aufeinandertrafen. Was war wohl mit Brad? War er wirklich vor neun Jahren aus ihrem Leben verschwunden? Gab es niemals Tage, an denen er aufwachte und sie in seinem Herzen vermisste, so wie sie immer noch aufwachte und ihn in ihrem Herzen spürte? Sie konnte versuchen, ihn zu finden. An manchen Tagen, wenn die Erinnerung so lebendig war, dass sie ihn beinahe an ihrer Seite spüren konnte, dachte sie über diese Möglichkeit nach.

Aber am Ende siegte immer die Vernunft. Sie würde ihn nicht anrufen, nachdem er sich so lange nicht bei ihr gemeldet hatte und es ihm offensichtlich egal war, wie es ihr ging und ob sie die Entscheidungen, die sie in ihrem letzten Jahr gemeinsam getroffen hatten, jemals verarbeitet hatte. Wenn Brad keinen Kontakt mit ihr aufnehmen wollte, würde sie ihn auch nicht anrufen. Aber das bedeutete nicht, dass sie aufhören konnte, an ihn zu denken.

Vor allem im November und im Mai.

Riley war mit Trinken fertig. Er kam hechelnd an ihre Seite, bereit für den Rückweg. Emma streckte die Hand aus und kraulte ihn auf dem Kopf und in dem weicheren Fell hinter den Ohren.

„Bist du so weit, alter Junge?“

Der Hund winselte eine leise Erwiderung. Er lief ein paar Schritte und blieb dann stehen, um zu ihr zurückzublicken. *Komm schon, Emma. Jetzt reiß dich zusammen,* schien er zu sagen. *Lauf einfach weiter … dann wird das schon.*

Emmas Blick wanderte wieder zu dem Kreuz und sie bückte sich ein letztes Mal, um das Holz zu berühren. Sie versuchte sich vorzustellen, was Kristin von ihr halten würde, wenn sie von dem Kreuz wüsste und von allem, wofür es stand. Kristin war alles, was Emma hatte sein wollen; alles, was sie heute sein könnte, wenn sie nicht …

Riley winselte wieder, und Emma holte tief Luft. „Also gut … gehen wir." Sie lief den Sandhügel hinunter und zurück an den feuchten Wassersaum. Sie rannte ungeheuer gerne, aber in letzter Zeit nutzte sie die Zeit, in der sie am Strand von Holden Beach einen Fuß vor den anderen setzte, dazu, ihr Herz und ihre Seele zu reinigen, während sie verzweifelt nach etwas Neuem suchte. So als könnte sie, indem sie lief, einen Ort erreichen, von dem aus sie endlich wirklich weitergehen konnte.

Der Sport tat ihr gut. Körperlich fühlte sie sich besser als je zuvor, und wenn sie so weitermachte, würde sie für den Halbmarathon mehr als gut gerüstet sein. Für den Halbmarathon, den Gavin Greeley laufen wollte. Sie machte sich auf den Heimweg und dachte an Gavin. Sie mochte ihn und hätte ihn gern besser kennengelernt. Aber er würde nichts mit ihr zu tun haben wollen, wenn er die Wahrheit wüsste. Er war ein anständiger Kerl und ausgerechnet der Musikleiter seiner Gemeinde. Er wartete auf eine ältere Version von Kristin Palazzo. Nicht auf jemanden mit einer so erbärmlichen Vergangenheit, wie Emma sie hatte. Nicht auf jemanden, der zu dem fähig war, was Emma vor zehn Jahren getan hatte.

Sie versuchte, ihre Gedanken auf die Schule zu konzentrieren; auf die letzte Woche vor den Sommerferien und das Geschenk, das Kristin für sie zusammenstellte. Aber so sehr sie sich auch bemühte, ihre Gedanken kehrten immer wieder an denselben Ort zurück. An den Sandstrand hier in Holden Beach, an dem Brad und sie sich ineinander verliebt hatten. Dahin, wo sie einander Lebewohl gesagt hatten. Und wie jedes Mal, wenn sie an ihn dachte, wurde ihr dieselbe traurige Wirklichkeit bewusst. Sie vermisste ihn zutiefst, auch wenn sie ihn dafür hasste, dass er sie verlassen hatte. Sie vermisste ihn trotzdem.

Egal, wie weit sie lief, das würde sich niemals ändern.

6

Brad war froh, dass er zu der Besprechung mit Kotton Kids am Mittwoch formelle Kleidung angezogen hatte. Alles, was ihm einen Vorteil verschaffen konnte, war nützlich, wo er sich doch selten schlecht vorbereitet fühlte. Seine Präsentation war gleich fällig, und er hatte das Gefühl, dass er kaum atmen konnte. *Kein Problem,* sagte er sich. Er durfte nervös sein, so lange er es vor den anderen verbarg.

Die Besprechung begann damit, dass Al Cryder, der Geschäftsführer von Kotton Kids, mit Randy James plauderte. Sie sprachen über die beiden Enkel, die bei den Cryders in diesem Sommer erwartet wurden, und über Brads und Lauras bevorstehende Hochzeit. Randy zog ein Verlobungsfoto aus seiner Brieftasche und schob es über den Tisch. „Das sind sie. Das glückliche Paar."

Al war kräftig gebaut und sah in seinem Westernanzug, den Straußenlederstiefeln und dem Cowboyhut aus dunklem Veloursleder noch mächtiger aus. Seine Firma mochte sich ökologischen Standards verschrieben haben, aber das bedeutete nicht, dass Al sein Texas-Image aufgab. Er betrachtete das Bild wohlwollend. „Umwerfend." Er grinste Brad an. „Ich wette, da gibt es jetzt jede Menge gebrochene Herzen in der Stadt."

Brad lächelte, nicht ganz sicher, was der andere meinte. „Ja, Sir."

„Sie wissen, warum, oder?" Der Mann hatte eine kräftige Stimme und ein noch kräftigeres Ego.

„Ich weiß es." Randy lachte laut und grinste Brad ebenfalls breit an. „Seht euch doch nur mal an. Zusammen habt ihr bestimmt Hunderte Herzen gebrochen, nicht wahr, Al?"

„Genau." Er nickte Brad zu. „Sind Sie sicher, dass Ihr Nachname nicht Pitt ist? Bei diesem Filmstarlook fragen die Leute sich wahrscheinlich, ob sie um eine Werbekampagne oder um ein Autogramm bitten sollen."

Brad war froh über die Ablenkung. Alles, was eine positive Stimmung in das Treffen brachte, war ihm willkommen – vor allem, weil seine Präsentation so wenig Substanz enthielt. „Laura ist diejenige, die wie ein Filmstar aussieht. Das hört man immer wieder." Er sah Randy an. „Das stimmt doch, nicht wahr?"

„Ihr seht beide toll aus." Randy lehnte sich in seinem Sessel zurück. „Die Hochzeit wird im Liberty House stattfinden."

„Das kenne ich." Al zog ein Zigarrenetui aus seiner Anzugtasche, zog eine einzelne Zigarre heraus und schob sie sich zwischen die Zähne. Er zündete sie jedoch nicht an. „Eines meiner Kinder hat sich das mal angesehen. Fantastische Aussicht."

Brad speicherte die Information ab, dass Al Cryder Zigarren mochte – ob angezündet oder nicht.

„Wir haben ein Feuerwerk geplant. Das volle Programm." Randy grinste. „Ich kann es kaum erwarten."

Es entstand eine natürliche Pause in ihrer Unterhaltung, und Brad erkannte sein unausgesprochenes Stichwort. Er war an der Reihe. Er holte tief Luft und erhob sich. Dann ging er ein paar Schritte zur Kopfseite des Raumes, an der ein Flipchart mit überdimensionalen Postern aufgestellt war. Auf dem oberen stand ganz schlicht: Präsentation Kotton Kids.

„Wenden wir uns unserem aktuellen Thema zu." Brad schlug das erste Blatt zurück. *Okay, Gott … hilf mir bitte. Ich bin einfach noch nicht so weit.* Er atmete aus, um sich zu beruhigen. „Ich möchte die unterschiedlichen Elemente unseres Plans durchgehen und darüber sprechen, welches Potenzial wir in diese Kampagne einbringen wollen." Die Worte flossen mühelos. Mit diesem Teil, der Kundenumwerbung, hatte Brad nie Probleme. „Es wird drei Phasen der Umsetzung geben. Die erste ist natürlich unser Werbeslogan."

Brad spürte, wie ihm der Schweiß auf die Stirn trat. Er ignorierte ihn und auch den konzentrierten Blick, mit dem Randy ihn beobachtete und darauf wartete, dass er die Genialität offenbarte, für die er bekannt war. Noch einmal tief Luft holen. „In diesem Fall feile ich noch an der genauen Formulierung." Er schlug das nächste Blatt um. Darauf standen die einzigen Worte, die ihm bisher eingefallen waren. „Im Moment arbeiten wir mit der vorläufigen Version des Slogans: ‚Kotton Kids – weil Ihr Baby das Beste verdient hat'."

Al Cryder nickte mit gerunzelter Stirn. „Das gefällt mir. Aber wir brauchen noch mehr." Er sah Randy an. „Meinen Sie nicht auch, James? Etwas, das uns aus der Masse heraushebt?"

„Ganz klar." Randy lachte sein selbstbewusstes kleines Lachen, das dem Kunden signalisieren sollte, dass er und seine Agentur alles im Griff hatten. „Brad ist ein Genie. Er fängt ja gerade erst an."

„Richtig, das ist erst der Anfang." Brad fragte sich, ob sie wohl sahen, wie seine Knie zitterten. Er achtete darauf, dass seine Stimme beherrscht und selbstsicher klang, während er das Blatt mit dem Slogan nach hinten schlug. „Die nächste Phase ist natürlich das Branding, also die Markenstrategie. Farben, Stoffe, ein Werbegefühl, das den Verbraucher an Kotton Kids bindet."

Durch diesen Teil der Präsentation mogelte er sich hindurch. Gedämpfte Farben, echte Babys in Sepia, sanfte Musik. Trotz seines Mangels an Richtung machte er mit der zweiten Phase Boden gut. „Es geht darum, ein Erlebnis zu schaffen und mit dieser Kampagne ein Gefühl zu erzeugen", erklärte er Al. „Die potenziellen Kunden sehen in der Werbung Eltern und ihre Babys – ob im Fernsehen oder gedruckt – und wollen diese Erfahrung mit ihren eigenen Kindern nachahmen. Sie werden glauben, dass ihre persönlichen Augenblicke nur mit Kotton Kids so sein können, wie sie in der Werbung gesehen haben."

„Schön. Sehr schön.“ Al biss ein paarmal auf seine Zigarre. Er zog an der Krempe seines Cowboyhuts. „Sie sind clever, Brad. Ich bin sicher, Ihr Schwiegervater in spe ist froh darüber.“

Die Besprechung drehte sich anschließend zwanzig Minuten lang um die dritte Phase – die geografischen Bereiche, auf die sie sich konzentrieren sollten, und irgendwann spürte Brad, wie er sich entspannte. Er hatte überlebt – wenigstens diese Runde. Sie beschlossen, sich in zwei Wochen wieder zu treffen, und legten die Besprechung auf Mittwoch, den 2. Juni, fest. Brad war froh über den Aufschub, aber die Zeit würde schnell verstreichen. Vor allem angesichts der Hochzeitsvorbereitungen und all der anderen Dinge, die ihn immer wieder ablenkten. Bei der nächsten Sitzung musste er so gut vorbereitet sein, dass er Al Cryder richtig beeindruckte, sonst würden sie den Auftrag verlieren. Egal, wie gut die Sache heute gelaufen war. Al war ein Profi, ein gewiefter Geschäftsmann, der sich mit seinem Kotton-Kids-Sortiment eine Nische erobert hatte. Auf Dauer würde er sich nicht von Versprechungen und geplanten Phasen hinhalten lassen.

Al gab ihm die Hand, bevor er ging. „Brad ... ich erwarte Großartiges, wenn wir uns wiedersehen.“

„Natürlich.“ Brad blieb ganz ruhig und ließ sich nichts anmerken. „Ich glaube, Sie werden begeistert sein.“

„Das werden Sie.“ Randy lachte wieder. Er klopfte Al auf den Rücken, als wären sie die besten Freunde, die sich zu einem Plausch getroffen hatten. „Brad ist der Beste in dieser Branche.“

„Das habe ich auch gehört.“ Al kniff die Augen zusammen, die unangezündete Zigarre noch immer zwischen den Zähnen. „An welchen Kampagnen waren Sie sonst noch beteiligt?“

Randy antwortete an seiner Stelle. „Finley Grillsysteme ... Wesley Bettwaren ... Orion Steel Kochgeschirr ... Way Cool Lunch Snacks.“ Randy schüttelte übertrieben betont den Kopf. „Alles, was der Junge anfasst, verwandelt sich in Gold.“

Al nickte anerkennend. „Sehr erfolgreiche Kampagnen.“

„Stimmt." Randy lotste Al aus dem Raum und den Gang hinunter. Als sie auf den Ausgang des Gebäudes zugingen, schwärmte Randy noch immer von Brad und von den Wundern, die er bei einer Werbekampagne vollbringen konnte.

Brad wartete, bis sie außer Sichtweite waren, bevor er spürte, wie seine Schultern absackten. Er huschte in sein Büro, ging zu der Glaswand auf der anderen Seite des Raumes und lehnte sich dagegen. *Gott ... was ist nur mit mir los? Der 15. Mai ist doch vorbei. Warum ist mir denn immer noch das Herz so schwer?*

Wieder hörte er keine Antwort, aber ein Lied kam ihm in den Sinn. Ein alter Choral, den er als Junge gesungen hatte, als er mit seinen Eltern jeden Sonntag in die Kirche gegangen war. *Schenk mir, o Gott, ein reines Herz und gib mir einen neuen Geist.* Er dachte über die Worte des Chorals nach. Sie stammten aus der Heiligen Schrift, oder? Irgendwo in der Bibel mussten sie stehen.

Er trat vom Fenster zurück und setzte sich an seinen Schreibtisch, um eine der Schubladen auf der rechten Seite zu öffnen. Dort bewahrte er seine Bibel auf. Aber als er die Hand danach ausstreckte, fiel sein Blick stattdessen auf etwas anderes. Auf einen Umschlag, der ebenfalls in der Schublade lag. Darin befand sich der Inhalt seiner alten Aktentasche, die er schon im College benutzt hatte. Alte Fotos und Visitenkarten. Er hatte die Unterlagen seit Jahren nicht mehr angesehen, aber jetzt ... jetzt riefen sie ihn lauter als die Heilige Schrift.

Mit zögernden Fingern zog er an dem Umschlag und holte ihn zwischen den anderen Dingen in der Schublade heraus. Er verteilte den Inhalt sorgfältig auf seinem Schreibtisch und dann sah er es plötzlich, ohne Vorwarnung. Das Foto, das er hier vermutet hatte.

Das Bild von Emma Landon.

Es widerstrebte ihm, das Foto zu berühren – so als könnte er durch die Berührung des Fotopapiers ein Gefühl neu entfachen, dem er niemals würde entfliehen können. Er beugte sich über das Bild und starrte sie an, musterte sie ganz genau. Seine erste Liebe, seine Emma. Irgendwann verlor er den Kampf und nahm das Foto in die Hand. Er hielt es dichter vor sich, um sie klarer erkennen zu können.

War dies das Problem? Der Grund, warum er nicht klar denken konnte? Emma Landon? Er hielt das Foto fest und ging wieder zum Fenster, das von der Decke bis zum Boden seines Büros reichte. Laura hatte ihn gefragt, ob die Hochzeit ihm Sorgen bereitete, und er hatte ihr ehrlich geantwortet. Die Hochzeit war nicht das Problem.

Er selbst war das Problem. Das verstand er mit einem Mal.

Ein kleines Schild fiel ihm ins Auge, ein eingerahmter Bibelvers, den er sich gekauft hatte, als er angefangen hatte, für die Werbeagentur zu arbeiten. Darauf stand: „Wer Gelegenheit hat, Gutes zu tun, und tut es trotzdem nicht, der wird vor Gott schuldig – Jakobus 4,17."

Er hatte sich den Spruch gekauft, weil es in dem hektischen Betrieb einer Manhattaner Werbeagentur leicht war, falsche Entscheidungen zu treffen. Aber wenn er sich an Gottes Wort hielt, würde Brad immer wissen, was das Gute war, das er tun sollte. Der eingerahmte Vers war eine Erinnerung daran, dass es nicht verhandelbar war, das Richtige zu tun. Es war seine Berufung. Im Werbeberuf wie im Leben. Aber warum hatte er dann nicht das Richtige getan, was Emma betraf? Keine Entschuldigung, kein Anruf, kein Treffen, um die Dinge zu klären. Nicht ein einziges Mal in den vergangenen zehn Jahren. Als könnte er sie und die Schuldgefühle über das, was geschehen war, einfach verdrängen und irgendwie hinter sich lassen.

Was sagte das über ihn aus? Und wie konnte er in die Zukunft blicken, wenn ein so wichtiger Teil seiner Vergangenheit ungeklärt war? Plötzlich wusste er, was er tun musste. Er würde Jack Reynolds anrufen. Jack war ein Freund aus seiner Kirchengemeinde, ein christlicher Therapeut. Brad konnte ihm auf jeden Fall seine Fragen stellen. Er suchte Jacks Nummer in seinem BlackBerry und betätigte die Anruftaste.

Sein Freund ging beim zweiten Klingeln dran. „Jack hier."

„Hi ... Brad Cutler. Tut mir leid, dass ich bei der Arbeit störe."

„Kein Problem. Ich komme gerade von der Mittagspause zurück." Man konnte den Straßenlärm der Stadt im Hintergrund hören. „Was gibt's?"

Brad beschloss, die Sache aus einer anderen Richtung anzugehen. „Hör zu, ich habe ein Problem."

„Okay."

Brad wollte nicht in die Einzelheiten gehen. „Du weißt doch, dass ich diesen Sommer heirate, nicht wahr?"

„Natürlich." Jack klang ernst.

„Laura ist fantastisch. Zwischen uns ist alles in Ordnung." Er konnte kaum glauben, dass er es tatsächlich aussprach. „Es geht darum ... ich meine, es ist verrückt, aber ... ich hatte vor zehn Jahren diese Freundin. Wir waren in der Highschool zusammen, wie das so ist." Sein Magen schmerzte. Er rieb sich die Schläfe und versuchte, die Geschichte zusammenzufassen, so gut es ging. „Jedenfalls denke ich oft an sie und daran, wie die Sache damals zu Ende gegangen ist."

„Okay." Jacks Stimme klang ruhig, aber immer noch besorgt. „Empfindest du noch immer etwas für sie?"

„Nein, nein." Brads Herz schlug schneller. „Nicht, was du denkst. Es ist nur ... es war ... Unsere Beziehung endete nicht gut. Ich hätte mich bei ihr entschuldigen sollen, aber ich ... es kam nie dazu."

„Das ist bedauerlich."

„Ja, mehr als das." Brad atmete aus. „Ich dachte, vielleicht kann ich nicht diesen wichtigen Schritt mit Laura tun, ohne vorher zurückzugehen ... Ich weiß nicht, sie vielleicht finden. Die Sache abschließen, damit ich in die Zukunft blicken kann."

„Ich verstehe." Er hatte Jacks volle Aufmerksamkeit, daran bestand kein Zweifel. „Weiß Laura davon?"

Brads Magen zog sich schmerzhaft zusammen. „Noch nicht. Ich dachte ... Ich will die Sache nicht noch verkomplizieren. Die Vergangenheit mit einer ehemaligen Freundin hochholen. Du weißt schon, dass eine Entschuldigung es vielleicht für alle Beteiligten noch schlimmer macht."

„Hmmm." Jack musste die Straße verlassen haben, denn das Geräusch des Verkehrs war jetzt nicht mehr zu hören. „Jede Situation ist anders, und da ich den Hintergrund nicht kenne und nicht weiß, wofür du dich entschuldigen musst, kann ich nur ganz allgemein sprechen."

„Klar. Das ist mir recht." Brads Herz hämmerte gegen seine Brust.

„Normalerweise müssen Menschen, die sich nach Vergebung sehnen, zuerst Gottes Vergebung suchen und dann sich selbst vergeben. Und ja, manchmal – wenn die Situation es zulässt – kann es auch Teil der Heilung sein, den Menschen zu finden, den man vor langer Zeit verletzt hat. Und sich von Angesicht zu Angesicht zu entschuldigen."

„Das heißt, ich sollte mit ihr reden?" Brads Gedanken überschlugen sich. „Ich meine, wenn ich sie finde?"

„Wenn das möglich ist – und oft ist es das nicht –, dann würde ich sagen: Ja. Vergebung zwischen zwei Menschen kann sehr heilend sein. Manchmal ist es der erste Schritt in die Zukunft. Vor allem, wenn man einen neuen Lebensabschnitt beginnt." Jack zögerte. „Aber es ist auch riskant. Laura müsste damit einverstanden sein, sonst könnte sie deine Motive falsch verstehen."

Brad hatte das Gefühl, dass seine Welt aus den Angeln geriet. „Genau."

„Und dann ist da natürlich noch das andere Risiko."

„Welches?"

„Du könntest dich wieder in deine ehemalige Freundin verlieben."

„Das wird nicht … darum geht es nicht."

„Wie ich schon sagte, ich kann nur allgemein sprechen. Wenn Laura es versteht und es dir wichtig ist, um Verzeihung zu bitten, dann würde ich es auf jeden Fall in Erwägung ziehen. Es ist nie gut, eine Ehe mit ungeklärten früheren Beziehungen zu beginnen. Auch wenn der Wunsch nach Vergebung in diesem Fall vielleicht nicht die ungefährlichste Entscheidung ist."

Brad wollte erklären, dass nichts Gefährliches daran war, wenn er um Verzeihung bat. Der Gedanke, er könnte Emma noch einmal lieben, war verrückt, unmöglich. Nichts konnte ihn von Laura weglocken. Aber Jack war der Therapeut, und er hatte so etwas wahrscheinlich schon häufiger gesehen. Es barg möglicherweise doch ein gewisses Risiko, Emma Landon wiederzusehen.

Er war froh, dass Jack nicht nachbohrte, um Einzelheiten zu erfahren. Sie begegneten einander in der Kirche, deshalb wollte Brad nicht, dass Jack mehr wusste, als er ihm bis jetzt gesagt hatte. „Danke, Kollege. Das hilft mir wirklich weiter."

„Gern geschehen." Wieder schien Jack zufrieden damit, das Gespräch so stehen zu lassen. „Bis Sonntag."

„Ja. Bis dann."

Als ihm bewusst wurde, was Jacks Rat bedeutete, wurde sein Herz noch schwerer. Das Problem, das ihm zu schaffen machte, und die Schwere, die ihn von seinen besten schöpferischen Leistungen abhielt, hatten nichts mit Laura oder ihren Heiratsplänen zu tun. Er nahm das Foto in die Hand und starrte es erneut an. Er war das Problem. Er wusste, was er tun sollte, aber er hatte es all die Jahre verdrängt. Er hatte die Wahrheit beiseitegeschoben, während er studiert und zu Gott zurückgefunden hatte, und auch danach, als er sich einen Namen in seiner Branche gemacht hatte. Er hatte vor zehn Jahren gewusst, was er hätte tun sollen, und er wusste es auch heute. Vor allem, nachdem er mit Jack gesprochen hatte. Tatsache war, dass er nicht das Gute und Richtige getan hatte. Die ganze Zeit hatte er sich davor gedrückt. Die Augen auf dem Foto erwiderten seinen Blick. Seine wunderbare Emma. Wie kam es, dass er sich nicht an einen einzigen Augenblick der Klärung für sie beide erinnern konnte? War er wirklich einfach gegangen? Hatte er seine Honda und seinen Kummer genommen und sich nicht mehr umgedreht?

Seit damals hatte er von ganzem Herzen geglaubt, er könnte in die Zukunft gehen, ohne die Vergangenheit hervorzuholen. Die Zeit würde bei ihnen beiden die Wunden von gestern heilen. Aber wenn das stimmte, wie kam es dann, dass er selbst hier in seinem Büro, in einem Wolkenkratzer in New York City, die Wellen von Holden Beach hören und den Duft der salzigen Sommerluft riechen konnte? Er hatte sich nicht eingestehen wollen, dass seine unruhige Seele und seine zerstreuten Gedanken etwas mit Emma zu tun hatten und mit den Entscheidungen, die sie in ihrem letzten gemeinsamen Jahr getroffen hatten. Aber sie hatten etwas damit zu tun. Es konnte nicht anders sein.

Er sah das Bild an, blickte tief in ihre Augen, und die Wahrheit war so lebendig wie die Konturen ihres Gesichts. Was ist wohl aus dir geworden, Emma Landon? Bist du fortgezogen und hast irgendwo ein neues Leben begonnen, so wie ich es getan habe? Denkst du manchmal an uns und an das, was wir damals aufgegeben haben? Die Fragen kamen ungebeten und überfluteten seine Gedanken und Sinne. Aber eine Tatsache stach aus all dem hervor, rief ihm zu, würgte ihn und hielt ihn davon ab, das Foto wegzulegen und sich wieder an seine Arbeit zu begeben. Was Emma betraf, gab es etwas Gutes, das er nicht getan hatte – weder in jenem Sommer, noch an irgendeinem Tag danach. Diese Last bedrückte Brad so, dass er Mühe hatte, seinen Tag hinter sich zu bringen, geschweige denn über seine Hochzeit nachzudenken. Das alles konnte nur eines bedeuten. So riskant es auch sein mochte, er musste das Richtige tun.

Es war an der Zeit, Emma Landon zu sagen, dass es ihm leidtat.

7

Lauras Bibelgruppe am Mittwochabend bestand aus denselben sechs Mädchen, die seit ihrem Abschluss an der Orange Christian Highschool vor acht Jahren ihre Freundinnen waren. Im Laufe der Zeit hatte die Gruppe eine Menge miteinander erlebt – Kummer und Glück, Tragödien und Triumphe. Keine von ihnen war überrascht gewesen, als Megan ein Jahr nach ihrem Abschluss als Erste heiratete. Seit ihrem ersten Jahr in der Highschool war sie mit Joey Johnson zusammen gewesen, der im Basketballteam der Schule spielte, und jetzt hatten die beiden vier Kinder unter fünf Jahren. Megan bemerkte oft, sie liebe Joey und die Kinder zwar von Herzen, aber was sie vor dem Wahnsinn rette, sei die Bibelgruppe.

Amy hatte nach zwei Jahren Studium an der Universität von New York eine Reise nach Aruba gemacht und war mit Zwillingen schwanger zurückgekommen. Es fiel ihr immer noch schwer, über das zu sprechen, was in einem Hotelzimmer gegen ihren Willen geschehen war, während der Rest ihrer Reisegruppe in einem Nachtklub war. Sie hatte eine Abtreibung ernsthaft in Erwägung gezogen, aber Megan hatte ihr das ausgeredet. Da sie zwei kleine Mädchen großziehen musste, hatte Amy keine Zeit, mit Männern auszugehen, also war sie Single und glücklich. Sie und die Mädchen lebten bei Amys Eltern.

Die Tänzerin in der Gruppe, Bella Joy, hatte ihren Abschluss am Juilliard-Konservatorium in New York gemacht und verbrachte seit mehreren Jahren Frühling und Sommer mit einer Balletttruppe auf Europatournee. Aber mittlerweile war sie es leid, ständig aus dem Koffer zu leben und in eine leere Wohnung in Brooklyn zurückzukehren. Ein Ballettstar zu sein mochte zwar aufregend sein; aber sie betete darum, den richtigen Mann kennenzulernen, um zu heiraten und Kinder zu bekommen.

Anna war Lehrerin in Jersey City, verheiratet mit dem Jugendpastor einer Innenstadtgemeinde im SoHo-Distrikt. Sie wohnten bei seinen Eltern und erwarteten ihr erstes Kind. Anna hatte keine Ahnung, wie sie eine eigene Wohnung finden sollten, da sie sich unmöglich etwas leisten konnten, das weniger als eine Stunde von Manhattan entfernt war. Nicht, dass es Anna etwas ausgemacht hätte. Sie liebte ihre Schwiegereltern, und die Situation hatte für alle Beteiligten Vorteile. Vor zwei Jahren hatte Anna ein Melanom an ihrem linken Bein entdeckt. Aber die Ärzte hatten den Tumor entfernt und seitdem war sie krebsfrei.

Gerade aus Nashville zurückgekehrt war Nelly, die auf der Highschool im Schulchor gesungen hatte wie alle anderen auch, außer Megan. Nelly hatte New Jersey verlassen, um an der Belmont-Universität in Nashville Musik zu studieren, und dort hatte sie sich in einen aufstrebenden Country-und-Western-Musiker verliebt. Über ihre Beziehung war in der Klatschpresse berichtet worden, und am Ende hatten sie eine Hochzeit gefeiert, die es bis auf das Titelblatt von *People* geschafft hatte. Das war vor drei Jahren gewesen, aber nach nur zehn Monaten zeigten die Bilder in den Zeitschriften ihren Mann mit etlichen Mädchen, die nicht Nelly waren. Er war vor einem Jahr ausgezogen und die Scheidung war schnell und schmerzhaft gewesen, ohne dass er sich auch nur ordentlich verabschiedet hätte. Nelly war nach Hause zurückgekommen, fest davon überzeugt, dass sie sich nie wieder verlieben könne. Aber seit dem letzten Frühjahr ging sie mit einem Absolventen von Orange Christian High aus, der zwei Jahre älter war als sie.

Megan, Amy, Bella Joy, Anna und Nelly. Die besten Freundinnen, die Laura haben konnte. Sie würden bei ihrer Hochzeit die Brautjungfern sein. Hochzeiten waren für die Freundinnen nichts Neues – schließlich hatten sie schon einige miteinander gefeiert –, aber trotzdem freuten sie sich für Laura und waren gespannt auf die ausgefeilte Zeremonie und den Empfang, die in sechs Wochen stattfinden würden. Und sie gönnten es ihr, dass sie einen so wundervollen Mann wie Brad Cutler heiratete. Diese Freundinnen wussten, wie hart Brad in den vergangenen drei Jahren gearbeitet hatte – mit seinem Vollzeitjob für Lauras Vater und einem gleichzeitigen Wirtschaftsstudium. Und diese Mädchen waren die Ersten gewesen, die sich mit Laura gefreut hatten, als Brad ihr vor einem Jahr einen Heiratsantrag gemacht hatte.

Heute Abend fand ihr Treffen bei Laura zu Hause statt. Die Mädchen saßen in dem großen Wohnzimmer auf weich gepolsterten Sesseln und Sofas. Laura blickte in die Runde und dachte daran, wie es gewesen war, mit genau diesen Mädchen um den Mittagstisch in der Cafeteria der Schule zu sitzen. Die Freundinnen hatten sich gegenseitig durch die ungewisse, dramatische Schulzeit geholfen und seither auch durch alle anderen Lebensphasen. Laura glaubte, dass sie für immer befreundet bleiben würden, und was sie immer wieder zueinanderfinden ließ, war das hier – ihr wöchentlicher Bibelabend. Sie trafen sich abwechselnd in den verschiedenen Wohnungen, und obwohl es Zeiten gab, in denen die eine oder andere nicht jede Woche teilnehmen konnte, fanden die Treffen immer statt.

An diesem Nachmittag war es sehr schwül gewesen, aber jetzt war ein leichter Wind aufgekommen. Laura öffnete die Fenster und stellte einen Krug mit Zitronenwasser auf den Couchtisch mitten im Zimmer. Dann setzte sie sich zu den anderen, die bereits die Bibeln aufgeschlagen hatten: Lukasevangelium, Kapitel sechs.

„Wisst ihr", sagte Nelly und stellte ihr Wasserglas neben ihren Füßen auf den Boden, „bevor wir anfangen, muss ich etwas sagen … Ich habe mit diesem Abschnitt meine Schwierigkeiten." Sie spielte gedankenverloren mit ihren langen kastanienbraunen Haaren und starrte auf ihre aufgeschlagene Bibel. Damals in der

Schule war Nelly wohl die Unbekümmertste von ihnen allen gewesen, hatte immer gelacht und sich für die einfachsten Dinge des Lebens begeistert. Aber seit ihrer Scheidung gestattete sie sich manchmal einen erkennbar schärferen Ton und eine Art von Zynismus, was ihren Glauben betraf.

Laura wünschte, sie könnte etwas tun, um ihrer Freundin zu helfen, denn sie hatte das Gefühl, dass heute eine Gelegenheit dazu war.

Megan hielt das Gespräch normalerweise auf Kurs, indem sie die anderen daran erinnerte, dass sie im Anschluss über ihre persönlichen Situationen sprechen konnten, wenn sie Gebetsanliegen sammelten. Doch diesmal warf Megan Nelly einen verständnisvollen Blick zu. „Geht mir auch so. Dieses Kapitel hat es in sich."

Es wurde still im Raum und alle starrten in ihre Bibeln. Die kurze Zwischenüberschrift für den heutigen Abschnitt lautete schlicht: „Liebe deine Feinde".

Nelly sah in die Runde. „Lasst uns anfangen. Ich glaube, es gibt eine Menge zu besprechen, wenn wir den Text gelesen haben." Sie nickte Amy zu. „Liest du die ersten vier Verse vor?"

„Klar." Amy hob ihre Bibel etwas an. „Lukas 6,27 bis 31. ‚Euch allen sage ich: Liebt eure Feinde und tut denen Gutes, die euch hassen. Segnet die Menschen, die euch Böses wünschen, und betet für alle, die euch beleidigen. Wenn jemand dir eine Ohrfeige gibt, dann halte die andere Wange auch noch hin. Wenn dir einer den Mantel wegnimmt, dann weigere dich nicht, ihm auch noch das Hemd zu geben. Gib jedem, der dich um etwas bittet, und fordere nicht zurück, was man dir genommen hat. So wie ihr von anderen behandelt werden möchtet, so behandelt sie auch.'"

In Annas Augen lag ein schmerzlicher Blick. „Habe ich euch eigentlich erzählt, was bei unserer Innenstadtarbeit passiert ist?"

Die anderen verneinten leise oder schüttelten den Kopf.

„Ihr wisst ja, was wir dort machen. Wir wollen in SoHo Kindern helfen, die sonst keine Chance haben." Sie blickte in die Runde. „Na ja ... letzte Woche sind ein paar Typen von einer Gang eingebrochen und haben unsere Spieltische zertrümmert und Drohungen an Wände und Fenster gesprayt. Der Schaden beläuft sich auf zehntausend Dollar." Anna hatte kurzes, lockiges Haar und jetzt schob sie eine Locke hinters Ohr zurück, während sie zweifelnd und ratlos in die Runde blickte. „Ich habe natürlich auch Schwierigkeiten mit diesem Text. Ich meine, was sollen wir machen? Die Typen suchen, die das getan haben, und sie einladen wiederzukommen?"

Laura musste ihr zustimmen. „Anna hat recht. Ich meine, will Gott wirklich, dass wir es uns einfach gefallen lassen, wenn jemand uns verletzt?"

Megan stützte die Ellbogen auf die Knie und faltete die Hände, den Blick auf Anna gerichtet. „Ich glaube, es hat eher mit unserer Einstellung zu tun, wenn jemand uns wehtut."

„Mit unserer Einstellung?" Nelly legte fragend den Kopf zur Seite. Sie war nicht auf eine Diskussion aus, sie war ehrlich verwirrt.

Ein tief fliegendes Flugzeug dröhnte draußen am Himmel. Megan versuchte es noch einmal: „Mit anderen Worten, wir müssen die Menschen lieben, komme, was wolle. Wenn sie uns schaden, dann müssen wir darauf vertrauen, dass Gott uns das, was wir dabei verloren haben, neu schenkt. Das Wichtigste ist zu lieben, auch wenn es schwierig ist."

„Zum Beispiel bei unseren Feinden." Nellys Stimme klang jetzt weniger aggressiv. „Das meine ich ja. Das ist schon ein harter Brocken."

Bella Joy las die restlichen Verse des für diesen Abend vorgesehenen Textes vor: „Lukas 6,32 bis 36. ‚Oder wollt ihr dafür belohnt werden, dass ihr die Menschen liebt, die euch auch lieben? Das tun selbst die Leute, die von Gott nichts wissen wollen. Ist es etwas Besonderes, denen Gutes zu tun, die auch zu euch gut sind? Das können auch Menschen, die Gott ablehnen. Was ist schon dabei, Leuten Geld zu leihen, von denen man genau weiß, dass sie es zurückzahlen? Dazu braucht man nichts von Gott zu wissen. Ihr aber sollt eure Feinde lieben und den Menschen Gutes tun. Ihr sollt ihnen helfen, ohne einen Dank oder eine Gegenleistung zu erwarten. Dann werdet ihr reich belohnt werden: Ihr werdet Kinder des höchsten Gottes sein. Denn auch er ist gütig zu Undankbaren und Bösen. Seid so barmherzig wie euer Vater im Himmel!'"

Ein paar Sekunden lang sagte niemand etwas. Schließlich zog Amy die Augenbrauen hoch und spitzte die Lippen. Sie blies die Wangen auf und ließ die Luft dann hörbar entströmen, so als hätte sie gerade etwas Wichtiges verstanden. „Wow. So genau habe ich mir diese Stelle noch nie angesehen. Das ist schon eine starke Liebe."

„Oder vielleicht ist es nur verrückt." Nelly warf Amy einen Blick zu. „Versteh mich nicht falsch, ich will es Gott ebenso recht machen wie ihr. Aber es gibt eine Grenze, wenn es um Menschen geht, die uns verletzt haben. Ich meine wirklich tief verletzt, so, dass es uns das Herz gebrochen hat."

Laura beobachtete ihre beiden Freundinnen und versuchte sich vorzustellen, welchen Schmerz die beiden empfinden mussten. Amy war bei einem Date vergewaltigt worden, und mehr hatte sie ihnen über ihre Zeit in Aruba eigentlich nicht erzählt. Und sie sollte den Mann lieben, der ihr Gewalt angetan hatte? Die Forderung erschien unvernünftig und noch dazu überaus schmerzlich. Vor allem, da Amys größter Feind der Vater ihrer beiden Mädchen war. Und Nelly? Wie lebte man mit dem Wissen, dass die Liebe ihres Lebens sie so verraten hatte, dass sie in aller Öffentlichkeit bloßgestellt wurde? Und diesen Mann sollte sie lieben? Auch hier schien Gott mehr zu verlangen, als einem Menschen möglich war.

„Fest steht, dass wir aus eigener Kraft nicht so lieben können." Megan trank einen Schluck Wasser. „Denkt mal an Jesus am Kreuz. Zu seinen letzten Worten gehörte die Bitte, sein himmlischer Vater möge denjenigen vergeben, die ihn töteten. Nur so können wir unsere Feinde lieben. Weil er es vor uns getan hat."

Amy seufzte. „Zumindest ist es das Ziel, so viel steht fest."

„Stimmt." Nelly verschränkte die Arme. „Wenn ich ganz ehrlich bin, dann stimmt es schon: Ich möchte Gott so nahe sein, dass ich jeden Menschen lieben kann, egal, bei wem Gott es verlangt."

Anna zog die Knie an und wiegte sich sachte vor und zurück. „Das ist wahrscheinlich der Grund, warum wir die ganze Bibel brauchen und nicht nur einzelne Texte." Sie klappte ihre Bibel zu. „In Philipper 4 steht zum Beispiel, dass wir alles erreichen können – durch Christus, der uns Kraft gibt."

Laura lehnte sich zurück. Sie hatte immer noch Mühe mit dieser Vorstellung. „Hmmm. Kraft, um das zu tun, was er von uns verlangt. Sogar unsere Feinde zu lieben." Wenn sie etwas Ähnliches erlebt hätte wie Amy und Nelly, dann hätte sie sich entschuldigt und wäre an diesem Abend früh nach Hause gegangen, da war Laura sich ziemlich sicher. Es beeindruckte sie, wie Amy und Nelly mit dem Thema umgingen.

Ihr Gespräch dauerte länger als sonst. Nachdem sie alle Gedanken über den Text ausgetauscht hatten, kamen sie auf die Hochzeit zu sprechen. Laura erzählte von den letzten Einzelheiten, die ihre Mutter und sie planten, und sie zeigte ihnen die Fotos von der Anprobe.

„Wisst ihr, was ich glaube?" Amy legte einen Arm um Lauras Schultern. Sie und die anderen drängten sich dicht um Laura, die auf dem Sofa saß. „Ich glaube, ein paar von uns führen ein richtiges Bilderbuchleben. Vor allem du."

„Hoffen und beten wir, dass es so bleibt." Amys Lächeln war echt und ohne jedes Selbstmitleid, das nur zu verständlich gewesen wäre.

Sie beendeten den Abend mit einem Gebet, ein Kreis von Freundinnen, den weder Zeit noch Widrigkeiten auseinandergerissen hatten. Sie beteten für Megan um Geduld für ihre kleinen Kinder und dafür, dass Amy genügend Kraft hatte, ihre Zwillinge großzuziehen. Sie baten Gott, Bella Joy zu helfen, damit sie die Liebe eines gläubigen Mannes fand, und für Anna und ihren Mann, dass sie sich nicht durch den Vandalismus in ihrem Jugendzentrum in SoHo entmutigen ließen. Sie beteten für Nellys jetzige Beziehung, dass die beiden ihre gemeinsame Zeit weise verbrachten und dass Gott ihr zeigen möge, ob dies ein Mann war, der blieb und sich nicht aus dem Staub machte. Schließlich beteten sie, dass Laura und Brad in den letzten Wochen vor ihrer Hochzeit noch größere Liebe zu Gott und zueinander entwickeln würden. Und dass der Bilderbuchanfang tatsächlich zu dem Happy End führen möge, das nur Christus bieten konnte.

Als die Mädchen gegangen waren, saß Laura allein in ihrem Wohnzimmer und starrte zum Fenster hinaus auf die Bäume, deren Silhouetten sich vor dem mondbeschienenen Himmel abzeichneten. Ihre Eltern waren zum Essen ausgegangen und würden erst in einer Stunde zurückkommen, und so genoss sie die Ruhe des Augenblicks. Die Mädchen hatten recht. Sie hatte wirklich ein traumhaftes Leben.

Irgendwie beunruhigte Laura diese Erkenntnis. Sie löste ein unbehagliches Gefühl aus, das sie nicht so recht einordnen konnte. An irgendeinem Punkt in ihrem Leben würde natürlich auch ihr Weg über raue Strecken führen oder sogar in einer Sackgasse enden. Aber was auch immer auf sie wartete, einer Sache war sie sich sicher: Brad liebte sie und er liebte Gott. Er würde in allem Auf und Ab des Lebens an ihrer Seite sein, und wenn es regnete … wenn es regnete, dann würde er ihr Zuflucht bieten.

In diesem Punkt war sie sich sicher. Und dann würde es auch einfacher sein, ihre Feinde zu lieben, wenn es nötig war.

Laura sah auf die Uhr. Brad würde in zwanzig Minuten anrufen, weil er das immer tat. Montags ging er ins Fitnessstudio, es war der Wochentag, an dem er am meisten von sich verlangte. Und pünktlich wie die Maurer klingelte ihr Handy kurz vor neun.

„Hallo, Liebling", lächelte sie, als sie das Gespräch annahm. „Warte mal kurz." Sie lief zu der Schaukel im Garten und setzte sich darauf. Von hier aus konnte sie den zunehmenden Mond sehen. „So. Jetzt habe ich dich mit nach draußen genommen. Es ist zu schön, um drinnen zu sitzen."

„Das stimmt." Seine Stimme klang ernster als sonst. „Ich habe nach meinem Krafttraining noch ein paar Runden auf der Aschenbahn auf dem Dach gedreht. Ich liebe Manhattan im Mai."

„Du bist auf dem Dach gelaufen?" Laura wusste, dass das nicht zu seinem gewöhnlichen Programm gehörte. „Gehst du sonst nicht immer schwimmen?"

„Heute nicht." Er seufzte und es klang irgendwie unsicher. „Ich musste nachdenken. Und ich dachte, das kann ich draußen besser."

Er musste nachdenken? Da war er wieder, dieser Anflug von Besorgnis; der Verdacht, dass sechs Wochen vor ihrer Hochzeit doch nicht alles so wundervoll war, wie es sein sollte. Sie bemühte sich, beiläufig zu klingen. „Worüber musstest du denn nachdenken?"

Das Schweigen am anderen Ende der Leitung dauerte nur wenige Sekunden, aber es kam ihr vor wie viele lange Minuten. „Ich weiß nicht ... meine Heimat zum Beispiel. North Carolina." Er klang verwirrt, so als könnte er seine Gefühle nicht richtig beschreiben, selbst wenn er es versuchen sollte. „Mit der Kotton-Kids-Kampagne komme ich immer noch nicht richtig voran." Noch ein Seufzer. „Ich glaube, ich nehme mir Freitag frei und fliege nach Raleigh. Dann kann ich ein bisschen mit meinem Vater zusammen sein. Vielleicht fällt mir am Strand ja ein Slogan ein."

Laura kämpfte gegen die aufsteigende Panik an. „Möchtest du … dass ich mitkomme? Vielleicht ist dir der Stress mit der Hochzeit zu viel.“

„Das ist es nicht.“ Sein Tonfall klang müde, angestrengt. „Ich glaube, ich muss da allein durch, Laura. Ich vermisse meinen Dad sehr. Vielleicht liegt es daran, dass ich einen neuen Lebensabschnitt beginne und nicht mehr so richtig weiß, was ich zurückgelassen habe.“ Er zögerte. „Ergibt das einen Sinn?“

„Hm … schon.“ Die Panik nahm zu, aber sie weigerte sich, es zuzugeben. Sie wollte alles wissen, jede winzigste Einzelheit seiner Gedanken. Aber sie wollte ihn auch nicht bedrängen oder dominant erscheinen. Er würde es ihr schon erzählen. Sie bemühte sich um einen gelösten Tonfall. „Wenn du das Gefühl hast, du müsstest nach Hause fahren … dann solltest du es tun.“

Zum ersten Mal in ihrer Unterhaltung schien Brad bewusst zu sein, wie er klingen musste. „Liebling“, stöhnte er leise. „Du darfst nicht denken, dass es etwas mit dir zu tun hat. So ist es nicht.“

„Das denke ich ja auch gar nicht.“ Sie versuchte zu lachen, aber das Lachen kam ihr nicht über die Lippen. „Ich meine“, sagte sie, und jetzt bemühte sie sich nicht mehr um Leichtigkeit, „was soll ich davon halten? Es sind nur noch sechs Wochen bis zu unserer Hochzeit, und du bist in Gedanken bei deiner Arbeit und beim Sport und suchst eine Gelegenheit, nach North Carolina zurückzugehen. Dann sagst du etwas davon, dass du die Vergangenheit nicht verlieren willst.“ Ein Geräusch, das eher wie ein Schluchzer klang denn wie ein Lachen, entstieg ihrer Kehle. „Also wirklich, Brad. Wie soll ich mich denn da fühlen?“

Diesmal klang seine Antwort frustriert. „Du musst mir vertrauen. Ich liebe dich und kann es nicht erwarten, dich zu heiraten.“ Er senkte seine Stimme wieder ein wenig. „Dies … was auch immer es ist … hat nichts mit dir zu tun. Das verspreche ich. Ich werde übers Wochenende verreisen und die Sache klären.“

Sie kniff die Augen zu. *Gott … schenk mir die richtigen Worte. Warum habe ich das Gefühl, dass hier gerade alles in die Binsen geht?*

Als Antwort fiel ihr, so verlässlich wie Gottes Liebe, ein Vers ein, den sie an diesem Abend gelesen hatten. Der letzte Satz des Abschnitts. *Seid so barmherzig wie euer Vater im Himmel!* Laura sog diese Wahrheit in sich auf und wartete, bis die Worte ihr Herz und ihre Seele erreicht hatten. Sie umfasste ihr Handy fester und ließ ihren Blick zum dunklen Nachthimmel wandern. *Sei barmherzig,* ermahnte sie sich. „Hör zu. Ich bin nicht sicher, ob ich es verstehe, aber … du hast meinen Segen, Brad. Fahr nach North Carolina." Sie spürte, wie Friede sich in ihr ausbreitete. „Ich werde hier sein, wenn du zurückkommst."

„Danke." Die Erleichterung in Brads Stimme war sofort zu hören. „Ich werde meine Gedanken sortieren, und wenn ich wieder da bin, reden wir. Es ist einfach etwas, das ich mit mir selbst ausmachen muss."

„Ist gut. Ich vertraue dir." Die Panik wollte sie immer noch auffressen, aber sie gab ihr keinen Raum. Heute Abend würde die Barmherzigkeit siegen, denn das war es, was Gott heute von ihr verlangte. Wenn Brad eine Auszeit bei seinen Eltern in North Carolina brauchte, dann würde sie Verständnis dafür zeigen und seine Entscheidung mittragen.

„Ist alles in Ordnung?" Er klang skeptisch.

„Alles okay." Die Worte auszusprechen, war leicht. Die Gefühle würden folgen. „Wir sollten schlafen gehen."

Sie beendeten das Telefonat mit dem Versprechen, am nächsten Tag wieder miteinander zu sprechen. Brad würde ein Flugticket kaufen und am Freitagmorgen nach Raleigh fliegen. Als Laura auflegte, konnte sie kaum fassen, was gerade geschehen war. Brad hatte Zweifel. Vielleicht nicht, was sie betraf. Aber Zweifel waren es trotzdem. Es gab keine andere Erklärung für seine Grübelei und Nachdenklichkeit. Es gab keinen anderen Grund, warum er plötzlich nach North Carolina wollte. Sie fragte sich, wie sie reagiert hätte, wenn sie sich nicht gerade mit den Mädchen zur Bibelarbeit getroffen hätte. Aber das hatte sie. Und jetzt hatte Laura sich entschieden zu lieben und Barmherzigkeit zu zeigen, indem sie Brad vertraute und ihm keine Hindernisse in den Weg legte. Die Bibel hatte recht. Es war kein tolles Gefühl, aber dies war wahre Barmherzigkeit, wahre Liebe.

Eine Liebe, die nur möglich war, weil Gott ihr die Kraft dazu schenkte.

8

Brad hatte Laura nicht angelogen, ganz und gar nicht. Das redete er sich in den nächsten beiden Tagen immer wieder ein. Auch jetzt wieder, als er zum Flughafen LaGuardia fuhr, um den 7.55-Uhr-Flug nach Raleigh zu erreichen. Er würde Emma nicht anrufen und sie auch nicht suchen. Auch wenn er das Foto in seinem Schreibtisch gefunden hatte – bei dieser Reise ging es nicht um sie. Er hatte Laura die Wahrheit gesagt. Bei seiner Reise ging es um ihn selbst; darum, nach Hause zu fahren und etwas abzuschließen. Es ging darum, sich offen mit seinem Vater zu unterhalten und durch dieses Gespräch hoffentlich herauszufinden, wie er die Vergangenheit ein für alle Mal hinter sich lassen konnte.

Sein Dad wollte ihn am Flughafen abholen, und Brad ging davon aus, dass die zweistündige Fahrt nach Wilmington ihnen einen guten Auftakt für ihre Unterredung bot. Wenigstens konnten sie über die aktuellen Dinge reden, bevor Brad ans Eingemachte ging. Niemand kannte die schrecklichen Einzelheiten des letzten Sommers, den Brad und Emma gemeinsam erlebt hatten. Brad stand seinen Eltern sehr nahe, aber er hatte weder die Zeit gehabt noch den Mut aufgebracht, ihnen zu erzählen, was wirklich geschehen war. Das würde sich jetzt ändern. Er liebte seine Mutter, aber er brauchte einen Rat von der Art, wie ihn nur sein Vater geben konnte.

Die kleine Maschine ruckelte durch ein paar Turbulenzen. Brad blickte zum Fenster hinaus. Kleine Flugzeuge störten ihn nicht, auch wenn er mit seinen eins fünfundachtzig nie eine richtig bequeme Position für seine Beine fand. Der Platz neben ihm war frei. Wenn er das Gesicht zum Fenster wandte, konnte er tun, als schliefe er, und jedes Gespräch mit anderen vermeiden – selbst mit der Flugbegleiterin.

Er konnte schon jetzt spüren, wie der Stress der Großstadt von ihm abfiel. Wie lange war es her, dass er seine Eltern gesehen hatte? Dass er mit Carl Cutler am Strand spazieren gegangen war, dem Mann, der ganz und gar in Wilmington verwurzelt war? Er schloss die Augen und stellte sich seinen Dad vor. Er sah alles – seine Macken und seine grenzenlose Liebe. Trotz all der Dinge, die ihn belasteten, musste er unwillkürlich lächeln. Es gab auf der ganzen Welt keinen zweiten Carl. Und in Wilmington gab es niemanden, der besser für alles gewappnet war, was das Leben so mit sich bringen konnte.

Der Mann war ein hoch dekorierter Armeeoffizier im Ruhestand. Er war eine Führungspersönlichkeit. Als der Vietnamkrieg begann, war er in Deutschland stationiert gewesen. Er führte sein Leben immer noch mit der Disziplin eines Militärstrategen. Zum Beispiel führte er für alles und jedes irgendeine Liste. Als Brad klein war, waren sie oft in die berüchtigten Familienurlaube gefahren – er, seine ältere Schwester und seine Eltern. Der gute alte Carl hatte eine Liste für Urlaubsreisen, auf der alles aufgeführt war, was unbedingt mitgenommen werden musste, wenn sie verreisten, und sei es nur für ein, zwei Nächte.

Brads Lächeln verwandelte sich in ein Grinsen. Da waren natürlich die normalen Dinge. Eine Taschenlampe, das Erste-Hilfe-Set, Wasser und Überbrückungskabel. Aber die Liste war beinahe zwei Seiten lang und umfasste so Unverzichtbares wie Bolzenschneider, Schutzbrille, Schmieröl, Karteikarten, einen Helm, ein Bügelbrett und einen Hammer. Und um der Sache den letzten Schliff zu geben, war die ganze Liste außerdem noch alphabetisch sortiert.

„Das ist meine Urlaubsliste“, sagte sein Dad immer und sprach dabei jedes Wort langsam und mit Betonung aus. Mit seinem Südstaatenakzent klang er dabei wie eine Micky-Maus-Karikatur. „Ich bin gerne auf alle Eventualitäten vorbereitet.“

Es gab niemanden, der besser vorbereitet war als Carl Cutler.

Sein Dad bewahrte Listen in einem Aktenschrank auf, kleinere Listen steckten in seiner Brieftasche. Darunter waren solche, auf denen er notiert hatte, welcher Supermarkt welche Lebensmittel im Angebot hatte – die meisten davon waren seit Jahren nicht mehr gültig. Außerdem steckten in seiner Brieftasche kleine Zettel, auf denen stand, was seine Kinder gerne aßen und was nicht. Als sie sich das letzte Mal gesehen hatten, hatte Brad die Zettel durchgesehen und seinen Vater damit aufgezogen, dass niemand ein so dickes Portemonnaie hatte wie der alte Carl. Zwischen Quittungen und abgelaufenen Coupons fand sich ein Zettel, auf dem stand: „Brad: Mag keine Zwiebeln und keine Mayonnaise. Mag Mountain Dew, Sunkist, Ginger Ale." Für seine große Schwester und seine Mutter gab es ähnliche Zettel.

„Wirklich, Dad?", hatte Brad gefragt, als er die merkwürdige kleine Liste gefunden hatte. „Wie oft guckst du dir das denn an?"

Seinem Vater machte es nichts aus, dass seine Familie ihn aufzog. Er lächelte und nahm die Liste, um sie wieder sicher in seiner Brieftasche zu verstauen. „Oft genug."

Als Brad älter wurde, war es meist seine Mutter gewesen, die lange Abende im Gespräch mit ihm verbracht hatte. Sie hatte ihre Liebe und ihren Stolz zum Ausdruck gebracht, ihre Fürsorge und ihr Interesse an seinem Leben. Wenn Brad seine Eltern betrachtete, fand er, dass er seiner Mom ähnlicher war. Aber aus seiner jetzigen Perspektive, wo er von seinem Leben in North Carolina so weit weg war, schien es ihm, er habe von seinem Vater mehr über die Liebe gelernt.

Zum einen war die Liebe für seinen Dad schwieriger. Carl war ein echter beinharter Kerl. Sentimentalität kam für ihn nicht infrage. Er griff nicht so leicht zum Hörer, um Brad mal eben zu sagen, dass er ihn liebte. Aber er rief an. „Stehen demnächst irgendwelche Reisen an?", fragte er dann in seiner ruhigen Art.

Brad erzählte seinem Vater dann von kurzen Geschäftsreisen nach Chicago oder Detroit oder Denver, wohin auch immer seine Werbekampagne ihn führte. Und ein paar Tage später kam dann ein Päckchen von seinem Vater – eine Straßenkarte vom Automobilklub, auf denen sein Vater interessante Orte wie Restaurants oder Sehenswürdigkeiten markiert hatte. Oder die besseren Hotels. Oft markierte er auch eine Zeile im Text mit einer interessanten Information, zum Beispiel: „Jeden ersten Freitag im Monat Riesenrad am Navy Pier zum halben Preis."

Als hätte Brad Zeit, in Chicago in einen Vergnügungspark zu gehen.

So oder so – die Karten waren die Weise, wie sein Vater eine Liebe zeigen konnte, von der er nicht oft sprach. Eine andere Weise war seine Neigung, den Gegenstand zu kaufen, den Brad gerade bewarb. Wenn Brad an der Werbekampagne für ein Produkt arbeitete, kaufte sein Dad das Produkt. Jedes Mal. Bei einem seiner letzten Besuche vor einem Jahr hatte Brad das Haus betreten und einen Karton mit Way Cool Lunch Snacks auf der Küchenzeile gesehen.

„Dad?" Brad blickte von dem Karton zu seinem Vater. „Seit wann isst du denn Fertigsnacks zu Mittag?"

Sein Vater lachte und machte eine abwehrende Handbewegung. „Die esse ich doch nicht. Ich will nur deine Werbung unterstützen."

Brad versuchte, seinem Vater die Wirklichkeit zu erklären. „Ein einzelner Kauf hat keine Wirkung, Dad. Wirklich. Du solltest das Zeug, mit dem ich arbeite, nicht kaufen, wenn du es nicht brauchst." Er nahm eine Packung Geleefrüchte aus der Schachtel. „Du magst so etwas doch gar nicht."

Sein Vater setzte ein zufriedenes und gänzlich unbeirrbares Lächeln auf. Als wollte er sagen, dass ihm die Way Cool Lunch Snacks egal waren, sein Sohn hingegen nicht.

In letzter Zeit hatte sein Dad angefangen, mit einem Metalldetektor den Strand abzusuchen. Damit und mit Preisausschreiben. Manchmal, wenn der Wettbewerb es zuließ, machte er ein Dutzend Mal bei einem Gewinnspiel mit und fuhr zu unterschiedlichen Postämtern, um seine Karten einzuwerfen, um damit seine Chancen zu verbessern. Im letzten Jahr hatte sein Vater am Vorabend des *American-Idol*-Finales angerufen, um Brad zu erzählen, dass er das Party-Paket des Talentwettbewerbs gewonnen hatte. „Ich habe keine Ahnung, was das mit dem Idol soll." Sein Dad klang verwundert. „Aber ich habe gewonnen."

Bei all seinen skurrilen Eigenheiten war sein Vater freundlich und herzlich zu jedem, der das Haus der Cutlers betrat. Ganz besonders hatte das für Emma gegolten. Sein Dad hatte sogar einen albernen Spitznamen für sie gehabt – Emma Jelly Bean. „Weil dieses Mädchen so süß und so bunt ist wie eine Tüte Jelly Beans." Dann zwinkerte er Emma zu. „Emma Jelly Bean. Besser als Bohnenstange."

Es war hängen geblieben. Emma Jelly Bean.

Der Flug verlief jetzt wieder ruhig und es gab keine weiteren Vorkommnisse. Brad starrte aus dem Fenster und ließ seine Gedanken zurückwandern – nur ein kleines bisschen. Emma und er hatten schon in der Grundschule zusammen gespielt. Sie hatte keinen Vater, und ihre Mutter hatte zwei Jobs, deshalb war sie oft allein zu Hause. Als sie in der sechsten Klasse waren, rief Emma ihn beinahe jeden Nachmittag an.

„Warum ruft das Mädchen ständig an?", fragte seine Mutter schließlich. Sie war nicht misstrauisch, sondern einfach neugierig. „Weiß sie nicht, dass die Jungen zuerst anrufen sollen?"

„Nach der Schule ist bei ihr niemand zu Hause." Brad interessierte sich nicht für Mädchen. Er war in der siebten Klasse und wollte einen Kumpel. Er zuckte mit den Schultern und nahm sich einen Apfel. „Sie ruft mich an, weil sie einfach mal 'ne andere Stimme hören will."

Seine Antwort musste ihre Mutter berührt haben. Das sah er daran, dass sie plötzlich Tränen in den Augen hatte und ihre Stimme weicher klang. „Das ist traurig."

„Ich weiß. Ich meine, ihr geht es gut und so", Brad biss in den Apfel, „aber es macht mir nichts aus, ein paar Minuten mit ihr zu reden."

Später an diesem Abend rief seine Mutter Emmas Mom an. „Sie kann mit Brad hierherkommen und bleiben, bis Sie von der Arbeit heimkommen", bot sie an. „Dann können die beiden ihre Hausaufgaben zusammen machen."

Emmas Mutter war von dieser Regelung begeistert. Sie trug vor Sonnenaufgang Zeitungen aus und arbeitete dann in der Apotheke am Ort, manchmal bis sieben Uhr abends. Die Abmachung war auch für Brad und Emma gut. Sie lernten zusammen und erledigten Brads Pflichten im Haus, und an warmen Frühlingstagen fuhren sie anschließend mit ihren Fahrrädern nach Wrightsville Beach und beobachteten die Segelboote, die im Jachthafen an- und ablegten.

Brad sah sie noch vor sich, wie sie damals ausgesehen hatte – lange dunkle Haare und Augen, die einen fremdartigen Zauber ausstrahlten; die vollen Lippen und die dünnen Beine, die erst in der Highschool zu dem Rest ihres Körpers passen wollten. Natürlich verliebten sie sich. Es war nie eine Frage gewesen, ob sie zusammenkommen würden, oder? Als ihnen bewusst wurde, was sie tatsächlich füreinander empfanden, war die Entscheidung bereits gefallen. Sie hatten einander immer geliebt.

Ein stechender Schmerz breitete sich in seiner Brust aus. Was hatten sie in jenem schrecklichen Sommer nicht alles verloren! Nach dem, was geschehen war, hatten sie keine Chance auf eine gemeinsame Zukunft gehabt, aber das rechtfertigte nicht, wie er die Sache beendet hatte. Es hatte eigentlich keine richtige Erklärung gegeben. Keinen langen Abschied und vor allem keine Entschuldigung. Nur eine plötzliche und sichere Erkenntnis, dass sie nicht länger zusammen sein konnten.

Zu groß war der Schmerz, der zwischen ihnen stand.

Brad riss sich von der Erinnerung los. Er schloss die Augen und dachte an die Hochzeit. Er stellte sich vor, wie Laura durch den Mittelgang zum Altar schritt, eine arglose, vertrauensvolle Liebe in ihrem Blick. War er wirklich bereit, auch nur einen Bruchteil der Verehrung, die sie ihm entgegenbrachte, aufs Spiel zu setzen? Und was war mit ihren Eltern? Er wusste es zu schätzen, dass Rita und Randy James keine Kosten und Mühen scheuten, damit der große Tag ein unvergessliches Ereignis wurde. Aber er brauchte keinen festlichen Ballsaal mit Blick auf Ellis Island und Lower Manhattan, und er brauchte auch nicht den perfekt geschnittenen Rasen oder die Blumen, die den Weg von der Trauung bis zum Liberty House säumen würden.

Er brauchte nur Laura. Sie – und nicht Emma – war die Liebe seines Lebens. So viel jedenfalls stand für Brad fest. Aber warum hatte er Emma so bereitwillig aufgegeben und damit alles, was sie gemeinsam hatten, und die Verbundenheit, die die gemeinsam verbrachten Jahre zwischen ihnen gestiftet hatten? Und wie kam es, dass er sich nicht daran erinnern konnte, mit diesem Teil seines Lebens bewusst abgeschlossen zu haben? Das war das Problem. Er war nicht sicher, ob er ein Leben mit Laura beginnen konnte, wenn sein Herz immer noch von etwas wehtat, das vor zehn Jahren geschehen war. So sehr, als wäre es erst letzte Woche geschehen.

Das Flugzeug landete pünktlich um 9.35 Uhr in Raleigh, und sein Vater wartete wie versprochen auf der anderen Seite der Absperrung. Als er Brad entdeckte, lächelte er, hob die Hand und seine Lippen formten die Worte: „Hallo, Junge“, auch wenn Brad sie nicht hören konnte. Sein Vater trug eine schwarze Anzughose, ein gestärktes weißes Hemd, eine schwarze Weste und eine gestreifte Fliege.

Als wollte er ausdrücken, dass Brads Besuch ein besonderes Ereignis war, auch wenn er nur übers Wochenende blieb.

Brad ging zu ihm, stellte seine Tasche ab und umarmte seinen Vater. Sein Dad konnte mit einer Umarmung mehr sagen, als manche Männer ihren Söhnen in einem ganzen Leben sagten. Er nahm Brads Tasche und zog sie hinter sich her, als sie zum Parkplatz gingen. Der sieben Jahre alte Pick-up stand sicher ganz hinten auf dem Platz, wo er keine unnötigen Beulen oder Kratzer bekam. Und Brad kannte seinen Vater gut genug, um seine Tasche nicht selbst ziehen zu wollen. Dad wollte helfen, und das war eine Art, wie er helfen konnte.

Sein Vater zwinkerte ihm zu. „Schön, dich hier zu haben, mein Sohn. Sehr schön."

„Danke, Dad." Brad konnte beinahe spüren, wie er sich entspannte. „Ich glaube, die Stadt ist mir auf die Nerven gegangen."

„Weißt du, es gibt viele Tagesausflüge, die man von New York aus machen kann. Der Norden hat eine Menge zu bieten. Ich werde dir ein paar Karten schicken, damit du nächstes Mal nicht in einen Flieger steigen musst, wenn du eine Auszeit brauchst."

Brad lächelte, erwiderte aber nichts. Er war aus einem bestimmten Grund hier. Das würde sein Vater noch früh genug erfahren. „Sag mal, Dad … hast du heute Nachmittag ein bisschen Zeit?"

Sein Vater dachte einen Augenblick nach. „Die habe ich tatsächlich. Ich wollte zum Carolina Beach und ein bisschen nach Metall suchen, aber das kann warten."

„Wie wäre es, wenn du deinen Plan beibehältst, wir aber stattdessen Wrightsville Beach nehmen? Ich komme mit und wir können dort reden."

„Gute Idee." Sie kamen zu dem Wagen seines Vaters und mit der Leichtigkeit eines Mannes, der nichts von seiner Kraft eingebüßt hatte, hob sein Dad das Gepäck auf die Ladefläche des Pick-ups.

Auf dem Heimweg sprachen sie vor allem über unwichtige Dinge – die neuesten Gewinnspiele und die Überzeugung seines

Vaters, dass er dieses Jahr vielleicht einen Weg gefunden hatte, den Wettbewerb eines großen Direktvermarkters zu knacken. „Das ist der größte Jackpot."

„Der allergrößte." Brad genoss das Gefühl, einfach mit seinem Vater zusammen zu sein. Einige Ausfahrten lang schwiegen sie, dann wandte sein Vater sich ihm zu. „Bald ist die Hochzeit."

„Ja." Brad sog die Luft zwischen zusammengebissenen Zähnen ein. „Das ist eine Sache, über die ich mit dir reden wollte."

Sein Dad warf ihm einen Blick zu und nickte dann nachdenklich. „Das kann bis zum Strand warten."

„Klar."

Zwei Stunden später bogen sie in die Auffahrt seiner Eltern ein, und Brad staunte darüber, dass der Ort gar nicht zu altern schien und noch genauso aussah wie damals, als er Kind gewesen war. Sie gingen hinein, und auf der Küchenzeile stand ein Grill von Finley, für die Brad Ende des letzten Jahres eine Werbekampagne entworfen hatte. Brad wollte gerade anmerken, dass sein Vater gar kein Grillfleisch mochte, aber dann überlegte er es sich anders.

Auch das war etwas, was sich nie ändern würde, und außerdem rührte ihn die Geste seines Vaters. „Grillst du jetzt öfter, Dad?" Er klopfte auf das Gerät und grinste seinen Vater an.

„Ich versuche halt, gesünder zu leben, Brad. Du weißt ja, wie das so ist."

Seine Mutter kam aus dem Flur und verdrehte die Augen, als sie den Grill betrachtete. „Er hat ihn einmal benutzt." Sie umarmte Brad und gab ihm einen Kuss auf die Wange. „Du siehst gut aus. Was machen die Hochzeitsvorbereitungen?"

„Die laufen bestens." Er lächelte und zeigte dann schnell auf seine Tasche. „Ich bring das eben in mein Zimmer rauf." Er wollte nicht, dass seine Mutter zu genau nachfragte, warum er hier war. Sie würde seinen Sorgen mehr Bedeutung zumessen, als nötig war. Er warf einen letzten Blick auf den Grill. „Gibt's heute Abend Hähnchen?"

„Sehr witzig, Brad." Der Tonfall seiner Mutter schwankte zwischen Lachen und Sarkasmus. Sie legte ihren Arm um ihren Mann und lächelte ihn an. „Du bist schon ein sehr besonderer Mensch, Carl."

Er drückte sie an sich. „Das muss ich bei euch beiden ja auch sein."

Brad brachte die Tasche in sein Zimmer und stand einen Augenblick im Türrahmen, während er daran dachte, wie es sich angefühlt hatte, auf seinem breiten Bett zu liegen und das Poster von Michael Jordan an der Decke anzustarren, während er mit Emma telefonierte. Manchmal redeten sie die ganze Nacht, den Hörer am Ohr, selbst als sie schließlich eingeschlafen waren. Sie nannten es „die Nacht zusammen verbringen".

Er blinzelte und das Bild verschwand. Er hängte seine Kleidung auf und ging in die Küche zurück. Sein Vater hatte ihm ein Sandwich mit Rindfleisch, Senf und Salat gemacht. Sie aßen schweigend, während Brads Mutter sich draußen um ihren Gemüsegarten kümmerte.

Als die Küche aufgeräumt war, verstaute sein Dad den Metalldetektor auf der Ladefläche seines Wagens. „Freitag ist der beste Tag für die Strandsuche."

„Warum das?" Brad kletterte neben seinem Vater auf den Vordersitz.

„Die meisten suchen nur hobbymäßig und ziehen am Wochenende los. Freitagmittag ist es fast eine Woche her, dass jemand mit einem Detektor über den Sand gegangen ist."

„Hmm." Brad grinste seinen Vater an. „Ist mir noch nie aufgefallen."

Auf der Fahrt nach Wrightsville Beach lernte Brad etwas über die ausgefeilteren Techniken der Metallsuche.

„Das Wichtigste ist, langsam und dicht über dem Sand zu suchen." Brads Vater strich sich übers Kinn, die Augen unverwandt auf die Straße gerichtet. „Die Leute denken, dass die Suchspule bricht, wenn sie zu tief gehen, und das tut sie vielleicht auch.“ Er zeigte auf den Rücksitz. „Deshalb habe ich für alle Fälle zwei zusätzliche Spulen dabei.“

„Natürlich.“

„Aber wenn du den Detektor zu hoch hältst, schonst du vielleicht die Spule, aber wer weiß, was dir alles entgeht.“

„Es könnte sein, dass du einen richtigen Schatz nicht entdeckst.“

„Genau.“ Sein Vater stieß den Finger in die Luft, um seine Aussage zu bekräftigen. „Noch ein Tipp: Beweg dich langsam und regele den Diskriminierungspegel runter.“

„Den Diskriminierungspegel?“

Sein Vater warf ihm einen schnellen Blick zu, als wäre er der Meinung, dass jeder mit Diskriminierungspegeln vertraut sein sollte. „Dadurch erkennt der Detektor, dass etwas im Sand versteckt ist. Je höher der Pegel, desto mehr Metall ist in dem Gegenstand enthalten.“ Er nickte langsam. „Ich regele die Diskriminierung immer ganz runter. Etwas ist besser als gar nichts. So sehe ich das jedenfalls, was die Strandsuche betrifft.“

Sie parkten am Ende des Strandes und sein Vater sagte nicht viel, während er seinen Metalldetektor vorbereitete und zwei Wasserflaschen und die Ersatzspulen in seiner Tasche verstaute. Sie hatten schon mehrere Hundert Meter Sand abgesucht, als Brad eine Bank oben am Ufer entdeckte, wo der Sand in Grasbewuchs überging. „Können wir eine kleine Pause machen?“ Er zeigte auf die Bank. „Zum Reden, meine ich?“

Sein Vater hatte bereits eine alte Timex, eine Geldscheinklammer und zwei Silberdollar gefunden. Die Fundstücke klimperten in seiner Umhängetasche neben den Wasserflaschen. Er betätigte einen Schalter an dem Metalldetektor, und das Gerät verstummte. „Natürlich.“ Ein dünner Schweißfilm stand ihm auf Stirn und Oberlippe. „Ich könnte eine Pause gebrauchen.“

Sie setzten sich auf die Bank, und Brads Vater reichte ihm eine Wasserflasche. Brad wartete ein paar Minuten, während der er auf das dunkelblaue Meer starrte und seine Gedanken ordnete. „Ich denke in letzter Zeit öfter an Emma."

Sein Vater sah kaum jemals überrascht aus, aber bei der Erwähnung von Emmas Namen war sein Erstaunen selbst durch die dunkle Sonnenbrille, die er trug, deutlich zu sehen. „Emma Landon?"

„Ja." Brad wurde bewusst, wie das klingen musste. „Ich meine, nein. Nicht so." Er stützte die Hände auf die Kante der Bank und presste die Lippen zusammen. „Ich habe an den letzten November damals gedacht." Brad wollte es seinem Vater nicht sagen, wollte ihn nach all den Jahren nicht enttäuschen. Aber jetzt gab es kein Zurück mehr. „An etwas, was damals geschehen ist … bevor wir uns getrennt haben."

Sein Vater sah ihn lange an, bevor sein Blick zu der Wasserflasche in seiner Hand wanderte. Als er den Kopf hob, standen ihm tiefe Falten auf der Stirn – eine Mischung aus Besorgnis und Nachdenklichkeit. „Deine Mutter hat immer gesagt, es sei eben die Zeit gewesen … zwei Kinder, die sich auseinanderentwickelt haben." Er trank einen Schluck Wasser und fuhr sich mit dem Handrücken über seine wettergegerbten Lippen. „Ich sah das anders. Ich war immer der Meinung, dass etwas vorgefallen sein musste. Du hast das Mädchen zu sehr geliebt, um sie einfach gehen zu lassen. Das weiß ich noch."

Seine Worte trafen Brad zutiefst. „Warum hast du nicht gefragt?"

„Das habe ich." Sein Dad sprach nachdrücklich, aber mit unmissverständlicher Güte. „Ich erinnere mich nicht mehr, an welchem Tag das war. Du sahst niedergeschlagen aus. Ganz durcheinander. Ich dachte, vielleicht stimmt etwas mit dir und Emma nicht, also habe ich gefragt."

Was sein Vater da sagte, legte sich wie eine Last auf Brad. Er erinnerte sich nicht an dieses Gespräch, aber es bedeutete, dass er die Gelegenheit gehabt hatte zu beichten, was geschehen war, und er hatte sie nicht genutzt. Die nächste Frage stellte er, obwohl er die Antwort kannte. „Und was habe ich geantwortet?"

„Das alles in Ordnung sei." Sein Vater wirkte immer noch fragend. „Ihr wart danach noch eine Weile zusammen, also hab ich nicht noch einmal gefragt. Was auch immer dir zu schaffen machte, warum du dich von Emma getrennt hast – ich dachte, du würdest es mir schon erzählen, wenn du darüber reden wolltest."

„Klingt logisch." Brad war so niedergeschlagen, dass er die ganze Unterredung am liebsten abgebrochen hätte. Aber das ging nicht. Für dieses Gespräch war er hergekommen. Er richtete sich auf. *Gott ... gib mir Kraft.* „Du hattest recht, Dad. Etwas ist geschehen, und ich hätte es dir damals sagen sollen." Er rieb sich die Hände und starrte auf den weißen Sand zu seinen Füßen.

„Etwas mit Emma?"

„Mit uns beiden." Er blickte wieder auf das Meer hinaus. „In dem Sommer, als ich meinen Abschluss machte ... haben wir beide etwas getan, was wir anschließend bereut haben." Er drehte sich um und sah seinen Vater an. „Emma wurde schwanger."

Keine Verurteilung und überhaupt keine unmittelbare Reaktion, außer dass sein Vater sich leicht nach vorn beugte. So, als hätte ihm jemand einen Schlag in die Magengrube versetzt.

Brad konnte nur ahnen, wie sein Vater sich fühlen musste. Das Baby wäre sein erstes Enkelkind gewesen. Bei dem Gedanken wurde ihm ganz schlecht. „Wir waren jung. Sie hatte noch ein Jahr Schule vor sich." Brad ließ den Kopf hängen, den Blick wieder auf den Sand gerichtet. „Wir haben es erst erfahren, als sie schon im dritten Monat war. Sie dachte ... sie fürchtete ... und ihr Zyklus war immer etwas unregelmäßig." Er schüttelte den Kopf. Wie schwer es für Emma gewesen sein musste. „Sie machte den Test und die Krankenschwester in der Schule hat für sie einen Termin in der Klinik vereinbart."

Bis dahin hatte sein Vater ihn unverwandt angesehen. Aber bei dem Wort Klinik sog er scharf die Luft ein und hob den Blick zum Himmel. „Gütiger Gott … nein“, murmelte er leise.

Auch diesmal lag in der Reaktion seines Vaters keine Anklage. Nur das herzzerreißende Zur-Kenntnis-Nehmen von dem, was geschehen war. Brad verstand das Gefühl. Die Worte auszusprechen und noch einmal zu erleben, was sie getan hatten, auch wenn es nur mit diesen wenigen Einzelheiten war, zerriss auch ihn innerlich. Brads Augen waren feucht, als er zu Ende erzählte. An dem Tag, als er und Emma in die Klinik gingen, hatte Brad nicht genug Geld. Er hatte seinen Vater angerufen und ihn um Hilfe gebeten. „Weißt du noch … ich habe an dem Tag angerufen, weil ich Geld brauchte.“

„Für deinen Wagen.“ Das Gedächtnis seines Vaters war präzise wie eine Maschine. Er war der letzte Mensch auf der Welt, der Listen brauchte.

„Genau … so habe ich es dargestellt. Aber das war für …“ Er konnte den Satz nicht beenden. Er konnte es nicht aussprechen.

Wieder nahm sein Vater die Neuigkeit mit dem Mut eines Soldaten auf. Aber die Wirkung war trotzdem spürbar. Eine ganze Weile schwiegen sie beide, und sein Vater zog dreimal die Nase hoch. Brad kannte das. Sein Vater kämpfte gegen die Tränen an und gegen die Erkenntnis, was für einen Verlust er an jenem Tag erlitten hatte. Das Enkelkind, das er nie kennen- und liebenlernen konnte, nie im Arm gehalten hatte. Endlich holte er tief Luft und legte eine Hand auf Brads Knie. „Wenn ich es gewusst hätte … vielleicht hätte ich euch helfen können, euch anders zu entscheiden.“

Brad spürte, wie ihm die Tränen kamen, und seine Kehle war wie zugeschnürt. Er konnte nichts sagen und legte stattdessen nur seine eigene Hand auf die seines Vaters. Im tiefsten Innern musste Brad gewusst haben, dass sein Vater das versucht hätte. Deshalb hatte er damals nichts gesagt. Er hatte nicht gewollt, dass irgendjemand ihm die Entscheidung ausredete. Es war einfacher, das zu glauben, was die Frau in der Klinik gesagt hatte. Der Eingriff dauert nicht lange und danach ist es vorbei. Etwas in der Art.

Sein Dad rutschte auf der Bank ein Stück näher und nahm seine Hand von Brads Knie, um sie stattdessen auf seine Schulter zu legen. „Was Emma da mitgemacht hat …“ Er blickte über den Strand hinaus. „Nachdem du fort warst … wollte ich sie immer anrufen. Sie zum Essen einladen.“ Er schniefte wieder. „Deine Mutter meinte, es sei besser, sie in Ruhe zu lassen. Ihr solltet die Sache selbst regeln. Aber wenn ich gewusst hätte …“ Er verstummte, und sein Schweigen zeigte, wie hilflos er sich angesichts der Situation fühlte. Selbst nach so vielen Jahren noch. Wahrscheinlich betete er und bat um eine Eingebung, was er als Nächstes sagen sollte. Schließlich schien er neue Kraft zu finden. „Es tut dir leid. Das höre ich an deiner Stimme.“

„Natürlich.“ Brad konnte sich nicht überwinden, seinem Vater in die Augen zu sehen. Stattdessen starrte er auf den Sand und wartete. „Aber da ist noch etwas.“

„Der Grund, warum du hier bist.“

„Ja.“ Brad blinzelte in die Sonne, die sich am Himmel gen Horizont senkte. „Ich habe ihr nie gesagt, dass es mir leidtut.“ Er presste die Lippen aufeinander. „Es bringt mich um, Dad. Es lähmt mich total. So, als könnte ich keinen Schritt mehr tun, bis ich sie gefunden und sie um Verzeihung gebeten habe.“

„Du willst Emma finden.“ Seine Worte klangen jetzt nüchtern, so als könnte er alle diese Dinge nicht auf einmal verarbeiten. „Sechs Wochen vor deiner Hochzeit?“

„Ja. Ich weiß.“ Brad hasste sich dafür, dass er keinen besseren Zeitpunkt gefunden hatte, aber ihm blieb nichts anderes übrig. Er wurde seine Schuldgefühle nicht los, konnte sich nicht von seinen Erinnerungen lösen. Ein Anfall unerwarteter und überraschender Emotionalität ließ ihn schlucken. „Ich kann nicht fassen, dass ich damals so war.“

Lange nickte seine Vater nur, dann blickte er aufs Meer hinaus. Schließlich faltete er die Hände und sah Brad an. „Klingt so, als hättest du nie die letzten Sätze dieses Lebenskapitels geschrieben."

Das war der Grund, warum Brad es seinem Vater erzählte. Der Mann hielt keine Vorträge. Er sagte nur ein paar wenige weise Worte. Etwas, das mit dem Geist der Bibel übereinstimmte und dem Charakter entsprach, den sein Vater in ihm von Anfang an auszuprägen versucht hatte. Brad wandte sich seinem Vater zu. „Ich liebe meine Verlobte." Er fühlte sich mutlos und war wütend auf sich selbst, weil er in dieser Lage war. „Ich will dieses Kapitel abschließen, ohne Emma wiederzusehen. Das ist mein Ernst. Ich heirate in sechs Wochen."

„Bei Gott ist nichts unmöglich. Das steht im Matthäusevangelium."

Brad wusste diese Erinnerung zu schätzen, und er glaubte auch an die Wahrheit dieser Worte. Ganz eindeutig. Aber diesmal war er nicht sicher, ob vor der Hochzeit noch genügend Zeit war, um alles zu erreichen, was er sich vorgenommen hatte. Selbst wenn Gott ein Wunder geschehen ließ. „Das sollte ich also tun, richtig? Einen Weg finden, wie ich das Kapitel allein abschließen kann? Ohne Emma?"

„Nein, mein Junge. Emma ist Teil dieses Kapitels. Ich habe gesehen, wie du es geschrieben hast. Du hast das Mädchen von ganzem Herzen geliebt." Er zögerte, um die richtigen Worte zu wählen. „Wenn du ihr etwas zu sagen hast, dann musst du sie finden und es sagen."

Der Strand schien sich unter seinen Füßen aufzulösen, und Brad merkte, dass ihm schwindelig wurde. Er blinzelte und zwang sich, aufrecht sitzen zu bleiben. Er wollte den Rat seines Vaters, aber er hatte sich nie wirklich vorgestellt, Emma wiederzusehen. Mit seinem therapeutisch bewanderten Freund Jack hatte er über eine direkte Entschuldigung von Angesicht zu Angesicht sprechen können, aber das hatte nicht bedeutet, dass er wirklich vorgehabt hatte, es auch zu tun. „Ich soll jetzt mit Emma reden? Vor der Hochzeit?"

„Du kennst die Antwort doch schon. Und du bist doch hergekommen, um sie von mir zu hören." Er rückte seine Sonnenbrille zurecht. „Habe ich recht?"

Brad stand auf und ging ein paar Schritte in Richtung Wasser. Es war ein warmer Tag und der Himmel war blau mit nur wenigen Schönwetterwolken am Horizont. Jack hatte Brad recht deutlich gesagt, was er tun sollte, aber er hatte diese Möglichkeit nicht in Erwägung ziehen wollen. Aber jetzt war es ihm klar. Sein Vater hatte recht. Aus diesem Grund war er hergekommen. Weil er wusste, dass er Emma finden, ihr in die Augen sehen und sie um Verzeihung bitten musste. Und weil er diese Entscheidung nicht allein fällen konnte. Er rieb sich den Nacken. Was würde Laura davon halten, und wie sollte er es ihr beibringen? Er ging zur Bank zurück und setzte sich wieder. „Das heißt, ich muss es Laura sagen."

„Siehst du eine andere Möglichkeit?" Sein Dad nahm die Umhängetasche auf seinen Schoß. „Du kannst mir nicht erzählen, dass ein Cutler etwas so Wichtiges wie eine Ehe beginnt, ohne es auf das Fundament der Wahrheit zu stellen."

Diese wenigen Worte ließen Brad plötzlich verstehen, woher seine Gefühle kamen, und er wusste, was er unbedingt tun musste. Er hatte eine Decke über seine Vergangenheit geworfen und ein wackliges Gebäude darauf errichtet. Er hatte versucht, so zu tun, als wäre alles in Ordnung, und auf dem Weg zum Traualtar hatte er einen Bogen um sein Gestern gemacht. Aber so hatte sein Dad ihn nicht erzogen, und jetzt erkannte er das auch ganz deutlich.

„Dann muss ich zwei Dinge tun. Es Laura sagen und Emma suchen. Alles noch vor der Hochzeit." Er ließ seine eigenen Worte in seiner Seele nachklingen. Was war, wenn Laura kein Verständnis für seine Vergangenheit haben würde? Wenn sie die Hochzeit absagte und ihn verließ? Ihm stockte der Atem, und er blickte zum Himmel. *Gott, hilf mir durch diese Zeit hindurch. Bitte. Geh du vor mir her.*

Bei mir ist nichts unmöglich, mein Sohn …

Der Vers von vorhin kam ihm wieder in den Sinn. Er atmete aus, schon jetzt erschöpft von der Aufgabe, die vor ihm lag.

„Sieht aus, als hättest du eine Menge zu tun." Sein Vater stand auf und klopfte Brad noch einmal auf die Schulter. „Aber auch das geht vorüber."

„Ich weiß nicht."

„Aber ich." Sein Vater sah auf die Uhr. „Komm, wir suchen noch ein bisschen weiter. Deine Mutter kocht uns was Gutes."

So einfach war ihre Unterhaltung beendet. Es gab keinen emotionalen Zusammenbruch, kein öffentliches Gebet, keine offene Verurteilung. Brad hatte eine Menge zu erledigen. Aber wenn Gott es zuließ, würden die kommenden Wochen endlich das schmerzlichste Kapitel seines Lebens abschließen. Aber zuerst musste er mit Laura reden. Und dann würde er das Unvorstellbare tun; das, was er sich nie hätte vorstellen können.

Er würde Emma Landon wiedersehen.

9

Emmas Gegengift für Einsamkeit war ganz einfach: Beschäftigung. Wenn sie nicht für den Halbmarathon trainierte oder an ihrem alten Haus herumwerkelte, war sie ehrenamtlich tätig. An diesem Wochenende würde sie mit CCC arbeiten, einer Gruppe engagierter Bürger in Cape Fear. Die Organisation half benachteiligten Kindern – in welcher Form auch immer sie Hilfe brauchten.

Bis nach Cape Fear fuhr man eine Stunde, und von dort waren es nur wenige Minuten bis nach Wilmington. Emma liebte ihre Arbeit bei CCC, aber so nah an Wilmington zu sein, fiel ihr immer schwer. Es gab dort zu viele Erinnerungen an zu viel Kummer aus ihrem letzten Jahr dort – sogar Erinnerungen an Cape Fear. Sie war an einem Samstag im Monat hier, und das reichte.

An diesem Samstag packten sie Päckchen für eine lange Liste bedürftiger Familien. Die Bewohner des Ortes hatten im vergangenen Monat Konserven und Kleidung gesammelt, und jetzt mussten die Spenden sortiert, zusammengepackt und verteilt werden.

Der Tag versprach keine großen Überraschungen, bis Emma durch die Tür trat und Gavin Greeley sah, die Ärmel aufgekrempelt und eine Baseballkappe tief in die Stirn gedrückt. Er und ein paar andere Männer waren dabei, Berge von Konservendosen zu sortieren. Zuerst bemerkte er sie nicht, also hatte Emma Zeit, ihre Fassung wiederzugewinnen. Warum war er hier? Reichte es nicht, dass sie ihn gestern in der Schule gesehen hatte?

Bevor sie sich in einem anderen Teil des Gebäudes zu schaffen machen konnte, entdeckte er sie. Der überraschte Ausdruck auf seinem Gesicht verriet, dass er sie hier auch nicht erwartet hatte. Ihre Blicke begegneten sich und hielten den Kontakt ein paar Sekunden lang, dann zog er seine Kappe vom Kopf, wischte sich mit dem Handrücken über die Stirn und kam auf sie zu. „Emma … was machst du denn hier?“

Sie lachte und fragte sich, ob sie ihm wohl nie entkommen würde. „Ich arbeite seit drei Jahren hier. Ich bin Mitglied in der Organisation.“

„Super.“ Er setzte die Kappe wieder auf und trat näher – so nah, dass der schwache Duft seines Rasierwassers zu ihr hinüberwehte. Wie immer funkelten seine Augen in der für ihn so typischen Mischung aus Schalk und Ernsthaftigkeit. „Ich habe mich gerade als Freiwilliger beworben.“ Er boxte sie spielerisch mit dem Ellbogen in die Seite. „Vielleicht kannst du ja ein gutes Wort für mich einlegen.“

„Wenn du Glück hast.“ Sie betrachtete ihn und kämpfte gegen die Anziehungskraft an, die sie spürte. Es würde keine Liebe daraus werden, aber vielleicht konnte sie mit Gavin befreundet sein. Sie hatte keinen Grund, wütend auf ihn zu sein. Er verbrachte lediglich seinen Samstag damit, anderen zu helfen – so wie sie auch. Sie schob ihre Ärmel hoch und strich ihre langen dunklen Haare hinter die Ohren. „Komm. Ich verrate dir ein paar Tricks im Umgang mit Konservendosen.“

Er lachte und folgte ihr an den Tisch. Sie hatten etwa eine Stunde lang Dosen nach Inhalt und Größe sortiert, als Emmas Handy in ihrer Handtasche klingelte, die ein Stück weiter weg lag. Ihre Mutter lebte seit sechs Jahren nicht mehr, und außer den Kollegen in der Schule und ihren Nachbarn rief nur selten jemand bei Emma an. Vor allem an Wochenenden bekam sie kaum Anrufe. Sie unterbrach ihre Arbeit und holte das Telefon gerade rechtzeitig heraus, um zu sehen, dass der Name *Palazzo* auf dem Display erschien.

Eilig drückte sie die Hörertaste. „Hallo?“

„Ms Landon? Hier spricht Steve Palazzo. Ich bin der Onkel von Kristin Palazzo. Die Familie hat mich gebeten, Sie anzurufen.“ Er klang angespannt, so als wäre jedes Wort ein Kampf.

„Was ist passiert?“ Sie trat einige Schritte zur Seite und lehnte sich an die Wand. Aus dem Augenwinkel sah sie, dass Gavin sie beobachtete. „Geht es ihr gut?“

„Sie hatte heute einen Herzstillstand. Sie ist mit meinem Bruder über die Straße gegangen und ... einfach zusammengebrochen. Rick und Lynne dachten, Sie wollen sicher Bescheid wissen. Sie ist im Brunswick Hospital in Supply.“

Emma fühlte, wie es ihr das Herz brach. Sie beendete das Gespräch und merkte, dass jemand neben ihr stand. Sie blickte auf und sah Gavin vor sich stehen. „Was ist?“ Der leicht spöttische Tonfall von vorhin war verschwunden. Er legte ihr die Hände auf die Schultern. „Emma, sag mir, was los ist.“

„Eine Schülerin.“ Sie presste eine Hand auf die Stirn und versuchte, sich zu konzentrieren. „Keins von meinen eigenen Kindern, sondern meine Helferin aus der Highschool. Kristin Palazzo. Sie ist im ersten Jahr. Ihr Herz ... hat ausgesetzt und sie ... sie ist auf der Intensivstation im Brunswick.“

Gavin sah aus, als wollte er etwas sagen, doch dann hob er einen Finger. „Warte hier.“ Er eilte zum Leiter der Gruppe und meldete sie beide für den Rest des Tages ab. Dann ging er mit ihr zum Parkplatz, beide trieb die Panik an. „Ich fahre mit dir. Auf dem Hinweg hat ein Freund mich mitgenommen, er hilft, die Turnhalle zu streichen.“ Er blieb an ihrer Seite, bis sie bei ihrem Auto angekommen waren. „Bleib hier. Ich bin gleich wieder da.“

Emma lehnte sich an die Wagentür und starrte auf den Boden. Sie war froh über Gavins Hilfe. In ihrem jetzigen Zustand wäre ihr eine Stunde Fahrt zu viel gewesen. Ihre Hände zitterten und Tränen trübten ihren Blick. *Kristin darf nicht sterben ... jetzt noch nicht. Sie ist zu jung.* Das Mädchen hatte so viele Träume, hatte noch so viel Leben vor sich. Emma ging ein paar Schritte und kehrte dann wieder um. Bevor sie noch Zeit hatte zu überlegen, was sie als Nächstes tun sollte, war Gavin wieder bei ihr. Er half ihr auf den Beifahrersitz, dann nahm er ihren Schlüssel und eilte um den Wagen zur Fahrertür.

Sie waren wieder auf der Schnellstraße, und Gavin war offensichtlich entschlossen, sie so schnell wie möglich zum Krankenhaus zu bringen. Er warf ihr einen Blick zu. „Herzstillstand? Bei einem Teenager?"

Emma blinzelte und fuhr sich mit der Zunge über die Lippen. *Nicht Kristin … bitte, nicht Kristin.* „Sie … sie hatte eine Herzmuskelentzündung. Ihr Herz ist schwach, seit sie zehn war. Die Folge einer Krankheit. Sie … braucht ein Spenderherz."

Sie erinnerte sich daran, wie Kristin neulich in ihre Klasse gekommen war. Sie hatte so fröhlich gelächelt wie immer, aber ihre Bewegungen waren langsamer gewesen. Jetzt wusste Emma, warum – ihr Herz war bereits kurz davor gewesen, die Arbeit aufzugeben. *Nein, nicht Kristin. Noch nicht. Sie ist doch mit ihrem Fotoprojekt noch nicht fertig*. Ihr Herz hatte noch so viel Liebe zu verschenken.

Sie fuhren schweigend weiter und Gavin stellte keine Fragen mehr, wofür Emma dankbar war. Sie konnte sich nicht konzentrieren. Die ganze Zeit sah sie Kristins Gesicht vor sich, hörte ihr Lachen, als die Schüler sich am letzten Montag um sie geschart hatten. *Atme weiter, Kristin. Halt durch, Liebes. Gib nicht auf.*

Viele Menschen beteten jetzt, da war sie sicher. Wenn sie ein anständiger Mensch wäre, würde sie Gott um ein Wunder anflehen, damit Kristin an diesem Nachmittag aufstehen und aus dem Krankenhauszimmer spazieren konnte. Aber Gott – wenn es einen Gott gab – würde von jemandem wie ihr nichts hören wollen. Vielleicht würde sie Kristin sogar schaden, wenn sie nach all der Zeit so tat, als würde sie an Gott glauben.

Also tat sie das Einzige, was sie tun konnte. Sie versuchte, dem hübschen Mädchen mit ihren Gedanken Leben einzuhauchen, so gut sie konnte. *Bitte ... Sie will doch Lehrerin werden ... bitte lass sie die Sache überstehen. Sie kann noch so viel Liebe geben. Bitte ...* Emma fiel ein, dass sie, wenn sie flehte und um ein gutes Ende bettelte, ihre Bitte ja auch irgendwohin richten musste ... an irgendjemanden. Sie versuchte, darüber nicht nachzudenken. Jetzt war nur Kristin wichtig und die Tatsache, dass das Mädchen irgendwo in einem geschäftigen Krankenhauszimmer um ihr Leben kämpfte.

Sie waren beinahe beim Brunswick angekommen, als Gavin sein Schweigen brach. „Ich bin nicht sicher, wie du dazu stehst ... aber hättest du etwas dagegen, wenn ich bete? Für Kristin?"

Wie könnte Emma etwas dagegen haben? Wenn die Gebete von Gavin kamen, halfen sie ja vielleicht sogar. Sie schüttelte den Kopf und kniff die Augen zu, während sie mit einer Hand ihr Gesicht bedeckte.

Gavin wartete, bis er den Wagen vor der Notaufnahme angehalten hatte. „Guter Gott, du bist hier bei uns. Du verlässt uns nie, lässt uns nie im Stich. Weil wir das wissen, bitten wir dich jetzt, Kristin Palazzo neue Lebenskraft zu schenken. Sie hat ein schwaches Herz, aber eine Transplantation könnte ihr das Leben retten. Bitte halte sie bis dahin am Leben und sei bei ihrer Familie. Sei bei Emma, damit sie Kristins Eltern Kraft und Trost spenden kann." Er nahm Emmas Hand und drückte sie kurz. „In Jesu Namen, amen."

Er ließ ihre Finger so schnell wieder los, wie er sie ergriffen hatte, und sie eilten ins Krankenhaus und zur Intensivstation im dritten Stock. Emma hatte einmal mit Kristins Mutter gesprochen, aber sie war den Eltern des Mädchens noch nie persönlich begegnet. Sie war froh, dass Gavin da war; das war alles, was sie denken konnte, als sie aus dem Aufzug trat. Sie war nicht sicher, ob sie sonst den Mut gehabt hätte, Kristins Familie gegenüberzutreten, einer Familie, die so fest im Glauben verwurzelt war.

Sie ließ Gavin vorgehen, als sie durch den Flur in Richtung Wartezimmer liefen. Ein Mann mittleren Alters erhob sich und stellte sich vor. Es war Steve, Kristins Onkel.

„Wie geht es ihr?" Emmas Herz raste, aber sie bemühte sich krampfhaft, Ruhe zu bewahren.

„Sie hängt an der Herz-Lungen-Maschine." Steves Augen waren gerötet wie die aller anderen Menschen im Raum auch. Die Lage war offensichtlich sehr ernst. „Die ersten paar Tage sind entscheidend."

Emma hätte am liebsten geschrien und wen auch immer angebrüllt, dass es ungerecht war. Kristin brauchte ein Spenderherz und mindestens zwanzig weitere Lebensjahre – keine Maschine. Sie wollte Lehrerin werden ... sie hatte das Bild, das Francesca für sie gemalt hatte, noch nicht gesehen ... Emma schluckte und räusperte sich. „Gibt es ... irgendetwas, das wir tun können?"

„Ein paar Freunde aus der Gemeinde sind auf dem Weg hierher. Wir werden eine Gebetskette für sie organisieren – wenn Sie sich daran beteiligen wollen?"

Sie konnte spüren, dass Gavin, der neben ihr stand, bereit war, sich daran zu beteiligen. Eine Gebetswache war eine Sache, die ihm vertraut war. Plötzlich erinnerte Emma sich an die Zeit, als sie noch in die Mittelschule gegangen war und eine Mitschülerin von einem Auto angefahren worden war. Die Kinder hatten sich im Krankenhaus versammelt und gebetet, und Emmas Stimme war eine der lautesten gewesen. Das hatte sie vergessen – so wie die Tatsache, dass sie damals an Gott geglaubt hatte und an die Macht des Gebets.

Als sie nicht antwortete, schaltete Gavin sich ein. „Wir bleiben natürlich."

„Danke." Steves Blick wanderte von Gavin wieder zu Emma. „Kristin hält sehr viel von Ihnen, Ms Landon. Es würde ihr viel bedeuten, wenn Sie für sie beten könnten."

Panik stieg in Emma auf, und sie hatte Mühe, ihre Fassung zu wahren. Wem wollte sie hier eigentlich etwas vormachen? Sie konnte nicht hier stehen und mit einem Gott, dem sie den Rücken gekehrt hatte, über ein Mädchen reden, das so geradlinig und unschuldig war wie Kristin Palazzo. Steve ging auf die andere Seite des Raumes und sprach mit einer Frau, die leise weinte. Wahrscheinlich seine Frau. Emma nutzte die Gelegenheit, um Gavins Arm zu ergreifen. „Ich muss mit dir reden. Bitte." Sie zischte die Worte so leise, wie sie konnte.

Gavin folgte ihr hinaus und ein Stück den Gang hinunter in Richtung Aufzug. Emma sprach so leise wie möglich. „Ich kann das nicht."

„Was kannst du nicht?" Auf Gavins attraktivem Gesicht lag ein fragender Ausdruck. „Ihre Familie hat uns gebeten zu bleiben und zu beten. Das kannst du nicht?"

„Gavin ...", murmelte sie gereizt seinen Namen. Dann ließ sie den Kopf hängen und lehnte sich an die Wand. „Du verstehst das nicht. Ich habe mit Gott nichts mehr zu tun. Er würde nicht wollen, dass ich jetzt mit ihm rede. Kristin hat Gebete von jemand Besserem verdient."

Gavin lachte auf, aber es war ein trauriger Laut, und diesmal packte er sie fest bei den Schultern. „Hör mir zu. Gott wird Kristin nicht bestrafen, weil du für sie betest. So ist er nicht."

„Und was ist, wenn doch?" Das Herz hämmerte in ihrer Brust. Sie war so schlimm, wie eine Frau nur sein konnte, und konnte unmöglich vor Gott treten – ob er zuhörte oder nicht.

„Er will, dass alle zu ihm kommen. Ich bitte dich nur um eines." Sein Blick war ehrlich und eindringlich.

„Was denn?"

„Du musst glauben, dass es etwas bewirkt. Das musst du glauben, in Ordnung?"

Konnte sie das? Für Kristin? Konnte sie in einem Kreis betender Menschen stehen und glauben, dass diese Glaubensäußerungen etwas bewirkten? Sie hatte keine Zeit, sich darüber klar zu werden, was sie glaubte und was nicht. Kristins Leben hing am seidenen Faden. Sie seufzte. „Also gut. Für Kristin kann ich das."

„Gut." Er blickte auf. Eine Gruppe bekümmert dreinblickender Erwachsener und Jugendlicher trat aus dem Aufzug. „Komm." Gavin führte Emma ins Wartezimmer zurück. Während sie den Flur hinunterliefen, sahen sie, wie ein Paar, vielleicht Kristins Eltern, die Neuankömmlinge begrüßte. Gavin und Emma schlüpften ins Wartezimmer, aber sie hörte, wie eines der Mädchen aus der Gruppe laut aufschrie.

„Nein … nicht Kristin!"

Emma wäre am liebsten davongerannt, aber dass Gavin an ihrer Seite war, beruhigte sie so weit, dass sie blieb. Schließlich betrat die Gruppe das Wartezimmer. Das Paar trat auf Emma zu, und der Frau fiel es offensichtlich schwer zu sprechen. „Ich bin Lynne Palazzo. Sie … Sie sind Emma Landon, nicht wahr?"

„Ja, Ma'am." Vor Angst konnte Emma kaum die Worte herausbringen. „Ich mag Ihre Tochter sehr."

„Kristin mag Sie auch." Lynne zögerte, dann umarmte sie Emma schnell und fest. „Wir müssen beten." Sie trat zurück und blickte in die Runde. „Bitte, lasst uns jetzt beten."

Gemeinsam bildeten sie einen Kreis und hielten sich an den Händen, und einer nach dem anderen betete laut. Emma war sicher, dass sie trotz der Gebete hören konnten, wie heftig ihr Herz schlug. Sie war nicht würdig, hier zu stehen; nicht würdig, mit Menschen zusammen zu sein, die einen so festen Glauben hatten. Und trotzdem fand sie, während sie Gavins Hand umklammert hielt, die Kraft zu bleiben.

„Du hast sie so lange am Leben erhalten, Gott … bitte mach, dass sie diese Nacht übersteht."

Die anderen bekräftigten die Bitte mit einem leisen Ja, und dann geschah etwas Merkwürdiges. Emma ertappte sich dabei, dass sie genau das tat, was sie Gavin versprochen hatte. Sie glaubte. Sie glaubte, dass die Intensität ihrer Gebete und die Gewissheit dieser Menschen, dass Gott sie tatsächlich hörte, am Ende eine gute Nachricht bewirken würde. Eine Stunde später geschah genau das. Ein Arzt erschien im Türrahmen und zögerte.

„Entschuldigen Sie." Er sah Lynne und Rick an. „Kann ich kurz mit Ihnen reden?"

Emma war emotional und körperlich erschöpft. Sie wollte den Gang hinunterlaufen und selbst nach Kristin sehen. Stattdessen lehnte sie sich an Gavin und wartete mit den anderen. Nach einer Minute kehrten Kristins Eltern zurück, und in ihren Augen standen unvergossene Tränen.

„Sie ist erst einmal über den Berg." Rick legte einen Arm um die Schultern seiner Frau. „Das Herz schlägt wieder von allein. Im Moment jedenfalls."

Ein Raunen ging durch die Gruppe aus etwa fünfzehn Menschen, die in dem Wartezimmer versammelt waren. Sie unterbrachen ihr Gebet kurz, um die gute Nachricht zu feiern. Dann beteten sie noch eine Stunde lang, bevor alle nach Hause fuhren. Als sie wieder im Wagen saßen, fühlte Emma sich plötzlich befangen, jetzt, wo sie wieder allein mit Gavin Greeley war. In den letzten Stunden hatte sie sich ganz und gar auf ihn gestützt, emotional und körperlich. Sogar geistlich. Aber das bedeutete nicht, dass sie irgendwelche Gefühle für ihn zulassen durfte.

Gavin fuhr zu sich nach Hause, und die ganze Fahrt über versuchte sie ihn davon zu überzeugen, dass es ihr gut ging und sie ohne seine Hilfe nach Hause weiterfahren konnte.

„Ich kann dir ein Taxi rufen." Er warf ihr einen Blick zu, die Hand fest auf dem Lenkrad.

„Ich bin in Ordnung. Wirklich, Gavin." Sie hielten vor seinem Haus. Sie wechselte den Sitzplatz und ließ den Motor laufen. „Danke. Für alles. Ohne dich hätte ich diesen Tag nicht überstanden."

„So ist Gott. Er bürdet uns nie mehr auf, als wir ertragen können." Gavin lächelte müde. „Ich bin froh, dass es ihr besser geht. Halt mich auf dem Laufenden, ja? Und bete weiter."

Emma versprach nichts. Sie verabschiedete sich von ihm und dankte ihm noch einmal, aber als er fort war und sie allein in Richtung Holden Beach Bridge fuhr, ertappte sie sich dabei, dass sie genau das tat. *Gott ... es ist lange her. Ich weiß, dass ich kein Recht habe, mit dir zu reden, aber ich muss. Weißt du, Kristin liegt mir wirklich am Herzen. Vielen Menschen bedeutet sie eine Menge. Also bitte, Gott ... mach, dass ihr Herz weiterschlägt. Hilf ihr, dass sie von der Beatmungsmaschine wegkommt und gesund wird.* Eine einzelne Träne lief ihr über die Wange und tropfte auf ihre Jeans. *Die Welt kann es sich nicht leisten, jemanden wie Kristin Palazzo zu verlieren. Bitte, Gott.*

Als sie ihr Gebet beendet hatte, war Emma nicht sicher, was sie mehr überraschte. Dass sie die Worte und den Mut gefunden hatte zu beten oder dass sie es getan hatte, ohne zu zweifeln. So oder so – in diesem Augenblick ging es nicht mehr um sie und ihre beschämende Vergangenheit.

Es ging um ein wundervolles Mädchen mit braunen Augen und einem Herzen aus Gold – auch wenn es ein krankes Herz war –, das am anderen Ende der Stadt um sein Leben kämpfte.

10

An seinem letzten Tag zu Hause beschloss Brad, dass er nicht nach New York zurückkehren konnte, ohne in Holden Beach gewesen zu sein. Er hatte das Zusammensein mit seinen Eltern genossen und das Gespräch mit seinem Dad war wichtig gewesen. Aber abgesehen davon hatte die Zeit in seinem Elternhaus ihm entscheidende Stunden gebracht, in denen er darüber nachdenken konnte, was genau er als Nächstes tun wollte. Bei jeder Gelegenheit, die sich ihm bot, flehte er zu Gott und betete, dass Laura Verständnis haben und er Emma schnell finden würde.

Seine Mutter war der erste Mensch, an den er sich wandte. Sie war mit dem Tratsch der Umgebung vertraut – wer weggezogen war und wer geheiratet hatte, solche Dinge. Gestern hatten sie am Küchentisch gesessen, als Brad das Thema angesprochen hatte.

„Ich muss mit Emma Landon reden." Er wollte ihr den Grund nicht sagen, deshalb ließ er es wie eine beiläufige Bemerkung klingen. „Vor der Hochzeit."

„Emma?" Seine Mutter erstarrte einige Sekunden lang, den Blick auf ihn gerichtet. „Das klingt nicht gut."

„Es ist nichts." Brad setzte sein überzeugendstes schiefes Lächeln auf. „Nur ein paar Dinge, die ich ihr sagen muss, bevor ich mich ganz auf die Zukunft konzentrieren kann."

Seine Mutter runzelte die Stirn. „Ich habe Emma geliebt, das weißt du. Aber damals wart ihr noch Kinder. Laura ist die vollkommene Frau für dich."

„Das sehe ich genauso."

Ihr Stirnrunzeln wich einer leichten Verwunderung. „Ist zwischen dir und Laura alles in Ordnung?"

„Auf jeden Fall." Brad hoffte, dass die Antwort auch dann noch zutreffen würde, wenn er Laura die Wahrheit erzählte. „Es geht hier nicht um Laura. Ich muss nur vor der Hochzeit noch etwas klären."

Seine Mutter sah immer noch ein wenig besorgt aus. Dann schien sie sich zu entspannen. Brad würde ihr nicht in die Augen sehen und sie anlügen. Daran hatte sie sich wohl erinnert. „Also gut." Sie trommelte mit den Fingern auf dem Küchentisch. „Das Letzte, was ich mitbekommen habe, war, dass sie in der Nähe von Holden Beach unterrichtet hat."

Seit diesem Augenblick hatten ihre Worte ihn nicht mehr losgelassen. Lehrerin in der Nähe von Holden Beach. Es schien ihm fast unmöglich. Welchen Grund sollte Emma haben, so nah an dem Ort zu bleiben, an dem sie beide so viel Traurigkeit erlebt hatten? Aber der Hinweis war für Brad ein Anhaltspunkt.

Doch das war nicht der Grund, warum er jetzt nach Holden Beach fuhr. Er musste noch einmal dort sein, durch den Sand laufen und den Pfad am Ende des Anlegers entlanggehen. Damit er endlich verstand, warum Emma und er schwach geworden waren, obwohl alles, woran sie glaubten, sie davor gewarnt hatte. Es war ein bewölkter Tag, und für später am Nachmittag war ein Sturm angekündigt. Es war Brad egal. In seiner jetzigen Verfassung wäre er selbst bei einem Hurrikan nach Holden Beach zurückgekehrt.

Die Fahrt dauerte nicht so lange, wie er sie in Erinnerung hatte, und kurz vor Mittag fuhr er über den Damm und stellte den Wagen auf dem erstbesten Parkplatz ab. Lange saß er dort, auf das Lenkrad des Pick-ups gelehnt, den er sich von seinem Vater geliehen hatte, und blickte zum Strand hinaus. Er war sauberer als früher, besser gepflegt. Weniger wild und unerschlossen.

Wenn er lange genug auf die Wellen starrte, konnte er sie beide beinahe vor sich sehen, so wie es in jenem Sommer gewesen war. Ihre Liebe war so wild und ungezähmt wie der Strand. Sie hatten damals Pläne gehabt, Emma und er. Er würde zur Universität von North Carolina gehen und sie würde die Schule beenden. Anschließend wollte sie dasselbe College besuchen, und sie hatten vor, so viele Kurse wie möglich gemeinsam zu belegen.

„Ich will dich heiraten", hatte er zu ihr gesagt.

Ihre schönen haselnussbraunen Augen glaubten jedes Wort, das war offensichtlich. Brad blinzelte, so hell strahlte die Vergangenheit. Er hatte es selbst ja auch geglaubt. Sie würden zusammenbleiben, so wie sie es seit ihrer Kindheit gewohnt waren. Aber als er jetzt, zehn Jahre später, auf den Strand hinausstarrte, fiel Brad etwas auf, woran er vorher nicht gedacht hatte.

Sie hätten nicht den ganzen Weg nach Holden Beach fahren müssen. Sie wohnten schließlich beide in Wilmington. Wrightsville Beach war nur wenige Minuten von ihren Häusern entfernt. Und es gab noch ein Dutzend anderer Strände, die näher waren als dieser hier. Die Antwort war beschämend und lastete wie ein Stein auf Brads Schultern. Nur ein Grund konnte ihre Entscheidung erklären, in diesem Sommer immer wieder hierherzukommen, an einen Strand, der eine Stunde von zu Hause entfernt war.

Hier waren sie ungestört. Sie hatten die Freiheit, ihre Gefühle in Tun umzusetzen – auch wenn dieses Tun falsch war.

Er musste laufen. Der Wagen seines Vaters war einer der letzten, bei denen man die Fenster noch per Hand herunterkurbeln konnte. Die Kurbel klemmte ein wenig, als Brad das Fenster schloss. „Also gut", flüsterte er, den Blick noch immer auf den Strand vor ihm gerichtet. „Dann mal los." Er stieg aus dem Pickup, zog seine Schuhe aus und stellte sie auf den Boden des Wagens. Trotz des wolkenverhangenen Himmels war der Boden warm. Er krempelte seine Jeans auf, und als er zum Strand hinunterging, kitzelte der Sand zwischen seinen Zehen.

Langsam, als müsse er sich einen Weg durch eine Million Augenblicke aus der Vergangenheit bahnen, stiefelte Brad den sandigen Abhang hinab bis zum Wasser. Die schaumigen Wellen umspülten seine Füße und er richtete seine Aufmerksamkeit vom Meer zum Himmel. Der Strand war immer noch fantastisch – genau der richtige Ort für lange, nachdenkliche Spaziergänge und um die Sterne zu betrachten. Das hatte sie dann auch in Schwierigkeiten gebracht. Wenn sie an dem Abend doch nur ihre Sachen gepackt hätten und nach Hause gefahren wären.

Aber im August schienen die Tage ewig zu dauern.

Brad ging weiter, bis er an den Anleger kam. Er wollte bis zum Ende des Holzstegs laufen, aber ohne Schuhe würde er das nicht versuchen. Zu viele Splitter. Stattdessen lehnte er sich an die Pfeiler und starrte auf den Sand, der sich vor ihm erstreckte. Die Erinnerungen waren so lebendig, dass er sie fast mit Händen greifen konnte. Das erste Mal hatte ihnen beiden das Herz gebrochen.

Der Schleier der Zeit wich zurück und er war wieder hier, am Ende eines langen, sonnigen Tages. Sie trug eine kurze Jeans über ihrem weißen Bikini, der gar nicht mal besonders knapp geschnitten war. Aber das spielte keine Rolle. Sie waren im August zu zweit und ungestört mit einer Decke am Strand von Holden Beach. Selbst wenn sie einen Bademantel getragen hätte, hätte er Mühe gehabt, seinen Gefühlen für sie zu widerstehen. Der Sonnenuntergang wich einem Sternenhimmel und nach einer Weile war Emma eingeschlafen. Brad sah noch vor sich, wie sie beide dort auf der Decke lagen und jeder kleine Kompromiss, den sie machten, zum nächsten führte.

„He." Er berührte ihre Schulter. Das Gefühl ihrer Haut raubte ihm einen Moment lang alle Gedanken. „Wir sollten fahren, Emma."

„Hmmm." Sie drehte sich auf die Seite. „Jetzt?"

Brad versuchte, sie nicht anzustarren. Stattdessen sah er auf seine Uhr. „Es ist schon nach acht. Wir sollten uns etwas zu essen besorgen und zurückfahren."

„Ich dachte ... wir hätten Butterbrote dabei." Sie war schläfrig, und ihr Lächeln war verführerisch, obwohl sie das bestimmt nicht beabsichtigte.

„Stimmt auch wieder." Er konnte spüren, wie sein Herz raste. In seiner Seele drängte eine Stimme ihn, die Decke und seinen Rucksack zusammenzupacken, solange es noch ging, und dem Sog der Verlockung, die von Emma ausging, zu entfliehen. Seine Kehle war ganz ausgetrocknet. „Ich meine ... wir haben Brote mit Erdnussbutter und Gelee und ... und ein paar Dosen Cola. Allerdings nicht sehr kalt."

„Ich habe keinen Hunger." Sie nahm seine Hand und zog ihn wieder neben sich auf die Decke. Jetzt lag sie wieder auf dem Bauch. „Der Sommer ist fast vorbei. Ich will noch nicht gehen."

Er streckte sich aus, und sein Atem ging schwerer als vorher, obwohl er versuchte, sie nicht zu beobachten. Jeder Atemzug war ein Kampf, sie nicht auf die Seite zu drehen, damit er sich an sie schmiegen und sie küssen konnte. Lange blieben sie so liegen, und er warf ihr hin und wieder einen verstohlenen Blick voller Verlangen zu. Dann sah er wieder fort, sooft er konnte. Irgendwann sprach er ein halbherziges Gebet. Worte, die er gar nicht meinte. Wenigstens schien es ihm im Rückblick so. Zu diesem Zeitpunkt fuhr er bereits mit den Fingern über ihren nackten Arm. *Gott ... hilf uns, nicht schwach zu werden. Wir dürfen nicht die Kontrolle verlieren.*

Aber es war zu spät. Der leere Strand lag jetzt im Dunkeln, und mit der Klippe aus Sand und Fels und Gras hinter ihnen und auf beiden Seiten waren sie mehr als ungestört. Und das hatten sie gewusst, als sie vor etlichen Stunden diesen Flecken ausgewählt hatten.

„Emma." Er rutschte näher und küsste ihre nackte Schulter. „Vielleicht sollten wir gehen." Es war ein letzter Versuch ... aber er war natürlich nicht ernst gemeint. Sein Atem ging noch schneller als vorher, und die Gefühle, die sie in ihm weckte, ließen ihn keinen klaren Gedanken mehr fassen.

Sie drehte sich auf die Seite, und wenige Sekunden später war sie hellwach. „Mir ist kalt“, flüsterte sie. „Zieh die Decke über uns.“

Brad rutschte noch näher und schlug die andere Hälfte der Decke über sie. „So besser?“

Er konnte sich nicht mehr an Emmas Antwort erinnern oder daran, dass sie überhaupt noch viel gesprochen hätten. Sicher wusste er nur noch, dass sie anfingen, sich zu küssen. Irgendwann in den nächsten fünfzehn Minuten versuchten sie zweimal aufzuhören. Beide Male war es Emma, die sich besann.

„Das geht nicht, Brad ... wir sollten gehen.“

Aber er küsste sie nur und legte sachte einen Finger auf ihre Lippen. „Schhh ... wir hören auf. Es ist alles gut.“

Kurz darauf unternahm sie einen halbherzigen Versuch, ihn von sich zu stoßen. „Wir müssen nach Hause. Ich kann nicht ... bitte, Brad ... nicht ... bitte hör auf, Brad.“

Zu diesem Zeitpunkt klang ihre Stimme eher so, als würde sie ihn bitten weiterzumachen, sie weiter bergauf zu führen und ihre Sinne so lebendig werden zu lassen, wie sie es gewiss noch nie zuvor gespürt hatte. Danach gaben sie auf und kämpften nicht mehr gegen die Flut der Gefühle und Empfindungen an, die wie wunderbare Wellen über ihnen zusammenschlugen.

Erst als sie sich wieder voneinander lösten und nebeneinander auf dem Rücken lagen und zu den Sternen hinaufsahen, wurde Brad allmählich die schreckliche Wirklichkeit dessen bewusst, was gerade geschehen war. Er hatte Gott und seinen Eltern versprochen, dass er keinen Sex haben würde, bevor er verheiratet war, aber jetzt ... jetzt hatte er gegen alles verstoßen, woran er glaubte. Und nicht nur er, sondern Emma auch. Er war nicht sicher, wie er ihr begegnen, ja, ihr auch nur in die Augen sehen sollte, und er hatte keine Ahnung, was er tun sollte.

Bevor er sich rühren oder etwas sagen konnte, hörte er Emma leise weinen. Er zog sich eilig an und sie tat es ihm nach. Dann setzte er sich auf und sah sie an. „Em ... nicht weinen."

„Ich kann es nicht fassen. So schnell?" Sie schlug die Hände vors Gesicht und ein Schluchzen stieg aus ihrer Brust auf. „Ich dachte, es würde ... länger dauern. Ich dachte, wir hätten Zeit aufzuhören."

Brad war damals gerade achtzehn gewesen, und ihre Worte demütigten ihn. Er versuchte, die Traurigkeit zu hören, die daraus sprach. Die Tatsache, dass sie das, was sie in dieser Nacht aufgegeben hatten, nie wieder zurückholen konnten. „Es tut mir leid. Ich ... ich wollte aufhören."

Sie sprach erst wieder mit ihm, als sie Wilmington beinahe erreicht hatten. Die ganze Fahrt über liefen stille Tränen über ihr Gesicht. Schließlich drehte sie sich zu ihm um und schniefte. Ihre Augen waren gerötet. „Was ... machen wir jetzt?"

„Ich weiß nicht." Nichts hatte ihn auf diesen Augenblick vorbereitet. Er musste nur immerzu denken, dass ihr Jugendpastor recht hatte. Sex vor der Ehe zu haben, veränderte alles, ruinierte alles. Er klammerte sich an eine Frage, die in die Verlegenheit des Augenblicks passen könnte. „Was willst du denn, Emma? Willst du mehr Zeit?"

„Nein!" Ihre Antwort klang panisch, ein Aufschrei aus tiefstem Herzen. „Ich will so tun, als wäre das heute Abend nie geschehen, damit wir morgen aufwachen und irgendwann nach dem Frühstück im Pool schwimmen und in Wilmington spazieren gehen können. Ich will am Wochenende wieder zum Strand gehen und das, was heute geschehen ist, niemals wieder geschehen lassen." Sie lehnte sich auf ihrem Sitz zurück, erschöpft von ihrem Gefühlsausbruch. „Das will ich." Ihre Augen waren voller Angst. „Und du?"

Brad war sich nicht sicher, ob er schreien oder weinen sollte, aber eines wusste er: Nichts würde wieder so sein wie vorher, egal, wie viel Mühe sie sich gaben. „Das will ich auch."

„Also gut." Sie versuchte zu lächeln, aber es gelang ihr nicht. Sie nahm ihren Rucksack vom Rücksitz. „Bis morgen."

„Bis dann." Brad hasste sich selbst dafür, dass er sie gehen ließ, ohne ihr zu sagen, dass er sie liebte. Er hatte es ihr schon häufig gesagt, aber im Dunst von Schuld und Scham schien Liebe das Letzte zu sein, worüber sie sprechen sollten. Sie waren zwei Kinder, die sich nicht hatten beherrschen können, und jetzt … jetzt gab es kein Zurück mehr.

In den nächsten Tagen taten sie das, was sie sonst auch machten, und am Wochenende fuhren sie wieder nach Holden Beach, so wie sie es geplant hatten. Sie taten so, als wäre alles in Ordnung, so wie Emma es wollte.

Aber als sie am Strand saßen, versuchten sie, sich zu unterhalten, und es waren nur verlegene Ansätze und bedeutungslose Worte. Am Ende gab es nichts zu sagen, denn das Verlangen in ihren Augen sagte alles. Als die Sonne an diesem Abend unterging, fingen sie entgegen ihren Versprechungen an, sich wieder zu küssen und zu berühren, und wieder gaben sie der Leidenschaft nach, die während der ganzen Woche an ihnen gezerrt hatte.

Danach gaben sie sich nicht mehr die Mühe, sich zu belügen. Die Anziehungskraft ihrer körperlichen Beziehung war zu groß, als dass sie sie hätten ignorieren können, und so fordernd, dass sie ihr nicht widerstehen konnten. Beim dritten Mal flüsterte Emma ihm im letzten Moment zu: „Was ist, wenn ich schwanger werde?"

Daran, wie sie das Wort aussprach, merkte er, dass es das Letzte war, was sie sagen wollte. Aber es wäre verrückt, diese Möglichkeit nicht wenigstens in Betracht zu ziehen. Brad erinnerte sich an das, was als Nächstes geschah, dass er all seine Weisheit und sein Wissen über diese Dinge zusammengekramt und zuversichtlich und atemlos verkündet hatte, das würde nicht geschehen. „Mädchen in deinem Alter werden nicht schwanger … nicht, bis … du weißt schon … jedenfalls nicht in den ersten paar Monaten. Das habe ich irgendwo gelesen. Außerdem … ich könnte etwas in der Drogerie kaufen … beim nächsten Mal, okay?“

Noch während die Worte über seine Lippen kamen, wusste Brad, dass er log. Was er eigentlich meinte, war, dass er sich nicht bremsen konnte. Nicht Gott zuliebe und nicht Emma zuliebe und auch nicht aus Angst, sie könnte schwanger werden. Sie waren in eine Leidenschaft gestolpert, die stärker war als sie beide; eine schwindelerregende Mischung aus körperlichen Empfindungen und Gefühlen, in der sie sich wie in einem Strudel drehten und die beinahe über Nacht zu einer Sucht geworden waren, gegen die sie nicht ankamen.

Kein Wunder also, dass der November die Nachricht brachte, die keiner von ihnen hatte für möglich halten wollen. Emma war schwanger. Sie ließ sich von ihm nach Holden Beach fahren, um es ihm zu sagen; vor allem, vermutete er, damit sie ungestört waren und besprechen konnten, was sie als Nächstes tun sollten.

In der Zwischenzeit hatte Brad seine Sachen bereits zum Studentenwohnheim in Chapel Hill gebracht. Aber angesichts ihrer Neuigkeiten sagte er seinen Eltern, er brauche noch etwas Zeit. Er wolle nicht so weit weg sein von Emma, und sie würden zusammen zum College gehen, sobald sie ihren Abschluss hatte. In der Zwischenzeit würde er Geld verdienen und für die nächsten vier Jahre sparen.

Aber das alles war nur eine Ausrede gewesen, um Zeit zu schinden.

Das Holz drückte sich in Brads Rücken und zog ihn so aus dem Netz der Erinnerungen, aus denen seine Vergangenheit bestand. Genau hier, am Strand, hatte sie es ihm gesagt. Zuerst hatte er es natürlich kaum glauben können. Sie sah nicht schwanger aus, wirkte auch nicht anders als sonst. Er musste sie in den ersten paar Tagen ein Dutzend Mal gefragt haben, ob sie sich sicher war.

Brad machte kehrt und ging zurück zum Parkplatz. Auf halber Strecke entdeckte er ein weißes Holzkreuz mitten in einem

Büschel Wildgras. Er zögerte, ging aber nicht näher. Wer immer es dort errichtet hatte, wollte nicht, dass es von anderen bemerkt wurde. Dafür war es zu versteckt.

Er steckte die Hände in die Hosentaschen und stapfte durch den Sand zurück zum Wagen seines Vaters. Seine Reise in die Vergangenheit hatte ihm nicht geholfen, sich über seine Gefühle klar zu werden oder mit den Ereignissen von damals abzuschließen. Wenn überhaupt, wusste er jetzt eher, was er Emma sagen und warum er sie finden musste, bevor er mit Laura vor den Altar treten konnte. Es war erbärmlich, wie er Emma behandelt hatte, nachdem sie ihrem körperlichen Verlangen nachgegeben hatten. Schlimmer als erbärmlich. Er spürte wieder einen Stich im Herzen, aber diesmal galt der Schmerz nicht ihm selbst oder dem unbeendeten Kapitel seines Lebens, sondern Emma, seiner Jugendfreundin und Highschool-Liebe. Seiner wunderbare Emma. Er musste sie finden.

Sonst würde die Last der Vergangenheit ihn erdrücken.

11

Emma war seit einer Stunde aus dem Krankenhaus zurück. Jetzt lief sie mit Riley zum Strand hinunter. Der Sandstreifen war menschenleer, abgesehen von einem älteren Paar, das Hand in Hand am Rand der Brandung entlanglief. Jetzt, wo sie mit Gott gesprochen hatte, gab es noch mehr, das sie sagen wollte. Sie hatte so lange mit ihrer eigenen Schuld und Schande gerungen, dass sie geglaubt hatte, sie müsste immer so weiterleben. Aber das stimmte jetzt vielleicht nicht mehr.

Sie kam zu einer Steinmauer, die den Ocean Boulevard vom Sandstrand trennte, und mit einer anmutigen Bewegung schwang sie sich auf die Mauer. Dann ließ sie die Beine auf der anderen Seite herunterbaumeln, sodass sie aufs Wasser sehen konnte. Riley saß aufmerksam neben ihr, bereit, sie zu beschützen, sollte jemand es wagen, zu nahe zu kommen.

„Ist schon gut, alter Junge." Sie fuhr mit den Fingern über seine Ohren. „Leg dich hin, Riley. Alles gut."

Riley zögerte, dann gähnte er und drehte sich ein paarmal im Kreis, bevor er sich zu ihren Füßen niederließ. Sie starrte zum Strand hinunter und zu der zerklüfteten Stelle, an der kleine Sandbuchten vor den Blicken verborgen waren. Dort war sie in jenem Sommer mit Brad gewesen. Dort waren die Dinge aus dem Ruder gelaufen.

Das Dumme war, dass sie ihm das mit dem Schwangerwerden wirklich geglaubt hatte – dass es nicht passieren könne. Jedenfalls nicht sofort. Oder wenigstens hatte sie ihm glauben wollen; schließlich hätte sie ihm damals sogar ihr Leben anvertraut. Wenn sie schwanger wurde, war das kein Weltuntergang, oder? Brad würde zu ihr stehen und sie würden schnell heiraten. Sie würden zusammen leben, während sie ihre Ausbildung beendeten, und sie würden ihr Kind erziehen, so gut sie konnten. So hatte sie sich das vorgestellt.

Den Tag, an dem sie den Schwangerschaftstest machte, würde sie nie vergessen. Ihre Mutter war damals krank gewesen, sehr krank. Sie schlief auf dem Sofa, während Emma mit der Tüte aus der Apotheke leise ins Haus schlich. Sie lief nach oben und holte den Test aus der Tüte. Sie war sich nicht sicher, wie sie den Inhalt benutzen musste, deshalb war sie froh, dass die Anleitung ziemlich einfach war. Zwei Minuten später hatte sie das Ergebnis. Sie war schwanger, und es gab niemanden auf der ganzen Welt, dem sie davon erzählen konnte, außer Brad. Ihrem besten Freund … dem Vater ihres Kindes. Ihr Atem stockte. Sie hasste das Gefühl, so in die Vergangenheit gezogen zu werden. Natürlich waren sie an den Strand gefahren. Sie waren hierhergekommen; an die Stelle, an der sie die Beherrschung verloren und gegen alles verstoßen hatten, wovon sie überzeugt waren.

„Ich war spät dran“, sagte sie zu ihm. Sie hielten einander bei den Händen, während sie durch das flache Wasser liefen. „Deshalb habe ich den Test gemacht.“

Zuerst schien er gar nicht zu begreifen, was sie sagte. Aber dann wurde er langsamer, blieb stehen und drehte sich zu ihr um. „Du warst spät dran … mit deinen Tagen?“

„Ja.“ Ihr war ganz schlecht, als sie ihm in die Augen sah. So, als würde es jemand anderem widerfahren. Nicht ihr und Brad, denn sie waren brave Kinder, die nicht tranken und keine wilden Partys feierten. Jugendliche, die Gott versprochen hatten, sich für die Ehe aufzuheben. Es konnte unmöglich sie sein, die hier stand und Brad erzählte, dass sie schwanger war. Aber ihr blieb nichts anderes übrig. Sie zog den Teststab aus der Tasche ihres Pullovers. „Ich bin schwanger. Der Test ist positiv.“

Danach war der Schock für Brad heftiger als für sie. Eine

Minute lang schien er gar nicht zu atmen, dann wurde seine Haut blass und feucht. „Wirklich? Ich meine … bist du sicher?“

„Ja.“ Sie wollte, dass er sie in den Arm nahm und ihr sagte, alles würde gut werden.

Stattdessen wandte er sich ab und ging ein paar Schritte in Richtung Auto. Dann blieb er stehen und krümmte sich und würgte, bis alles, was er in den letzten Stunden zu sich genommen hatte, im Sand endete. Er schnappte nach Luft, aber ihm war noch immer so schlecht, dass er nicht aufrecht stehen konnte. Mit den Füßen kickte er Sand über die Sauerei. Dann drehte er sich mit offenem Mund zu ihr um. „Was … was willst du jetzt machen?“

Sie wusste noch genau, wie furchtbar diese Frage sie getroffen hatte. Was *sie* machen würde? Dies war ein Problem, mit dem sie beide fertigwerden mussten, richtig? Warum formulierte Brad es dann so? Sie hatte ohnehin keine Antwort auf die Frage. Als sein Magen sich beruhigt hatte, fuhren sie in ihrem roten Cabrio nach Hause, aber sie sprachen kaum. Auf halber Strecke nahm sie seine Hand und sah ihm tief in die Augen. „Bitte hör nicht auf, mich zu lieben, Brad. Bitte nicht.“

Aber Liebe war das Letzte, was sie danach beschäftigte. Emma wollte es ihrer kranken Mutter nicht sagen, und Brad konnte sich auch nicht vorstellen, es seinen Eltern zu erzählen. Sie waren von Anfang an dagegen gewesen, dass Brad und Emma nach Holden Beach fuhren. Das zuzugeben, war am allerschlimmsten, und Emma stimmte zu, dass sie allein eine Lösung finden mussten.

Damals war ihr Zyklus nicht sehr regelmäßig gewesen. Sie konnte eine Periode verpassen und sich nichts dabei denken. Aus diesem Grund wusste sie nicht genau, in welchem Monat sie war, aber da inzwischen November war, hatte sie schreckliche Angst, dass sie bereits seit mehreren Monaten schwanger war. An dem Montag darauf saß sie im Biologieunterricht und überlegte krampfhaft, was sie tun sollte, als ihr die Schulschwester einfiel, die versprochen hatte, jedem Mädchen zu helfen, das an einer ungewollten Schwangerschaft litt. Emma presste die Zähne zusammen, als sie an die Worte der Krankenschwester dachte. *An einer ungewollten Schwangerschaft leiden.* Als gäbe es da gar kein Baby, das auch an der Sache beteiligt war.

Die Schwester zog nicht eine Sekunde lang eine andere Option in Erwägung außer der, die ihr am sinnvollsten erschien. „Du hast gerade mit deinem letzten Schuljahr begonnen. Wenn du schon einige Monate schwanger bist, würde ein Baby bedeuten, dass du die Schule nicht beenden und mit deiner Klasse den Abschluss machen kannst. Diesen Kummer kannst du dir ersparen." Sie redete darüber wie über Kopfschmerzen, nicht wie über ein Kind, das in ihrem Bauch heranwuchs. „Du entscheidest, ob du ein Baby bekommst, Emma."

Sie wünschte, Brad wäre bei ihr gewesen, aber er hatte sich nicht überwinden können, das Schulgebäude zu betreten. Seine Freunde von der Basketballmannschaft dachten, er wäre längst am College. Da konnte er schlecht mit Emma zu einem Termin bei der Schulschwester erscheinen. Die ganze Schule würde noch vor dem Mittagessen wissen, was Sache war. Emma nahm es ihm nicht übel, aber ohne seine Unterstützung war sie nicht fähig, wirklich zu entscheiden, und brachte nichts anderes zustande, als sich durch das weitere Prozedere führen zu lassen.

Die Schwester sprach einige Minuten mit ihr, bevor sie den Termin arrangierte. „Sie werden überprüfen wollen, ob du wirklich schwanger bist. Und sie werden dich natürlich auch beraten. Ich will da nichts vorwegnehmen. Ich meine, bist du bereit dazu, Mutter zu sein?" Der Tonfall sagte Emma, dass es eine rhetorische Frage war.

„Nein, Ma'am." Sie klang wie fünfzehn – schüchtern und ohne jedes Selbstbewusstsein. „Ich glaube nicht."

„Und wird der Vater des Kindes dich demnächst heiraten?"

„Nein, Ma'am." Emma hatte es irgendwie gehofft. So hatte sie es sich vorgestellt, oder nicht? Dass Brad seine Verantwortung für ihre Schwangerschaft übernehmen würde und sie gemeinsam einen Weg finden würden, mit der Situation gut umzugehen … sie beide und ihr gemeinsames Baby. Aber Brad hatte nicht ein einziges Mal vom Heiraten gesprochen, seit sie den Test gemacht hatte. Vor jenem Sommer hatte er die ganze Zeit davon geredet, dass sie studieren und heiraten und in alle Ewigkeit glücklich sein würden.

Aber der positive Schwangerschaftstest hatte dem allen ein Ende gemacht.

Die Erinnerung versetzte Emma einen Stich, und so würde es auch immer bleiben. So ungern sie auch an diese Zeit zurückdachte, sie konnte sich nicht von der Vergangenheit losreißen. Als könnte sie, indem sie diese Erinnerungen immer wieder abspulte, endlich verstehen, was geschehen war und warum sie über dem, was sie in jenem Herbst entschieden hatte, nie Frieden gefunden hatte.

Es gab noch einige Fragen von der Schwester, dann saß Emma daneben, während die Frau zum Telefonhörer griff und eine Klinik in der Innenstadt von Wilmington anrief. „Ich habe hier eine Schülerin, die möglicherweise schwanger ist", hörte Emma sie sagen. „Nach meiner Einschätzung ist sie am Ende des ersten Trimesters." Sie schrieb etwas auf einen Zettel und beendete das Gespräch. Dann wandte sie sich an Emma. „Bitte sehr. Sie erwarten dich morgen um vier Uhr. Das ist eine Vorbesprechung. Die Einzelheiten kannst du danach mit ihnen klären." Sie lächelte Emma traurig an. „Noch Fragen?"

Emma hatte eine Million Fragen. War es wirklich legal, schwanger in eine Klinik zu gehen und mit einem leeren Schoß wieder herauszukommen? Würde ihr jemand sagen, ob das Baby ein Mädchen oder ein Junge war? Und gab es für abgetriebene Babys eine Beerdigung oder nur … oder was? Emma biss sich auf die Lippe und starrte auf ihre zitternden Hände. „Nein, Ma'am. Keine Fragen."

Brad wartete im Auto, während sie zu diesem ersten Termin ging. Emma hatte vorher angerufen, und eine Frau hatte ihr gesagt, dass die erste Besprechung nicht lange dauern würde. Sie hatte recht. Eine Krankenschwester machte noch einen Schwangerschaftstest, und das Ergebnis war das gleiche. Positiv. Dann folgte eine Diskussion, die Emma nur verschwommen wahrnahm und die ihr völlig einseitig erschien, und dann vereinbarten Emma und ein Arzt, dass sie am Samstagmorgen zum Schwangerschaftsabbruch kommen sollte.

Sie verließ die Klinik mit weichen Knien, weil sie schreckliche Angst vor dem hatte, was geschehen würde. Zuerst konnte sie gar nicht darüber reden, aber an diesem Abend erzählte sie Brad von allen ihren Ängsten. Sie fuhren zum Kap und liefen Hand in Hand einen beleuchteten Pfad nahe dem Ufer entlang. Keiner von beiden nahm irgendetwas außer ihrer Unterhaltung wahr. Der „Eingriff" war beschlossen und Emma hatte panische Angst.

„Was ist, wenn ich dabei sterbe?" Emma fröstelte in dem kühlen Wind, der vom Fluss heraufzog. Es war die dritte Novemberwoche, und die Wärme des Sommers war längst vergangen.

„Du stirbst nicht." Brad klang ebenso verängstigt wie sie selbst, aber das würde er nicht zugeben. Er versuchte zu lächeln. „Komm schon, Emma. Leute machen das ständig. Es ist nicht gefährlich."

Für das Baby ist es gefährlich, wollte Emma sagen. Aber sie hatte Angst, dass Brad dachte, sie wollte ihn zwingen, Vater zu sein. Also behielt sie diese Gefühle für sich. „Ich habe letztes Jahr im Englischunterricht gehört, wie ein Mädchen über Abtreibungen gesprochen hat. Sie hat gesagt, es gibt immer noch Mädchen, die daran sterben. Sie können verbluten."

„Das passiert nur bei den Hinterhofquacksalbern." Brad versuchte so zu klingen, als wüsste er, wovon er redete, und als wäre er nicht ebenfalls fast verrückt vor Angst.

„Du meinst also, ich soll es machen?“ Auf einmal dämmerte es ihr, und sie starrte ihn ungläubig an. „Ich dachte, du wärst Christ.“

„Das bin ich auch.“ Er blieb stehen, und seine Stimme war gerade so laut, dass die Anspannung zwischen ihnen spürbar wurde. „Ich sage dir nicht, was du tun sollst.“

„Das tust du wohl. Du sagst, eine Abtreibung ist sicher, aber ich dachte ...“ Ihr Herz raste so schnell, dass sie glaubte, sie würde gleich hier auf dem Weg am Fluss tot umfallen. „Ich dachte, Christen sind gegen Abtreibung.“

Brads Schweigen in diesem Augenblick änderte ihre Einstellung zu gläubigen Menschen auf einen Schlag. Es war eine Sache, Stellung gegen irgendeinen gesellschaftlichen Missstand zu beziehen. Etwas ganz anderes war es, schwierige Entscheidungen zu treffen, die mit der eigenen Überzeugung in Einklang standen, wenn es einen persönlich betraf. Mit anderen Worten, Brads Glaube betrachtete eine Abtreibung nur dann als falsch, wenn sie jemand anders vornahm. Emma hatte gehört, wie Brads Mutter über ihren Glauben gesprochen hatte, als sich ein bahnbrechendes Urteil in der Justizgeschichte jährte, bei dem die Richter entschieden hatten, dass ein Schwangerschaftsabbruch in den Bereich der Privatsphäre fiel und deswegen straffrei blieb. Damals hatte Brad zu dem Thema viel zu sagen gehabt und seinen Eltern hundertprozentig zugestimmt.

Aber jetzt war sie es, die schwanger war, und auf einmal hatte Brad nicht mehr viel zu sagen.

Sie gingen schweigend weiter, und Emma spürte, wie Übelkeit in ihr aufstieg. Sie blieb stehen und zog sich den Mantel schützend um den Leib. „Du willst, dass ich das Baby abtreiben lasse.“ Es war keine Frage.

„Es war nicht meine Idee, Em. Die Krankenschwester hat es vorgeschlagen. Sie hat den Termin gemacht.“ Er seufzte frustriert und trat einen halben Schritt zurück, weg von ihr. Sein ganzes

Gebaren war distanziert, beinahe gleichgültig. „Hör zu, wir sind zu jung, um ein Kind zu bekommen. Du musst die Schule fertig machen. Ich studiere. Das müssten wir alles aufgeben." Die Angst in seinen Augen war nicht zu übersehen. „Es geht hier um unsere Zukunft."

Sie hätte ihn am liebsten angeschrien und ihn gefragt: *Und was ist mit der Zukunft unseres Babys?* Aber sie ließ nur den Kopf hängen.

Er legte ihr die Hand auf den Arm. „Ich will nur das, was für dich am besten ist. Was auch immer das ist, ich werde es tun."

„Zum Beispiel?" Sie warf die Hände in die Luft. „Mich zur Klinik fahren? Für den Eingriff bezahlen?"

„Ja, klar." Er zögerte. „Was immer du brauchst, Emma."

Sie starrte Brad lange an und fuhr dann herum, damit er sie nicht weinen sah. Das war nicht das, was sie wollte ... so hatte sie sich das Ganze nicht vorgestellt. Sie wollte, dass er sie zärtlich in den Arm nahm und ihr über den Rücken strich und ihr versprach, dass alles gut werden würde. Und dass er sie fragte, ob sie ihn heiraten wolle. Alles, um zusammen und heil diesen Albtraum hinter sich zu lassen. Zu dritt. Aber jetzt ... jetzt hörte er sich an wie die Schulschwester, die ihr vor Augen hielt, dass sie ihre Zukunft aufs Spiel setzten, wenn sie jetzt ein Baby bekamen.

„Emma." Er ging auf sie zu, aber nicht mit bedingungsloser Liebe und Fürsorge. Sein Tonfall klang vielmehr anders, fremd. So als wären sie nicht zusammen groß geworden. Als wären sie nicht die besten Freunde, die zusammen in echte Schwierigkeiten geraten waren. Er legte ihr die Hand auf die Schulter. „Ich bin noch nicht bereit dazu, Vater zu sein. Wenn es das ist, was du willst, dann kann ich nicht ... ich bin noch nicht so weit."

Das war also das eigentliche Problem. Sie wandte sich langsam um und sah ihn an, während es ihr das Herz zerriss. Als ihre Blicke sich begegneten, wurde ihr etwas bewusst, das ihre Übelkeit nur noch verstärkte. Er sah aus wie ein Fremder, wie jemand, den sie überhaupt nicht kannte. „So ist das also." Sie schniefte und bemühte sich krampfhaft, nicht vor seinen Füßen zusammenzubrechen. „Du fährst mich zur Klinik. Ich lasse eine Abtreibung machen und wir tun so, als wäre nichts passiert. Ich mache mein letztes Schuljahr und du gehst nach Carolina und niemand muss etwas davon erfahren. Richtig, Brad?"

„Was bleibt uns denn anderes übrig?" Seine Stimme kippte, und zum ersten Mal, seit sie den Schwangerschaftstest gemacht hatte, kamen ihm die Tränen. „Das ist unsere einzige Möglichkeit."

Emma erinnerte sich daran, wie sie die Hand auf ihren Bauch gelegt und sich das Baby vorgestellt hatte, das halb sie und halb Brad sein würde. War es ein Junge mit Brads blonden Haaren oder ein Mädchen mit ihren haselnussbraunen Augen? Sie hatte nur noch eine Frage, aber es fiel ihr schwer, die richtigen Worte zu finden, während sie den Jungen ansah, den sie immer noch liebte. „Was ist mit uns?"

„Uns?" Er wischte sich eine Träne von der Wange und wandte sich gleichzeitig dem Fluss zu. Als er sie wieder ansah, war sein Blick hoffnungslos. „Es ist nicht mehr dasselbe. Seit ... seit August."

Die Welt hörte auf sich zu drehen, und Emma konnte nicht atmen, nicht sprechen. Machte er mit ihr Schluss? War ihre Beziehung zu Ende, weil sie einen Fehler gemacht hatten und erwischt worden waren? Egal, was als Nächstes geschah, sie durfte Brad nicht verlieren. Er war ihr Ein und Alles, jedes Gestern und jedes Morgen für den Rest ihres Lebens. Es hatte für sie nie jemand anderen gegeben als Brad, deshalb konnte er nicht ernst meinen, was er da sagte. Sie schnappte keuchend nach Luft und fuhr sich mit den Fingern durch die Haare. „Machst du ... Schluss?"

Seine Antwort kam wie aus der Pistole geschossen, wie ein Verteidigungsschlag. „Natürlich nicht." Er klang verärgert. „Das habe ich nie behauptet."

„Du hast gesagt, dass es seit August nicht mehr dasselbe sei." Sie hatte Mühe zu atmen. Ein Stück entfernt liefen ein paar Jugendliche vorbei. Sie starrten sie an und kicherten, als wäre ihre Unterhaltung nicht mehr als ein Streit zwischen verliebten Teenies.

„Ich habe nicht gesagt, dass ich Schluss machen will." Er klang immer noch wütend. „Du drehst mir das Wort im Mund um."

Emma hasste es, dass er sich selbst verteidigte. Sie wollte, dass er für sie kämpfte und ihr sagte, er würde für sie bis ans Ende der Welt gehen. Versprechen von Liebe und Ergebenheit und Schutz, das wollte sie. Nicht das hier ... diesen frustrierten Jungen, der Ausreden und nervöse Anschuldigungen vorbrachte. Aber was sollte sie machen? Ihm befehlen, liebevoll zu sein? Ihn anflehen, etwas von der schrecklichen Angst zu begreifen, die sie spürte? Sie zwang sich, ruhig zu bleiben und normal zu atmen, und als sie etwas von ihrer Fassung wiedergewonnen hatte, nahm sie seine Hand. „Ich liebe dich noch immer."

Die Verwandlung dauerte bei ihm ein paar Sekunden. Aber dann war der Blick in seinen Augen zum ersten Mal, seit sie den Fluss erreicht hatten, der gütige Blick, den sie gewohnt war. Er zog sie an sich und hauchte in ihre Haare: „Ich liebe dich auch. Daran hat sich nichts geändert." Er legte eine Hand auf ihre Wange und küsste sie – nicht mit der Leidenschaft, die sie überwältigt hatte, sondern mit einer Zärtlichkeit und Fürsorge, die alles sagte, was seine Worte nicht sagten.

„Wir schaffen das zusammen, nicht wahr?" Jetzt hatte sie wieder Tränen in den Augen, die ihr die Sicht trübten. Sie klammerte sich an ihn, als würde sie sonst in einen tiefen Abgrund stürzen.

„Natürlich." Seine Stimme klang zutiefst erleichtert. „Wir schaffen das zusammen. Alles wird gut."

Und so wurde die Entscheidung getroffen.

12

Emma riss sich aus ihren Erinnerungen und dachte erst früh am nächsten Morgen wieder daran. Doch diesmal hielt sie die Ereignisse auf Abstand. Was an jenem schrecklichen Samstag im November geschehen war, daran konnte sie nicht denken – niemals. Stattdessen versuchte sie, sich auf Kristin zu konzentrieren. Ein kurzer Anruf im Krankenhaus und sie hatte Kristins Mutter am Apparat. Während der Nacht hatte es keine Veränderungen gegeben. Sie beteten weiter dafür, dass Kristin aus dem Koma erwachte. Emma versprach, ebenfalls zu beten, aber sie beendete das Gespräch schnell. Sie kam sich wie eine Lügnerin vor, wenn sie mit einer Frau, die einen so starken Glauben hatte, übers Beten sprach.

Emma legte auf und blickte sich im Haus um. Sie wollte wieder ins Bett kriechen und als anderer Mensch aufwachen – jemand ohne ihre schreckliche Vergangenheit. Stattdessen fütterte sie Riley, duschte und zog Caprihosen und eine weite, ärmellose Bluse an. Sonntagmorgens hielt sie oft beim Baumarkt, um Farbe oder Scharniere zu kaufen oder was immer ihr neuestes Renovierungsprojekt im Haus erforderte. Aber heute war ihr nicht danach, am Haus zu arbeiten. Ihre Sorge um Kristin, in Verbindung mit der Scham und Schuld ihrer Erinnerungen, ließen in ihr kaum ein anderes Gefühl zu als eine tiefe Entmutigung.

Die Sonne schien durch das Wohnzimmerfenster herein, und eine halbe Stunde lang versuchte sie, den neuesten Grisham-Roman zu lesen. Aber sie konnte sich nicht auf die Geschichte einlassen – nicht, während ihre Vergangenheit ihr im Nacken saß. Sie stand auf, streckte sich und warf einen Blick auf die alte Uhr, die an der Wand neben dem Fenster hing. Kurz nach halb neun.

Kaffee, das war es, was sie brauchte. Sie vergewisserte sich, dass Riley genug Wasser hatte, dann nahm sie ihre Handtasche und stieg in ihr altes rotes Cabrio. Sie fuhr die Dolphin Shores hinunter bis zum Ocean Boulevard und von der Insel aufs Festland zu ihrem Lieblingscafé. Das *Cappuccino am Meer* war nur wenige Minuten von ihrem Haus entfernt. Vielleicht würde der kurze Ausflug sie in Schwung bringen und ihr helfen, die Erinnerungen in Schach zu halten.

Sie fuhr auf den Schotterparkplatz und erwischte den letzten freien Stellplatz. Das Café war von einem Hain hoher Bäume umgeben. Draußen standen einige weiße Plastiktische mit bunten Schirmen. Emma sah Gavin Greeley erst, als sie beinahe am Eingang war. Er war allein und saß zurückgelehnt und mit ausgestreckten Beinen auf einem der Plastikstühle und las Zeitung. Seine helle Stoffhose und der feine braune Strickpulli waren zu schick für einen entspannten Kaffee am Sonntagmorgen.

Er musste gespürt haben, dass jemand ihn beobachtete, denn er blickte auf und sah ihr direkt in die Augen. Sein Blick war zuerst überrascht, dann aber sogleich ernst. „Emma." Er legte die Zeitung auf den Tisch und stand auf.

Sie fragte sich, ob es eine himmlische Verschwörung gegen sie gab. Immerhin war das der dritte Tag in Folge, dass sie ihn sah. Sie fasste sich und ging auf ihn zu. „Hi."

Er sah aus, als wollte er versuchen, sie zu umarmen, aber dann schien er es sich anders zu überlegen. „Wie geht es Kristin?" Seine Sorge war zutiefst echt. „Hast du etwas gehört?"

„Keine Veränderung." Emma wollte sich einen Kaffee holen und gehen. Hier zu stehen und in seine freundlichen Augen zu schauen, verstärkte die Anziehung, die er auf sie ausübte, nur – und sie wusste, dass sie dieser Anziehung nie nachgeben durfte. „Ihre Mutter bittet uns, weiter zu beten."

„Auf jeden Fall." Er blickte zur Tür des Cafés hinüber und dann wieder zu ihr. Sein Tonfall klang jetzt weicher. „He … wie wäre es, wenn du dir was zu trinken holst und wir ein bisschen spazieren gehen. Dann können wir uns unterhalten."

Emma wollte gerade sagen, sie könne nicht mit ihm spazieren gehen oder ihn besser kennenlernen, doch mit einem Mal erschien ihr die Vorstellung besser, als nach Hause zu gehen, wo sie mit ihren unaufhörlichen Erinnerungen allein war. „In Ordnung." Sie machte einen Schritt auf die Tür zu und versuchte zu lächeln. An ihrer Entschlossenheit, sich von ihm fern zu halten, war schließlich nicht er schuld. „Aber nur ein paar Minuten."

Sie kaufte einen großen Milchkaffee mit Sojamilch und kehrte zu seinem Tisch zurück. „Du bist ziemlich schick."

„Ich will nachher noch zum Gottesdienst. Aber ich komme gerne vorher hierher." Er hatte die Zeitung zusammengefaltet und stand jetzt in aller Ruhe auf. Er zeigte auf einen Weg, der vom Parkplatz durch ein Waldstück führte. „Kennst du den Weg?"

„Nein." Emma blinzelte und versuchte, das Ende des Weges zu sehen. „Wohin führt er?"

„Ein Stück weiter gibt es einen Teich mit Fischen. Es geht etwa zwei Kilometer in den Wald und dann um den Teich. Eine schöne Runde."

Wieder kamen ihr Zweifel. Sie war nicht hergekommen, um mit Gavin Greeley zu reden. Aber ihr fiel kein einziger Grund ein, Nein zu sagen. „Warte." Sie verstaute ihre Handtasche im Wagen und schloss ab. Dann nahm sie ihren Kaffee in beide Hände und ging mit ihm den Weg hinunter.

Gavin wartete, bis sie die Bäume erreicht hatten, bevor er sich ihr zuwandte. „Darf ich dich etwas fragen?" Er ging langsam, offensichtlich mehr an ihrer Unterhaltung interessiert als an den Fischen im Teich.

„Das hast du doch gerade schon." Sie ging weiter, warf ihm aber einen fragenden Blick zu, bevor sie ihre Aufmerksamkeit wieder dem Becher in ihren Händen widmete. „Ich bin kein großer Fan von Fragen."

„Siehst du, das meine ich." Sein Lächeln war spielerisch, aber in seinem Blick lag eine Frage. „Du bist immer so schwierig."

„Schwierig?" Sie hatte nie darüber nachgedacht, wie ihr Verhalten wirken könnte. „Weil ich nicht gerne rede?"

„Nein." Ein Windstoß fuhr durch die Äste über ihnen und ließ Sonnenstrahlen auf dem Weg aufblitzen. „Weil du mir nicht erlaubst, dein Freund zu sein."

„Du würdest nicht mit mir befreundet sein wollen." Sie sah ihm direkt in die Augen. „Nicht, wenn du mich wirklich kennen würdest."

„Das hast du schon mal gesagt." Gavin zögerte, sah sie aber weiter an. „Neulich im Krankenhaus, dass deine Gebete Kristin irgendwie schaden könnten und dass Gott nichts von dir hören wollte." Er sah ihr in die Augen, als wollte er bis in ihre Seele schauen. „Irgendetwas muss dir zugestoßen sein, Emma. Was immer es ist, es raubt dir das Leben und du setzt dich nicht damit auseinander." Seine Miene war voller Zärtlichkeit und er zögerte lange. „Nichts, was du mir erzählen könntest, würde mich in die Flucht schlagen."

„Das sagst du jetzt." Sie zitterte und wollte nur noch umdrehen und zum Parkplatz zurückrennen, um wegzufahren, bevor dieses Gespräch noch tiefer ging. „Aber du würdest dich wundern." Sie blickte über die Schulter zurück, aber sie waren so weit gelaufen, dass sie nur Bäume sehen konnte.

Gavins Blick wich ihr nicht aus. „Du solltest es drauf ankommen lassen, Emma. Gib mir eine Chance, dein Freund zu sein."

Emmas Gedanken überschlugen sich, und ihr war schwindelig. Was wäre, wenn sie ihn beim Wort nähme? Was, wenn sie ihm erzählte, was sie getan hatte? Vielleicht würde er sie dann in Ruhe lassen und sie konnten eine Situation wie diese hier in Zukunft vermeiden. Sie trank einen Schluck von ihrem Milchkaffee mit Händen, die sich eigentlich nicht so kalt anfühlen dürften. „Also gut." Sie setzte sich wieder in Bewegung, aber langsamer als vorher. „Du willst es wissen, also erzähle ich es dir."

Er zog die Augenbrauen ein wenig hoch und passte seine Schritte den ihren an. „Ich höre."

Sie starrte auf ihre Füße. Würde sie es wirklich über sich bringen? Ihr Magen schmerzte und sie wollte immer noch fliehen. Aber sie musste wenigstens versuchen, es ihm klarzumachen. Sie war nicht sicher, wo sie beginnen sollte, also beschloss sie, gleich zur Sache zu kommen. Vielleicht dauerte diese Unterhaltung dann nicht länger als nötig. Sie zwang sich, ihn anzusehen. „Es war vor zehn Jahren. Am 20. November 1999." Ihre Lungen fühlten sich an, als würde jemand die Luft herauspressen, sodass sie nicht mehr richtig atmen konnte. Trotzdem zwang sie sich weiterzusprechen. „Ich war in der ganzen Highschool-Zeit mit demselben Jungen zusammen und ... in dem Sommer nach meinem ersten Jahr wurde ich schwanger."

Gavin zuckte nicht mit der Wimper, und seine Miene veränderte sich überhaupt nicht. Sie gingen eine Weile weiter, ohne etwas zu sagen. Der Weg endete in einer kleinen Lichtung, und links von ihnen blühten Wildblumen auf der Wiese.

Die Sonne fühlte sich warm auf ihren Schultern an und gab ihr den Mut fortzufahren. „Ich war nicht bereit für ein Baby, also ..." Sie hielt inne und starrte lange zum blauen Himmel hinauf. Jetzt gab es kein Zurück mehr. „Ich hatte eine Abtreibung." Sie hatte das Gefühl, sich übergeben zu müssen. Sie senkte den Kopf, und plötzlich schien sich der Boden unter ihren Füßen aufzulösen. Gavins Schweigen war unerträglich. Sie blickte auf und wunderte sich darüber, dass er so gar nicht reagierte. „Das ist der Grund. Verstehst du?" Sie stieß einen traurigen Laut aus. „Du musst jemanden in deiner Gemeinde kennenlernen, Gavin. Nicht jemanden wie mich."

In Gavins Gesicht war weder der Schock oder der Ekel zu sehen, den sie erwartet hatte, und auch keine Spur einer Verurteilung. Er ließ sich Zeit, wie immer. Dann sog er scharf die Luft durch die Nase ein. „Ich wette, da war noch mehr."

„Noch mehr?"

„Ja." Er legte den Kopf ein wenig schief und seine Stimme war voller Mitgefühl. „Es muss das Schwerste gewesen sein, das du jemals getan hast."

Seine Bemerkung überrumpelte sie vollkommen. Sie hatte einen kleinen Vortrag über den Wert des Lebens erwartet oder etwas in der Art. Ihr Zittern ließ ein wenig nach. „Das Schwerste überhaupt."

„Also gut", sagte er, und er sah aus, als hätte er alle Zeit der Welt. Zwei Eichen standen am Wegrand und er lehnte sich an eine von ihnen. „Erzähl mir davon, Emma. Was ich gesagt habe, war mein Ernst. Ich will dein Freund sein."

Ein Freund? Ein echter Freund? Emma hatte sich so etwas nicht vorstellen können, seit ihre Mutter gestorben war. Es hatte niemanden gegeben, dem sie die ganze Wahrheit anvertrauen konnte. Sie lehnte sich an einen Baum und sah Gavin an. Sie hatte nichts zu tun, konnte nirgendwo hin, und zu Hause würden die Erinnerungen auf sie warten, wenn sie nicht irgendwie damit fertigwurde. „Ich soll dir erzählen, was damals passiert ist?"

„Ja." Der Schatten schützte sie vor der grellen Sonne. Wieder blickte er tief in ihr Herz. „Wenn du mir vertrauen kannst."

Es war das Letzte, was ihr in den Sinn gekommen wäre: Gavin Greeley die Einzelheiten ihrer Abtreibung zu erzählen. Aber er war hier und er hörte zu. Wie vorhin spürte sie den plötzlichen Drang zu reden, die Geschichte zu erzählen und sie dieses eine Mal zu Ende zu bringen. Vielleicht fand sie so heraus, warum sie sich nie von dem, was geschehen war, erholt hatte.

„Willst du es wirklich wissen?"

„Das will ich."

Der beste Weg, ihm alles zu erzählen, war, vorne anzufangen. Und das tat sie. Sie erzählte Gavin von Brad, davon, wie sie sich kennengelernt und sich später ineinander verliebt hatten. Sie erzählte ihm von den Ausflügen nach Holden Beach, wo sie ihren großen Fehler begangen hatten, und wie sie dann schwanger geworden war. Aber sie beließ es nicht dabei.

„An dem Samstagmorgen holte Brad mich ab und brachte mich zur Klinik." Sie starrte in den Wald, ohne etwas zu sehen außer der Vergangenheit. „Auf der Fahrt haben wir kaum etwas gesagt."

„Wie fühlte Brad sich dabei?" Gavin sagte nicht viel, aber er hielt Wort. Er hörte aufmerksam zu und wollte, dass sie weitersprach.

„Ich bin nicht sicher, ob ich das weiß. Er sagte, ich würde es schon überstehen. Das hat er immer wieder gesagt." Emma erinnerte sich daran, dass seine Knöchel ganz weiß waren, so fest hatte er das Lenkrad umklammert. Sein Atem klang flach und angespannt. „Er hat gesagt, ich müsse keine Angst haben."

Wie eine Woge schlugen die Erinnerungen über ihr zusammen, jedes einzelne, klare Detail. Sie ließ keinen Teil der Geschichte aus und erzählte Gavin alles über diesen Tag. Es fühlte sich nicht so an, als erzähle sie etwas längst Vergangenes. Es war, als durchlebe sie den ganzen schrecklichen Vormittag noch einmal.

Als Brad zu ihr gesagt hatte, sie müsse keine Angst haben, hatte Emma nichts erwidert, denn natürlich hatte sie Angst. Außerdem wollte sie nicht reden. Sie hatte die Hand auf ihren Bauch gelegt, dort wo das Leben in ihr heranwuchs. Wusste ihr Baby, was gleich geschehen würde? Dass sein winziges Herz nur noch eine Stunde schlagen würde?

Es tut mir so leid, kleines Baby. Ich wünschte, ich wäre mutiger ... Ich wünschte, ich könnte Brad verlassen und allein für dich sorgen ... aber das kann ich nicht. Meine Mom ist krank und ... es gibt niemanden, der mir helfen kann. Es ist nicht deine Schuld. Bitte vergib mir. Immer wieder lief dieses Band in ihren

Gedanken ab, als sie bei der Klinik ankamen und hineingingen. Was war sie nur für eine Mutter, wenn es ihr wichtiger war, Brad zu behalten, als ihr eigenes Kind? Sie hatte Sorge gehabt, dass jemand sie sehen und erkennen könnte, aber der Parkplatz war hinter dem Gebäude und von Büschen und Bäumen umgeben. Samstags war er zu dieser frühen Stunde bis auf zwei Autos leer.

Bevor sie hineingingen, drehte Brad sich zu ihr um. „Morgen um diese Zeit können wir den ganzen Albtraum vergessen."

Morgen um diese Zeit? Bei dem Gedanken wurde ihr ganz schlecht. Sie würde das hier niemals vergessen. Er machte Anstalten, sie zu küssen, aber sie drehte den Kopf weg. „Nicht jetzt."

„Bist du sauer?" Er nahm ihre Hand, seine Miene schien schockiert. „Bitte sei nicht böse auf mich, Em. Bitte."

Er verstand gar nichts. Sie zog ihre Hand fort. „Ich bin nicht sauer." Sie schlang die Arme um ihren Oberkörper. „Ich will es nur hinter mich bringen, das ist alles." Sobald sie die Worte ausgesprochen hatte, fühlte sie sich schrecklich. Was war, wenn ihr Baby sie hören konnte? Sie wollte das hier nicht, aber sie hatte keine andere Wahl – wusste keinen Ausweg.

Und doch wusste sie, als sie über die Schwelle der Klinik trat, dass das nicht stimmte. Sie hatte die Chance, ihr Baby zu lieben. Sie musste sich nur umdrehen und von Brad verlangen, dass er sie nach Hause brachte. Er konnte sie heute verlassen und sie hätte zumindest ihr gemeinsames Kind. Diese Erkenntnis hielt sie wie ein Schraubstock aus Schuld und Scham gefangen, aber sie betrat das Gebäude trotzdem und ging zum Empfang, wo sie der Frau hinter dem Tresen ihren Namen nannte.

„Emma Landon."

Die Frau lächelte freundlich, als wäre Emma lediglich gekommen, um sich die Fingernägel maniküren zu lassen. „Emma ... ja, hier haben wir Sie. Sie sind wegen der Ausschabung hier, richtig?" Bei der Erwähnung der Abtreibung schwand das Lächeln der Frau, wie es sich ziemte.

„Ja, Ma'am." Sie brachte die Worte kaum heraus. Sie sah sich nach Brad um, aber er saß schon im Wartebereich, den Kopf in die Hände gestützt.

„Sie wirken ein bisschen nervös." Die Frau tätschelte Emmas Hand. „Keine Sorge, Liebes. Dieser Eingriff wird häufiger gemacht, als Sie denken. Die Leute reden nicht darüber, aber so ist das Leben nun mal."

Emma fand ihre Wortwahl merkwürdig. Hier ging es um eine Abtreibung … und eine Abtreibung hatte nichts mit Leben zu tun, sondern mit Tod. Emma schloss die Augen und nickte dann. Sie wollte keinen Vortrag und keine Aufmunterung oder irgendetwas anderes, sie wollte in diesen letzten Minuten, die ihr Baby lebte, allein sein.

Die Frau gab ihr ein Klemmbrett mit Formularen, die sie ausfüllen musste, und dann noch eine Broschüre, die den Eingriff und die Nachwirkungen beschrieb. „Sie haben heute Morgen nichts gegessen, oder?"

„Nein, Ma'am."

„Also gut, sehen wir mal." Sie überflog die Formulare. „Sie sind in der elften Woche, richtig?"

„Ungefähr." Emma konnte ihre eigene Stimme kaum hören.

„Gut. Wie wollen Sie bezahlen?"

Die Übelkeit war inzwischen ein normaler Bestandteil ihrer Vormittage, und plötzlich erinnerte die Frau hinter dem Tresen sie an Judas, der Geld nahm, um seine Unschuld zu erkaufen. „Ich bin nicht sicher …" Sie hielt sich am Tresen fest und beugte sich vor, damit sie sich nicht übergeben musste.

Brad musste ihre Frage gehört haben, denn er stand plötzlich neben ihr. „Ich bezahle." Er zog sein Portemonnaie heraus. „Ich habe Bargeld mit."

Emma richtete sich auf und nahm Brads Hand. „Mir ist schlecht", flüsterte sie.

„Ich weiß." Er küsste ihre Schläfe. „Ich bin ja hier."

Die Frau hinter dem Tresen schien wegen der Verzögerung leicht verärgert. Sie wartete, bis sie Brads Aufmerksamkeit hatte. „Die Kosten für eine Ausschabung betragen dreihundertfünfzig Dollar."

Brads Hände zitterten. „Ich habe nur dreihundert."

„Oh." Die Frau machte ein langes Gesicht. „Ich fürchte, das reicht nicht. Diese Art Dienstleistung kostet immer mehr als dreihundert."

Dienstleistung? Emma klammerte sich an Brads Ellbogen. War das ihre Einstellung zu Abtreibungen? Einfach eine Dienstleistung für Frauen? So wie ein Haarschnitt oder eine Massage? Sie sollte sich umdrehen und gehen. Brad hatte nicht genug Geld, nicht wahr? Das war bestimmt ein Wink des Himmels, damit sie ging, bevor jemand ihrem Baby etwas antun konnte. Sie zog an seinem Arm. „Komm … wir gehen."

Die Frau erkannte ihr Dilemma, denn sie reichte Brad das Telefon. „Vielleicht können Sie jemanden anrufen. Man kann auch telefonisch mit Kreditkarte zahlen."

„Ich … ich will nicht, dass jemand … erfährt, dass wir hier sind." Brad brachte den Satz kaum heraus.

„Ich weiß." Das Lächeln der Frau wirkte herablassend. „Auf der Abbuchung steht nur Wilmington Dienstleistungen."

Emmas weiteres Leben hing davon ab, was als Nächstes geschah. Brad sah sie verzweifelt an. Aber anstatt ihrer Bitte nachzugeben und sie nach Hause zu fahren, wo sie überlegen konnten, was sie tun sollten, wandte er sich an die Frau. „Ich rufe meinen Vater an … wenn ich darf."

Sie lächelte. „Nur zu."

Brad schluckte, aber trotz seiner zitternden Finger drückte er eilig die Tasten. Seine Mutter musste den Anruf entgegengenommen haben, denn er sagte, er wolle seinen Vater sprechen. Emma konnte nicht fassen, was da geschah. Sie würde Brads Vater nie wieder in die Augen sehen können, wenn er wüsste, was sie vorhatten. Aber als Carl Cutler an den Apparat kam, gab Brad keine langen Erklärungen ab.

„Ich habe ein Problem, Dad. Ich brauche fünfzig Dollar." Es folgte eine Pause. „Gut, danke. Hier ... ich gebe dich weiter."

Emma erfuhr erst später, dass Brads Vater glaubte, er hätte für eine Reparatur am Wagen bezahlt. Sein Kontoauszug würde nie etwas anderes beweisen. Carl Cutler wäre im Leben nicht auf die Idee gekommen, die Person, der er seine Kreditkarteninformationen gab, könnte in einer Abtreibungsklinik arbeiten. So oder so wurde die Information weitergegeben, und eine Minute später war das Telefonat beendet und die Frau zufrieden. „Setzen Sie sich bitte. Wir rufen Sie gleich auf."

Ein kalter Wind strich Emma übers Gesicht, und sie riss sich von der Erinnerung los. Gavin beobachtete sie immer noch, und in seinen Augen lag Traurigkeit. Hatte sie ihm wirklich all das gerade erzählt? Er musste sie für ein Ungeheuer halten, aber das war in Ordnung. Wenigstens kannte er jetzt die Wahrheit über sie. Sie zuckte ein wenig mit den Schultern. „Weiter gehe ich nicht zurück. Der Rest ... ich kann nicht ..."

„Ich muss den Rest nicht hören." Gavin schenkte ihr seine volle Aufmerksamkeit, und in seinem Blick lag eine Art von Verstehen. Wieder wählte er seine Worte mit Bedacht und ließ sich Zeit, bevor er antwortete. „Danke. Dafür, dass du mir so viel Vertrauen geschenkt hast."

„Ich habe es noch nie jemandem erzählt." Ein zarter Hauch von Freiheit überkam sie. „Ich glaube ... vielleicht war es nötig."

„Was ist passiert ... ich meine, mit Brad?" Er wollte sie nicht drängen. Seine Augen waren so freundlich wie immer. „Danach, meine ich."

„Wir haben es zusammen versucht." Sie trank einen Schluck von ihrem Kaffee, der inzwischen kalt geworden war. Sie ließ den Becher sinken und ballte die andere Faust. „Zwei Tage später holte er mich ab und fuhr mit mir nach Wrightsville Beach." Sie sah es noch genau vor sich, wie sie dort saßen, wie weit sie voneinander entfernt waren. „Wir saßen auf einem Handtuch in der Nähe des Sunspree-Hotels und … starrten einfach nur aufs Wasser." Sie sah Gavin an. „Wir hatten uns nichts zu sagen."

„Hmmm." Aus irgendeinem Grund schien Gavin wirklich mitzuleiden.

„Ich musste immerzu an das Baby denken."

Gavin seufzte, und der Seufzer hing schwer in der Morgenluft. Er trat zu ihr, streckte die Hand aus und berührte ihre Schulter. „Es tut mir leid. Dass du das alles durchmachen musstest."

Die Berührung seiner Finger durchfuhr sie wie ein Schock, und wieder wäre sie am liebsten geflohen. Aber sie blieb. Gegen alle ihre Instinkte blieb sie. Sie war jetzt so weit gekommen und wollte die Geschichte zu Ende erzählen. Jedenfalls den Teil, den zu erzählen sie bereit war. Das war ein Grund, und außerdem gefiel es ihr – das Gefühl, in Gavin Greeley einen Freund zu haben, und sei es nur eine Stunde lang im Wald und Welten entfernt von dem Café. „Was Brad betrifft … ich glaube, er hatte ein schlechtes Gewissen, aber er hat nichts gesagt." Ein trauriger Laut, der eher Weinen als Lachen war, entwich ihren Lippen. „Danach war es unmöglich zu lachen oder am Strand zu spielen oder über einen Film zu reden." Plötzlich war es ihr unangenehm, dass Gavins Hand noch immer auf ihrer Schulter lag. Er schien ihr Unbehagen zu spüren, denn er ließ die Hand sinken. Sie lehnte den Kopf an die raue Rinde des Baumes. „Ich weiß nicht … wir hatten uns verändert."

„Ganz sicher."

„Nach Weihnachten ging Brad aufs College." Ihre letzten gemeinsamen Tage, ihr Abschied – nichts davon hatte sie wirklich berührt oder war ihnen schwergefallen, wie es hätte sein sollen. Natürlich nicht. Die Liebe, die sie füreinander empfunden hatten, war zu diesem Zeitpunkt längst tot … tot seit dem 20. November. „Ein paar Jahre danach starb meine Mutter. Brad war zur

Beerdigung hier, aber wir haben kaum miteinander gesprochen." Emma holte zitternd Luft und stützte einen Fuß gegen den Baumstamm. „Und das war's. Seitdem habe ich nichts mehr von ihm gehört."

„Es tut immer noch weh." Gavin schien sie mühelos zu verstehen. Er wandte nie den Blick ab und war mit voller Konzentration bei ihr.

„Ja." Sie blickte auf ihre Hände hinunter. „Es tut immer noch weh."

Er streckte die Beine aus, wie immer ganz ruhig. „Liebst du ihn? Ich meine, noch immer?"

„Nein." Ihre Antwort war vielleicht etwas zu eilig, aber es war die richtige Antwort. Egal, wie sie sich manchmal nachmittags fühlte, wenn sie in Holden Beach am Strand entlanglief. „Es ist nur ..." Sie blinzelte zum Himmel hinauf und versuchte, ihre eigenen Gefühle zu ordnen. Als sie dann wieder in seine Augen sah, hatte sie erneut dieses Gefühl von Freiheit, das sie vorhin verspürt hatte. „Wir haben das alles nie richtig verarbeitet, nie wirklich damit abgeschlossen. Das Baby ... unsere Beziehung."

In seinem Lächeln lag eine Sanftheit, die selbst die dunkelsten Winkel ihrer Seele erwärmte. Er ging ein paar Schritte und bedeutete ihr, sie solle ihm folgen. „Vielleicht hat es ja ein bisschen geholfen. Darüber zu reden."

„Vielleicht." Sie war froh, dass sie wieder in Bewegung waren. Der Teich glitzerte vor ihnen im Sonnenlicht.

„Siehst du?" Sie konnte ein Lächeln in seiner Stimme hören.

„Was?" Der Weg wurde schmaler und auf beiden Seiten waren die Bäume ihnen näher als vorher.

„Ich bin immer noch hier." Seine Schulter berührte ihre, während sie nebeneinander hergingen. „Du hast gedacht, ich würde nicht mehr dein Freund sein wollen, aber das ist verrückt, Emma. Wir haben alle eine Vergangenheit."

„Ich weiß, aber …“ Dies war das erste Mal, dass sie über all diese Gefühle gesprochen hatte und sie wirklich einordnen konnte. „Ich hätte mutiger sein müssen. Ich hätte das Baby bekommen sollen. Ich hasse mich selbst deswegen.“

„Du kannst die Uhr nicht zurückdrehen.“ Gavins Stimme war voller Mitgefühl. Sie kamen zu einer Lichtung und wenige Meter weiter erreichte der Pfad den Teich. Drei Stockenten zogen am anderen Ende faul ihre Kreise. Gavin blieb lange stehen und starrte auf das Bild. Dann wandte er sich zu ihr um und blickte unmittelbar in den Teil ihrer Seele, den sie niemandem offenbarte. „Deshalb wolltest du nicht für Kristin beten?“

Emma konnte sich nicht überwinden, über Gott zu sprechen, nicht nach dem, was sie gerade gestanden hatte. Sie nickte und kämpfte wieder gegen den Drang zu fliehen an. „Brad hat mich damals sehr beeinflusst. Eigentlich ist es fast ironisch. Vor allem, was meine Mutter betrifft.“ Emma lächelte traurig. „Ich fing an, mit ihm in die Kirche zu gehen, als ich in der Mittelstufe war. Meine Mom … sie fand zum Glauben, und das ist Brad zu verdanken. Sie starb mit einem ganz starken Glauben. Aber ich …“

„Du hast Mauern um dich aufgebaut.“

Es war, als würde er sie schon ewig kennen. Sie blickte zu Boden, weil sie nicht wollte, dass er noch mehr von ihrem Herzen sah.

„Weißt du was?“ Seine Zärtlichkeit war wie Wasser für ihre vertrocknete, ausgedörrte Seele.

Sie blickte auf.

„Ich glaube, hinter diesen Mauern leuchtet ein sehr helles Licht. Du bist ein mitfühlender Mensch, Emma. Das kann ich sehen.“ Er atmete langsam aus. Es war ihm offenbar wichtig, dass sie verstand. „Gott vergibt dir.“ Er hielt ihr keine Predigt. Er tat nur das, was er gesagt hatte. Er war ihr Freund. „Vielleicht solltest du ihm das alles erzählen. Ich meine, hast du darüber schon einmal nachgedacht?“

Dieser freundliche Mann da neben ihr meinte es gut. Was er da gerade gesagt hatte, berührte sie zutiefst. Aber nach all dem, was sie offenbart hatte, konnte sie nicht über Gott sprechen. „Weißt du was?“ Sie lächelte höflich und wandte sich in Richtung Parkplatz. „Wir müssen zurück.“ Sie setzte sich in Bewegung, und wieder passte er sich ihrem Tempo an. „Danke fürs Zuhören.“

„Emma ... ich wollte nicht ...“

„Ist schon gut.“ Sie ging jetzt schneller. Nicht unhöflich, aber eindeutig schneller. „Du musst doch zum Gottesdienst.“

Er schob die Hände in die Hosentaschen, während sie weitergingen. „Ich habe noch eine Stunde.“

Sie wollte nicht mehr darüber reden. Stattdessen fragte sie ihn nach seinen Plänen für den Sommer. Er würde zwei Basketball-Ferienlager in der Schule leiten und noch ein privates – sein eigenes – im August.

Sie erreichten ihr Auto und sie hatte das Gefühl, wieder atmen zu können. Er machte Anstalten, etwas zu sagen, damit sie nicht ging. Aber dann entspannte sich seine Miene und er lächelte ein wenig traurig. Bevor sie in ihren Wagen steigen konnte, legte er vorsichtig die Arme um sie und drückte sie an sich. Es gab keinen logischen Grund dafür, aber auch an seiner Umarmung konnte sie spüren, dass sie ihm wichtig war. Als er zurücktrat, sah er ihr in die Augen. „Ich bin da, Emma. Wenn du reden willst, bin ich für dich da.“

„Danke.“ Sie schob sich auf den Fahrersitz und zog ihren Schlüssel aus der Tasche. Ihr Herz hämmerte mit doppelter Geschwindigkeit und so laut, dass sie ihre eigenen Worte kaum hören konnte. „Ich ...“ Sie blickte zu ihm auf. „Das hat gutgetan.“ Sie lächelte, damit er keine weiteren Fragen stellte. „Danke, Gavin.“

Er nickte und trat ein, zwei Meter von dem Auto zurück. Als sie von dem Schotterparkplatz fuhr, stand er noch immer dort und beobachtete sie. Ihre Hände am Lenkrad waren feucht, während sie nach Hause fuhr. Wie hatte sie ihm das alles erzählen können? Sie hatte keine Einzelheiten ausgelassen – was musste er jetzt von ihr halten? Und das auch noch, wo er auf dem Weg in die Kirche war. Er mochte all die richtigen Dinge sagen; dass er für sie da sei und nicht entsetzt, aber er würde sie nie mehr so betrachten wie vorher. Er war ein anständiger Mann, ein gläubiger Mann. Sein Glaube war so echt wie alles andere an ihm. Das Gespräch hatte ihr vielleicht geholfen, ihre eigenen Gefühle zu verarbeiten, aber eins war nach dem heutigen Tag sicher: Gavin Greeley mochte Mitgefühl für sie empfinden ... vielleicht würde er heute Vormittag sogar am Altar für sie beten.

Aber er würde sie nie wieder fragen, ob sie mit ihm ausging.

13

Brad war wieder in New York, aber seit seiner Rückkehr hatte er sich distanziert und ausweichend verhalten, und Laura war sicher, dass etwas nicht stimmte. Sie hatte vorgehabt, an diesem Montag mit ihrer Mutter Geschenke für die Brautjungfern zu kaufen, etwas Besonderes für die Freundinnen, die immer für sie da gewesen waren.

Aber weil Brad sich so merkwürdig verhielt, war sie nicht in der Stimmung für Hochzeitsvorbereitungen.

Stattdessen fuhr sie mit ihrem Vater in die Stadt, um ihm bei einigen Marketingaktionen zu helfen. Sie hatte Öffentlichkeitsarbeit studiert, aber meistens nutzte sie ihre Kenntnisse für Zwecke, für die ihre Eltern und sie sich ehrenamtlich engagierten. Sie konnte Newsletter schreiben und Pressemeldungen an die Lokalmedien schicken, wenn eine der entsprechenden Organisationen eine Auktion oder eine Spendenaktion veranstaltete. In der Firma ihres Vaters kamen ihre Fähigkeiten nur gelegentlich zum Einsatz.

„Ich habe Leute, die das übernehmen können, Liebling“, sagte ihr Vater lächelnd, als sie durch den Tunnel fuhren. „Du solltest dich auf deine Hochzeit konzentrieren. Bist du sicher, dass du nicht besser deiner Mutter hilfst?“

„Mom und ich haben eigentlich getan, was wir können. Der Hochzeitsplaner hat alles im Griff.“ *Wenn ich das von mir doch auch sagen könnte,* dachte sie. Sie tätschelte seine Hand. „Abgesehen davon arbeite ich gerne mit dir zusammen.“

Im Büro gab es eine lange Liste fertiger Werbekampagnen, und wie sonst auch, wenn Laura in der Agentur half, rief sie ehemalige Kunden an, dankte ihnen für ihren Auftrag und bot die Dienste der Agentur an, wenn sie weiteren Bedarf hatten.

Es konnte nicht schaden, dass sie den ganzen Tag in Brads Nähe war. Er hatte gesagt, er wolle mit ihr reden, und vielleicht ergab sich ja eine Gelegenheit, wenn sie heute im Büro war. Die Sonne war noch nicht ganz aufgegangen, als sie bei der Agentur ankamen und zum Aufzug gingen. Die Firma ihres Vaters war auf drei Etagen eines Wolkenkratzers untergebracht, dem neunzehnten, zwanzigsten und einundzwanzigsten Stock. Die Geschäftsführung war ganz oben, und Laura wollte mit ihrem Laptop im Büro ihres Vaters arbeiten – dem Raum, der sich gleich neben Brads Arbeitsplatz befand.

„Ich bin gerne als Erster hier“, sagte ihr Vater mit einem Grinsen, als sie aus dem Aufzug auf den weichen Teppich traten, der seinen Bürotrakt absteckte. „Dann habe ich Zeit nachzudenken.“

Es war kurz vor sieben, aber früh hier zu sein, machte Laura nichts aus. Sie konnte ihre Kontakte nach Produktgruppe und Zeitzonen ordnen. Die zusätzliche Stunde würde ihr erlauben, sich die Kundenakten anzuschauen, damit sie am frühen Vormittag ihre Anrufe tätigen konnte.

Sie gingen zusammen an dem Büro vorbei, an dessen Tür Brads Name prangte, aber ihr Vater zögerte, als sie zu seinem Büro kamen. „Ich habe gleich eine Konferenzschaltung mit einem neuen Kunden.“ Er zeigte den Flur hinunter. „Warum setzt du dich nicht in Brads Büro? Zumindest, bis er kommt.“

„Gute Idee.“ Der Gedanke gefiel Laura. Sie nahm einen Stapel Kundenakten und ihren Laptop. Als sie die Tür zu seinem Arbeitsplatz öffnete, konnte sie sein Rasierwasser riechen. Ein Gefühl des Friedens und des Wohlbefindens überkam sie. Alles war in Ordnung … es musste einfach so sein. Sie sprachen schließlich schon seit Jahren davon zu heiraten, nicht wahr? Aber als sie die Akten auf dem langen Tisch in der Mitte des Büros ausbreitete, musste sie unwillkürlich an Brads jüngste Reise nach North Carolina denken und daran, dass seine Stimme so unheilvoll geklungen hatte, als er ihr gestern gesagt hatte, er wolle reden.

Sie verdrängte alle Zweifel aus ihren Gedanken. In diesem Moment fiel ihr Blick auf die Babyfotos in Plakatgröße, die im ganzen Büro verteilt waren. Das war bestimmt der Grund. Seine Distanziertheit hatte nichts mit ihr oder irgendwelchen Zweifeln zu tun, die er wegen der Hochzeit haben mochte. Er hatte Mühe mit der Kampagne für Kotton Kids. Selbst nach seiner Besprechung mit dem Geschäftsführer der Firma hatte er noch immer nicht die Art Slogan gefunden, die dieses Produkt verdient hatte. Das hatte er ihr doch erzählt.

Wieder fühlte sie, wie ihre Sorge sich legte. Alles war in Ordnung. Sie standen am Anfang eines wunderbaren Lebens. Natürlich machte Brad sich Sorgen angesichts der Schwierigkeiten, die er mit seiner aktuellen Kampagne hatte. Er brauchte nicht ihren prüfenden Blick … er brauchte ihre Ermutigung. Sie wandte ihre Aufmerksamkeit den Akten zu und fing an, sie zu ordnen. Sie würde sich auf dem Laptop die Geschichte jedes Kunden mit der Agentur ansehen, aber sie brauchte etwas zum Schreiben, damit sie sich zu jeder Akte Notizen machen konnte. Der Materialschrank war am anderen Ende des Ganges ein Stockwerk tiefer. Sie sah zu Brads Schreibtisch hinüber. Bestimmt gab es dort die Dinge, die sie brauchte.

Sie durchquerte den Raum und zog die erste Schublade auf. Aber anstelle von Papier und Stiften sah sie einen Umschlag, und darauf das kleine Foto einer brünetten Schönheit. Lauras Herz setzte einen Schlag aus und hämmerte dann in einem Rhythmus, den sie nicht gewöhnt war. Was war das? Das Foto von einem Mädchen, das sie nicht kannte, zuoberst in der Schreibtischschublade ihres Verlobten?

Lieber Gott … wer ist sie? Bitte, Gott … lass mich verstehen, was hier vor sich geht. Ihr Atem ging jetzt schneller. Am liebsten hätte sie die Schublade zugemacht und so getan, als hätte sie das

Bild nie gesehen. Aber sie hatte es gesehen und das änderte alles. Obwohl sie sich wie ein Eindringling vorkam, der kein Recht dazu hatte, nahm sie das Foto in die Hand und betrachtete es.

Ihre Finger zitterten, als sie das Bild ansah. Das Mädchen sah umwerfend aus. Dunkle Haare und haselnussbraune Augen in einem unvergesslichen Gesicht. Das Papier war leicht vergilbt und abgenutzt, ein älteres Foto also, so viel stand fest. Warum also lag es obenauf in Brads Schublade? Sie drehte es um und ein Teil des Rätsels wurde sofort gelöst. Ein Name stand auf der Rückseite.

Emma.

Die Erkenntnis traf sie mit voller Wucht wie eine Wand aus eiskaltem Wasser und raubte ihr den Atem. Das war Emma? Emma Landon natürlich. Brads Liebe aus der Highschool. Sie hatten sich in der Grundschule kennengelernt und waren beste Freunde geworden. Brad hatte von ihr erzählt, als Laura und er erst einige Male miteinander ausgegangen waren.

„Klingt so, als wäret ihr füreinander bestimmt gewesen“, hatte sie wie beiläufig gesagt. „Was ist passiert?“

Brads Miene hatte nichts verraten. Er hatte gelächelt, ein wenig nostalgisch, wie es ihr schien, und mit den Schultern gezuckt. „Auseinandergelebt. Dass man die Kindheit zusammen verbracht hat, bedeutet ja noch nicht, dass man das ideale Paar ist.“

„Stimmt.“ Sie hatte nicht neugierig sein wollen, aber sie musste fragen. „Habt ihr euch einvernehmlich getrennt?“

„Mehr oder weniger. In den letzten paar Monaten schien es irgendwie nicht mehr zu passen. Das Ende hat uns beide nicht überrascht.“

Seine Antwort hatte Laura zufriedengestellt, und sie war davon überzeugt gewesen, dass Emma Landon ein Teil von Brads Vergangenheit war. Mehr nicht. Laura hatte nie wieder nach Emma gefragt und Brad hatte sie nur gelegentlich erwähnt, wenn er eine Geschichte aus seiner Jugend erzählt hatte. Emma kam so ziemlich in allen Erinnerungen vor, die Brad bis zum Ende seiner Zeit in der Highschool hatte, und Laura hatte kein Problem damit.

Aber jetzt ... wenn Emmas Foto ganz oben in Brads Schreibtischschublade lag, was bedeutete das? Und war sie der Grund, warum er nach North Carolina gereist war? Plötzlich schwankte alles in ihrem Leben, was sie für sicher gehalten hatte. War er deshalb so distanziert? Und musste er deswegen mit ihr reden? Wenn ja, warum? Was war geschehen, dass er plötzlich wieder an ein Mädchen dachte, von dem er sich vor neun Jahren getrennt hatte?

Ihr Herz raste noch immer und sie brauchte frische Luft. Sie konnte es nicht ertragen, das Bild auch nur einen Moment länger anzusehen. Sie legte es wieder auf den Umschlag und schloss die Schreibtischschublade. Was sollte sie jetzt machen? Das konnte doch alles nicht wahr sein. Das Bild und die Reise nach Wilmington mussten irgendetwas miteinander zu tun haben. Am liebsten hätte sie sich ein Taxi genommen und wäre nach Hause gefahren, damit sie ihm in einer Stunde nicht gegenübertreten musste.

Hilf mir, Gott ... was ist hier los?

Sei ruhig, geliebte Tochter. Ich bin immer bei dir.

Die Wahrheit beruhigte ihre Seele – eine Wahrheit, auf die sie sich schon als kleines Mädchen verlassen hatte. Gott war bei ihr. Selbst jetzt, wo ihre Beziehung zu Brad und ihre bevorstehende Hochzeit ins Wanken gerieten. Ihr Glaube an Christus war sicher und verlässlich und er würde bei ihr sein – was auch immer auf sie zukam.

Sie holte langsam Luft und wartete darauf, dass ihr Herzschlag sich normalisierte. Nein, sie würde nicht weglaufen. Sie musste ihn zur Rede stellen, musste herausfinden, worüber er mit ihr reden wollte, und alles Weitere ruhig und zuversichtlich angehen. Außerdem konnte es sein, dass sie überreagierte. Vielleicht war es nur ein merkwürdiger Zufall. Vielleicht hatte er den Schreibtisch aufgeräumt und das Foto gefunden. Möglicherweise hatte es gar nichts mit Brads Reise zu tun.

Als Brad erschien, hatte sie sich in einem leer stehenden Büro auf der gegenüberliegenden Seite des Ganges eingerichtet – weil sie weder mit ihrem Vater noch mit ihrem Verlobten über Belanglosigkeiten reden wollte. Brad schien sich über ihre Anwesenheit zu wundern. Er kam zu ihr und schloss die Tür hinter sich. „Hi …"

„Hi." Verhalte dich ganz normal, ermahnte sie sich. Bleib ruhig. Was immer der Tag bringt, du musst Ruhe bewahren. Sie hob den Kopf ein wenig. „Wie war dein Morgen?"

„Gut." Er runzelte die Stirn. „Ich dachte, du wolltest heute mit deiner Mutter Geschenke für die Brautjungfern kaufen."

„Nein." Sie lächelte, aber es fühlte sich eisig an, selbst aus ihrer Perspektive. „Ich war nicht in der Stimmung dazu."

„Du warst nicht …" Er trat näher und setzte sich auf die Schreibtischkante. „Laura? Was ist los?"

Sie wollte ihn mit einem schnellen „Nichts ist los" abspeisen und so tun, als wäre zwischen ihnen alles in Ordnung. Einige qualvolle Sekunden lang suchte sie nach einem Weg, wie sie ihre Gefühle verbergen konnte. Aber sie konnte sich nicht verstellen. Schließlich erstarb ihr Lächeln, und sie musterte ihn, um zu sehen, was er vorhatte. „Sag du es mir." Sie schob ihren Laptop von sich, während sie den Blick unverwandt auf ihn gerichtet hielt. „Erzähl mir von North Carolina."

Er zögerte. Nicht auffällig und auch nicht lange, aber sein Zögern sagte ihr alles, was sie wissen musste. Er öffnete den Mund und schüttelte den Kopf. „Ich habe meine Eltern besucht." Er schloss den Mund nicht, so als wollte er noch etwas sagen, um sie zu überzeugen. Aber dann änderte sich sein Gesichtsausdruck. „Hör zu, Laura. North Carolina … worüber ich mit dir reden will … es hat nichts mit uns zu tun. Das verspreche ich dir."

„Was dann?" Sie bemühte sich um einen freundlichen, beherrschten Tonfall. „Denn wenn etwas mit dir nicht stimmt, dann betrifft es auch mich. So ist das, wenn zwei Menschen heiraten."

„Ich weiß." Er atmete hörbar aus und rieb sich den Nacken. „Es tut mir leid." Eine Mischung aus Resignation und Beklommenheit lag in seinem Blick, als er zu der Uhr neben der Tür hinüberschaute. „Ich habe erst um halb zwölf einen Termin. Wie wäre es mit einem Spaziergang?"

„Jetzt?"

„Ja. Jetzt." Brad seufzte. Er streckte ihr seine Hand entgegen. „Ich muss mit dir reden."

Sie wollte seine Hand nicht nehmen. Was auch immer er ihr zu sagen hatte – sie wollte ihr Herz schützen. Aber sie ergriff seine Finger trotzdem. Sie ließ ihre Handtasche liegen und sie gingen zum Aufzug, ohne ein Wort zu sagen. Der Central Park war nur einen Block entfernt und von Brads Büro aus zu sehen. Es dauerte keine fünf Minuten, bis sie auf einem entlegenen, von Bäumen gesäumten Weg waren, der zum Brunnen führte.

„Ich möchte eine Sache klarstellen." Sie gingen langsam, beinahe schlendernd, und Brad konzentrierte sich ganz und gar auf sie. „Was ich gleich sagen werde, hat nichts mit dir zu tun. Aber mir ist am vergangenen Wochenende etwas klar geworden und das musst du wissen."

Laura konnte nicht weitergehen. Sie trat zu einer Bank am Wegrand und ließ sich abwartend auf der Kante nieder. Sie hatte das Gefühl, dass das, was gleich kam, das Leben für sie beide für immer verändern würde. Deshalb musste sie beten, bevor sie noch ein Wort hörte. Schnell und lautlos. *Herr, bitte sei bei mir. Ich dachte, alles wäre in Ordnung …*

Brad kam auf sie zu, und seine Miene verriet ihr, dass sie weiterbeten musste. Vielleicht ohne Unterbrechung. Denn Brad sah nicht nur besorgt oder ängstlich aus, als er zu ihr trat.

Er wirkte gebrochen – wie jemand, den sie nicht kannte.

14

Brad hatte es vor diesem Augenblick gegraut, seit er North Carolina verlassen hatte. Sein Vater hatte gesagt, er würde für ihn beten. Und er hatte noch etwas gesagt: „Je eher, desto besser, mein Junge. Die Wahrheit lässt sich nicht gerne aufschieben."

Das war in dieser Situation ganz eindeutig wahr. Er holte tief Luft, ging zu der Bank und setzte sich neben Laura. Er hatte den ganzen Heimweg über und bis spät gestern Nacht über dieser Sache gebetet. Jetzt blieb ihm nichts anderes übrig, als es durchzuziehen. Er nahm ihre Hand und murmelte: „Mann, wie ich das hasse."

Laura schwieg und wartete. Aber die Angst in ihren Augen war nicht zu leugnen.

„Also gut." Er suchte krampfhaft nach den richtigen Worten. „Du erinnerst dich doch sicher, dass ich dir von Emma erzählt habe? Dem Mädchen, mit dem ich in der Highschool zusammen war?"

„Ich erinnere mich." Der Ausdruck in Lauras Augen veränderte sich ein wenig. „Ihr seid zusammen groß geworden."

„Genau." Er rückte etwas vor. „Die meine ich." Er blickte kurz durch die Bäume nach oben, als könnte ihm das Stückchen blauer Himmel über ihnen die Situation irgendwie erleichtern. Aber selbst strahlender Sonnenschein könnte die Stimmung hier nicht verbessern. Er rieb sich mit der freien Hand über den Oberschenkel. „Ich habe dir nicht alles über sie gesagt."

Laura sagte auch diesmal nichts, aber ihre Finger fühlten sich trotz des warmen Tages kalt an.

Sein Magen schmerzte und er wünschte, er könnte alles ausradieren, was zu diesem Augenblick geführt hatte. Wenn er noch einmal von vorne hätte anfangen können, wäre er mit Emma gar nicht erst nach Holden Beach gefahren. Dann hätte es keine Vergangenheit gegeben, über die sie sprechen mussten. Keine Nächte im August, die er bereute. Kein Baby. Keine Abtreibung. Keinen Grund für irgendein anderes Gefühl als pure Freude, fünf Wochen, bevor er seine bezaubernde Laura heiratete. Er konnte beinahe spüren, wie das Herz in seiner Brust mit jedem Augenblick schwerer wurde.

Er hatte keine Wahl, er musste es aussprechen. „Emma und ich … wir haben in unserem letzten gemeinsamen Sommer die Dinge aus dem Ruder laufen lassen. Als ich die Highschool hinter mir hatte. Wir hatten …“ Er sah auf den Boden zwischen seinen Füßen. „Wir hatten uns fest vorgenommen zu warten. Wirklich.“ Er schüttelte den Kopf und hob den Blick, der ihrem begegnete. „Aber das haben wir nicht. Wir sind schwach geworden.“

Allmählich verwandelte Lauras Angst sich in Ungläubigkeit. „Was?“ Es war nur ein Flüstern. „Du bist nicht …“ Sie setzte sich aufrechter hin und zog dabei ihre Hand aus seiner. „Du hast mit ihr *geschlafen*?“

Noch ein langer Seufzer. Brad dachte daran zurück, wie er mit Emma am Strand gesessen hatte und dass sie überrascht und verletzt gewesen war, weil es so schnell vorbei gewesen war. Sie hatten kaum miteinander geschlafen, aber das war es nicht, was Laura meinte. Er nickte. „Ja.“

„Einmal?“

Ihre Frage traf ihn wie ein Pfeil, der sich in seine Seele bohrte. Und dies war erst der Anfang. Ihre Fragen würden mit Sicherheit noch unbequemer werden. Er biss die Zähne zusammen. „Ein paar Mal. Im Laufe eines Monats.“

Brad versuchte zu erkennen, wie Laura die Nachricht aufnahm. Es war eine Sache zu erfahren, dass der Mann, den man heiraten wollte, keine Jungfrau mehr war. Aber zu hören, dass der Sündenfall nicht eine einmalige Schwäche gewesen war, sondern eine Reihe von Fehlentscheidungen? Er fröstelte und wusste nicht, was er als Nächstes sagen sollte.

Laura nickte langsam. Dann zog sie die Augenbrauen hoch und schüttelte den Kopf, so als hätte ein Schlag sie an der Schläfe getroffen. In ihrer Stimme lag Wut, weil sie betrogen worden war. „Warum hast du mir das nicht gesagt?“

Seine einzige Antwort erschien selbst ihm billig. „Du hast nicht gefragt.“ Er stützte die Ellbogen auf die Knie. „Also habe ich es nicht von mir aus erwähnt.“ Er sah ihr wieder in die Augen. „Ich habe versucht, es zu vergessen. Ich wollte, dass meine Vergangenheit genauso makellos ist wie deine. Wenn ich es ändern könnte, würde ich es tun.“

„Du glaubst, ich hätte keine Beziehung mit dir angefangen, wenn du ehrlich zu mir gewesen wärest?“ Der Schmerz klang in jedem Wort mit.

„Ich weiß nicht. Ich bin nicht mehr der Junge, der ich damals war.“ Er fühlte sich hilflos. „Ich wollte, dass du mich so siehst, wie ich jetzt bin.“

Laura starrte ihn lange an. Dann stand sie auf und ging zur anderen Seite des Weges, wo sie mit dem Rücken zu ihm stehen blieb. Brad war nicht sicher, ob er zu ihr gehen oder sitzen bleiben sollte. Wenn sie Zeit brauchte, um ihre Gefühle zu sortieren, verstand er das. Nach beinahe einer Minute drehte sie sich wieder zu ihm um und kehrte langsam zu ihrem Platz auf der Bank zurück. „Ist da noch mehr?“

Brad wünschte von ganzem Herzen, er könnte Nein sagen. Er starrte wieder auf den Boden und murmelte: „Ja, da ist noch was.“

Sie beugte sich vornüber und wappnete sich, so als wäre sie nicht sicher, wie viel sie noch verkraften würde.

„Irgendwann im November, gegen Ende November, machte Emma einen Test und fand heraus, dass sie … schwanger war.“

Laura schloss die Augen. „Du meinst …“, sie blinzelte und starrte ihn an. Ihre erschrockene Miene wich reinem Entsetzen. „Du … du hast ein Kind?“

Die Frage zerriss ihn innerlich. „Nein.“ Er atmete aus und hoffte, der Schmerz würde mit seinem Atem ausströmen. Aber es war unmöglich, die Wahrheit zu beschönigen, unmöglich, weniger Schmerz zu fühlen. „Ich habe kein Kind.“ Er war versucht, ihrem Alter die Schuld zu geben oder der Schulschwester oder einer Kultur, die Abtreibungen guthieß. Aber wenn er über seine Vergangenheit Rechenschaft ablegen wollte, dann musste er anfangen, die Verantwortung dafür zu übernehmen. „Ich … habe sie zu einer Klinik gebracht.“ Die Worte klangen eigenartig, und die Erinnerung war seinen bewussten Gedanken so fremd, dass er seine eigene Stimme nicht erkannte. „Ich habe bezahlt und sie … sie hatte eine Abtreibung.“

Ein hörbares Stöhnen entwich Laura und sie schlug die Hände vors Gesicht. So blieb sie lange sitzen, und als sie die Hände sinken ließ, liefen ihr die Tränen über die Wangen. „Ich … ich weiß nicht, was ich sagen soll.“

Er hatte keine Ahnung, was er erwartet hatte, aber er hatte halb gehofft, sie würde ihm sagen, dass es ihr leidtat und sie sich vorstellen konnte, welchen Kummer seine Vergangenheit ihm gemacht haben musste. Nicht, dass er eine solche Reaktion verdient hatte. Er verdiente gar nichts, was mit Laura James zu tun hatte. „Der 15. Mai wäre der Geburtstermin gewesen und deshalb …“

In ihren Augen blitzte etwas auf, als sie begriff. „Kotton Kids.“ Sie wandte den Blick ab. „Kein Wunder.“

„Ja.“ Sein Herz schlug heftig angesichts dessen, was als Nächstes kam. „Es fing an dem Tag an und am nächsten Abend fühlte sich nichts mehr richtig an.“

„Was uns betraf.“ Ihre Stimme klang monoton. Sie war zu entsetzt, um Gefühle zu zeigen.

„Natürlich nicht." Er hob die Stimme ein wenig und streckte die Hand nach ihr aus, überlegte es sich dann aber anders. „Was *mich* betraf – wie ich Emma damals behandelt habe." Er wartete, bis sie ihn ansah, und hoffte inständig, dass sie verstand. „Ich habe ihr nie gesagt, dass es mir leidtut. Ich habe das alles nie wiedergutgemacht."

„Sie hatte eine Abtreibung, Brad. Das kann man nicht wiedergutmachen."

„Ich habe mit einem Freund gesprochen, der Christ ist und Therapeut. Er meinte, wenn es möglich ist, kann es der erste Schritt in Richtung Heilung sein, die Vergangenheit mit jemandem zu klären."

„Zu klären?" Laura war leichenblass, so als würde sie das, was sie da hörte, nicht überleben.

„Ich weiß nicht, wie ich es sonst ausdrücken soll." Er unterdrückte seine Frustration. Er musste einen Weg durch all das finden. „Jedenfalls ... bin ich nach North Carolina geflogen, um mit meinem Vater zu reden, und sein Rat hat mich in meinem Gefühl bestätigt." Er dachte daran, wie sein Vater den Metalldetektor in der Hand hatte und im Sand nach Gegenständen suchte. „Er hat zu mir gesagt, die letzten Zeilen jenes Kapitels in meinem Leben seien noch nicht geschrieben." Er zögerte, aber jetzt fühlte er sich etwas sicherer. Auf keinen Fall wollte er Laura wehtun. Aber das hier musste er tun. „Ich muss sie finden, damit ich sie wenigstens um Verzeihung bitten kann. Damit ich dieses Kapitel abschließen kann, bevor ich das nächste beginne. Mit dir."

Langsam richtete Laura sich wieder auf. Sie lehnte sich zurück und sackte ein wenig in sich zusammen, und ihr Blick war ausdruckslos. „Du willst zu ihr *zurück*?"

Er zwang sich, Geduld zu haben. „Nicht so. Nur, um das zu tun, was ich hätte tun sollen, als ich sie verlassen habe."

„Okay." Sie drehte sich zu ihm um, und zum ersten Mal, seit sie sich auf die Parkbank gesetzt hatten, blitzte Feuer in ihren

Augen auf. „Mal sehen, ob ich das richtig verstehe. Du bist nicht der Mann, für den ich dich gehalten habe. Du hast mit deiner früheren Freundin geschlafen und sie ist schwanger geworden. Du hast für ihre Abtreibung bezahlt. Und jetzt willst du dir ein paar Tage freinehmen, um sie zu suchen und ihr zu sagen, dass es dir *leid*tut? So wie du es damals hättest tun sollen?" Sie wählte ihre Worte mit Bedacht, während sie ihre Wut kaum beherrschen konnte. „Fünf Wochen vor unserer *Hochzeit*? Ist das richtig?"

„Ich hätte all das vor langer Zeit tun sollen." Er hoffte, die sorgfältige, ausführliche Analyse diente nur der Klarheit, aber er hatte den Eindruck, sie war eher ein Ausdruck ihrer Fassungslosigkeit. „Ich kann nicht in die Zukunft gehen, Laura. Nicht, ohne beendet zu haben, was ich zurückgelassen habe."

Lauras Wut verebbte und ihre Augen füllten sich erneut mit Tränen. Sie starrte mehrere Sekunden lang auf ihre Knie und holte dann tief Luft, wie um ihre innere Kraft zu erneuern. „Gut." Ihre Stimme klang gepresst, zum Bersten angespannt. „Ich werde dir nicht im Weg stehen." Sie hob die Hände und wischte mit den Fingern die Tränen unter ihren Augen fort. „Ich wünschte nur, wir hätten die Einladungen noch nicht verschickt."

Es dauerte ein paar Herzschläge, bis er verstand, was sie da sagte. „Warte ..." Brad legte ihr die Hand auf die Schulter und schüttelte den Kopf. „Ich will die Hochzeit nicht absagen. Ganz und gar nicht."

Sie wartete, bis sie ihre Fassung wiedergewonnen hatte. Als sie schließlich sprach, klang ihre Stimme ruhig und selbstbewusster. „Aber ich vielleicht."

Brad sank gegen die Armlehne der Bank. Er hatte diese Unterredung gefürchtet und sich tausend Gedanken darüber gemacht, war sie im Geiste durchgegangen und hatte dafür gebetet. Aber aus irgendeinem verrückten Grund hatte er diese Wendung nicht kommen sehen. „Ist ... das dein Ernst?"

Ihr kurzes Lachen war ohne jeden Humor. „Was glaubst du

denn, Brad? Ich meine … ich könnte ja mit den Dingen leben, die du mir gerade erzählt hast. Wenn sie mir von Anfang an bekannt gewesen wären, hätten wir die traurigen Abschnitte deiner Vergangenheit zusammen verarbeiten können. Aber es gibt zwei Dinge, bei denen ich mir nicht sicher bin, ob ich sie akzeptieren kann. Jedenfalls nicht in fünf Wochen."

Er wartete, aber er konnte sich denken, was sie sagen würde.

„Du hast mich angelogen. Du hast mich etwas über dich glauben lassen, das nicht wahr ist, und diese Lüge hast du aufrechterhalten, seit wir uns kennengelernt haben. Vier Jahre lang, Brad. Das ist eine lange Zeit, um mit einer Lüge zu leben. Und selbst wenn ich damit umgehen könnte, gibt es da noch etwas anderes." Jetzt hatte sie wieder Tränen in den Augen. „Du gehst zu ihr zurück."

„Aber doch nicht so. Ich würde niemals …"

„Bitte." Sie hob eine Hand. „Lass mich ausreden." Ihr Kinn bebte und der Kummer, der sie verzehrte, lag in ihrer Miene. „Du gehst zurück. Wer weiß denn, was geschieht, wenn du sie findest?"

Darauf war Brad vorbereitet. „Emma und ich haben selbst in den letzten Monaten, in denen wir zusammen waren, kaum miteinander gesprochen. Keiner von uns beiden empfindet noch etwas für den anderen. Darum geht es bei der Sache nicht …"

„Hör auf." Wieder unterbrach sie ihn, und ihre Stimme klang jetzt entschlossener. „Das hast du schon gesagt. Aber wenn du an *sie* denkst, obwohl du in wenigen Wochen *mich* heiraten willst … dann sind deine Gefühle für sie vielleicht doch stärker, als du glaubst. Vielleicht lebt eure Verbindung ja wieder auf und du merkst, dass du dich wieder in sie verliebst." Laura kniff die Augen zu und presste die Finger auf ihre Lippen. Als sie die Augen wieder öffnete, sprach aus ihrem Blick unendlicher Schmerz. „Du kennst sie seit der Grundschule, Brad. Du könntest dich noch einmal in sie verlieben, und das weißt du auch."

„Das könnte ich nicht." Mit einem Mal stieg in ihm Panik auf und er wollte sie unbedingt überzeugen. Es ging hier nicht um eine neu erwachte Liebe zu Emma. Seine Stimme wurde lauter, als er beteuerte: „Ich liebe sie nicht. Ich liebe dich. Bitte. Tu mir das nicht an." Er stand auf, entfernte sich ein paar Schritte und kehrte dann zu ihr zurück. „Ich will dich heiraten, Laura. Ich versuche hier, das Richtige zu tun. Ich habe in der Vergangenheit schreckliche Fehler begangen und dir nichts davon erzählt. Das war falsch." Seine Worte waren so angespannt wie ihre ganze Unterhaltung. „Ich wollte nicht, dass du noch einen Tag länger etwas Falsches über mich denkst. Ich will dich nicht heiraten, ohne ganz ehrlich zu sein." Er schlug sich mit der Hand auf die Brust. „Wenn ich am Altar stehe und der Welt sage, dass ich dich liebe, dann will ich keinen Grund haben zurückzublicken. Keinen einzigen Grund."

Gelegentlich kullerte noch eine Träne über ihre Wangen, aber sie hörte zu und klammerte sich an jedes Wort.

„Natürlich wünschte ich, ich hätte es schon vor Jahren getan. Aber dich zu heiraten, das ist ein Neuanfang. Der beste Neuanfang, den ich mir erträumen kann." Er überlegte wieder, ob er ihre Hand ergreifen sollte, aber er war nicht sicher, ob sie es ihm erlauben würde. Stattdessen trat er einen Schritt näher. „Was für ein Mann bin ich denn, wenn ich Emma nicht um Verzeihung bitte ... für das, was ich ihr angetan habe?"

„Du warst ein Teenager."

„Ja, aber ich habe in der Situation völlig falsch gehandelt. Ich kann nicht in die Zukunft gehen, ohne mich damit auseinanderzusetzen, ohne mich davon zu überzeugen, dass es ihr gut geht." Kaum hatte er die letzten Worte ausgesprochen, bereute er sie auch schon.

Lauras Blick war wie Stahl. „Ihr?"

„Und dir natürlich auch. Uns allen." Brads Frustration ließ seine Stimme lauter werden. „Hör zu, ich liebe dich und will dich heiraten. Bitte sag die Hochzeit nicht ab."

Sie wartete lange mit ihrer Antwort. Als Laura dann sprach,

wirkten ihr Mund und ihre Augen müde. „Ich werde warten, bis du wieder zurück bist.“ Ihr durchdringender Blick traf ihn mitten ins Herz. „Aber ich behalte mir eine endgültige Entscheidung vor. Komm zurück und sieh mir in die Augen und sag mir, dass es wirklich vorbei ist. Dann können wir über die Hochzeit sprechen.“

Es dauerte einige Sekunden, bis er begriff, was sie da sagte. Hoffnung durchströmte ihn; eine Hoffnung, die mit Kummer darüber gemischt war, was er ihr antat. Ohne zu zögern, nahm er ihre Hände und diesmal reagierte sie. Er zog sie auf die Füße und legte einen Arm um ihre Taille. Sie war steifer als sonst, aber sie riss sich nicht los, während sie einander in die Augen sahen. „Es tut mir leid. Es tut mir unendlich leid, Laura. All das ist dir gegenüber nicht fair und das weiß ich.“ Er starrte auf die Skyline im Hintergrund und wartete auf den Mut fortzufahren. Dann suchte er wieder ihren Blick. „Ich bitte dich um Barmherzigkeit … und um Vergebung. Zwei Dinge, die ich nicht verdient habe.“

Sie umarmte ihn, aber irgendwie fühlte es sich an, als umarmte ihn eine Fremde. Als sie sich von ihm löste, sah sie niedergeschlagen aus, aber ruhiger. „Ich brauche Zeit, Brad. Das ist eine Menge für einen Tag.“

Seine Hoffnung schwand wieder. Ihr Glaube war stärker als der der meisten Menschen, die er kannte. Aber ihre Vergebung würde nicht so leicht zu gewinnen sein. Das war offensichtlich.

„Gehen wir. Ich möchte nach Hause.“ Sie trat zurück und ging einige Schritte. Sie verschränkte die Arme, wartete aber auf ihn, sodass sie nebeneinandergehen konnten, auch wenn sie einander nicht an den Händen hielten.

Den Rückweg legten sie schweigend zurück. Sie brauchte Zeit. Was gab es auch noch zu sagen? Als sie bei der Agentur ankamen, verabschiedete Laura sich eilig von ihm und dann war sie fort. Brad blickte ihr nach und er hatte das schreckliche Gefühl, sich in freiem Fall zu befinden und in einen Abgrund zu stürzen, ohne zu wissen, wann er unten ankommen würde. Er nahm es Laura nicht übel, dass sie Zeit wollte. In gewisser Weise grenzte sein Verhalten an Wahnsinn. Aber er musste sowohl sich selbst als auch ihr gegenüber ehrlich sein. Ansonsten würde die Vergangenheit ihn verfolgen und davon ablenken, wie wundervoll es war, Laura zu heiraten.

Plötzlich wurde ihm etwas bewusst. Er musste noch jemandem gegenüber ehrlich sein, und zwar dem einen Mann, dem gegenüberzutreten Brad mehr fürchtete als jede andere Begegnung. Wenn er sich wirklich ändern wollte, wenn die Bewältigung seiner Vergangenheit wirklich gelingen sollte, dann würde er auch diese schwierigste Unterredung von allen führen müssen.

Aber bis Laura darauf zu sprechen gekommen war, hatte es einen Teil der vor ihm liegenden Reise gegeben, an die er nicht hatte denken wollen, die er sich selbst nicht eingestehen wollte: den Gedanken, dass er, wenn er Emma fand, vielleicht auch seine Gefühle für sie wiederfand. Die Möglichkeit hatte Laura Angst gemacht, aber jetzt erschreckte sie auf einmal auch ihn selbst. Er konnte Emmas Rolle in seinem Leben kleinreden, aber das änderte nichts an den Tatsachen. Sie waren gemeinsam aufgewachsen und während des Großteils seiner Kindheit und Jugend hätte er sich nicht träumen lassen, jemand anderen zu heiraten als sie.

Diesmal hatte er Laura die Wahrheit gesagt. Die ganze Wahrheit. Er hatte nicht vor, länger in Emma Landons Nähe zu verweilen oder mehr Zeit mit ihr zu verbringen als nötig. Er wünschte, es gäbe einen anderen Weg, die Vergangenheit wiedergutzumachen – per Brief oder E-Mail. Aber dann konnte er nicht in ihre Augen sehen und sich davon überzeugen, dass sie ohne jeden Zweifel wusste, welches Unrecht er ihr angetan hatte. Und wie leid es ihm tat. Er würde auf der Hut sein müssen, so viel stand fest. So lange er das beachtete, wollte er glauben, dass Laura sich irrte. Es bestand keine Möglichkeit, dass er etwas für Emma empfand, wenn er sie ausfindig machte. Selbst wenn seine Suche ihn nach Holden Beach führen sollte. Aber Laura hatte ihn an etwas erinnert, woran er denken musste, wenn er sich in den kommenden Tagen auf die Suche nach ihr machte – eine Wahrheit, die er nicht leugnen konnte.

Er hatte Emma zuerst geliebt.

15

Emma vermisste ihre Mutter wie schon lange nicht mehr. Vielleicht, weil Montag war und sie ihren Kindern sagen mussten, dass Kristin Palazzo krank war. Sehr krank. Oder vielleicht, weil sie ein Risiko eingegangen war und Gavin die Geschichte erzählt hatte, die sie noch nie einer Menschenseele gebeichtet hatte. Darüber zu reden bedeutete, dass sie sich an all die Einzelheiten aus jenen Tagen erinnerte. Sie hatte seither viel nachgedacht und sah die Wahrheit klarer als je zuvor. Wenn ihre Mutter nicht krank gewesen wäre, hätte sie sich vielleicht anders entschieden. Und sie wäre heute selbst Mutter.

Wieder vergingen die Unterrichtsstunden schnell – und die Ferien und der Abschied von ihren Schülern waren wieder einen Tag näher gerückt. Als sie nach dem Schultag in ihre Auffahrt einbog, brannte die Sonne heiß auf ihren Schultern. Sie stellte den Motor aus, stieg aus, ließ das Verdeck des Wagens offen und ging ins Haus. Sommer. Das war es vielleicht. Im Sommer vermisste sie ihre Mutter besonders, wenn die Tage lang waren und ihre Einsamkeit manchmal unerträglich wurde.

„Hallo Riley … Komm her, mein Junge." Sie wartete, während er durch den Flur zu ihr trottete, die Katzen im Schlepptau, wie immer. „Willst du was zu knabbern, alter Junge?" Sie tätschelte ihm den Kopf und kraulte ihn hinter den Ohren, bevor sie den Katzen die gleiche Begrüßung zuteilwerden ließ. Dann ging sie in die Küche, den Mittelpunkt ihres Singlehaushalts. Es gab einen Hundesnack für Riley und einen Beutel Trockenfutter, den die Katzen sich teilten, aber noch immer fühlte Emma sich nicht wie sonst. Nachdem Brad gegangen war, war ihre Mutter in den letzten Jahren ihre beste Freundin gewesen. An Nachmittagen wie diesem wünschte sie, sie könnte wenigstens noch einmal einen Tag mit ihr verbringen. Oder auch nur eine Stunde.

Emma lehnte sich gegen die Arbeitsplatte, den Rücken zum Fenster. Sie konnte sich das Gefühl der Einsamkeit mit einem langen Dauerlauf am Strand von der Seele rennen, aber sie hatte das Gefühl, das Joggen würde den Schmerz in ihrem Innern nicht erreichen. Heute nicht. Sie schenkte sich ein Glas Wasser ein und traf eine Entscheidung, während sie es trank. Der Friedhof. Sie musste auf den Friedhof gehen. Ihre Mutter war auf einem alten, von Bäumen umstandenen Friedhof etwas abseits der Schnellstraße begraben, auf dieser Seite von Wilmington. Die Fahrt würde vierzig Minuten dauern und vielleicht würde sie Emma helfen, den Kopf freizubekommen.

Sie wartete, bis Riley mit seinem Knochen fertig war, dann hakte sie eine Leine in sein Halsband. „Komm, mein Junge ... wir machen einen Ausflug." Sie führte ihn zum Auto und er sprang auf den Beifahrersitz. Sie befestigte die Leine an einem Haken innen an der Wagentür und dann fuhren sie los. Normalerweise sprach Emma mit Riley, während sie unterwegs waren, aber heute nicht. Sie war mit ihren Gedanken in eine Zeit und an einen Ort zurückgekehrt, an dem ihre Mutter noch lebte und Brad immer noch eine Möglichkeit war.

Auf halbem Weg hielt sie an und kaufte an einem Blumenstand am Straßenrand rote Rosen. Sie kamen zum Friedhof und Emma fuhr zu ihrem altbekannten Parkplatz, nur wenige Meter vom Grab ihrer Mutter entfernt. In diesem Teil des abgelegenen Friedhofs würde es niemanden stören, dass sie Riley bei sich hatte. Außerdem waren Hunde erlaubt, solange sie angeleint waren. Eine Betonbank stand unweit des Grabsteins ihrer Mutter – gestiftet von Emmas Großmutter. Auf einer Metallplatte an der Rücklehne waren die Worte „Jean Catherine Landon – liebevolle Tochter, hingebungsvolle Mutter" eingraviert. Darunter standen Geburts- und Todestag ihrer Mutter. Emma ließ Riley neben der

Bank sitzen und ging dann die wenigen Schritte bis zum Grab. In den hellgrauen Marmor des Steins waren die gleichen Worte eingemeißelt wie auf der Bank.

Emma kam nicht oft hierher. Ihre Mutter hatte einen so tiefen Glauben gehabt, dass sie sicher war, dass sie nicht in irgendeinem unterirdischen Grab ausharren musste. Sie war lebendig und im Himmel – davon war Emma überzeugt. Aber hier zu sein half manchmal, die Erinnerungen lebendig werden zu lassen. Emma bückte sich und wischte ein wenig Rasenschnitt und eine Schicht Staub vom Stein.

Vorsichtig legte sie die Rosen auf das Grab. Ihre Mutter hatte Blumen geliebt … vor allem rote Rosen. „Mom … ich wünschte, du wärest hier."

Die Erinnerungen riefen sie, umgaben sie und spendeten in ihrer Vertrautheit Trost. Und währenddessen erwachte alles aus jener Zeit wieder zum Leben. Das blasse Gesicht und die fröhliche Stimme ihrer Mutter, der schwache Lavendelduft im Haus, als sie noch am Leben gewesen war.

Emma setzte sich im Schneidersitz ins Gras, eine Hand auf dem Stein. Nach ihrem Schulabschluss war sie zum Cape Fear Community College gegangen, damit sie zu Hause wohnen und ihrer Mutter helfen konnte. Die Krebsdiagnose war mitten in ihrem zweiten Jahr in der Highschool gestellt worden. Manchmal fragte Emma sich, ob sie so schnell bereit gewesen wäre, mit Brad die Grenze zu überschreiten, wenn sie nicht solche Angst gehabt hätte, ihre Mutter zu verlieren. Zuerst war der Krebs in ihren Lymphknoten gewesen, aber ein Jahr später auch in ihrem Dickdarm. Danach konnte sie der Krankheit zwar immer wieder einen kleinen Aufschub abringen, aber sie war Emma gegenüber ehrlich gewesen.

Sie würde die Krankheit nicht besiegen.

Emma hatte keine Beziehung zu ihrem Vater – einem Surfer, den ihre Mutter am Strand kennengelernt hatte und der sich für immer aus ihrem Leben verabschiedet hatte, als Emma ein Jahr alt war. Als Brad ging, fühlte Emma sich so, wie ihre Mutter sich gefühlt haben musste, als ihr Vater sie verlassen hatte. Abgesehen von einem entscheidenden Unterschied – ihre Mutter war mutig gewesen. Sie hatte ihr Baby behalten und Emma allein großgezogen. Die Ironie war natürlich, dass Emma sich – zumindest auch – deswegen für die Abtreibung entschieden hatte, damit alles wieder so wurde wie vor ihrer Schwangerschaft. Damit Brad sie nicht verließ.

Aber er war trotzdem gegangen und nichts war mehr so wie vorher.

Ihrer Mutter ging es schlechter, aber wegen der Abtreibung lief Emma wie in einem Nebel umher, taub und gefühllos durch den Schmerz, der sie auffraß. Den Schmerz, Brad zu vermissen und zu wissen, dass ihr Baby ein Jahr alt wäre und dann zwei. Den Schmerz zu wissen, dass sie hätte umkehren können. Sie hätte aus der Klinik in Wilmington rennen können und alles wäre anders gekommen.

Emma zog die Knie an. Riley schlief ein paar Schritte entfernt, und sein Schnarchen klang wie ein leises Grollen. Sie sah zum Himmel auf. Es war windstill, ohne auch nur die kleinste Brise, die das heiße Wetter erträglich gemacht hätte. Das einzige Geräusch war das Summen der Schnellstraße in der Ferne. Emma starrte auf das Grab und seufzte. In dem Frühling, als Emma in ihrem zweiten Studienjahr war, war ihrer Mutter das Atmen schwerer gefallen und sie konnte nicht mehr ohne Hilfe aus dem Bett aufstehen. Emma war bei ihr gewesen, hatte ihre Tränen zurückgedrängt und sich bemüht, Optimismus zu verbreiten.

„Wir schaffen das, Mom. Das musst du nur ganz fest wollen, okay?“, hatte Emma zu ihr gesagt. Zu diesem Zeitpunkt sprach sie nicht mehr von Gebet oder Glauben. „Das ist nur ein Rückschlag.“

Aber der Arzt hatte ihr keine Medikamente mehr gegeben, abgesehen von Schmerzmitteln, und sie nach Hause geschickt. Egal, wie positiv Jean Landon die Dinge sah, egal, wie stark ihr Glaube war – das Ende war nahe.

Emma wurde das Herz warm, als sie sich an ihre Mutter in diesen letzten Tagen erinnerte. Ihre schöne, starke Mutter. Sie war nie niedergeschlagen oder ängstlich gewesen; sie hatte sich immer nur um Emma gesorgt. Der Krebs mochte siegen, aber der Glaube ihrer Mutter war in ihren letzten Stunden besonders stark gewesen. Emma spürte noch den Rattanstuhl unter sich, während sie am Bett ihrer Mutter saß. Sie konnte noch den abgestandenen Geruch des Todes im Zimmer riechen und fühlen, wie die Schatten am Spätnachmittag eine Dunkelheit über das Bett ihrer Mutter geworfen hatten.

„Mama …" Es hatte nie eine gute Gelegenheit gegeben, dies zu sagen, aber jetzt hatte Emma fast keine Zeit mehr. „Ich will dir etwas sagen."

Ihre Mutter war ganz ausgemergelt und ihr graues Gesicht eingefallen und spitz von der Krankheit. Trotzdem fand sie die Kraft, die Hand auszustrecken und Emmas Hand zu ergreifen. „Was denn, Liebling?"

Tränen drohten Emmas Worte zu ersticken, aber sie brachte sie mit Mühe heraus. „Danke … dass du mich bekommen hast. Du hast mir mein ganzes Leben geschenkt, Mama." Ein Schluchzer verfing sich in ihrer Kehle und sie senkte den Kopf so weit, dass ihre Stirn die Stelle berührte, an der ihre Hände einander umklammerten. „Ich weiß … wie schwer es für dich gewesen sein muss."

„Baby …" Die Liebe, mit der ihre Mutter Emmas Hand drückte, verlangte nach mehr Zeit. „Für dich hat sich … alles gelohnt. Du warst die beste Tochter, die ich haben konnte."

Emma hob den Kopf und sah ihrer Mutter lange in die Augen, während sie wünschte, der Augenblick würde ein Leben lang dauern. Aber sie konnte nur sehen, wie schwer es für ihre Mutter gewesen war. Die langen Doppelschichten; die zahllosen Nächte, in denen sie wusste, dass Emma allein zu Hause saß und sich Gesellschaft wünschte; die Rückenschmerzen ihrer Mutter am Ende der Woche. All das stand ihr in diesem Moment vor Augen und der Kampf, den ihre Mutter geführt hatte, überwältigte sie. „Jedes Opfer, Mama. Das hast du alles für mich getan."

„Es war kein Opfer." Sie hob Emmas Hand an ihre trockenen Lippen und küsste sie. „Ich wollte nie etwas anderes sein als deine Mutter."

„Ich liebe dich, Mama. Du bist die Beste."

„Mein liebes Mädchen ... Ich würde es immer wieder so machen. Wegen dir hat sich jeder Tag gelohnt." Die Stimme ihrer Mutter war heiser, aber ihr Lächeln war jung und strahlend und schien von der Krankheit nicht beeinträchtigt. Ein Lächeln, das dem Schmerz und der Schwäche trotzte und sogar dem nahenden Tod. Dasselbe Lächeln, das an Emmas erstem Tag im Kindergarten auf ihrem Gesicht geleuchtet hatte und als Emma Fahrradfahren lernte und als sie Brad Cutler zum ersten Mal zum Abendessen mitgebracht hatte.

Aber dann verblasste ihr Lächeln und sie drückte Emmas Hand ganz fest. „Ich weiß ... es war schwer. Brad zu verlieren ... Halt dich an Jesus fest, Baby."

Tränen kullerten über Emmas Wangen und sie schluckte die aufsteigenden Schluchzer herunter. „Ja, Mama."

„Kannst du ihn sehen, Emma?" Eine beinahe überirdische Freude ließ ihr Gesicht leuchten. Sie wandte den Blick zum Schlafzimmerfenster. „Einen Ort, an dem es keinen Tod und keine Tränen mehr gibt. Keine Schmerzen mehr. Wo jeder Tag strahlend hell ist vom Glanz Gottes?" Sie schien bei dem Bild zu verweilen, doch dann wandte sie sich wieder an Emma. „Wenn du dorthin kommst ... werde ich die Erste sein, die dich begrüßt. Halt nach mir Ausschau, Baby, in Ordnung?"

Die Schluchzer bahnten sich einen Weg ins Freie und Emma vergrub den Kopf noch einmal an der Schulter ihrer Mutter. „Oh, Mama. Verlass mich nicht. Bitte verlass mich nicht." *Nein,*

Gott ... nimm sie mir nicht weg. Sie ist doch alles, was ich habe. Bitte, Gott ... Aber noch während sie betete, wusste sie, dass Gott nicht zuhörte. Er hatte sich bereits entschieden, was ihre Mutter betraf.

„Ich kann ihn sehen, Emma.“ Ihre Worte wurden langsamer, so wie auch ihr Atem langsamer ging. „Mir wird es gut gehen. Ich liebe dich, Baby. Immer.“

„Mama, geh nicht ...“ Emma setzte sich auf, voller Entsetzen, aber es gab nichts, was sie tun konnte, niemanden, den sie anrufen konnte. Der Krebs behielt das letzte Wort. „Mama!“

Ihre Brust hob sich noch zweimal und erstarrte dann, für immer, reglos. Emma war nicht sicher, wie sie mit diesem Augenblick umgehen sollte, ob sie ohnmächtig werden oder schreien oder aus dem Zimmer laufen sollte. Stattdessen saß sie regungslos da, die Hand ihrer Mutter noch immer in ihrer, und ließ die Stimme ihrer Mutter in ihren Gedanken widerhallen.

Mir wird es gut gehen ... Ich liebe dich, Baby ... immer ... mir wird es gut gehen.

Ihre Mutter war für immer von ihr gegangen. Sie war bei Jesus. Das musste sie einfach sein, denn in ihren letzten Minuten hatte sie den Himmel gesehen. Tatsächlich gesehen. Die Trauerfeier und die Beerdigung fanden zwei Tage später statt und einige Nachbarn und Freunde und mehrere Mitglieder der Gemeinde waren gekommen. Aus der Gemeinde, zu der auch Brads Familie gehörte. Seine Eltern und seine Schwester waren da und im letzten Moment erschien auch Brad selbst.

Als sie ein paar ungestörte Minuten hatten, hatte er ihr übers Gesicht gestrichen. In seiner Miene hatte Bedauern gestanden. „Es tut mir leid. Sie war eine wunderbare Frau.“

Emma nickte, wütend auf sich selbst, weil sie ihn so vermisste und sich noch immer zu ihm hingezogen fühlte. Sie wollte fragen, warum er sie verlassen hatte und warum sie es nicht noch einmal versuchen konnten. Warum sie ihre Liebe zusammen mit ihrem ungeborenen Baby hatten sterben lassen. Aber der Wind pfiff durch die Bäume und ein kalter Schatten lag über dem Friedhof und Brad wollte nach Chapel Hill zurück und so konnte sie nur ihr Herz beschützen. „Danke.“ Sie strich ihre langen dunklen Haare zurück, damit sie ihn besser sehen konnte. *Ich vermisse dich, Brad,* dachte sie. *Du weißt gar nicht, wie sehr.* Aber aus ihrem Mund kamen andere Worte. „Es ist lange her.“

„Stimmt.“ Er blickte über die Schulter zurück, ganz offensichtlich erpicht darauf zu gehen. Aber dann sah er ihr direkt in die Seele. „Ich denke an dich. An uns.“ Er schob die Lippen vor, als wäre er frustriert, dass es nichts mehr zu sagen gab. „Es tut mir leid, Emma. Wegen deiner Mom.“ Noch eine schnelle Umarmung und dann drehte er sich um und ging.

Und das war es – das letzte Mal, dass sie einander gesehen hatten.

Die Verluste häuften sich. Die Träume ihrer Kindheit ... ihr Baby ... Brad ... und jetzt ihre Mutter. Es war eigentlich unvermeidlich, dass Gott der nächste und letzte Verlust war. Das Einzige, was sie noch verlieren konnte. Dass die Verbindung zu Gott abriss, beruhte auf Gegenseitigkeit. Erstens war sie davon überzeugt, dass er sie nicht mehr liebte und nicht wollte, dass jemand wie sie herumlief und sich Christin nannte. Sie war eine monströse Karikatur einer Frau, denn das Blut ihres Babys klebte an ihren Händen. Sie hätte die Klinik verlassen können.

Die Wahrheit schrie ihr ins Gesicht, wann immer sie sie hören wollte.

Nach einer Weile war es nicht nur klar, dass Gott sie nicht mehr wollte. Sie wollte ihn auch nicht mehr. Er hatte ihr schließlich alles genommen. Welchen Grund gab es, ein Interesse an Glauben oder Gebet oder Bibel vorzutäuschen, wenn es nichts mehr gab, worum sie noch beten konnte?

Von Schmerz und Kummer überwältigt hatte Emma das Einzige getan, was ihr einfiel: Sie hatte sich in ihr Studium gestürzt.

Jeder Tag war gleich und Emma lernte, allein zu leben und zu arbeiten und zu atmen. Sie machte ihren Abschluss in Cape Fear und wechselte auf die staatliche Universität von North Carolina – nur fünfunddreißig Minuten von der North Carolina University entfernt, aber es hätte genauso gut eine Million Kilometer sein können.

Mit jedem Tag, an dem sie lernte und Prüfungen absolvierte und Hausarbeiten schrieb, wurde Emma klarer, dass es nur eine Arbeit gab, die ihr helfen konnte, ihre Seele wieder zum Leben zu erwecken. Der Lehrberuf. Sie erwarb einen Bachelor in Erziehungswissenschaften und erhielt nach einem weiteren intensiven Studienjahr die Lehrbefugnis. Zur gleichen Zeit erfuhr sie, dass ihre Großmutter ihr das Strandhaus vermacht hatte. Ausgerechnet einen Häuserblock von Holden Beach entfernt.

Sie hatte sich um die Stelle als Lehrerin für die erste Klasse der Jefferson-Grundschule beworben, und seither arbeitete sie dort. Mit den Jahren lernte sie zu überleben. Ja, sie litt an jedem 15. Mai, wenn sie daran dachte, dass ihr Baby fünf, dann sechs und schließlich sieben Jahre alt geworden wäre. Aber allmählich bemühte sie sich, ihre Vergangenheit umzuschreiben. Die Abtreibung war eigentlich gar nicht ihre Schuld gewesen. Die Schwester hatte den Termin vereinbart und Brad hatte sie nicht unterstützt. Sie hatte niemanden gehabt, dem sie sich hätte anvertrauen können. Außerdem waren Abtreibungen doch legal – und damit hatte sie schließlich das Recht gehabt, sich so zu entscheiden, oder etwa nicht?

Sie tat, was immer nötig war, um die Vergangenheit zu rechtfertigen, denn ihre Entscheidung zu rechtfertigen war besser, als sich selbst die Schuld zu geben. Die Abtreibung zu rechtfertigen bedeutete, dass Emma eine Lebensberechtigung hatte. Die Alternative war eine lebenslange Schuld, die Emma niemals begleichen konnte – auch wenn niemand außer Brad wusste, was sie getan hatte.

Es wurde langsam kühler und Emma stand auf. Lange starrte sie auf den Grabstein, dann ging sie die wenigen Schritte zurück zu der Stelle, an der Riley noch immer schlief. Aber bevor sie sich setzte, erinnerte sie sich an ein anderes Grab, ein Stückchen entfernt von dem Ort, an dem ihre Mutter begraben war. Sie nahm eine von den Rosen und ging langsam über das frisch gemähte Gras. Riley hob den Kopf, aber sie gab ihm mit einem Blick zu verstehen, dass alles in Ordnung war, und er schlief weiter.

Die Stelle war näher, als Emma sie in Erinnerung hatte, und der Grabstein kleiner und schlichter. Sie stand am Fuß des Grabes und schlang die Arme um ihren Oberkörper. Selbst in der Hitze des späten Nachmittags fröstelte sie, als sie den Namen auf dem Stein las. Cassandra Rae Armijo.

Der Name ließ die Vergangenheit vor ihrem geistigen Auge aufsteigen und Emma dachte an diese Freundschaft zurück, wie sie es schon seit Jahren nicht mehr getan hatte. In ihrem ersten Herbst als angehende Lehrerin hatte sie mit einer anderen Studentin zusammengearbeitet – Elisabeth Armijo. Obwohl Elisabeth verheiratet und einige Jahre älter war als Emma, waren sie Freundinnen geworden. Zu Beginn des Schuljahres hatte Elisabeth überglücklich festgestellt, dass sie schwanger war. Das Einzige, was ihr Glück trübte, war die Tatsache, dass Elisabeths Mann beim Militär und in Afghanistan im Einsatz war.

„Vielleicht kannst du ja mit zu meinen Arztterminen kommen“, schlug Elisabeth vor. Sie wusste, dass Emma keine Familie und deshalb mehr Zeit hatte, sie zu unterstützen.

Von Anfang an hatte sich Emma mit dieser Vorstellung schwergetan – Elisabeth durch die verschiedenen Stadien ihrer Schwangerschaft zu begleiten. Aber sie willigte ein, um Elisabeth eine Freundin zu sein und weil sie sich in gewisser Weise immer gefragt hatte, wessen sie sich selbst damals beraubt hatte. Emma war bei der ersten Untersuchung dabei, als der Arzt einen Ultraschall machte, um den Herzschlag des Babys zu hören, und bei der Ultraschalluntersuchung, als man bereits die Arme und Beine des Babys erkennen konnte. „Es ist ein Mädchen“, strahlte er. „Herzlichen Glückwunsch.“

Elisabeth setzte sich mit ihrem Mann im Ausland in Verbindung und sie nannten ihre Tochter Cassandra Rae. Sie war ein aktives Baby und Elisabeth rief Emma oft an, um darüber zu reden, wie unglaublich es sich anfühlte, ein Leben in sich wachsen zu spüren. Manchmal kam es Emma vor, als wäre ihre Freundschaft mit Elisabeth ein grausamer Trick, mit dem Gott ihr unter die Nase rieb, was sie getan hatte. Aber dann erinnerte sie sich wieder daran, dass es ihre eigene Entscheidung gewesen war. Sie hatte nichts Illegales getan, sondern nur das, was jeder Teenager in ihrer Situation getan hätte.

Aber irgendwann im fünften Monat setzten bei Elisabeth stechende, krampfartige Schmerzen ein. Völlig aufgelöst hatte sie Emma angerufen. „Bitte ... komm und fahr mich ins Krankenhaus! Bitte, Emma!“

Sie war zum Haus ihrer Freundin gefahren, so schnell sie konnte, und es hatte nicht lange gedauert, bis sie in der Notaufnahme waren. „Bleib bei mir“, flehten Elisabeths Augen sie an. „Ich will nicht allein sein!“

Die Ärzte taten ihr Möglichstes, um die Wehen aufzuhalten, aber am Ende nützten alle ihre Bemühungen nichts. Während Elisabeth Emmas Hand umklammert hielt, wurde später am Abend das kleine Mädchen tot geboren.

„Kann ... kann ich sie halten?“ Elisabeth weinte, ganz erschöpft von der Geburt und von dem Verlust ihres Babys.

Emma wäre am liebsten weggelaufen. Sie wollte schreien, jemand solle den Film anhalten, wollte sich so weit von dem Krankenhauszimmer entfernen, wie es nur ging. Aber sie war wie hypnotisiert von dem toten kleinen Mädchen, das so vollkommen war. Die Schwester wickelte die Kleine in eine rosafarbene Decke und reichte sie Elisabeth vorsichtig.

Als Arzt und Schwester sich zurückzogen, um sie allein zu lassen, hielt Elisabeth den Säugling an ihr Gesicht und ließ ihre Tränen auf die Babydecke fallen. „Kleine Cassandra … Mommy liebt dich. Irgendwann werden wir wieder zusammen sein – im Himmel. Das verspreche ich dir."

So sehr sie sich auch weit fort wünschte und so sicher sie auch war, dass sie bei einem so persönlichen, zutiefst schmerzlichen Augenblick nicht dabei sein sollte, Emma blieb. Sie war wie gelähmt und angezogen von der Szene, die ihr merkwürdig vertraut schien.

„Hier." Elisabeth hielt Emma das leblose Bündel hin. „Nimm sie … damit ich nicht die Einzige bin, die sich an sie erinnert."

Wieder wünschte Emma, sie wäre woanders, aber als würde ihr Körper automatisch reagieren, streckte sie die Arme aus und nahm die kleine Cassandra auf den Arm. Sie starrte auf die winzige, vollkommen geformte Nase, die kleinen Händchen, auf Cassandras Wangen und ihre schönen langen Wimpern hinunter.

Und in diesem Augenblick erkannte Emma die Wahrheit, konnte sie unmöglich leugnen. Sie konnte über Abtreibungen sagen, was sie wollte. Sie konnte die Rhetorik nachplappern, dass Frauen die Wahl hatten und das Recht, eine Schwangerschaft zu beenden. Aber ein Baby war ein Baby, egal, in welchem Entwicklungsstadium es sich befand. Ein kostbares Leben. Als sie Cassandra auf dem Arm hielt, wusste Emma, dass sie nie wieder würde rechtfertigen können, was sie getan hatte. Sie hatte ihr Baby getötet und sie würde ihr Leben lang für diese Entscheidung bezahlen. Abtreibung war keine „Wahl" und kein „Eingriff" und nicht „das Recht einer Frau".

Die Wahrheit lag leblos in ihren Armen.

Emma bückte sich und legte die Rose neben Cassandras Namen auf den Stein. Emma und Elisabeth schickten einander noch immer Weihnachtskarten, aber ihre Freundin lebte mit ihrem Mann und zwei Söhnen jetzt im Ausland. Emma berührte Cassandras Namen leicht mit dem Finger. Elisabeth würde sich freuen, dass sie zum Grab gegangen war. Sie würde froh sein, dass jemand sich an Cassandra erinnerte.

Sie richtete sich auf und klopfte das Gras von ihren Shorts. Die Fahrt hierher hatte ihr gutgetan und durch die Erinnerung konnte sie mit ihrer Mutter in Verbindung sein und sei es auch nur für kurze Zeit. Sie vermisste sie immer noch, aber nicht mit dem Schmerz, den sie vorhin verspürt hatte. Sie ging zurück zu Riley. „Komm, alter Junge. Wir gehen."

Er sprang auf und streckte sich und sie nahm die Leine in die Hand. Auf dem Heimweg fragte sie sich wieder einmal, was wohl geschehen wäre, wenn ihre Mutter nicht krank geworden wäre und Emma den Mut gehabt hätte, ihr von dem Baby zu erzählen. Die Antwort war plötzlich ganz einfach. Mit der Hilfe ihrer Mutter hätte sie das Baby behalten und alles ... alles wäre anders gekommen.

Das Baby wäre mehr als nur ein gerettetes Leben gewesen. Wenn Emma es bekommen hätte, wäre es eine Verbindung zwischen ihr und Brad gewesen. Ihr neunjähriges Kind säße jetzt mit ihr im Wagen und später hätte das Kind mit Riley im Sand getobt und gespielt. Sie hätten darüber geredet, dass das Schuljahr dem Ende zuging, und über die Abenteuer, die sie in den Sommerferien erleben würden.

Wenn es jemanden gegeben hätte, dem sie sich hätte anvertrauen können; jemanden, der ihr geholfen hätte, das Baby großzuziehen, dann würde Emma jetzt nicht allein mit Riley nach Hause fahren. Stattdessen würde sie die kleine Hand ihres Sohnes oder ihrer Tochter halten und sie wären gemeinsam unterwegs nach Hause zu einer Welt, wie sie hätte sein können – zu einer Familie und einer Zukunft und einem Leben mit dem einzigen Mann, den sie je geliebt hatte.

Wenn nur ihre Mutter nicht gestorben wäre.

16

Laura erzählte niemandem von Brads Beichte. Zwei Tage waren vergangen und sie hatte nicht ein einziges Mal in Erwägung gezogen, es ihren Eltern zu sagen. Brad würde nach North Carolina fliegen, um sich mit einer früheren Freundin zu treffen und über ihre gemeinsame Abtreibung zu reden. Jetzt ... wo es bis zur Hochzeit nur noch wenige Wochen waren? Ihre Mutter und ihr Vater würden ausrasten, das stand fest. Dies war die Hochzeit, von der sie geträumt hatten, seit Laura und Brad zusammen waren.

Die finanziellen Aspekte einer abgesagten Hochzeit würden für ihre Eltern die geringste Sorge sein – falls es so weit kam. Es stand viel mehr auf dem Spiel. Laura fürchtete, dass ihr Vater seine Wertschätzung für Brad verlieren könnte, und das würde verheerende Folgen für seine Zukunft in der Agentur haben. Wenn sie sich ganz trennten, würde Brad sich einen neuen Job suchen müssen. Es würde sie beide nur immer wieder in Verlegenheit bringen, wenn er blieb. Und dann war da die Tatsache, dass alle dreihundert geladenen Gäste benachrichtigt werden mussten, und das bedeutete, dass alle im Familien- und Bekanntenkreis und alle Geschäftspartner ihres Vaters von ihrer Trennung erfahren würden. Alle würden Laura bemitleiden und ihre Eltern gleich mit.

Das Ganze wäre peinlich für die Familie und sogar für die Firma. Also hatte Laura nichts von dem erzählt, was sie von Brad erfahren hatte, sondern ihrer Mutter gesagt, sie sei nicht in der Stimmung, einzukaufen oder in die Stadt zu fahren und irgendwelche Hochzeitsvorbereitungen zu vervollständigen.

„Ich brauche ein paar Tage Ruhe“, hatte sie am vergangenen Abend beim Essen gesagt. Beide Eltern hatten bemerkt, dass ihre Begeisterung für alles, was mit der Hochzeit zusammenhing, nachgelassen hatte, und beide hatten gefragt, ob mit ihr und Brad alles in Ordnung sei. „Alles ist in Ordnung", hatte sie mehr als einmal gesagt. Was sollte sie sonst sagen?

Aber heute war Mittwoch und vielleicht war es Zeit, über das zu reden, was geschehen war. Sie musste es jemandem erzählen. Der Schock ließ allmählich nach und wich Gefühlen, die Laura in dieser Intensität noch nie erlebt hatte – Zorn, Verrat, Kränkung und Angst. Erst letzte Woche hatte sie überlegt, wie sehr es sie verletzen würde, sollte sie – wie ihre Freundin Nelly – jemals betrogen werden.

Und jetzt – hier – war dieser Verrat geschehen.

Laura wanderte durch ihr Elternhaus und trat auf die Terrasse vor dem Haus hinaus. Der perfekt gemähte Rasen erstreckte sich einen Morgen weit zu beiden Seiten der Auffahrt und daran schloss sich der Golfplatz des Country Clubs an. Aber das war nicht der Ort, wo ihre Hochzeit stattfinden würde. Nein, die Zeremonie und der Empfang für die einzige Tochter von Randy James würden in nichts Geringerem als dem weltbekannten Restaurant Liberty House stattfinden. Das Liberty House hatte Glaswände, die über drei Stockwerke reichten. Es wurde auch „Aussicht mit Zimmer" genannt, weil jedes Fenster einen fast unwirklichen Aussichtspunkt zur Skyline von Manhattan, zum Hudson River, nach Ellis Island und auf die Freiheitsstatue bot.

Ihre Eltern hatten keine Kosten gescheut und einen renommierten Hochzeitsplaner engagiert, der alle Einzelheiten koordinierte. Der Empfang – falls er denn stattfand – würde märchenhaft werden. Tische und Stühle sollten in feines Leinen gehüllt sein und zwischen den vielen Kronleuchtern im großen Ballsaal würden Ketten aus winzigen weißen Lämpchen schweben. Die gesamte Belegschaft des Hauses in dunklen Smokings würde den Gästen jeden Wunsch von den Augen ablesen.

Ihr Kleid war atemberaubend, ein Originalmodell, das wie für sie geschaffen schien. Weiße Rosen, die hier in der Gegend gezüchtet wurden, sollten die Gänge und Sitzreihen für die Trauung und jeden Tisch im Ballsaal schmücken. Ein Bäcker aus Manhattan, der für seine künstlerischen Hochzeitskreationen bekannt war, hatte die Torte entworfen. Das Diner mit einer erlesenen Auswahl von feinsten Steaks und Meeresfrüchten wurde von mehreren Köchen zusammengestellt, die eine eigene Kochsendung im Fernsehen hatten. Es würde ein Orchester geben und einen DJ, und sie würden bis tief in die Nacht hinein tanzen. Wenn alles vorbei war, würden die Gäste zu einem Feuerwerk auf den sattgrünen Rasen gebeten. Es hätte die Hochzeit des Jahres werden sollen.

Aber wen kümmerte das schon?

Laura setzte sich in einen der Schwingsessel auf der Terrasse und stieß den Sitz an. Ohne Zögern hätte sie all das eingetauscht gegen die Gewissheit, dass ihr Verlobter der war, der er zu sein vorgegeben hatte; für die Zuversicht, dass seine Exfreundin ihn so kurz vor der Hochzeit nicht auf andere Pfade lenken würde. Eine große, glamouröse Show – mehr war diese Hochzeit am Ende nicht. Sie war tatsächlich ehrlich zu Brad gewesen. Sie brauchte wirklich Zeit.

Und diese letzte Tatsache war es, die sie aufstehen und ins Haus gehen ließ, um ihre Autoschlüssel zu holen. Heute Abend trafen sie sich zu ihrem Bibelgespräch bei Megan, ein paar Kilometer entfernt, und plötzlich wollte Laura nur noch dort sein. Es schien überlebenswichtig zu sein. Die Mädels hatten schon Schlimmeres miteinander durchgestanden als eine aufgelöste Verlobung. Falls es so kommen sollte. Laura war für ihre Freundinnen da gewesen, als die ihre je eigenen Hoffnungen und Enttäuschungen erlebt hatten.

Jetzt würden die anderen für sie da sein.

Sie wollte nicht, dass ihr Gespräch mit ihrer Neuigkeit begann. Laura ließ die anderen reden, während sie sich darauf konzentrierte, was und wie sie es sagen wollte. Die Mädchen saßen um den Couchtisch in Megans und Joeys Wohnung. Anna, Bella Joy und Nelly saßen auf dem Sofa. Amy hatte den Sessel und Megan und Laura saßen auf Esszimmerstühlen, die für diesen Anlass noch dazugestellt worden waren. „Mein Arzt will ein paar Untersuchungen machen. Ein Blutwert war ein bisschen erhöht." Megan klang hoffnungsvoll. „Ich mache mir nicht wirklich Sorgen, aber ... ich wollte, dass ihr es wisst."

Amy lehnte sich vor und tätschelte Megans Knie. „Das wird schon." Sie sah die anderen an. „Wir werden beten."

„Danke." Megan lächelte zaghaft. „Ich kann es mir nicht leisten auszufallen. Nicht mit vier Kindern!"

„Wenn du Hilfe brauchst, ziehe ich bei euch ein!" Bella Joy grinste Megan an. „Das ist mein Ernst. Einen Monat ... zwei. Was immer nötig ist."

„Sollte es dazu kommen, werde ich daran denken."

Amys Augen leuchteten auf. „Übrigens habe ich gute Nachrichten, was die Zwillinge betrifft. Sie haben einen Platz an der Orange Christian bekommen! Die Schule hat uns Stipendien angeboten, sodass wir es uns leisten können."

„Ich kann nicht fassen, dass die beiden schon so groß sind."

„Sie sind fünf." Der Stolz auf ihre Mädchen war Amy anzusehen. Sie war eine wunderbare Mutter. Sie verfiel nie in Bitterkeit oder Groll darüber, dass sie wegen der Mädchen auf ein eigenes Sozialleben weitgehend verzichtete und auch sonst Opfer brachte. „Im Herbst geht es mit der Vorschule los."

Laura blickte in die Runde und sah, dass sie nicht die Einzige war, die so etwas wie Wehmut verspürte, weil Amys Töchter schon im Schulalter waren und dieselbe Schule besuchen würden, in der sie sechs sich zum ersten Mal begegnet waren. Aber heute traf Laura die Erwähnung der Zwillinge noch auf eine andere Weise. Wie würde es Amy wohl gehen, wenn sie eine Abtreibung hätte vornehmen lassen? Laura spürte einen ungewohnten Schmerz, als sie daran dachte, was Emma Landon durchgemacht haben musste. Vor allem, wenn Brad aus ihrem Leben verschwunden war, ohne sie um Verzeihung zu bitten.

„Nach der Vorschule vergeht die Zeit wie im Flug", lächelte Anna. Sie legte eine Hand auf ihren dicken Bauch. „Jedenfalls habe ich das gehört."

Bella Joy und Nelly hörten zu, ohne viel zu sagen. Sie hatten weder Kinder noch Mann und waren daher bei solchen Gesprächen immer ein wenig außen vor. Laura spürte, wie ihr Magen sich verkrampfte. Sie stellte sich vor, dass sie in sechs Monaten vielleicht mehr mit den anderen gemeinsam haben könnte, als sie sich jemals hätte träumen lassen.

Nach ein paar Minuten griff Megan zu ihrer Bibel. „Wir waren bei Lukas 6 stehen geblieben. Bei der Feindesliebe."

Laura wurde bei der plötzlichen Wirkung dieser Verse ganz schwindelig. Letzte Woche war dieser Bibeltext nichts anderes gewesen als eine Aneinanderreihung von Versen ... *Liebet eure Feinde ... seit freundlich zu denen, die euch Böses wollen ... Seid barmherzig* ... Letzte Woche waren das lediglich unbequeme Wahrheiten gewesen, die im Leben eines Christen irgendwie gelten sollten. Aber jetzt gingen die Worte sie ganz persönlich an. Brad hatte sie verletzt, und an diesem Abend war ihr nach allem anderen zumute als danach, ihn zu lieben. Trotzdem – oder gerade deshalb – musste sie diesen Text hören. Ihr Leben brach gerade zusammen und sie wusste nicht mehr, ob Brad der richtige Mann für sie war oder was sie überhaupt noch für ihn empfand. Nur mit Gottes Weisheit und Leitung würde sie überstehen, was die kommenden Wochen bringen mochten. Sie musste Brad nicht heiraten, aber sie musste ihm vergeben. Sie musste lieben – komme, was wolle. Der Gedanke machte sie wütend. Es war einfach nicht fair. Das alles war schließlich nicht ihre Schuld, und gerade jetzt wollte sie diesen Mann nicht lieben.

Megan berichtete, dass sie in den vergangenen Tagen oft über den Text von letzter Woche nachgedacht hatte. „Es war beinahe, als würde Gott mir extra Leute schicken, die schwieriger zu lieben sind, damit ich übe."

„Ging mir ähnlich." Nelly betrachtete eingehend ihre Hände. „Habt ihr die Klatschblätter gesehen? Mein Ex hat diese Woche seine Backgroundsängerin geheiratet."

Laura wurde das Herz noch schwerer. Würde sie eines Tages auch so dort sitzen und von ihren Eltern oder einem Studienfreund erfahren, dass Brad geheiratet hatte? Vielleicht sogar, dass er Emma geheiratet hatte? Ein Schauer überlief ihre Arme. *Wie konnte er seine Vergangenheit die ganze Zeit vor mir geheim halten,* dachte sie. *Das ist nicht richtig, Gott ... ich kenne ihn nicht einmal mehr.*

Nur eine Antwort fand sich in ihrem Herzen. Der Vers aus dem sechsten Kapitel des Lukasevangeliums.

Megan wartete, bis sie alle ihre Bibeln aufgeschlagen hatten. „Bella Joy, fang doch an. Lukas 6, Vers 37."

Bella Joy war eine Frohnatur. Sie lebte zwar allein, badete aber nur selten in Selbstmitleid. Sie nahm ihre Bibel und begann: „‚Richtet nicht über andere, dann werdet ihr auch nicht gerichtet werden! Verurteilt keinen Menschen, dann werdet auch ihr nicht verurteilt! Wenn ihr bereit seid, anderen zu vergeben, dann wird auch euch vergeben werden.'"

Die Worte trafen Laura wie Steine, aber sie schirmte sich dagegen ab. Sie hatte ein Recht, Brad zu verurteilen. Nicht wegen seiner Vergangenheit, aber dafür, dass er ihr nicht eher davon erzählt hatte.

Bella Joy fuhr fort: „‚... Mit dem Maßstab, den ihr an andere legt, wird man auch euch messen.'"

„Puh! Das ist heftig." Amy lehnte sich zurück und ließ ihre Bibel auf den Schoß sinken. „Ich meine, das kann man unmöglich schaffen."

„Jedenfalls nicht ohne Gott.“ Annas Miene war nachdenklich. „Mein Mann hat dasselbe Thema gerade mit den Kids in seiner Jugendgruppe verhandelt. Ohne göttliche Hilfe ist es wirklich unmöglich.“

„Aber stellt euch mal vor, alle würden so leben.“ Bella Joy rutschte auf ihrem Sitz nach vorne. „Alle vergeben einander, keiner verurteilt oder richtet.“

„Klingt himmlisch.“ Nelly lächelte, aber ihr Gesichtsausdruck zeigte eher Skepsis. „Ich werde an dieser Aufgabe zu knacken haben, solange ich lebe. Ich bin nicht sicher, ob ich es jemals schaffen werde.“

Die Bemerkungen ihrer Freundinnen machten Laura zu schaffen – und sie machten ihr auch Angst. Sie wollte nicht über ihre Gefühle für Brad nachdenken und auch nicht über diese Forderung, andere nicht zu verurteilen. Er hatte sich das alles doch selbst zuzuschreiben, oder etwa nicht? Gott meinte bestimmt nicht solche Situationen wie ihre oder die von Nelly. Sie bemerkte, dass ihr Herz hämmerte. Vielleicht meinte Gott doch sie? Sie schob den Gedanken beiseite.

Amy las den nächsten Abschnitt. „‚Warum siehst du jeden kleinen Splitter im Auge deines Bruders, aber den Balken in deinem Auge bemerkst du nicht?‘“

Laura versuchte, sich auf den Text einzulassen. Man musste erst mal einen Balken im Auge haben, um dafür getadelt zu werden, dass man den Splitter eines anderen bemerkte. Konnte es nicht sein, dass der Balken sich manchmal wirklich im Auge des anderen befand? Sie bemühte sich, den Worten zu folgen.

„‚… Du Heuchler! Entferne zuerst den Balken aus deinem Auge, dann kannst du klar sehen, um auch den Splitter aus dem Auge deines Bruders zu ziehen.‘“

Megan legte nachdenklich den Kopf zur Seite. „Joey und ich haben uns neulich auch diese Verse angesehen.“ Ihr Blick war nachdenklich. „Dabei haben wir etwas entdeckt, was uns vorher nicht aufgefallen war. Wenn man einen Balken im Auge hat, dann ist doch die eigene Sicht getrübt. Man sieht dann nicht richtig. Weder die Fehler des Nächsten noch die eigenen."

Die anderen nickten. „So habe ich das noch nie gesehen." Bella Joy starrte wieder in ihre Bibel. „Das ist gut. Man merkt ja gar nicht, dass man selbst einen Balken im Auge hat."

Laura lehnte sich auf ihrem Stuhl zurück. Bella Joys Worte trafen sie wie ein Schlag. Denn die Wahrheit war: Sie selbst war auch nicht ohne Fehler. Was war nur mit ihrem Glauben los, dass sie gerade noch gedacht hatte, sie selbst hätte den Durchblick? Sie war kritisch und wertend, vor allem, wenn jemand ihr in die Quere kam. Sie war noch nie gezwungen gewesen, einen Fehler in dieser Größenordnung zu vergeben, und hatte Mühe, es sich auch nur vorzustellen. Was sagte das über sie aus? Sie verbarg ihre Scham und hörte den anderen zu.

Nelly seufzte theatralisch. „Also gut ... aber was ist, wenn du in meiner Lage bist? Dein Mann verlässt dich und heiratet eine andere. Soll ich ein Auge zudrücken, ihn trotzdem lieben und alles Mögliche tun, um ihn nicht zu verurteilen oder zu richten?" Sie ließ die Schultern hängen und ihre Stimme klang rau. „Der Mistkerl hat mir das Herz gebrochen."

Bella Joy nahm Nelly in den Arm. Sie sagte nichts und gab auch keinen geistlichen Rat oder noch einen Bibelvers zum Besten, der Nelly zu einer angemesseneren Einstellung bewegen könnte. Sie hielt sie einfach nur im Arm. Auch die anderen sagten nichts. Sie waren eben Freundinnen.

Und deshalb hatte Laura, nachdem sie das Gespräch über den Bibeltext beendet hatten, auch das Gefühl, dass sie erzählen konnte, was sie auf dem Herzen hatte. Sie wartete auf eine Pause in der Unterhaltung.

„Brad fliegt noch mal nach North Carolina." Es war mehr der Tonfall als die Worte selbst, die ihnen verriet, dass es nicht einfach ein Wochenendtrip war, wie er ihn vor einer Woche unternommen hatte. Die Mädels wandten sich ihr mit erstaunten Mienen zu.

„Will er seine Eltern noch mal besuchen?" Megan war die Erste, die nachhakte.

Laura starrte auf ihren Schoß. Sie konnte immer noch nicht fassen, dass dies alles geschah, dass das, was sie jetzt sagen würde, Wirklichkeit war. „Wir hatten vor ein paar Tagen ein ziemlich ernstes Gespräch. Er hat mir Dinge von sich erzählt, die ich nicht wusste." Ihr war nicht mehr nach Weinen zumute. In diesem Augenblick empfand sie nur den Verrat.

„Was denn?" Annas Stimme klang mitfühlend.

„Über seine Vergangenheit – Dinge, die ich nie für möglich gehalten hätte." Sie holte tief Luft und atmete dann langsam aus. „Er hat in der Vergangenheit Entscheidungen getroffen, die … die seine erste Freundin sehr verletzt haben." Sie wollte nicht zu viele Einzelheiten preisgeben. „Er hat mit einem Seelsorger gesprochen. Und jetzt ist er der Meinung, dass er sie um Verzeihung bitten muss. Jetzt … ein paar Wochen, bevor wir heiraten." Sie spürte, wie ihre Wangen heiß wurden. Die Geschichte klang so fremd, wenn sie selbst sie erzählte, dass sie ihre eigene Stimme kaum erkannte. „Er sagt, er könne nicht heiraten, bis er die Sache wiedergutgemacht hat." Sie zögerte so lange, wie sie konnte. „Er fliegt nach North Carolina, um sie zu suchen."

Den Mienen ihrer Freundinnen nach zu urteilen, hätte sie ihnen genauso sagen können, sie habe beschlossen, zum Zirkus zu gehen. Das Schweigen um sie herum wurde immer angespannter, bis jemand etwas sagen musste. Nelly machte den Anfang. „Puh. Ich muss sagen, das ist wirklich ein Schock. Ausgerechnet dieser Mann …"

„Warum hat er es dir nicht früher gesagt?" Megan legte eine Hand auf Lauras Schulter. „Ich meine, hätte er das Ganze nicht vor einem Jahr erledigen können?"

Laura empfand nichts als Wut. „Er sagt, es sei ihm nicht bewusst gewesen. Das ist offenbar erst vor einer Woche geschehen."

„Hast du es deinen Eltern erzählt?" Die Vorstellung schien Bella Joy zu beunruhigen. „Sie müssen ausgerastet sein."

„Ich hab's ihnen nicht erzählt. Ihr seid die Einzigen, die davon wissen."

Wieder herrschte Schweigen. Anna drehte sich zur Seite, um Laura besser ansehen zu können. „Was willst du jetzt machen?"

Jetzt mischte sich Trauer in ihre Wut. „Ich weiß nicht. Brad will die Hochzeit nicht absagen. Er sagt, er wird die Sache klären und zurückkommen. Wir können heiraten, als wäre nichts gewesen."

„Siehst du das auch so?" Nelly klang skeptisch. „Ich meine, wenn er diesbezüglich gelogen hat, wer weiß, was er dir sonst noch verschweigt."

„Eben." Laura brauchte dieses Gespräch. Eine Gelegenheit, was geschehen war, mit den Menschen zu besprechen, die ihre engsten Freundinnen waren. „Ich hab ihm gesagt, dass ich Zeit brauche. Ich kann mich noch nicht entscheiden."

„Für mich klingt das Ganze ziemlich dubios." Nelly kniff die Augen zusammen. „Ehrlich gesagt, ich würde ihn nicht heiraten. Nicht nach dem, was ich in Nashville durchgemacht habe."

Anna runzelte die Stirn. „Das ist ganz schön extrem." Sie sah die Sache offensichtlich nicht so einseitig wie Nelly. „Vielleicht ist es ein gutes Zeichen, dass er jetzt ehrlich ist."

„Aber er geht zu *ihr* zurück." Nelly sah Anna erstaunt an. „Das ist ein klarer Wink mit dem Zaunpfahl, Mädels. Eindeutiger geht's doch gar nicht."

Laura nickte. Ja, sie liebte Brad. Aber das war der Brad, den sie zu kennen *geglaubt* hatte. Nicht dieser unzuverlässige Kerl mit einer dunklen Vergangenheit und der Absicht, seine erste Liebe wiederzusehen – aus welchem Grund auch immer.

„Joey sagt immer, jede Geschichte hat zwei Seiten." Megan wählte ihre Worte anscheinend mit Bedacht. Die Atmosphäre im Raum war bereits ziemlich angespannt. „Vielleicht hast du recht. Du brauchst Zeit, bevor du eine Entscheidung treffen kannst."

„So oder so tut es uns leid." Bella Joy sah aus, als wollte sie gleich in Tränen ausbrechen. „So sollten die letzten Wochen vor deiner Hochzeit nicht ablaufen."

Sie schwiegen wieder. Amy hatte nicht viel gesagt, aber jetzt sah sie Laura traurig an. „Jeder hat eine Vergangenheit. Das ist das Erste, was mir auffällt, wenn ich jemanden kennenlerne. Und oft bedeutet das dann auch schon das Ende unserer Unterhaltung."

Der Gedanke war Laura noch nie gekommen. Sie stellte sich Amy bei einer Verabredung vor – etwa mit jemandem aus der Gemeinde. Sie trafen sich vielleicht zum Kaffee und unterhielten sich. Wenn sie ehrlich war, dann musste sie ziemlich bald ihre Lebenssituation erklären. Sie war vergewaltigt worden und das Ergebnis waren ihre Zwillinge gewesen. Für viele Männer, die ein nettes christliches Mädchen suchten, das sie ihren Eltern vorstellen konnten, war das dann bereits das Aus. Obwohl es nicht Amys Schuld war.

Bella Joy streckte die Hände aus. „Kommt, wir beten." Sie sah Laura an. „Wir sind alle für dich da. Wenn du etwas brauchst, ruf einfach an."

Die anderen nickten zustimmend. Nellys Blick sagte deutlich, Laura sollte anrufen, wenn sie auch nur in Erwägung zog, Brad noch eine Chance zu geben. Nelly würde ihr schon die Meinung sagen. Laura war noch nicht bereit, eine Entscheidung zu treffen. Aber sie war froh, dass die Wahrheit jetzt heraus war. Vielleicht empfand Brad das ja genauso. Anna leitete das Gebet an diesem Abend. Sie bat Gott für alle um Weisheit und Freundlichkeit, während Laura die Situation für sich klärte. „Hilf uns – jeder von uns – das, was wir heute Abend gelernt haben, in jedem Bereich unseres Lebens anzuwenden. Und tröste Laura mit dem Wissen, dass du immer bei ihr bist, Vater. Selbst an den dunkelsten Tagen bist du bei uns – bei jeder von uns."

Laura wollte nicht länger bleiben und sich mit den anderen unterhalten. Sie hatte gesagt, was zu sagen war, und jetzt musste sie allein sein, um die Kommentare und Gebete ihrer Freundinnen zu verarbeiten. Aber als sie nach Hause kam, fand sie ihre Eltern bei gedämpftem Licht im Wohnzimmer, wo sie einen Film mit Sandra Bullock anschauten. Hätte es eine Möglichkeit gegeben, sich unbemerkt an ihnen vorbeizuschleichen, hätte sie sie gefunden. Aber es gab keine.

„Hallo." Ihr Dad war immer gut gelaunt. Er richtete sich auf dem gemütlichen Ledersofa ein wenig auf. „Wie war's mit deiner Bibelgruppe?"

„Gut." Sie lächelte und verlangsamte ihre Schritte, als sie an ihnen vorbeiging, blieb aber nicht stehen. Das Haus roch warm und sauber, nach einer Mischung aus Zimt und Vanille. Laura versuchte, sich darauf zu konzentrieren, wie gut sich ihr Zuhause anfühlte, und nicht auf den Aufruhr in ihrer Seele, aber ihre Eltern schienen mehr zu erwarten, also sagte sie: „Wir haben uns bei Megan getroffen."

„Liebling?" Ihre Mutter wandte sich ihr zu. „Ich hatte gehofft, du hättest eine Minute Zeit."

Lauras Herz fing an zu rasen. Sie blieb stehen, ihr Lächeln unverändert. „Klar ... was gibt's denn?"

„Also ..." Ihre Mutter schien irritiert, so als wäre völlig offensichtlich, worüber sie reden wollte. Sie lagen in den letzten Zügen einer Hochzeitsplanung für dreihundert Gäste. Sie lachte ein wenig nervös. „Ich habe mich nur gefragt, warum du dich diese Woche nicht für die Hochzeitsvorbereitungen interessierst."

„Um ehrlich zu sein, Brad ist im Büro auch spürbar stiller als sonst." Ihr Vater wollte nicht neugierig sein. Er war einfach so dicht an der Sache dran, dass ihm auffiel, wenn etwas anders war als sonst. „Es ist doch alles in Ordnung, oder? Mit euch beiden?"

Sie hasste es zu lügen. Schließlich war es das, was sie Brad am meisten vorwarf. „Wir sind dabei, ein paar Dinge zu klären." Sie lächelte immer noch. „Nichts, worüber ihr euch Sorgen machen müsstet."

Aber trotz der Versicherung sahen beide plötzlich besorgt aus. „Was gibt es denn da zu klären?" Ihre Mutter rutschte auf die vordere Kante des Sofas und runzelte die Stirn. „Du meinst Hochzeitsdetails? Solche Dinge?"

Laura hätte heulen können. Aber sie lachte stattdessen. „Etwas in der Art."

„Oh." Ihr Blick war erleichtert. „Wenigstens redet ihr darüber."

„Brad hat erwähnt, dass er den Freitag freinehmen will und das Wochenende vielleicht in North Carolina verbringt." Lauras Vater zog die Augenbrauen hoch. „Ist mit seinen Eltern alles in Ordnung?"

„Auf jeden Fall." Sie setzte wieder ihr Lächeln auf. „Wahrscheinlich muss er einfach etwas erledigen."

So. Sie hatte nicht gelogen. Aber trotzdem war sie ganz erschöpft davon, so zu tun, als wäre alles in Ordnung, wenn in Wirklichkeit die Welt um sie herum in Trümmern lag. „Ich bin ein bisschen müde." Sie ging zu ihren Eltern und küsste beide auf die Wange. Sie liebte sie sehr. Und sie brauchte sie jetzt mehr denn je – das war so wirklich wie die Luft, die sie atmete. „Gute Nacht."

Ihr Vater zögerte, aber nicht lange. Ein Lächeln erschien auf seinem Gesicht. „Noch viereinhalb Wochen." Er strich ihr über die Wange. „Ich freue mich so für dich, Liebling."

Tränen brannten in ihren Augen, aber sie blinzelte sie fort, bevor er sie bemerkte. „Danke, Daddy. Wenn ich euch nicht hätte, dich und Mom."

„Wir haben immer davon geträumt." Ihre Mutter strich ihr leicht über den Arm. „Geh schlafen. Über die Schleifen auf den Tischen können wir später noch sprechen."

Viel später, dachte Laura. Sie lächelte ein letztes Mal und umarmte die beiden, dann ging sie in ihr Zimmer. Sie hatte sich vorgenommen, noch einmal den Bibeltext zu lesen und Gott zu fragen, was sie aus diesem Abschnitt mitnehmen sollte. Aber sie war zu erschöpft, um noch etwas anderes zu tun als sich die Zähne zu putzen und ins Bett zu kriechen. Sie hatte seit Montag nur ein paarmal kurz mit Brad gesprochen, aber eines wusste sie: Morgen Abend würde er nach Raleigh fliegen.

Als sie daran dachte, vermisste sie ihn so sehr, dass es körperlich wehtat. Während sie so im Bett lag, war sie nicht mehr die starke, empörte junge Frau, die sie vorhin im Kreis ihrer Freundinnen gewesen war. Sie liebte Brad Cutler … und würde es immer tun. Die Tränen kamen und rannen auf ihr Kissen, bis die weiche Baumwolle unter ihrer Wange ganz nass war. Warum verließ er sie? Und was war, wenn er nie zurückkam? Sie brauchte niemanden, der ihr riet, was sie fühlen oder tun sollte. So sehr diese Wahrheit schmerzte, und unabhängig davon, was er in North Carolina fand, kam ihr mit einem Mal eine felsenfeste Erkenntnis, während sie leise in ihr Kissen weinte. Sie wollte ihn zurück, wollte den Rest ihres Lebens mit ihm verbringen, weil sie ihn liebte.

Trotz all ihrer Wut und des ganzen Verrats – sie liebte ihn, immer noch.

17

In den Tagen nach seiner Unterredung mit Laura hatte Brad keinen Privatdetektiv gebraucht, um herauszufinden, dass die Information seiner Mutter korrekt war – Emma Landon wohnte und arbeitete in Holden Beach. Brad rief einen Freund an, der ein kleines Restaurant in Strandnähe führte, und das Gespräch mit ihm versorgte ihn mit allem, was er brauchte.

Emma unterrichtete die erste Klasse der Jefferson-Grundschule, war unverheiratet und hatte keine Kinder. „Sie hat einen Hund. Ich hab sie ein paarmal am Strand beim Joggen gesehen", erzählte der Freund ihm. „Nach allem, was ich höre, ist sie eine Einzelgängerin. Der stille Typ halt, das war sie ja schon damals in der Highschool."

Brad bedankte sich, aber nachdem er aufgelegt hatte, starrte er eine ganze Minute lang das Telefon an. Der stille Typ? Damals war Emma nicht still gewesen, jedenfalls nicht vor jenem Sommer. Sie war mit ihm um die Wette zum Strand gelaufen, hatte lauthals gelacht oder war in ein Café gegangen und hatte so getan, als spräche sie nur Französisch, hatte einige fremdsprachige Ausdrücke gemurmelt und mit Händen und Füßen ihre Bestellung aufgegeben, bis Brad sich abwenden musste, um nicht laut loszuprusten. Sie war es gewesen, die auf die Idee gekommen war, wildfremde Menschen anzusprechen und in ein Gespräch über irgendeine gemeinsame Begebenheit zu verwickeln, die nie stattgefunden hatte.

„Harry, nicht wahr? Von der Hochzeit im letzten Mai? Wir haben nebeneinandergesessen." Dann hatte sie gelächelt, als würde sie den Mann schon eine Ewigkeit kennen. „Das war ein Spaß." Das Ganze konnte sie etliche Minuten durchhalten. Sie war dabei nie unfair und stellte niemanden bloß. Nur ließ sie den armen Kerl anschließend völlig verwirrt zurück. Brad schüttelte dann den Kopf, weil ihm das Ganze peinlich war. Aber sie ging kichernd und grinsend weiter und reckte das Gesicht in die Sonne. Das war die Emma von früher.

Und jetzt lebte sie allein? Der stille Typ?

Er verstaute dieses Wissen in seinem wunden Herzen und genügend Kleidung für das Wochenende in seiner Reisetasche. Am Donnerstag stieg er nach der Arbeit in den letzten Flieger von LaGuardia nach Raleigh. Was Laura betraf, so war nichts gewiss, außer seiner Liebe zu ihr. Das würde sich nie ändern – egal, was er am Strand von Holden Beach antreffen würde. Aber Laura hatte in den vergangenen Tagen nicht viel mit ihm sprechen wollen. Brad sank auf den vertrauten Fensterplatz und starrte in die untergehende Sonne. Er konnte es ihr nicht verdenken.

Der Flug gab ihm Zeit, in Gedanken von seiner Welt in die von Emma zu reisen, in die Welt, die sie sich aufgebaut hatte, nachdem er gegangen war. Sie hatten zusammen ein Baby gezeugt und verloren, und sie hatten dieses Ereignis nie verarbeitet. Natürlich musste er zurückgehen. Das hätte er schon vor Jahren tun sollen. Noch eine Erinnerung stieg in ihm auf. Es war April in seinem letzten Schuljahr und alle seine Freunde überlegten, mit welchem Mädchen sie auf den Abschlussball gehen wollten.

Er und ein paar Jungs aus der Basketballmannschaft beschlossen, sich dabei einen kleinen Spaß zu erlauben. Sie verabredeten sich mit den Trainern, und als Emma am Montagmorgen mit zwei Freundinnen zum Sportunterricht erschien, kam Mr Garrison, der Fußballtrainer, ihnen schon an der Tür entgegen. Brad und seine Mannschaftskollegen beobachteten alles ungesehen aus dem Büro des Trainers.

„Ihr seid zu spät“, bellte Garrison.

Emma blieb stehen, den Anflug eines Lächelns auf den Lippen. „Wir?“

„Ja." Seine Stimme dröhnte durch die Halle. „Auf den Boden und zwanzig Liegestütze. Alle drei."

Eine von Emmas Freundinnen deutete auf die überdimensionale Uhr an der Wand, und Emma hob ihren Arm, um dem Coach ihre Armbanduhr zu zeigen. Brad und seine Freunde bemühten sich, leise zu lachen, während Garrison den Kopf schüttelte. „Zehn Minuten zu früh ist hier zu spät. Das wisst ihr doch."

Nach und nach, zwischen unterdrückten Lachanfällen und Empörung, begaben die Mädchen sich auf den Boden und machten zwanzig Liegestütze. Emma war als Erste fertig und als sie aufstand, grinste Garrison und reichte ihr einen Zettel. „Ihr habt den ersten Test bestanden. Jetzt geht zu Coach Black in den Geschichtsunterricht." Er zeigte auf die Tür. „Beeilt euch, ihr habt fünf Minuten."

Die Mädchen sahen einander an, unsicher, ob er es ernst meinte. Emma fragte, ob das ein Witz sei oder eine neue Sportprüfung.

Garrison zuckte nur mit den Schultern. „Vier Minuten."

Die Jungen fanden ein Versteck hinten in Blacks Klassenzimmer, wo die Mädchen sich vor den Kurs stellen und die erste Strophe mit Refrain von *„Achy Breaky Heart"* singen sollten, und als sie diese Station hinter sich gebracht hatten, mussten sie den Makarena für Coach Wilsons Mathekurs tanzen.

Wieder in der Turnhalle, zog Coach Baker nach zwanzig Korbwürfen schließlich drei T-Shirts mit dem Schullogo aus einer Kiste und reichte jedem Mädchen eines. Auf Emmas Hemd stand Brads Nummer und auf einmal verstanden die Mädchen, was hier los war. Genau in diesem Augenblick kamen Brad und seine Freunde durch den Seiteneingang herein, jeder mit einer einzelnen langstieligen Rose.

Brad erinnerte sich daran, wie sich ihre Blicke sofort begegnet waren; an die Gewissheit, dass sie sich an diesen Tag immer erinnern würden; daran, dass keiner von beiden den Blick abgewandt hatte, während er auf sie zuging. Freude und Lachen strahlten aus ihren hübschen Augen, als sie die Rose nahm und sich von ihm in den Arm nehmen ließ.

„Du Riesendepp“, flüsterte sie. „Ich kann doch keine Korbwürfe.“

„Ich weiß.“ Er presste seine Wange an ihre und genoss den Duft ihres Shampoos, der sich mit einem Hauch Parfüm mischte. Sie lachten beide und er lehnte sich zurück, um ihr wieder in die Augen zu sehen. Er bat sie, ihn zum Ball zu begleiten, und allmählich wich sein Lachen dem Schwindel, den er spürte, wenn er in ihrer Nähe war, diesem rauschartigen Gefühl, das sie in ihm auslöste.

Die Erinnerung führte zu anderen und der Flug verging im Nu. Sein Vater holte ihn am Flughafen ab, wie üblich piekfein gekleidet. „Bradley. Alles in Ordnung?“

„Eigentlich nicht.“ Er zögerte. „Ich hab Schiss, nehm ich an.“ Jetzt, wo er sich für Ehrlichkeit entschieden hatte, wollte er alles offenlegen. Vor allem vor den Menschen, die er liebte. „Nach all der Zeit ... sie muss mich hassen.“

„Nein.“ Sein Vater schüttelte den Kopf. „Ich habe das Mädchen gesehen, wenn ihr zusammen wart. Emma könnte dich niemals hassen.“ Er umarmte Brad. „Du schaffst das schon. Das weiß ich.“ Er hielt inne und bohrte mit dem Finger ein Loch in die Luft. „Ich hab dir übrigens einen Jeep gemietet. Ich dachte, der ist bequemer als der Pick-up.“

Solange er lebte, würde Brad seinen Vater nie ganz verstehen – die Güte des Mannes und die einmalige Art, seine Liebe auszudrücken. „Dad ... das war wirklich nicht nötig. Dein Wagen hätte es doch auch getan.“

„Ist schon in Ordnung. Ich habe bei einem Preisausschreiben einen Rabatt gewonnen. Für die Miete für ein Wochenende musste ich nur die Steuern zahlen.“

„Also gut.“

„Es ist ein schöner Jeep. Gute Farbe. So ein dunkles Blau.“

Es war also beschlossene Sache. Brad würde dank der Begeisterung seines Vaters für Preisausschreiben in einem gemieteten dunkelblauen Jeep nach Holden Beach zurückkehren. „Danke, Dad. Das bedeutet mir viel. Dass du für mich mitdenkst und so."

„Außerdem brauche ich meinen alten Pick-up dieses Wochenende, um auf Metallsuche zu gehen. Während der Feiertage lassen die Leute alles Mögliche liegen."

„Stimmt." Brad lächelte in sich hinein. Auf der Rückfahrt und im Laufe des Abends kam das Thema Emma nicht mehr zur Sprache. Seine Mutter bereitete Hähnchen und Zucchini auf dem Finley-Grill zu und während Brad den Tisch deckte, bemerkte er auf dem Vitrinenschrank ein Paket mit Schlafanzügen und Decken von Kotton Kids. „Dad?"

„Hör zu, Bradley." Die Überzeugungen seines Vaters waren unerschütterlich. „Ich glaube an deine Zukunft. Ich muss deine Arbeit unterstützen."

Normalerweise hätte Brad gelacht und seinen Dad damit aufgezogen, dass er wieder einmal Gegenstände sammelte, die er in absehbarer Zeit gar nicht gebrauchen konnte. Aber stattdessen ging er zu dem kleinen Stapel und ließ die Finger über die weiche Baumwolle gleiten. Und Lauras Frage ging ihm nicht aus dem Kopf. *Hast du ein Kind?*

Er griff in die Decke und krallte die Finger hinein, so als wollte er aus dem Stoff Kraft ziehen. *Gott … es gibt so viel, wofür ich Abbitte tun muss. Bereite Emma in ihrem Herzen darauf vor, Vater. Ich bitte dich. Und lass Laura wissen, dass ich sie immer noch liebe.*

Der alte Carl trat neben ihn. Wie in anderen entscheidenden Momenten seines Lebens sagte sein Vater auch diesmal nichts und hielt ihm keinen Vortrag über Fehler der Vergangenheit. Er legte Brad nur seine Hand auf die Schulter. „Ich bin für dich da, Junge." Seine Stimme war leise, damit Brads Mutter in der Küche nichts Ungewöhnliches bemerkte. Dann klopfte sein Vater ihm ein paarmal auf die Schulter. „Wenn du mich dieses Wochenende brauchst, bin ich für dich da."

Brad nickte und drückte seinen Vater mit einem Arm. Das Abendessen wurde aufgetragen, und nachdem er sich ein wenig mit seinen Eltern unterhalten hatte, ging er in sein altes Zimmer und legte sich schlafen. Morgen würde er Emma Landon zum ersten Mal seit neun Jahren wiedersehen. Würde sie ihm nur einen kurzen Blick schenken und sich dann abwenden? Oder würde sie ihm zuhören? Er hatte das Gefühl, dass sie ihn anhören würde. Denn vielleicht brauchte sie diese Vergangenheitsbereinigung ebenso dringend wie er. Brad starrte zur Zimmerdecke hinauf und erinnerte sich. Er hatte den Großteil der Erinnerungen an jenen schrecklichen Samstag verdrängt – die Zeit in der Klinik, den Schmerz in ihren Augen, als sie ins Wartezimmer zurückkam. Aber er erinnerte sich daran, dass sie ihn auf dem Weg nach Hause nur um eines gebeten hatte.

„Bitte, Brad … hör nicht auf, mich zu lieben. Bitte hör nicht damit auf."

Ihr Flehen hatte ihn in den Jahren danach verfolgt, aber er hatte nie den Mut gehabt, entsprechend zu handeln. Doch jetzt kamen ihm die Worte seines alten Schulfreunds wieder in den Sinn. Emma Landon lebte allein. Der stille Typ. Es war ein Bild, das ihn vermuten ließ, sie säße vielleicht immer noch auf dem Beifahrersitz seines Wagens auf dem Weg von der Klinik nach Hause und weinte leise.

Sie hatte ihn angefleht, er solle nicht aufhören, sie zu lieben.

Die Erinnerung an sein feiges Verhalten begleitete ihn durch die Nacht und am nächsten Morgen weckte ihn die Traurigkeit. Emma verdiente so viel mehr, als er ihr gegeben hatte. Viel, viel mehr. Mit über fünfundzwanzig Grad Celsius und einer Luftfeuchtigkeit von mindestens achtzig Prozent war es ein ungewöhnlich warmer Tag für Ende Mai. Brad zog Jeans und ein weißes T-Shirt an und verbrachte den Tag damit, alte Jahrbücher und Fotos aus seiner Kindheit durchzusehen.

Emma war immer dabei, bei jedem Abschnitt, bei jedem Meilenstein.

Er stöberte gerade in einer Schachtel mit Bildern, als er eines sah, das ihn erstarren ließ. Er war in der vierten Klasse, mit aufgeblasener Brust und dürren Ärmchen und Beinchen in einem Schulhemd der Ellis-Grundschule und Sporthosen. Neben ihm stand Emma, die dunklen Haare zu zwei langen Zöpfen gebunden, die ihr Gesicht einrahmten. Zusammen hielten sie ein Stück dickes, geflochtenes Seil, das etwa einen Meter lang war, und jeder hatte ein Ende des Seils umklammert.

Die Erinnerung an diesen Tag schlang ihre Arme um Brad und brachte ihn zum Lächeln. Bis zu diesem Zeitpunkt hatten Emma und er sich ständig gestritten, hatten sich gegenseitig geärgert und beschimpft und einander auf dem Schulhof gejagt, so wie Kinder es taten, die keine andere Möglichkeit hatten, auszudrücken, dass sie einander mochten. An dem Montag jener Woche lief Emma zur Pausenaufsicht und beschwerte sich wieder einmal darüber, dass Brad hinter ihr herlief oder sie an den Zöpfen zog. Irgendetwas in der Art.

„Gut", sagte die Lehrerin, die Aufsicht hatte. „Ich werde euch schon beibringen, miteinander auszukommen."

Das Seil war ein Trick, den die Lehrerschaft nur selten benutzte, aber die Frau war es offenbar leid, ständig zu vermitteln. Sie holte das Stück Seil aus dem Schuppen und rief Emma und Brad zu sich. „Hier", sagte sie und streckte ihnen das Seil hin. „Für den Rest der Woche haltet ihr in jeder Pause jeder ein Ende des Seils fest. Egal, was ihr tut, ihr dürft das Seil nicht loslassen."

Brad fand die Strafe demütigend. Seine Freunde kicherten über ihn und zogen ihn damit auf und Emmas Freundinnen spotteten ebenfalls. Aber es blieb ihnen nichts anderes übrig, als zu gehorchen. Zuerst war Brad sicher, dass diese Woche die längste seines Lebens werden würde, aber als der Freitag kam, waren zwei Dinge geschehen. Erstens waren Emma und er Freunde geworden.

Und zweitens war er davon überzeugt, dass er das Seil nie mehr loslassen würde, solange er lebte.

Die Lehrerin hatte das Foto gemacht als Beweis dafür, dass ihre Strafe gewirkt hatte – und als Zeichen einer beginnenden Freundschaft, von denen sie beide glaubten, sie würde nie enden. Brad starrte das Foto an und fuhr mit den Fingern vorsichtig über das Seil, das zwischen ihnen hing. Er glaubte sich daran zu erinnern, dass jemand aus dem Lehrerkollegium ihnen das Seil zur Erinnerung geschenkt hatte. Aber er war nicht sicher, was damit geschehen war.

So wie bei allem anderen, was Emma und ihn betraf.

Um halb zwei verließ er das Haus und fuhr nach Holden Beach, erst der Siebzehn folgend in Richtung Küstenstraße und dann die Seashore Road hinunter. Unterwegs wich seine Traurigkeit zuerst einem Unbehagen und dann regelrechter Panik. Was dachte er sich nur dabei, nach all diesen Jahren mit ihr Kontakt aufzunehmen? Sie würde ihm wahrscheinlich ins Gesicht lachen. Er nahm seine ganze Entschlossenheit zusammen und auf den letzten Kilometern betete er.

Noch eine Kurve, dann war er am Ziel. Vor ihm stand die Grundschule aus rotem Backstein. *Du schaffst das … du musst es schaffen.* Er fuhr auf den Parkplatz und aus dem Augenwinkel fiel sein Blick auf etwas, das ihn in die Eisen steigen ließ. Er starrte ungläubig zum Fenster hinaus. Dort stand zwischen den anderen Autos ein älteres rotes Cabrio. Derselbe Wagen … Emmas Wagen. Er hatte vorgehabt, im Sekretariat zu fragen und sich einen Besucherausweis ausstellen zu lassen. Dann wollte er zu ihrem Klassenzimmer gehen und vielleicht im Gang auf sie warten.

Aber jetzt, wo er ihren Wagen gefunden hatte, änderte er seinen Plan. Er parkte so nah wie möglich und wartete. Zum ersten

Mal fragte er sich, wie sie wohl aussah; ob sie noch immer die langen, dünnen, sonnengebräunten Beine hatte und die riesigen Augen oder ob die Zeit daran etwas geändert hatte. Würde sie ihn erkennen, wenn sie ihn sah? Er hatte sich nicht sehr verändert, jedenfalls nicht äußerlich. Brad lehnte sich auf dem Fahrersitz zurück und stellte sie sich vor – tausend Situationen mit ihr. War er das wirklich – hier, an diesem Ort, und entschlossen, Emma Landon wiederzusehen? Er spürte, wie sein Herz in die Vergangenheit zurückkehrte, sich vorbereitete, sich wappnete für das, was kam. Der Unterricht müsste in zwanzig Minuten enden.

Wenn es so weit war, würde er warten.

Laura war mit ihrer Mutter im Esszimmer. Sie konnte an nichts anderes denken als an Brad und seine Reise nach North Carolina. Sie war nicht sicher, wie lange sie die Wahrheit vor ihren Eltern geheim halten konnte. Brad war jetzt fort und sie hatte seit Donnerstagabend nicht mehr mit ihm gesprochen. Was bedeutete das? Dachte er möglicherweise, dass sie recht hatte? Dass zumindest die Möglichkeit bestand, er könnte sich noch einmal in … in diese Frau verlieben? Lauras Mutter saß am anderen Ende des Tisches und ging die Antworten auf die Hochzeitseinladungen durch.

„Nicht viele Absagen“, lächelte sie Laura zu.

Hauptsache, der Bräutigam sagt nicht ab, dachte Laura.

Ihre Mutter schien Lauras Mangel an Begeisterung nicht zu bemerken. „Ich kann dir sagen: Niemand will deine Hochzeit verpassen.“

Mich eingeschlossen. Ihr Herz war zerrissen, weil sie sich nicht entscheiden konnte, ob sie noch immer wütend auf ihn sein sollte oder ihn so sehr vermisste, dass sie ihn anrufen und anflehen wollte, zurückzukommen. Sie wollte die Vergangenheit Vergangenheit sein lassen und wieder an ihre Flitterwochen denken. Bevor es zu spät war.

Von der anderen Seite des Hauses hörte man, wie sich ein Garagentor schloss. Lauras Mutter runzelte die Stirn. „Merkwürdig. Dein Vater wollte heute eigentlich lange arbeiten."

Laura blickte in die Richtung, aus der das Geräusch gekommen war. Wenn irgendjemandem auffiel, dass Brad sich anders verhielt als sonst, dann war es ihr Vater. Die beiden standen sich fast so nahe wie Vater und Sohn, und da Brad sich freigenommen hatte, fragte Laura sich unwillkürlich, was ihr Vater wohl dachte.

Sie schlenderte in Richtung Garage und rief ihrer Mutter über die Schulter zu: „Eistee?"

„Ja, gern." Die Augen ihrer Mutter leuchteten auf. „Das wäre nett. Bist du sicher, dass du mir nicht helfen willst, die Briefe durchzusehen?"

„Ganz sicher." Sie lächelte. Dasselbe müde Lächeln, das sie seit Montag aufsetzte. „Du hast bestimmt dein eigenes System."

„Das ist wahr." Ihre Mom betrachtete zufrieden die ordentlichen Stapel vor sich. „Begrüß du deinen Vater. Und kannst du mir den Tee dann bitte hierher bringen? Leiste mir ein bisschen Gesellschaft. Ich habe das PDF von dem Blumenarrangement. Der Hochzeitsplaner sagt, der Florist braucht bis fünf Uhr eine gefaxte Bestätigung."

Laura hatte das Gefühl, dass sie laut schreien würde, wenn ihre Mutter noch einmal die Hochzeit erwähnte. Das hatte doch alles keinen Sinn. Die Hochzeit würde aller Wahrscheinlichkeit nach gar nicht stattfinden. Nicht, wenn Brad das Wochenende mit seiner Exfreundin verbrachte.

Ihr Dad kam herein, die Aktentasche in einer Hand und einige Ordner unter dem anderen Arm. Seine Schritte wirkten schwerer als sonst und als er Laura sah, ließ er seine Sachen auf den Tisch sinken und erstarrte. Sein Mund war leicht geöffnet und seine Miene benommen, so als hätte er gerade einen Unfall miterlebt. Einen Unfall von der Art, die man nie wieder vergisst.

„Dad?“ Zuerst dachte sie, dass genau das passiert sein musste. Jemand aus der Agentur war umgekommen oder ein Feuer hatte das Gebäude zerstört. Ein derartiger Schock stand ihm ins Gesicht geschrieben. Aber als sie näher trat, sah sie etwas in seinen Augen, ein Mitgefühl, das ihr galt, und auf einmal verstand sie.

Er streckte die Hände nach ihr aus. Seine vertrauten Hände – älter jetzt, aber immer noch stark – die Hände ihres Vaters. Die Hände, die sie hochgehoben und durch die Luft gewirbelt hatten, als sie ein kleines Mädchen war, und die sie abends so oft zugedeckt hatten. Sie nahm diese Hände und fragte mit einer Stimme, die kaum zu hören war: „Du weißt es?“

„Ja.“ Seine Miene wurde noch weicher. „Brad war heute früh bei mir. Vor seinem Flug.“ Sein Blick war prüfend, als er sie musterte. „Er hat mir alles erzählt.“

Laura spürte, dass ihr Kinn bebte. Sie blickte zu Boden und fragte sich, ob sie von der Demütigung und dem Kummer ohnmächtig werden oder tot umfallen würde. Aber eine Wahrheit erkannte sie allmählich, als sie dort stand. Für ihren Vater brach nicht die Welt zusammen. Er schimpfte nicht über Brad und stieß auch keine Drohungen aus, ihn zu feuern oder die Hochzeit abzusagen. Er hielt nur ihre Hände und stand einfach hier bei ihr.

Schließlich hob sie den Blick zu ihm auf. Sie konnte sich nicht auf ihre zittrige Stimme verlassen, aber sie versuchte es trotzdem. „Und jetzt?“

Ihr Vater strich ihr mit den Daumen über die Hände. „Sag du es mir.“ Seine Stimme war ruhig und voller stiller Kraft. „Liebst du ihn noch?“

Die erste Träne lief über ihre Wange, dann folgte die nächste. Dies war die Frage, die sie sich seit ihrer Unterredung im Central Park hundert Mal gestellt hatte. Und immer war die Antwort die gleiche. Sie blinzelte ein paarmal. „Noch immer.“

Ein müdes Lächeln verzog seine Lippen. „Das dachte ich mir.“ Er seufzte und dieser Seufzer verriet ihr, wie sehr er mit ihr litt.

Er zog sie in seine Arme und umarmte sie so, wie er es schon getan hatte, als sie klein gewesen war. „Baby, es tut mir leid. Ich wünschte ... ich wünschte, er hätte keine Vergangenheit außer dir." Die Stimme ihres Vaters war immer noch verständnisvoll und entschlossen. „Und ich wünschte, du hättest es nicht jetzt erfahren müssen."

Sie lehnte sich zurück, um in seine Augen zu sehen.

„Das Harte am Leben ist, dass ... dass jeder eine Vergangenheit hat." Er strich mit einer beschützenden Geste über Lauras Haar. „Es tut ihm leid. Ich finde, dass solltest du berücksichtigen."

Jeder hat eine Vergangenheit. Dasselbe hatte Amy bei ihrem Bibeltreffen gesagt. Die nächsten Tränen kullerten über ihr Gesicht und sie nickte, während sie sie abtupfte. Was sollte sie nur ohne ihren Vater machen? Sie hatte gedacht, ihre Eltern würden toben, wenn die Hochzeit infrage gestellt wurde. So viele von den Ausgaben waren Anzahlungen, die nicht erstattet wurden. Und dann die Blamage. Aber hier ... hier stand ihr Dad und bot Brad Gnade und Verständnis an – und Laura eine Möglichkeit zu überleben.

„Was ist mit Mom?", brachte Laura heraus.

„Ich werde mit ihr reden. Sie wird sich aufregen, aber das kriegen wir schon hin." Er beugte sich vor und gab ihr einen Kuss auf die Wange. „Wir alle zusammen."

Laura wollte sicher sein, dass er die Lage verstand. „Er könnte ... sich wieder in sie verlieben. Das ist möglich."

„Ich weiß." Wieder zuckte ihr Vater nicht mit der Wimper. „Wir werden Gott bitten, uns allen die Wahrheit zu zeigen – ob diese Hochzeit stattfinden soll oder nicht. Und wir werden es überstehen."

Sie holte zitternd Luft und umarmte ihn ganz fest, überwältigt von seiner bedingungslosen Liebe und seinem Verständnis. Ihr Vater hatte recht. Sie würden für Brad beten, für seine Zeit in North Carolina und um Weisheit – damit Laura wusste, ob sie Brad heiraten sollte, wenn er nach Hause kam.

Falls er nach Hause kam.

Sie vergrub das Gesicht an der Schulter ihres Vaters. Wie hatte das alles nur passieren können? Warum hatte Brad es ihr nicht eher gesagt? Und was würde er empfinden, wenn er Emma fand? Sie kniff die Augen zusammen. Für eine Sache war sie dankbar. Brad war zu ihrem Vater gegangen und hatte ihm die Wahrheit gesagt – und damit hatte er sich richtig verhalten. Er hatte es Laura erspart, es ihren Eltern zu sagen, und darüber war sie froh. Sie zuckte innerlich zusammen bei der Vorstellung, wie Brad zu ihrem Vater gegangen war und ihm die ganze Geschichte mit Emma und dem Baby erzählt hatte. Und von der Abtreibung.

„Alles in Ordnung?“ Die Worte ihres Vaters waren wie Balsam für ihre zerklüftete Seele.

Sie nickte, verharrte aber in seiner Umarmung. Ihr Herz mochte gebrochen sein und die kommenden Wochen konnten die schlimmsten ihres Lebens werden. Aber ihr blieb die Liebe Gottes, die Liebe ihrer Freundinnen und die ihrer Eltern. Das hatte ihr Vater bewiesen.

Was auch immer als Nächstes geschah – das würde genügen müssen.

18

Der letzte Schultag war nie einfach. Emma graute davor bereits fast von dem Moment an, wenn sie im September den Klassenraum zum ersten Mal wieder betrat. Nach neun gemeinsamen Monaten waren die Kinder keine süßen kleinen Fremden mehr, sondern Mädchen und Jungen, die zu ihr liefen und ihr die Arme um die Taille schlangen, wenn sie sie sahen. In diesem Jahr war es noch schlimmer als sonst, weil Kristin an diesem Tag hätte hier sein sollen.

Emma hatte das Mädchen gestern besucht, aber Kristin lag immer noch auf der Intensivstation und kämpfte im Koma immer noch ums Überleben. Ihre Mutter sagte wieder einmal, dass sie versuchten, die Hoffnung nicht zu verlieren, während sie auf ein Spenderherz warteten. Aber sie gab zu, dass die Operation bei Kristins schlechtem Gesundheitszustand sehr schwierig sein würde, selbst wenn sich ein Herz fand.

„Der Arzt hat uns gebeten, auf alles vorbereitet zu sein“, flüsterte Kristins Mutter, als der Besuch sich seinem Ende zuneigte. „Aber Gott kann Wunder vollbringen.“ Sie packte Emmas Arm und ihre Verzweiflung war fast mit Händen zu greifen. „Solange wir sie haben, müssen wir darauf vertrauen.“

Mit all dem Kummer in ihrem Herzen wollte Emma an ein Wunder glauben, so wie Kristins Mutter es tat. Aber wenn Gott Kristin retten wollte, warum ließ er dann überhaupt zu, dass sie einen Herzstillstand hatte? Die Fakten schrien die Wahrheit förmlich heraus – Kristin lag im Sterben. Und diese Aussicht warf einen Schatten über alles, was sie an diesem letzten Schultag veranstalteten.

Einige Kinder fragten nach dem Geschenk, an dem Kristin arbeitete, und wollten wissen, ob sie es fertigbekommen hatte und wie Emma es erhalten sollte, wo doch jetzt Ferien waren. Emma versicherte ihnen, dass Kristin das Projekt beenden würde, sobald es ihr wieder besser ging. Was sollte sie auch sonst sagen?

Die kleine Francesca kam vor der Mittagspause zu ihr nach vorn und legte ihre zarte Hand auf Emmas Arm. „Miss … kommt Kristin zu unserer Party?"

Emma warf einen Blick auf ihren Schreibtisch, auf dem ein gerahmtes kleines Foto von Kristin stand. „Nein, Liebes." Emma lächelte und sah Francesca an. Erstklässler brauchten nicht viele Einzelheiten. „Kristin ist immer noch krank."

„Oh." Francesca machte ein langes Gesicht. „Ich wollte ihr doch das Bild geben, das ich für sie gemalt habe." Wenn irgendjemand etwas vom Kranksein verstand, dann war es Francesca. „Ich habe gebetet, dass Gott sie gesund macht."

Emma nahm Francescas Hand. Wie lange würde es dauern, bevor die Enttäuschungen des Lebens in diesem kleinen Engel Zweifel weckten? Zwei Jahre? Fünf? Wenn es so weit war, würde Emma es dem Mädchen nicht verübeln. Aber im Moment war ihr kindlicher Glaube so rein und unschuldig, dass er Emma zu Tränen rührte. Sie holte tief Luft und bemühte sich um Fassung. „Bete weiter darum, ja?"

Die Sorge wich aus Francescas Miene und ihre Mundwinkel verzogen sich zu einem anfänglichen Lächeln. „Mach ich."

Zu Mittag gab es Pizza und die fünf Mütter, die das ganze Jahr über geholfen hatten, waren auch diesmal dabei. Francescas Mom gehörte zu ihnen. Emma wartete, bis sie beim Büfett allein waren, bevor sie zu ihr trat und mit gesenkter Stimme sagte: „Ich habe neue blaue Flecke an Francescas Arm gesehen." Emma sammelte ein paar schmutzige Becher ein und gab sich Mühe, beschäftigt zu wirken. Sonst würde Francesca mitbekommen, wie ernst ihre Unterhaltung war. „Wie geht es ihr?"

Ein Schatten legte sich auf das Gesicht der Frau. „Sie wird in diesem Sommer nicht viel draußen spielen können. Aber der Arzt probiert ein neues Medikament aus." Sie lächelte zaghaft. „Er ist zuversichtlich. Es könnte ihr das Leben ein gutes Stück angenehmer machen."

Emma verspürte einen Hauch von Hoffnung. „Sagen Sie mir, wenn ich irgendetwas tun kann."

In den letzten Stunden des Schultages überreichte Emma den Kindern die Bilderbücher, an denen sie im vergangenen Monat gearbeitet hatten. Eine Druckerei hatte die Bücher gebunden und die Seiten für die Schüler laminiert, und dies war ein Augenblick, auf den sie sich das ganze Jahr gefreut hatten.

„Meins sieht cool aus!" Ein kleiner Junge hielt Francesca triumphierend sein Buch vor die Nase. „Ich hab das beste Auto überhaupt vorne draufgemalt."

Francesca warf sich in die Brust und nahm die Herausforderung an. „Ich habe zwei Autos auf meinem!"

„Sie sehen alle toll aus!", sagte Emma lachend – das erste Lachen an diesem Tag. „Sehen wir uns erst mal unsere eigenen Bücher an. Dann könnt ihr sie den anderen zeigen. Wir haben hinten in jedem Buch ein paar Seiten frei gelassen. Da könnt ihr Unterschriften von euren Klassenkameraden sammeln."

Die Klasse jubelte, und während die Kinder ihre Bücher ansahen, redeten und kicherten sie und zeigten den anderen die Bilder. Emma genoss diesen Lärm, der bewies, dass ihre Schüler nicht mehr die ängstlichen kleinen Kinder waren, die am ersten Schultag ihr Klassenzimmer betreten hatten. Sie waren jetzt Freunde, eine Art Familie. Zusammen hatten sie Lesegruppen gebildet und Federn für ihre Thanksgiving-Truthähne gebastelt. Sie hatten Freunde gefunden, während sie im Weihnachtskonzert „Stille Nacht" sangen, und sie hatten Seite an Seite Schuhkartons für den Valentinstag beklebt. Und zuletzt hatten sie ihre Aufregung angesichts der heimlichen Muttertagsgeschenke, die sie vor einem Monat fertiggestellt hatten, kaum noch beherrschen können.

Jetzt dachten sie nur noch an den Sommer. Sie würden sich mit einer schnellen Umarmung und einem fröhlichen Winken verabschieden und das war es dann. Nur Emma würde den Schmerz des Abschieds spüren und wissen, dass sie Jahre später nur noch eine Randnotiz in einer Unterhaltung über die Grundschule sein würde. *Erinnerst du dich noch an die erste Klasse? Wie hieß unsere Lehrerin noch gleich?*

Sie sah der Reihe nach in die Gesichter und genoss den Augenblick. Jedes Jahr war es an diesem Tag so, als würde sie ihren eigenen Kindern Lebewohl sagen. Wenn sie Kinder gehabt hätte. *Ich hätte eine gute Mutter sein können,* dachte sie. Aber sobald dieser Gedanke ihr in den Sinn kam, schob sie ihn schnell beiseite. Sie verdiente es nicht, eigene Kinder zu haben, weder jetzt noch in Zukunft. Welche Mutter konnte durch die Türen einer Abtreibungsklinik gehen und …

„Miss?“ Francesca stand wieder neben Emmas Schreibtisch. Sie hielt eine kleine geblümte Geschenktüte hoch und reichte sie Emma. „Das ist für Sie. Weil heute der letzte Tag ist.“

Emma nahm das Geschenk gerührt entgegen. „Danke, Francesca. Das ist aber lieb.“

„Sie können es aufmachen.“ Sie schnappte nach Luft, zu aufgeregt, um langsam zu atmen. „Es ist ja nicht wie Weihnachten, wenn man warten muss.“

Francescas Mutter sah aus der Entfernung zu, weil sie ihrer Tochter diesen Augenblick überlassen wollte. Alles an dem Kind war liebenswert. Emma zog das Seidenpapier aus der Tüte. Darin eingewickelt war eine CD mit dem Titel *Restored* von Jeremy Camp, einem Sänger, von dem Emma nur einmal durch Kristin Palazzo gehört hatte.

Francesca hüpfte neben ihr auf und ab. „Meine Mom hat sie ausgesucht. Gefällt sie Ihnen?“ Sie blickte über die Schulter zu ihrer Mutter hinüber. „Und eine Karte ist auch dabei. In der Tüte.“ Sie beugte sich vor, den Kopf an Emmas Schulter gelehnt. „Die CD hat ein schönes Bild vorne drauf, oder, Miss?“

„Ja, sie sieht toll aus! Danke, Liebes." Emma starrte auf das CD-Cover. Der Titel klang interessant. Sie öffnete die Karte und zog den Zettel heraus. Auf der linken Seite hatte Francesca geschrieben: *Ich habe Sie lieb, Miss.* Und rechts hatte Francescas Mutter geschrieben: *Ihre junge Helferin Kristin hat mir erzählt, dies sei ihre Lieblings-CD. Wir beten alle dafür, dass sie gesund wird, aber ich dachte, die Musik hilft Ihnen vielleicht, sich ihr näher zu fühlen.*

Emma blinzelte die Tränen zurück und lächelte Francescas Mutter zu. Die Frau hatte ebenfalls feuchte Augen. Emma seufzte und steckte Karte und CD wieder in die Tüte. „Das ist ein ganz besonderes Geschenk." Sie umarmte Francesca. „Etwas Besseres hätte ich mir nicht wünschen können."

„Das habe ich auch gesagt!" Francescas Augen leuchteten vor grenzenloser Freude. Sie drückte Emma noch einmal und ging dann zu ihrem Tisch zurück, um sich zu setzen, wobei sie darauf achtete, ihr Bein nicht am Tisch zu stoßen. Nach Jahren mit blauen Flecken kannte Francesca ihre Grenzen.

Die letzte Stunde verging wie im Flug, und ein paarmal ertappte Emma sich dabei, dass sie auf die Uhr sah und wünschte, sie könnte sie anhalten oder rückwärtslaufen lassen. Zu gern hätte sie dem Schuljahr noch einen weiteren Tag mit diesen Kindern abgetrotzt. Zehn Minuten vor dem Ende des Unterrichts ließ Emma die Kinder nach vorn kommen und sich im Schneidersitz auf den Boden setzen. Sie holte die Schachtel mit den Abschiedsüberraschungen hinter ihrem Schreibtisch hervor und stellte sie neben sich. Dann stand sie auf und sah sich im Kreis um.

„Ich nehme mir am letzten Tag immer gerne ein paar Minuten Zeit, in denen wir uns verabschieden." Sie lächelte jedes einzelne Kind der Reihe nach an. Ein paar Mädchen hatten schon Tränen in den Augen. „Ihr wart eine wunderbare Klasse. Ich habe gesehen, wie viel ihr gelernt habt und wie ihr gewachsen und Freunde geworden seid. Auch wenn ihr jetzt in die nächste Klasse kommt – hier seid ihr immer willkommen. Ihr könnt jederzeit vorbeikommen und Hallo sagen." Sie legte eine Hand auf ihre Brust. „Ich weiß, dass ihr einen tollen Sommer haben werdet, und ich weiß auch, dass es euch im nächsten Jahr in der zweiten Klasse gut gefallen wird." Jetzt kamen ihr selbst auch die Tränen. „Aber ich hoffe, ihr erinnert euch an eure Zeit hier und an alles, was wir zusammen in unserer ersten Klasse erlebt haben."

Sie hob den Karton hoch und klemmte ihn sich unter den Arm. „Ich habe für jeden von euch ein Geschenk. Aber bitte macht es erst auf, wenn ihr zu Hause seid." Dann verteilte sie die Geschenke – eines für jedes Kind. Es waren kleine, zugetackerte Geschenktüten mit ein paar Süßigkeiten, einem bunten Bleistift und einem Radiergummi darin. Das Beste in jedem Päckchen war jedoch ein Lesezeichen, das Emma für jedes Kind angefertigt hatte – laminiert und mit einem Foto von Emma und dem jeweiligen Jungen oder Mädchen versehen.

„Okay." Sie sah kurz auf die Uhr. „Noch zwei Minuten." Sie ließ die Kinder aufstehen. „Stellen wir uns im Kreis auf."

Die Kinder folgten ihrer Aufforderung. Sie waren weniger lebhaft als sonst, weil sie sich zwar auf die Ferien freuten, aber auch auf ihre Weise spürten, dass etwas Besonderes zu Ende ging. Francesca lächelte Emma besonders herzlich zu und ein paar andere Kinder ebenfalls. Emma putzte sich die Nase und bemühte sich, die Fassung zu bewahren. „Gut. Und jetzt Gruppenknuddeln!"

Emma hatte das Gruppenknuddeln schon öfter mit ihrer Klasse gemacht, deshalb waren sie mit dem Ablauf vertraut. Jeder legte die Arme um die Schultern des Nebenmannes und dann bewegten sich alle kichernd und lachend auf die Mitte zu. Sie liebten diese Übung.

„Und jetzt …" Emma genoss den Augenblick. „Eins … zwei … drei …"

Dann riefen die Kinder und Emma gemeinsam ein letztes Wort: „Drücken!“

Im gleichen Augenblick läutete die Schulglocke und Emma bat die Kinder, sich an der Tür zum Schulhof aufzustellen. Eins nach dem anderen liefen die Kinder an ihr vorbei. Manche blieben stehen, um sie noch einmal zu umarmen, andere grinsten oder hoben die Hand zum Gib-mir-fünf. Als Francesca an die Reihe kam, hielt sie Emma länger fest als die anderen. „Ich komme Sie nächstes Jahr besuchen, in Ordnung?“

„In Ordnung, Liebes.“ Emma wischte sich verstohlen über die Wangen und lächelte, um ihren Kummer zu verbergen.

Endlich waren alle fort und Emma setzte sich an ihren Schreibtisch. Die Stille um sie herum war ohrenbetäubend und ganz anders als die Stille nach anderen Schultagen. Dies war das Geräusch des Sommers und der zweiten Klasse und der Traurigkeit, die ihr bewusst machte, dass wieder ein Jahr hinter ihr lag.

Nach einer Weile stand sie auf und ging an den Wänden des Raumes entlang. Überall hingen die Werke und Schöpfungen eines ganzen Schuljahres, und Emma betrachtete sie genau. All das würde sie abnehmen müssen, aber nicht jetzt. Sie konnte nach dem Wochenende zurückkommen und den Klassenraum aufräumen und für den kommenden Herbst vorbereiten. Jetzt würde sie nach Hause gehen, Shorts und T-Shirt anziehen und mit Riley joggen gehen. Dann würde sie darüber nachdenken, womit um alles in der Welt sie bloß die nächsten Monate füllen sollte.

Emma ging zurück zu ihrem Schreibtisch und nahm ihre Handtasche und einen Ordner mit Unterlagen, die sie für jedes Kind ausfüllen musste. Eine Ergänzung zu ihren Zeugnissen mit Daten aus einem standardisierten Test und verschiedenen schriftlichen Aufgaben, die ihre Schüler in diesem Jahr angefertigt hatten. Dann trat sie ohne einen weiteren Blick zurück auf den Schulhof hinaus und schloss das Klassenzimmer hinter sich ab.

Die Kinder waren seit zwanzig Minuten fort, deshalb war der Parkplatz leer, abgesehen von einem Dutzend Wagen, die Lehrern gehörten. Der vertraute Weg, der am Schulgebäude vorbei zum Parkplatz führte, kam ihr heute länger vor. Sie hatte etwa die halbe Strecke zu ihrem Auto zurückgelegt, als sie den blauen Jeep sah, der in der Nähe ihres Wagens parkte. Ein Mann lehnte am Kühlergrill und schien sie zu beobachten, ja, geradezu anzustarren. Er hatte die Hände in die Hosentaschen geschoben und einen Fuß auf die Stoßstange gestützt.

Emmas Schritte wurden langsamer. War er der Mann oder Freund einer Kollegin? Könnte sein, denn er kam ihr irgendwie bekannt vor. Seine Figur oder die Art, wie er dastand. Irgendetwas. Sie sah sich um und blickte nach links zum Haupteingang hinüber. Sie war die Einzige, die das Gebäude verließ, und seine Aufmerksamkeit schien ganz ihr zu gelten.

Sie ging weiter, und als sie näher kam, schirmte sie mit den Händen ihre Augen ab und blinzelte in seine Richtung. Er richtete sich auf und kam ihr ein paar Schritte entgegen. Erst dann, als sie nahe genug war, um sein Gesicht zu erkennen, blieb sie stehen, unfähig zu atmen und sich zu rühren oder irgendetwas anderes zu tun, als ihn anzustarren, denn … denn das war unmöglich. Er war nach dem College weggezogen, das hatte sie doch gehört. Er arbeitete in New York City für irgendeine große Firma, oder nicht?

Wie konnte es dann sein, dass Brad Cutler keine dreißig Meter entfernt vor ihr stand?

Sie spürte, wie sie anfing zu zittern, und sie war nicht sicher, ob sie sich umdrehen und weglaufen oder weitergehen sollte. Halb hoffte sie, dass er nur ein Erzeugnis ihrer hyperaktiven Fantasie war und verschwinden würde, wenn sie nur kräftig genug blinzelte. Aber andererseits wollte sie ihm entgegenlaufen, bevor er es tat. Langsam, fast roboterhaft, ging sie weiter.

Er machte noch einen Schritt auf sie zu und sie hob wieder die Hand, um ihre Augen gegen die Sonne abzuschirmen. Sie war jetzt nah genug, um seinen Gesichtsausdruck zu erkennen und seine Augen und dass er den Blick keine Sekunde von ihr abwandte. Egal, wie viele Jahre vergangen waren, seinen Blick konnte sie noch immer deuten. Ohne ein Wort sagte er ihr, was ihre Augen ihm sagen mussten: Ihre Begegnung jetzt war der Beweis dafür, dass sie einander nicht vergessen hatten – weder einander noch die Zeit, die sie gemeinsam verbracht hatten, noch das Gefühl, das sie in Momenten wie diesem erfüllt hatte.

Sie stellte ihre Sachen bei ihrem Auto ab und ging weiter auf ihn zu, bis er nur noch einen guten Meter entfernt war. Lange sagte sie gar nichts. Sie musste sich erst einmal davon überzeugen, dass dies hier wirklich geschah; dass Brad Cutler tatsächlich hier vor ihr stand, mit diesen Augen, die so blau waren wie eh und je, mit diesem fantastischen Aussehen, das ihr immer noch den Atem raubte. Emma hatte keine Ahnung, warum er hier war, aber sie konnte nichts gegen die Kraft tun, die sie immer noch zu ihm hinzog.

Brad trat einen Schritt näher. „Hi."

„Hi."

Er blinzelte nicht. „Es ist ... lange her."

Sie stieß ein atemloses Lachen aus. „Stimmt." Sie wandte den Blick ab, aber nur ein paar Sekunden lang. „Das kann man wohl sagen."

Es folgten einige unbehagliche Sekunden, in denen Emma dachte, dass Brad sie vielleicht in den Arm nehmen wollte, aber er blieb, wo er war. „Ich komme gerade von meinen Eltern. Bin gestern hergeflogen."

Ein schrecklicher Gedanke kam ihr. „Deine Eltern ...?"

„Denen geht es gut. Das ist es nicht."

Sie sah ihn verwirrt an. „Und ...?"

Er atmete hörbar aus, drehte sich um und ließ seine Blicke über den Parkplatz schweifen, als suche er dort nach Antworten. Schließlich drehte er sich wieder zu ihr um und die Traurigkeit in seinen Augen war so tief, dass sie sein ganzes Gesicht verdunkelte. „Ich muss mit dir reden, Emma."

Ihre Knie bebten und wieder spürte sie die widerstrebenden Reflexe – fortzulaufen oder in seine Arme zu fliegen. Sie hatte keine Ahnung, was er wollte. Er war hergeflogen, ohne vorher anzurufen, ohne Vorwarnung, damit er mit ihr reden konnte? „Ich … verstehe nicht."

„Es könnte eine Weile dauern." Er fuhr sich mit den Fingern durch das immer noch blonde Haar. „Kann ich dich heute Abend zum Essen einladen?"

Emma hatte nichts vor, aber sie war geneigt, Nein zu sagen. Sie war beschäftigt und würde den Rest ihres Lebens keine Zeit haben, was ihn betraf. Er konnte ihr nicht das Herz brechen, sie verlassen und dann einfach ohne Vorwarnung wieder in ihr Leben spaziert kommen. Aus welchem Grund auch immer. Aber in seiner Gegenwart richteten sich alle ihre Sinne auf ihn. Sie konnte sich gerade noch beherrschen und sich ihm nicht in die Arme werfen. Sie neigte den Kopf zur Seite und sah ihm in die Augen, direkt ins Herz. „Warum?"

„Das habe ich doch gesagt." In seinem Tonfall schwang etwas Warmes. „Ich muss mit dir reden."

Sie zögerte, aber ihre Entscheidung war schon gefallen. Wie konnte sie zu ihm Nein sagen? „Ich muss nach Hause und den Hund füttern."

Seine Miene spiegelte Interesse, als wollte er mehr über ihren Hund und ihr Leben und sie selbst erfahren. Aber der Moment verging und er verschränkte die Arme, die Beine hüftbreit auf den Boden gepflanzt. „Können wir uns treffen?" In seiner Stimme lag ein Flehen. „Im *Paradise Café* unten am Strand? Um fünf?"

Dann hatte Emma eine Stunde Zeit. Sie war jetzt neugierig und fragte sich, was so wichtig sein konnte, dass er nach North Carolina flog und hierher fuhr, um mit ihr essen zu gehen. Oder vielleicht war sie beim Verlassen ihres Klassenzimmers ohnmächtig geworden und dies war ein merkwürdiger, wahnhafter Traum. Sie blinzelte, aber Brad stand noch immer da. „Also gut. Fünf Uhr."

Wieder war da diese Verlegenheit. „Emma ..." Brad ließ die Arme sinken und wieder sah es aus, als wollte er sie umarmen.

Aber bevor er einen Schritt nach vorne machen konnte, trat sie zurück und hob die Hand zu einem kurzen Winken. „Bis dann." Dann drehte sie sich um und ging zu ihrem Wagen. Sie öffnete die hintere Wagentür, legte ihre Sachen auf die Rückbank und setzte sich ans Steuer. Seine Augen folgten ihr noch immer ... das spürte sie. Aber sie würde sich nicht umsehen. Sie ließ den Motor an und fuhr los. Sie brauchte Zeit, um ihre Gefühle zu sortieren, die sich überschlugen, und sich zu sammeln, bevor sie etwas tat, von dem sie nie im Leben gedacht hätte, dass sie es noch einmal tun würde.

Mit Brad Cutler essen gehen.

19

Eine halbe Stunde, bevor Emma ihn dort treffen sollte, wählte Brad einen ruhigen Tisch auf der Terrasse des *Paradise Café* aus. In ein paar Stunden würde es hier draußen voll sein, wenn die Leute nach Hause gefahren waren und sich umgezogen hatten. Dies war eines der wenigen Restaurants direkt am Strand und die Einheimischen mochten es. Jedenfalls war es damals, in jenem Sommer vor langer Zeit, so gewesen.

Aber im Moment war es noch leer. Ein feiner Sand wehte über die Betonplatten der Terrasse und die weißen Metalltische und -stühle waren abgeblättert und wackelig. Auf dem geschnitzten Holzschild im Fenster des Cafés stand: „Kein Hemd, keine Schuhe, kein Problem." Das Mantra der Strandmenschen. Ein salziger Wind zog vom Wasser herauf und wetteiferte mit der blechernen Anlage, durch die Alan Jackson sang, dass es irgendwo fünf Uhr war.

Noch nicht, sagte Brad zu sich selbst. *Bald, aber jetzt noch nicht.* Fünf Uhr. Wenn Emma hier sein würde.

Er setzte sich mit dem Rücken zum Restaurant, sodass er auf den Strand hinausblicken konnte. Er brauchte diese Zeit. Sie wiederzusehen hatte ihm den Atem geraubt; er fühlte sich benommen und war wütend auf sich selbst und voller Schuld und Reue. Er hatte kaum klar denken können, bis er wieder in seinen Jeep gestiegen und zum Strand gefahren war. Selbst jetzt musste er immerzu daran denken, wie sie aussah.

Emma Landon.

Brad lehnte sich auf seinem Stuhl zurück und umklammerte die metallenen Armlehnen. Diese erste Minute war in sein Gedächtnis eingebrannt: wie sie ausgesehen hatte, als sie aus der Schule kam, und dass er – mit felsenfester Gewissheit – gewusst hatte, dass sie es war, als sie um die Ecke kam. Sie trug eine pinkfarbene Dreiviertelhose, eine weiße Bluse und weiße Sandalen. Ihre dunklen Haare hatte sie zurückgebunden, so wie sie es damals oft getan hatte, als sie noch zusammen waren. Aus der Entfernung sah sie noch genauso aus wie damals in der Highschool und ein paar Sekunden lang war er wieder achtzehn gewesen und wartete an seinem Wagen auf sie.

Aber sobald sie stehen blieb, wusste er, dass sie ihn erkannt hatte. Ihre Blicke begegneten sich, während sie ihn anstarrte und sich ganz offensichtlich fragte, warum er hier war, was in aller Welt ihn hergeführt hatte. Dann ging sie allmählich auf ihn zu. Als sie näher kam, konnte er ihre Augen besser erkennen. Ihre schönen haselnussbraunen Augen. Etwas an ihnen war anders, sie besaßen mehr Tiefe. Oder vielleicht hatte sie schon immer diesen entrückten Blick gehabt, der einen Mann warnte, er könne noch so viele Schichten überwinden, aber er würde nicht auch nur in die Nähe ihres Herzens gelangen.

Keiner sagte viel, denn die Begegnung war offensichtlich für sie beide ein Schock. Brad konnte kaum denken, so stürzten die Fragen auf ihn ein. Was sie gemeinsam erlebt hatten, war etwas Seltenes und Wundervolles gewesen – was war also geschehen? Wie hatte er einen Schatz wie Emma Landon nehmen und wie Müll behandeln können? Warum war er gegangen, ohne ihr zu sagen, dass es ihm leidtat?

Und wie kam es, dass sie noch immer so schön war?

Er wollte seine Entschuldigung vorbringen, aber es war nicht der richtige Zeitpunkt. Ihr Blick war skeptisch, und sie blieb auf Abstand. Keine glückliche Umarmung und kein unbeschwertes Lachen. Der Augenblick war so traurig und leblos wie ihre letzte Begegnung – auf dem Friedhof, nach dem Tod ihrer Mutter.

Brad blickte aus zusammengekniffenen Augen aufs Meer hinaus. Ein Schwarm Möwen kreiste über dem Wasser und tauchte nach Fischen. Ihre Schreie mischten sich mit den krachenden Wellen und dem Summen der Autos auf der Schnellstraße oberhalb des Strandes – die vertraute Geräuschkulisse von Holden Beach. Er hob den Blick zu dem Blau überm Horizont. *Warum, Gott … warum bin ich hier? Vielleicht hätte ich einen Brief schicken und es gut sein lassen sollen.*

Mein Sohn, denk daran: Jeder, der das Gute kennt, das er tun sollte, und es nicht tut, sündigt.

Wie kann das einen Sinn ergeben? Brad legte eine Hand über die Augen und rieb sich die Schläfen. Die Antwort war keine richtige Antwort. Es war der Bibelvers, der auf seinem Schreibtisch stand und der ihn davon überzeugt hatte, dass er herkommen musste. Aber war es wirklich eine gute Entscheidung, dass er jetzt hier war? Laura war zu Hause und hatte Angst, er könnte wegen der Hochzeit kalte Füße bekommen, oder, schlimmer noch, er könnte sie nicht mehr lieben. Aber er liebte sie. Er vermisste sie schrecklich und wünschte, er könnte dieses Essen mit Emma rasch hinter sich bringen und dann den ersten Flieger nach Hause nehmen.

Aber nichts würde einfach und schnell gehen. Diente das Ganze dann wirklich jemandem? Wenn er in den Wunden der Vergangenheit herumstocherte, würde das die Narben nicht noch schlimmer schmerzen lassen? *Gott, ich will hier weg. Vergessen, dass ich sie gesehen habe. Ich muss bei Laura sein und nicht hier am Strand, eine ganze Welt entfernt.*

Sei ruhig und erkenne, dass ich Gott bin. Durch meine Kraft kannst du alles vollbringen.

Brad beugte sich vor und stützte die Ellbogen auf die heiße Platte des runden, gusseisernen Tisches. War das wirklich Gottes Stimme, die ihm da antwortete? Oder war es etwas in ihm, das sich ein letztes Wochenende mit Emma Landon wünschte, bevor er sein Leben Laura versprach? Er ging dem Gedanken nach und stellte fest: Nein, das war es nicht. So war es überhaupt nicht. Es ging hier nicht darum, Emma zu sehen. Es ging darum, mit ihr ins Reine zu kommen. Wenn es etwas gab, was die Begegnung mit ihr vorhin auf dem Parkplatz ihm deutlich gemacht hatte, dann dies: Sie litt immer noch. Sie war so, wie sein Schulfreund gesagt hatte: still und distanziert – so gar nicht das fröhliche, unbeschwerte Mädchen, das sie vor jenem Sommer gewesen war.

Er starrte so weit aufs Meer hinaus, wie er konnte. *Woher weiß ich, dass ich hier sein soll, Gott? Hilf mir, dass das hier auch für Emma eine Lösung bringt ... für uns beide. Bitte, Gott.*

Leg deine Gabe auf den Altar, mein Sohn ...

Was? Brad kämpfte gegen die aufsteigende Frustration an. Die Antwort, die seine Seele flüsterte, war nicht eindeutig, falls es überhaupt eine Antwort war. Seine Gabe auf den Altar legen? Aber wie sollte er verstehen? Was hatte es mit seiner Entscheidung zu tun, nach North Carolina zu kommen? Er würde die Stelle in seiner Bibel nachlesen müssen. Die lag zu Hause bei seinen Eltern in seinem Zimmer.

Er blickte auf sein Handy. Viertel vor fünf. Er schob seinen Stuhl etwas zurück, damit er die Tür zum Restaurant im Blick haben konnte, die auf die Terrasse führte. Was musste sie von ihm denken? Heute war der letzte Schultag, das war für sie wahrscheinlich schon emotional genug. Dann kommt sie zum Parkplatz und sieht ihn dort stehen. Hatte er sie verletzt, weil er so unangekündigt aufgetaucht war? Hatte sie nur deswegen zugesagt, mit ihm essen zu gehen, damit sie ihm ein für alle Mal den Kopf waschen konnte?

Er hatte ein flaues Gefühl im Magen. Was auch immer beim Essen geschehen würde – jedenfalls würden sie sich nicht mühelos unterhalten und unbeschwert miteinander lachen. Der Schmerz, den dieser Gang in die Vergangenheit bedeutete, ließ sich nicht mehr aufschieben. Deshalb saß er hier draußen, so nah am Sand wie möglich. Er trug eine Sonnenbrille, aber wenn sie sich unterhielten, würde er sie abnehmen und Emma mit ehrlichem Blick ansehen. Er hatte nur eine Chance, Emma Landon zu erzählen, was er empfand.

Dafür musste die Sonnenbrille weichen.

Emma fuhr auf den Parkplatz des Cafés und blickte in den Spiegel. Sie konnte ihren eigenen Herzschlag hören und fragte sich, ob sie verrückt war. Sie hätte Brad problemlos sagen können, dass sie kein Interesse hatte. Er könnte zu seinen Eltern fahren und ein schönes Wochenende mit ihnen verbringen. Nach so vielen Jahren, in denen Brad geschwiegen hatte, gab es für Emma nichts mehr zu sagen.

Aber die wenigen Momente in seiner Nähe hatten sie an all die tausend Gelegenheiten erinnert, bei denen sie ihn in den vergangenen Jahren vermisst hatte. Und daran, wie sie ihn immer noch vermisste. Und wie alles andere hatte sein Anblick sie auch an ihr Baby erinnert. Sie dachte daran, wie lange sie den Schmerz darüber, was zwischen ihnen vorgefallen war, schon mit sich herumtrug.

Neun Jahre. Jeden Tag. Jeden einzelnen Tag.

Ihr Leben war weitergegangen, und sie versuchte, so gut es ging, im Hier und Jetzt zu leben. Aber ihr Baby blieb immer im Hintergrund, eine ständige Gegenwart in Emmas Gedanken, so wie einem das aktuelle Datum oder der Wochentag immer präsent war. Sie musste sich nicht ständig daran erinnern, dass Freitag war. Es war einfach Freitag. Und diese Tatsache war immer gegenwärtig und bildete die Folie, auf der sich alles andere abspielte, was an diesem Tag geschah.

So war es mit ihrem Baby auch.

Emma setzte ihre Sonnenbrille auf und blinzelte ein paar Tränen fort. Jetzt war keine Zeit zum Weinen. Das würde später kommen. Im Moment musste sie Brad gegenübertreten und sehen, warum er hier war. Ging es ihm wie ihr? Betrauerte er einen Verlust, den sie nie ungeschehen machen oder akzeptieren konnten? Oder war er nur neugierig, wie ihr Leben aussah und was sich mit der Zeit verändert hatte? Sie trug dieselbe Kleidung, die sie auch am Vormittag getragen hatte, aber jetzt hingen ihre Haare offen in langen dunklen Strähnen um Gesicht und Schultern. Sie hatte etwas Parfüm aufgelegt und das zarte Make-up um ihre Augen aufgefrischt.

Einerseits war sie wütend auf sich selbst, weil sie sich überhaupt die Mühe machte, für Brad Cutler hübsch auszusehen. Aber wenn sie mit ihm zu Abend aß, wollte sie, dass die Gründe, aus denen er sie verlassen hatte, ihm zu schaffen machten. Es gab noch eine Möglichkeit. Was, wenn er gekommen war, um das Feuer wieder zu entfachen? Dann war es wichtig, dass sie sich mit ihrem Aussehen Mühe gab, denn es würde ihm sagen, was sie nicht einmal sich selbst eingestand: dass sie ihm noch eine Chance geben würde. Sie würde ihm immer eine Chance geben.

Sein Jeep stand wenige Plätze von ihrem Wagen entfernt, also war er schon da. Sie straffte die Schultern und ging auf die Tür zu.

„Suchen Sie jemanden, Miss?“ Ein großer, braun gebrannter Teenager mit einem Augenbrauenpiercing grinste sie an. „Denn wenn Sie allein sind, setze ich Sie in meinen Bereich.“

Emma lächelte höflich. „Ich bin mit jemandem verabredet.“

„Versuchen Sie es auf der Terrasse.“ Er zwinkerte ihr zu. „Wenn er nicht auftaucht, wissen Sie ja, wo ich bin.“

„Danke.“ Emma war es gewöhnt, dass Männer sie anbaggerten. Sie war nicht auf der Suche, deshalb spielten diese Annäherungsversuche keine Rolle. Sie blieb an der Terrassentür stehen und betrachtete ihn, wie er allein an einem Tisch unter einem verwitterten riesigen Sonnenschirm saß. Abgesehen von ihm war die Terrasse menschenleer. Sie atmete tief durch und stieß die Glastür auf. Bei dem Geräusch drehte er sich um und sie zögerte.

Er stand sofort auf – etwas, was er als Teenager nicht getan hatte. Er trat unter dem Schirm hervor und zog den Stuhl auf der anderen Seite des Tisches heraus, sodass sie einander gegenübersitzen konnten, den Strand auf der einen und das Restaurant auf der anderen Seite. Sie setzte sich und er schob ihren Stuhl ein wenig vor.

„Danke, dass du gekommen bist." Er setzte sich wieder. Der Schirm ließ das Restaurant in den Hintergrund treten, und es war, als säßen sie draußen am Strand und verbrächten einen Augenblick gemeinsam, der nur für sie beide gemacht war. „Es tut mir leid, dass es so spontan war."

Eine Bedienung kam beinahe sofort zu ihnen an den Tisch. Sie bestellten Tee und Salat mit Hähnchenbrust. Das Gespräch drehte sich erst einmal um Belangloses. Brad sprach über die Produkte, für die er in Manhattan Werbung gemacht hatte, und über die neue Begeisterung seines Vaters für Metalldetektoren. Die Getränke kamen. Emma hörte überwiegend zu. Als die Salate gebracht wurden, sagte Brad dem jungen Mann, der sie bediente, sie bräuchten sonst nichts mehr. Sie wollten ungestört sein. Er zuckte nur mit den Schultern und ging. Brad wartete ein paar Sekunden, dann wandte er sich an sie mit Worten, die ernsthaft und überzeugend klangen. „Ich ... ich war nicht sicher, ob du kommen würdest."

Emma wartete und fragte sich, ob sie jemals würde richtig einatmen können, solange er ihr gegenübersaß. Sie umklammerte die Armlehnen und betrachtete ihn durch ihre getönte Brille. „Ich war neugierig." Sie ließ die salzige Luft über ihr Gesicht wehen. *Entspann dich, Emma,* ermahnte sie sich. *Er ist nur zufällig in der Gegend. Mehr ist da nicht.* Aber ihr Griff war so verkrampft, dass ihre Knöchel ganz weiß waren. „Warum jetzt?"

Er schob die Unterarme auf den Tisch und kam ihr dadurch näher. Aber dann drehte er sich zum Wasser und schwieg lange. Sie wartete, weil der Ball bei ihm lag. Sie war ihm nichts schuldig. Keine Erklärung, keine Beschreibung, wie ihr Leben aussah oder was in der Zeit passiert war, seit er gegangen war. Er war es, der jetzt auf einmal hier aufgetaucht war ... sollte er doch reden. Sie betrachtete ihn, seine Hände und Arme, die Muskeln, die sich unter dem Hemd im typischen Carolina-Blau abzeichneten, dessen Ärmel er hochgekrempelt hatte. Er sah immer noch umwerfend aus. Immer noch derselbe Brad Cutler, der vor einer Ewigkeit auf dem Schulhof ihr Herz gestohlen hatte.

Schließlich nahm er die Sonnenbrille ab und legte sie mitten auf den Tisch. Er lehnte sich auf seinem Stuhl zurück und sah sie an. Sein Blick reichte direkt bis in ihre Seele. So war es schon immer gewesen war. „Ich bin verlobt. Ich wollte, dass du das weißt."

Der Boden schien sich unter ihr aufzutun und alles zu verschlingen bis auf ihren Körper. Jedenfalls fühlte es sich so an. Als wäre sie nicht mehr eins mit sich selbst. Was hatte er gesagt? Hatte er ihr wirklich erzählt, dass er ... verlobt war? Brad Cutler würde heiraten. Adrenalin schoss ihr durch die Adern und ihr Mund war auf einmal ganz trocken. Viel zu lange saß sie da, ohne sich daran zu erinnern, wie man ausatmet, ohne ihren Herzschlag zu spüren. War er deshalb gekommen? Um ihr diese grausame Neuigkeit mitzuteilen? Schließlich sog sie scharf die Luft ein und stand dabei auf. Dann ging sie zu der Betonmauer, die die Terrasse einfasste. Vorsichtig stieg sie über die niedrige Balustrade und setzte sich darauf, mit Blick zum Strand. Er war verlobt? Die Nachricht schlug in einem wilden Gemisch von Gefühlen über ihr zusammen, mit jeder Welle, die am Strand leckte, eine neue Schattierung. Sie konnte spüren, wie er dort hinter ihr saß; spürte seine Unentschlossenheit. Sie hörte, wie er den Stuhl zurückschob, dann zögerte und ihn wieder an den Tisch zog. Er hatte eindeutig keine Ahnung, wie er mit ihrer Reaktion umgehen sollte. Der Schock wich einer Wut, wie Emma sie seit der Woche, in der er sie verlassen hatte, nicht mehr verspürt hatte. Sie hätte am liebsten ihre Handtasche genommen und wäre gegangen. Wie konnte er es wagen herzukommen und ihr das ins Gesicht zu sagen? Es war ihr gut gegangen, sie lebte ihr Leben und kam ohne ihn klar. Warum musste er jetzt hier auftauchen?

Schließlich gewann ihre Wut die Oberhand. Sie hob die Beine wieder über die Mauer und kehrte zu ihrem Platz zurück. Die Wellen, die sich am Ufer brachen, waren nichts gegen das Hämmern ihres Herzens. „Du bist verlobt?“ Ihre Stimme klang rätselhaft. „Deshalb bist du hergekommen? Um mir das zu sagen?“

„Nein.“ Er wirkte hilflos, so als wollte er um den Tisch herumgehen und sie in den Arm nehmen. Aber er blieb sitzen. „Ich musste mit dir reden. Ich konnte … ich hätte sonst nicht in die Zukunft blicken können.“

Das war es also? Eine Art Gewissensbereinigung? Sie spürte Tränen brennen und biss die Zähne zusammen. „Vielleicht will ich aber nicht reden.“

„Das kann ich respektieren.“ Er schien nervös – so gar nicht der Brad Cutler, den nichts aus der Ruhe brachte. Er starrte ihr in die Augen. „Bitte, Emma, schenk mir diese Zeit. Ich habe das Gefühl, dass wir beide sie brauchen.“

Das Letzte, was sie wollte, war weinen. Er hatte weder ihre Tränen noch ihre Zeit verdient. Aber sie blieb trotzdem, auch wenn ihre Wangen glühten. Nicht, weil er sie darum gebeten hatte, sondern weil etwas von dem, was er gesagt hatte, sie zögern ließ. Vielleicht … vielleicht war dies etwas, was sie beide brauchten. Sie zwang sich, tief Luft zu holen, und allmählich verebbte der Schock, und die Angst, in Tränen auszubrechen, legte sich ein wenig. *Sieh den Dingen ins Gesicht, Emma. Sei stark.* Brad würde heiraten. Er war nicht darauf aus, mit ihr einen Neuanfang zu versuchen.

Sie kramte in ihrer Handtasche, zog ein Haarband heraus und band ihre Haare zu einem Pferdeschwanz zusammen. Dann setzte sie sich wieder, während sie noch immer um Fassung rang. „Wann … wann ist die Hochzeit?“

„Bald." Brad klang unglücklich, so als zweifle auch er an seinen Gründen dafür, hier zu sein. „Am 26. Juni."

Wieder erschrak Emma. „In vier Wochen? Du heiratest in vier Wochen?"

„Ja."

Sie lachte ungläubig und kämpfte gegen den Drang an, wieder aufzustehen. Stattdessen umklammerte sie wieder die Armlehnen ihres Stuhls und starrte ihn an. „Und deine Verlobte hat kein Problem damit? Dass du hier bist?"

„Doch." In seinen Augen lag eine schmerzliche Ehrlichkeit. „Ich habe ihr die Wahrheit gesagt. Dass ich herkommen musste."

„Und ... und sie ist zu Hause und plant die Hochzeit?"

Brad wirkte verletzt, so als hätte sie ihm einen Schlag in die Magengrube versetzt und als hätte er Mühe, sich auf den Beinen zu halten. „Ich bin nicht sicher, ob sie das tut. Vielleicht gibt es jetzt keine Hochzeit mehr. Ich weiß es nicht."

Emmas Kopf wirbelte herum. Nichts von dem, was Brad sagte, ergab einen Sinn. Er wollte in vier Wochen heiraten, und trotzdem saß er ihr hier in Holden Beach gegenüber. Was sagte das über seine Beziehung zu seiner Verlobten aus oder über seine Gefühle von damals? „Warum, Brad?" Ihre Stimme klang gepresst von den unterdrückten Tränen der Wut. Wut wegen allem, was er ihr antat, wegen ihrer gemeinsamen Vergangenheit. Wegen dem, was Brad seiner Verlobten zumutete. „Warum jetzt?"

„Weil ..." Brads Kinn bebte und seine Stimme brach. Er rieb sich die Nasenwurzel, während er sich um Fassung bemühte. Es dauerte eine Weile, bis er die richtigen Worte fand, aber schließlich sah er ihr wieder in die Augen. „Ich kann dieses neue Kapitel nicht beginnen, bevor ich das alte abgeschlossen habe."

Einen kurzen Augenblick lang fragte Emma sich, ob er ihr Baby erwähnen würde; ob er das Leben, das sie gezeugt und verloren hatten, anerkennen würde. Aber das tat er nicht.

Er streckte die Hand aus und seine Miene spiegelte seine Verzweiflung. „Bitte, Emma. Gib mir dieses Wochenende. Nur Gott hat mich hierher gebracht. Es gibt so vieles, was ich sagen muss."

Emma behielt ihre Hände bei sich. Sie spürte, wie ein Riss durch ihr Herz ging. Sie beobachtete ihn, den Kummer in seinen Augen, und ihre Wut legte sich ein wenig. So fehlgeleitet er auch sein mochte, er war nicht nur seinetwegen hier. Er glaubte, dass sie beide diese Zeit brauchten, und vielleicht stimmte das. Vielleicht hatte er Zweifel wegen seiner Verlobten und musste Emma finden, um zu wissen, ob er den Schritt in die Zukunft tun konnte … oder einen Weg zurück suchen sollte.

Sie hätte ihn gerne gefragt, ob er sie wirklich liebte, diese andere Frau, in die er sich verliebt hatte. Die er jetzt heiraten wollte. Aber sie konnte sich nicht überwinden, die Worte auszusprechen. Sie wollte nichts über diese Frau wissen. Über Brads Verlobte. Weder ihren Namen noch wo sie wohnte oder wie sie sich kennengelernt hatten. Nichts davon. Vielleicht hatte Brad recht mit den Kapiteln. Emma hatte ihn zuerst geliebt, und wenn er dieses Wochenende brauchte, um zu wissen, ob er nach vorne blicken konnte, dann konnte sie ihm wenigstens das geben. Vielleicht war das nötig, damit er begriff, was er zurückgelassen hatte. Wenn sie ihm diese Zeit schenkte, würde sie keine Fragen über seine Verlobte stellen. Brad war jetzt hier, wo er ihr gehörte. Nur ihr.

Er hatte immer noch die Hand ausgestreckt und plötzlich konnte sie sich nicht mehr beherrschen. Die Gefühle waren zu stark, die Erinnerungen zu überwältigend. Sie schob ihre Hand über den Tisch und ließ zu, dass er ihre Finger umfasste. Seine Berührung war elektrisierend und betäubend zugleich. Denn der Mann, der ihr hier gegenübersaß, war Brad Cutler, und sie hatte schon tausendmal diese Hand gehalten, die jetzt ihre eigene umfing. Und die ganze Zeit sah er ihr unverwandt in die Augen. „Bitte, Emma. Schenkst du mir diese Zeit mit dir?"

Sie brachte kein Wort heraus, deshalb nickte sie nur und umklammerte seine Hand noch fester. Dann nahm sie all ihre Kraft zusammen und ließ ihn los, um ihre Hand wieder auf ihren Schoß zu legen. „Wann geht dein Rückflug?“

„Montagabend.“

Seine Antwort ragte in ihren Gedanken wie eine Klippe auf. Montagabend. Drei Tage. Zweiundsiebzig Stunden, in denen Brad ihr sagen konnte, was immer er wollte; in denen sie mit ihm gemeinsam Erinnerungen bewegen und ihrem Herz gestatten konnte, ihn wiederzufinden. Er war noch nicht verheiratet, also war er vielleicht hier, weil er sie immer noch liebte. Emma hasste ihre eigenen Gefühle, denn irgendwo saß seine Verlobte und war höchstwahrscheinlich am Boden zerstört, weil er hierher gereist war. Aber wenn er sie heiratete, hatte Brad recht. Dann brauchten sie die Zeit jetzt. Später konnten sie nicht mehr zurückgehen, konnten kein Wochenende mehr zusammen verbringen wie jetzt. Was auch immer sie einander sagen mussten, sie mussten es in den nächsten drei Tagen tun, egal, wie viel Kummer es verursachte.

Denn diese Gelegenheit würden sie aller Wahrscheinlichkeit nach nie wieder haben.

20

Brad versuchte seinen Salat zu essen, aber der Appetit war ihm vergangen. Emma von seiner Verlobung zu erzählen, war schwerer, als er es sich vorgestellt hatte. Aber wenigstens wusste er jetzt eines: Emma würde nicht davonlaufen. Sie gewährte ihm dieses Wochenende und das bedeutete, dass er später über das Baby sprechen und sie um Verzeihung bitten konnte. Vielleicht morgen.

Im Moment wollte er wenigstens einen gemeinsamen Nenner finden. Sie sollte wissen, dass es ihm nicht egal war, wie es ihr jetzt ging, und dass er sich dafür interessierte, was aus ihr geworden war. Ihre Hand zu halten – wenn auch nur kurz – hatte die Entfernung zwischen ihnen überbrückt, aber es hatte nichts getan, um den Schmerz zu verringern. Er sehnte sich danach, sie in den Arm zu nehmen und die Traurigkeit, die sie beide empfanden, wegzutrösten. Jetzt, wo er bei ihr war, sah er, dass es ihr nicht gut ging. Die Entscheidungen, die sie gemeinsam getroffen hatten, hatten sie verfolgt und verändert und sie zerstört zurückgelassen. Während er vor der Vergangenheit weggelaufen war und die beschädigten Ecken seiner Seele zuerst mit seinem Studium und dann mit seiner Beziehung zu Laura überdeckt hatte, hatte sie nichts dergleichen getan. Wenigstens schien es ihm so.

„Du bist also Lehrerin." Er lächelte, weil er wollte, dass ihre Zeit zusammen nicht nur von Traurigkeit geprägt war.

„Ja." Sie behielt die Sonnenbrille auf und hielt ihn damit auf Abstand. „Erste Klasse."

„Das habe ich gehört." Er stocherte mit der Gabel in seinem Salat. „Ich weiß noch, wie gut du mit meiner kleinen Cousine umgegangen bist. Du hattest schon immer ein Händchen für Kinder."

Sie sah ihn lange an, sagte aber nichts. Er hatte nur höflich Konversation betrieben und nach einer Verbindung zwischen ihnen gesucht. Ihre Reaktion war merkwürdig und nicht das, was er erwartet hatte. Dachte sie an das, was zwischen ihnen geschehen war? Er war noch nicht bereit, diese Frage zu stellen. In der Stille, die folgte, aß sie ein paar Bissen von ihrem Salat und er tat es ihr gleich. Würde ihre gemeinsame Zeit so aussehen? Eine endlose Folge von unbehaglichem Schweigen und Missverständnissen?

Er fragte sie nach einigen gemeinsamen Freunden, darunter auch nach einem Schulfreund, der jetzt in Holden Beach wohnte. Dieser Teil der Unterhaltung brachte sie durch das Essen und dann war es Zeit zu gehen. Er überlegte, ob er sie fragen sollte, ob sie noch ein wenig mit ihm am Strand entlanglaufen würde, aber er hatte das Gefühl, dass sie die Neuigkeit seiner Verlobung noch immer nicht verdaut hatte. Sie fragte sich ganz offensichtlich, was er vorhatte. Aber er hatte nicht die Energie, das jetzt zu erklären. Er musste zurück zum Haus seiner Eltern und mit Laura sprechen. Bevor es zu spät wurde.

Er zahlte die Rechnung und sie gingen zusammen zum Parkplatz. Das Gefühl, sie an seiner Seite zu haben – auch wenn sie einander nicht berührten –, war vertraut und verlockend. Mehr, als er zugeben wollte. Als sie bei Emmas Wagen angekommen waren, schob er die Hände in die Gesäßtaschen seiner Jeans und suchte nach den richtigen Worten. „Danke noch einmal. Dafür, dass du hergekommen bist." Er blieb absichtlich auf Distanz. Vorhin hatte er sie umarmen wollen, um eine Brücke vom Gestern zum Hier und Heute zu schlagen. Aber jetzt war er nicht mehr sicher, ob eine Umarmung für ihn oder sie gut wäre.

Sie öffnete ihre Wagentür und legte Handtasche und Sonnenbrille auf den Beifahrersitz. Zum ersten Mal seit dem Abendessen konnte er ihre Augen sehen und er las sowohl Verletztheit als auch Unsicherheit darin. Sie hatte es offenbar eilig zu gehen. „Und … was jetzt?“

„Wir können uns morgen hier treffen. Bei dir oder am Strand.“

Emma blickte zum Strand hinaus. „Nein.“ Sie kniff die Augen zusammen, als würde sie etwas in der Ferne erkennen. „An der Ecke Dolphin und Ocean Boulevard. Zwischen den Häusern ist eine Mauer in der Nähe der Klippe.“ Sie warf ihm einen Blick zu. „Dort kann ich dich treffen.“

„Okay.“ Er kannte die Stelle. Sein Bekannter hatte gesagt, dass sie in der Nähe vom Strand wohnte, aber diese Information wollte sie ihm ganz offensichtlich nicht geben. Jedenfalls nicht zu diesem Zeitpunkt. „Wann passt es dir?“

„Vormittags muss ich Papierkram erledigen. Wie wäre es mit drei Uhr?“

Brad verbarg seine Enttäuschung. Er hatte gehofft, er könnte den ganzen Tag mit ihr verbringen, aber andererseits … es gab eigentlich keinen Grund, warum er so viel Zeit brauchte. Er nickte und widerstand erneut dem Drang, sie zu umarmen. „Drei Uhr, abgemacht.“ Er zögerte nicht. Es hatte keinen Sinn, die Dinge zwischen ihnen unnötig zu verkomplizieren. Sie verabschiedeten sich und stiegen in ihre jeweiligen Autos.

Eine Minute später war Brad wieder auf der Straße und unterwegs nach Wilmington. Die Sonne ging allmählich unter und warf orangefarbenes und blaues Licht auf die Straße und entführte seine Gedanken in die Vergangenheit – so wie alles an Holden Beach ihn an die Vergangenheit erinnerte. Selbst diese Strecke. Er erinnerte sich an das erste Mal, als Emma und er zu weit gegangen waren. Auf der Fahrt nach Hause waren sie stumm und verlegen gewesen. So ähnlich wie bei ihrer Unterhaltung an diesem Abend.

Er ließ das Fenster herunter und atmete die warme Luft von North Carolina ein, die seinen Jeep und seine Sinne füllte. Was Laura wohl gerade tat? Bestimmt hatte sie mit ihrem Vater gesprochen und erfahren, dass er Bescheid wusste. In Randy James' Büro zu gehen und mit ihm zu reden, gehörte zum Schwierigsten, was Brad jemals getan hatte. Aber er hatte keine Wahl gehabt. Wenn er die Verantwortung für sein Verhalten übernehmen wollte, dann musste er seinem Chef und angehenden Schwiegervater sagen, was er vorhatte.

Brad dachte über ihre Unterredung nach. Er hatte erwartet, dass Lauras Vater schockiert und dann wütend sein würde – wegen des Geständnisses und wegen des Zeitpunkts. Wegen der ganzen Sache. Stattdessen war er an sein Bürofenster getreten und dann wieder zu dem Tisch zurückgekehrt, an dem Brad saß. Dann hatte er etwas gesagt, das Brad niemals vergessen würde. „Jeder hat eine Vergangenheit, mein Junge. Und du setzt dich mit deiner besser jetzt auseinander als später."

Wie Lauras Vater die Nachricht aufgenommen hatte, war ein erneuter Beweis dafür, dass es richtig war, Laura zu heiraten. Sie teilte seinen Glauben und seine Ansichten in Bezug auf jedes wirklich wichtige Thema. Und ihre Familie liebte ihn. Wie kam es dann, dass er jetzt nach Wilmington zurückfuhr mit dem Vorsatz, morgen am Strand Emma zu treffen? Er würde schnell zur Sache kommen und vielleicht ... vielleicht konnte er früher nach Hause fliegen. Vielleicht sogar schon morgen Abend. Laura musste wissen, dass seine Liebe zu ihr sich nicht verändert hatte.

Selbst wenn Emmas Gegenwart Gefühle wiederbelebt hatte, die er längst tot geglaubt hatte.

Er tastete auf dem Beifahrersitz nach seinem Handy. Er drückte auf ein paar Tasten und das Telefon wählte Lauras Nummer, doch der Anruf wurde von der Mailbox entgegengenommen. „Hallo, Liebling, ich bin es. Ich habe gerade an dich gedacht. Ich versuche es später noch mal."

Aber der Zeitpunkt kam nicht. Brad bog vor dem Haus seiner Eltern in die Auffahrt ein und als er hineinging, traf er seine Mutter in der Küche an. Er half ihr, vierundzwanzig Gläser Erdbeermarmelade abzufüllen. Seine Mutter wusste nicht genau, warum er hier war, und sie schien es auch gar nicht wissen zu wollen. In der ganzen Stunde, die sie an diesem Abend zusammen verbrachten, machte sie nur eine Bemerkung über die Hochzeit: „Ich mag Laura sehr gerne."

„Ich auch." Brad grinste und bemühte sich um einen leichten Tonfall. Laura war mehrmals mit ihm nach North Carolina geflogen, seit sie zusammen waren. Sie hatte sich immer gut mit seiner Mutter verstanden.

„Etwas, das ich über die Ehe gelernt habe." Sie warf ihm einen vielsagenden Blick zu – nicht direkt streng, aber so bedeutungsschwanger, wie es nur der Blick einer Mutter sein konnte.

„Und das wäre?"

„Einmal reicht."

Er nickte langsam. „Das sehe ich auch so."

„Ich meine ja nur." Sie lächelte ihn an und widmete sich wieder ihren Marmeladengläsern. Und das war alles. Es war ihre Art, ihm zu sagen, dass, was auch immer der Grund für diesen Besuch war, er sich seiner Sache sicher sein musste, bevor er vor den Altar trat und Ja sagte.

Als sie mit dem Einmachen fertig waren, ging Brad ins Fernsehzimmer, wo sein Vater Formulare für Preisausschreiben ausfüllte. Brad setzte sich ihm gegenüber auf den abgewetzten, mit braunem Cord bezogenen Hocker, den sie schon seit Jahren hatten. „Hallo, Dad."

„Junge?"

Brad faltete locker die Hände. „Ich hab sie gefunden."

Sein Vater blickte auf. „Das dachte ich mir."

„Wir haben nicht darüber gesprochen. Nicht richtig jedenfalls." Er runzelte die Stirn und versuchte sich vorzustellen, wie der kommende Tag verlaufen würde. „Ich treffe mich morgen Nachmittag in Holden Beach mit ihr."

„Um das Kapitel zu beenden?" Da war es wieder. Die einzige

Besorgnis, die sein Vater an den Tag gelegt hatte, seit er bei seinem letzten Besuch über Emma gesprochen hatte. Das Fragezeichen in seiner Stimme.

„Ja." Bei seinem Vater hatte er nicht das Gefühl, eine falsche Gewissheit vortäuschen zu müssen. Auch wenn sein Herz immer noch nicht sicher war, wie es auf den Abend mit Emma reagieren sollte. Er holte tief Luft. „Glaube ich jedenfalls."

„Du weißt ja, was man sagt." Sein Vater ließ den Bleistift sinken und vergaß das Preisausschreiben vorübergehend.

„Was denn?"

„Wenn du das Kapitel nicht beenden kannst, muss mehr an der Geschichte dran sein."

Mehr an der Geschichte dran. Der Gedanke erschreckte Brad. Er wollte diese Zeit mit Emma verbringen, sich von ihr verabschieden und so schnell wie möglich nach Hause fliegen, um Laura zu heiraten. Aber was war, wenn die nächsten Tage ganz anders verliefen? Wenn seine Gefühle für Emma wieder erwachten? Konnte er dann nach Hause zurückkehren und Laura heiraten? Bei dem Gedanken wurde ihm ganz übel. Aber er musste die Möglichkeit wenigstens in Betracht ziehen.

Er legte seine Hand auf die seines Vaters. „Ich werd's mir merken." Er stand auf und lächelte. Mit einem Mal fühlte er sich so müde wie lange nicht mehr. „Ich gehe schlafen."

„Ich bete für dich, mein Sohn." Sein Vater meinte es ernst.

Brad beugte sich vor und umarmte ihn. „Danke."

Er überlegte, ob er Laura anrufen sollte, bevor er zu Bett ging, aber in seinen Gedanken wirbelten so viele widersprüchliche Bilder durcheinander. Lauras strahlendes Gesicht, wenn sie von ihrer Hochzeit sprach, und der Kummer in ihrer Miene, als er ihr Anfang der Woche im Central Park die Wahrheit gesagt hatte. Emma, als sie heute Nachmittag aus der Schule gekommen war und dass sie am Abend während des Essens die Sonnenbrille nicht abgenommen hatte.

Konnte er das Wochenende mit Emma verbringen, ihr sagen, dass es ihm leidtat, und sich an die schmerzlichste Zeit seines Lebens erinnern, ohne dass seine Gefühle für sie neu erwachten? *Bitte, Gott ... gib mir die nötige Kraft. Hilf mir zu erkennen, ob ich hier sein soll.*

Denk daran, deine Gabe zum Altar zu bringen ...

Die Antwort war so ähnlich wie die Worte, die er neulich gehört hatte. Bevor er einschlief, griff er nach seiner Bibel und suchte den entsprechenden Vers. Die Worte stammten aus Matthäus 5,23-24, und als er sie las, bekam er eine Gänsehaut. Er ließ die Worte wie Balsam über seine Seele schwappen. *Wenn du deine Gabe zum Altar bringst und dir dort einfällt, dass dein Bruder etwas gegen dich hat, dann lass deine Gabe dort vor dem Altar; geh und versöhne dich zuerst mit deinem Bruder! Danach komm und bring Gott deine Gabe dar.*

Darum ging es hier ... deshalb hatte Gott ihn gedrängt, diese Reise zu unternehmen, und deshalb musste er die Begegnung mit Emma zu Ende führen. Er würde mit der kostbaren Gabe Laura James vor dem Altar stehen. Aber er konnte ihr kein Versprechen geben, solange Emma ihm etwas vorzuwerfen hatte. Und das hatte sie – er sah es an ihrem Blick. Bei dieser Reise ging es darum, sich mit Emma auszusöhnen – so wie er es schon vor Jahren hätte tun sollen. Erst dann konnte er nach New York zurückkehren und zu der Gabe, die ihn dort erwartete.

Zu seinem Platz am Altar.

21

Laura saß in ihrem Zimmer und starrte aus dem Fenster auf den Rasen des Vorgartens. Die Dämmerung wich allmählich der Nacht und Laura hatte nicht viel anderes vor, als hier zu sitzen und zu beten.

Ihre Freundinnen waren großartig gewesen. Drei hatten sich heute gemeldet. Nelly hatte sie zum Abendessen eingeladen und Megan hatte angerufen, um zu fragen, ob Laura mit ihr fernsehen oder Karten spielen wollte. Bella Joy hatte eine Tanzkollegin, die gerade im Gershwin Theater am Times Square tanzte. Sie hatte zwei Karten für die Musical-Vorstellung am Samstagabend um acht und sie hatte Laura gefragt, ob sie mitkommen wolle.

„Wir können den Tag in der Stadt verbringen, auf der Fifth Avenue shoppen und im *Tavern on the Green* etwas essen gehen. Nach der Show könnten wir noch zum *Stardust Diner* gehen. Ich kenne einen Typen, der dort singt“, hatte Bella Joy gesagt. „Das wird ein Spaß.“

Laura hatte ihr gedankt, aber abgelehnt. Sie wollte kein Essen und keine Unterhaltung und an diesem Wochenende konnte sie sich auch nicht auf ein Theaterstück am Broadway konzentrieren. Nicht, wenn sie keine Ahnung hatte, ob Brad bis spät in die Nacht irgendwo an einem Strand mit Emma redete oder ob er sie überhaupt gefunden hatte. Er hatte ihr eine Nachricht hinterlassen, aber Laura hatte nicht zurückgerufen. Sie wollte nicht eifersüchtig klingen oder die falschen Fragen stellen. Es war einfacher, nicht anzurufen.

Ihre Eltern waren unten und sie hatten auf die ganze Sache wirklich gut reagiert, vor allem ihr Vater. Ihrer Mutter fiel es schwerer zu verstehen, warum Brad sich ausgerechnet jetzt um seine Vergangenheit kümmern musste – so kurz vor der Hochzeit. Aber beide hatten Laura den Freiraum gegeben, allein zu sein.

Sie stand auf und schob das Fenster hoch. Ihr ganzes Leben lang war immer alles so verlaufen, wie es sollte. Abgesehen von den üblichen kleinen Meinungsverschiedenheiten unter Freunden war die Highschool wie im Flug vergangen und hatte schöne Erinnerungen hinterlassen, die ihr lebenslang ein Lächeln entlocken würden. Sie hatte sich natürlich mit Jungs verabredet. Es hatte Bälle und gelegentliche Einladungen ins Kino gegeben. Aber sie hatte sich nicht verliebt. Die Jungen in ihrer Klasse waren gute Bekannte, mehr nicht. Im College war es genauso gewesen.

„Was ist, wenn ich nie den Richtigen finde?“, hatte sie ihre Mutter im Sommer nach ihrem Studienabschluss gefragt.

„Das wirst du schon noch, Liebling.“ Die Zuversicht ihrer Mutter hatte ihr Mut gemacht. „Gott hat jemanden da draußen für dich ausgesucht. Er will, dass du für diesen einen Menschen bereit bist. Sei stark in deinem Glauben und in dir selbst. Dann wirst du ihn schon erkennen, wenn Gott ihn dir über den Weg schickt.“

Der Rat ihrer Mutter hatte sich als goldrichtig erwiesen. Laura orientierte sich stets an Gott und als sie Brad bei dem Firmenpicknick ihres Vaters entdeckt hatte, hatte sie das merkwürdige Gefühl gehabt, ihn schon einmal gesehen zu haben. So als würden sie sich seit Jahren kennen. Trotzdem hätte sie nie den ersten Schritt getan. Sie lief nicht hinter Männern her – das war noch nie ihre Art gewesen.

Aber als er an jenem Tag mit ihr gesprochen hatte, hatte sie ein Gefühl gehabt, eine Ahnung. Aus ihrem kurzen Wortwechsel war eine richtige Unterhaltung geworden – und da keiner von ihnen an diesem Tag noch irgendetwas anderes vorgehabt hatte, hatten sie die nächsten beiden Stunden damit verbracht, auf der Party herumzuschlendern und sich miteinander zu beschäftigen, als wären sie die einzigen Menschen dort. Am Abend war Laura ganz durcheinander und schwindelig zumute gewesen – auch wenn sie sich das vor Brad nicht hatte anmerken lassen.

Einen Monat später, nachdem Brad und sie sich beinahe jeden Tag auf diese Weise unterhalten hatten, hatte sie ihren Eltern von ihren Gefühlen erzählt. „Ich glaube, Brad ist der Richtige."

Die beiden waren überglücklich gewesen. Lauras Vater hatte noch nie einen jungen Werbeprofi gehabt, der so vielversprechend war wie Brad Cutler. Er teilte Lauras Glauben und ihren Sinn für Humor und es dauerte nicht lange, bis er sozusagen zur Familie gehörte. „Gott muss von Anfang an gewusst haben, dass ihr beide zusammengehört", hatte ihre Mutter gesagt.

Bis vor einer Woche hatte Laura ihr von ganzem Herzen zugestimmt.

Brad schien ihren Glauben zu teilen. Sein Wirtschaftsstudium war ihm wichtig und ebenso seine Karriere in der Firma ihres Vaters und jedes Mal, wenn sie zusammen waren, hatte er sie zum Lachen gebracht. Natürlich hatten sie auch über ihre Vergangenheit geredet. Die von Laura war einfach und unkompliziert. Ihr Herz war nie von Liebe oder Liebeskummer heimgesucht worden, also war Brad für sie in all diesen Belangen der Erste.

Brad hatte von seiner Beziehung mit Emma erzählt. „Wir waren noch Kinder. Wir sind zusammen aufgewachsen", hatte er gesagt. „Und mit der Zeit haben wir uns auseinandergelebt."

Laura hatte ihn gemustert und ihm in die Augen gesehen. Zusammen aufzuwachsen war eine starke Verbindung. „Warum hat es nicht funktioniert?" Sie hatte die Frage bei mehreren Gelegenheiten und auf unterschiedliche Weise gestellt, wenn sie auf seine Vergangenheit zu sprechen kamen.

„Wir waren zu unterschiedlich", erklärte er ihr. „Am Ende hatten wir nichts mehr gemeinsam."

Die Antwort hatte sich immer ehrlich und wahrhaftig angefühlt und sie hatte Lauras Wissbegier immer befriedigt. Emma

Landon war ein Teil seiner Vergangenheit. Basta. Als Weihnachten in jenem Jahr näher rückte, waren Laura und Brad bereits ein Paar gewesen. Am Silvesterabend hatte er etwas gesagt, das sie niemals vergessen würde.

„Es ist nicht nur der Beginn eines neuen Jahres", hatte er zu ihr gesagt, während sie den Flocken zusahen, die auf die Veranda ihres Elternhauses fielen. „Es ist der Beginn eines neuen Lebens. Denn ich möchte nie mehr einen Tag ohne dich verbringen, Laura. Ich habe noch nie jemanden so geliebt, wie ich dich liebe."

Seine Worte hallten jetzt in ihren Gedanken wider, aber angesichts der Wahrheit schienen sie falsch, aufgesetzt. Sie hob das Gesicht und ließ den Wind, der durch das geöffnete Fenster eindrang, darüberstreichen. Er hatte nie jemanden so geliebt wie sie? Das stimmte nicht. Tatsächlich hatte er Emma auf eine körperliche Art geliebt, die Laura und Brad nie miteinander geteilt hatten. Selbst wenn sie sich auseinandergelebt hatten, hatte Brad in Wirklichkeit nie jemanden so geliebt, wie er Emma Landon geliebt hatte.

Das musste Laura jetzt zugeben.

Sie blickte auf den Kalender an der Wand. Ende Mai. In ihren wildesten Träumen hätte sie sich nicht vorstellen können, dass sie jetzt, wenige Wochen vor ihrer Hochzeit, in dieser Lage sein würde. Es spielte keine Rolle, dass sie die Zeremonie noch nicht abgesagt hatten – wahrscheinlich würde die Hochzeit nicht stattfinden. Brad hatte nicht offen gesagt, dass er Zweifel hatte, aber was sonst konnte erklären, warum er ausgerechnet jetzt zurückging?

Sie warf einen Blick auf ihr Handy und sah, dass Amy eine SMS geschickt hatte. Sie klickte darauf und las. *Laura … sieh dir mal Psalm 119,81 an … Das habe ich heute gelesen und gleich an dich gedacht.*

Sie hatte eine Bibel-App auf ihrem Smartphone und so hatte sie den Vers schnell aufgerufen. *Ich warte sehnsuchtsvoll auf deine*

Rettung, auf dein Wort hoffe ich. Laura las den Vers noch einmal und versuchte zu glauben, dass Gottes Wort sie irgendwie retten konnte. Das Versprechen beruhigte ihre verwundete Seele, auch wenn sie sich nicht vorstellen konnte, inwiefern es auf sie zutreffen konnte. War es wirklich möglich, dass Gottes Wort ihre Zuflucht sein würde? Sie hoffte es, denn ansonsten würde sie das Ganze nicht überstehen. Aber im Moment schienen seine Verheißungen für jemand anders geschrieben zu sein. Sie speicherte den Vers unter ihren Favoriten ab und ging zu der SMS zurück, um Amy zu antworten. *Habe es gelesen. Danke, du. Geht doch nichts über eine gute Freundin.*

Das war alles. Sie wollte keine lange Unterhaltung, nicht mit Amy und auch sonst mit niemandem. *Ich will Brad, so wie es früher mit ihm war, Gott … warum musste das alles nur passieren?*

Erinnerst du dich … die Verse aus dem Lukasevangelium, mein Kind?

Laura vertrieb die leise Antwort mit einem Blinzeln aus ihrem Herzen. Sie würde später ihre Notizen zu dem Bibeltext ansehen – vor allem zu der Stelle mit der Vergebung. Der Kummer, den sie jetzt spürte, trieb sie meilenweit fort von jeglichem Funken von Vergebungsbereitschaft. Sie war nicht einmal sicher, dass Brad überhaupt zurückkam. Gottes Rettung, die brauchte sie tatsächlich. Mindestens musste ein Wunder geschehen.

Sie wollte sich gerade hinlegen und sich unter der Bettdecke in den Schlaf weinen wie an jedem Abend seit ihrem Gespräch mit Brad. Aber da klopfte es an ihre Tür. „Ja?“

Ihre Mutter betrat den Raum etwas zögernd. „Hallo.“

„Hallo.“ Sie lächelte. Selbst jetzt, wo sie die Wahrheit kannten, wollte Laura kein Opfer sein. Deshalb hatte niemand außer Gott in den vergangenen Nächten ihre Tränen gesehen.

„Können wir kurz reden?“

„Natürlich.“ Laura klopfte neben sich auf das Bett. „Komm, setz dich.“

Ihre Mutter sah müder aus als sonst. Von der freudigen Erregung in ihrer Miene, seit Laura und Brad ihre Verlobung bekannt gegeben hatten, war nichts mehr zu sehen. „Du warst fast den ganzen Abend hier oben."

„Ich habe nachgedacht." Laura zog ein Bein an und drehte sich ein wenig, um ihre Mutter anzusehen. „Ich bin einfach nicht sicher, was jetzt passiert."

„Das kann ich mir vorstellen." Ihre Mutter legte ihre Hand auf Lauras. „Ich bete weiter. Mehr kann ich nicht tun."

Laura dachte eine Weile nach. „Bella Joy hat mich eingeladen, morgen in der Stadt mit ihr eine Ballettvorstellung anzusehen."

„Du solltest mitgehen." Der Tonfall ihrer Mutter war voller Mitgefühl.

„Meinst du?" Sie stellte sich einen Tag in der Stadt vor, die tolle Aufführung und den Spaß, den sie immer hatte, wenn sie mit Bella Joy ausging.

„Hier zu sitzen, kann dir nicht guttun." Ihre Mutter legte den Kopf zur Seite und ihre Augen waren voller Hoffnung. „Eine Ablenkung rückt die Dinge vielleicht ins rechte Licht. Du kriegst den Kopf frei, um das Wochenende zu überstehen."

Laura schwieg und überlegte. Sie musste zugeben, dass der Gedanke verlockend klang. Sie hasste es, ein Opfer der Umstände zu sein, die sitzen gelassene Braut. „Vielleicht hast du recht." Sie setzte sich aufrechter. Man konnte nicht auf Dauer traurig sein. Dies war Brads Schuld, nicht ihre. Wenn sein Verhalten dazu führte, dass Hochzeit und Ehe abgesagt wurden, konnte sie wenigstens mit Bella Joy einen Abend am Times Square genießen.

„Ich habe nachgedacht." Ihre Mutter hielt Lauras Hand noch immer auf eine Art, die ihnen beiden Kraft zu geben schien. „Ich weiß, dass du dir wegen der Hochzeit Sorgen machst, aber ... Brad hat nicht gesagt, dass er seine Meinung geändert hat. Er will die Dinge nur vorher ins Reine bringen."

„Das verstehe ich." Laura war hin- und hergerissen zwischen der Hoffnung, dass Brad einfach nach Hause kommen und die Hochzeit wie geplant stattfinden würde, und der Wut auf ihn, weil er bis jetzt gewartet hatte, um diese Angelegenheit zu klären. An diesem Abend war ihr mehr nach Wut zumute. „Ich stelle mir die ganze Zeit vor, wie er das Wochenende mit ihr verbringt." Ihr Blick begegnete dem ihrer Mutter. „Warum ein ganzes Wochenende? Würde es nicht reichen, sie zu finden und ihr zu sagen, dass es ihm leidtut?"

Ihre Mutter wich ihrem Blick nicht aus. „Je mehr ich über das nachdenke, was gerade geschieht, was Brad tut, desto mehr habe ich das Gefühl, dass es gar nicht um diese frühere Freundin geht."

„Worum dann?"

Ihre Mutter neigte den Kopf ein wenig und ihr Blick war weicher als vorher. „Es geht um das Baby." Sie holte tief Luft und verschränkte die Arme. „Ich habe ein wenig im Internet recherchiert und über das Post-Abortion-Syndrom gelesen. Brad und diese Frau haben eine Entscheidung getroffen, die das Leben eines Kindes beendet hat." Jetzt hatte ihre Mutter Tränen in den Augen. „Hast du einmal daran gedacht? Daran, wie es Brad damit geht?"

„Ein bisschen." Laura hatte ein schlechtes Gewissen. „Vielleicht nicht so richtig."

„Lies doch mal etwas darüber, wenn du am Wochenende Zeit hast. Um zu wissen, was Menschen nach einer Abtreibung durchmachen." Ihre Mutter sah sie eindringlich an. „Es gibt Menschen, die an einer Abtreibung beteiligt waren und später Probleme haben, sich ganz auf einen Partner einzulassen, bis sie Heilung erfahren haben. Selbst wenn es schon Jahre oder Jahrzehnte her ist." Sie biss sich auf die Lippe. „Ich glaube wirklich, dass Brad das tun muss, Laura. Er hätte es eher tun sollen, aber es wäre falsch gewesen, wenn er dich geheiratet hätte, ohne mit seiner Vergangenheit ins Reine zu kommen. Es ist eine ernste Angelegenheit."

Sie streckte die Arme aus und hielt Laura lange fest an sich gedrückt. Als sie sich von ihr löste, liefen ihr die Tränen über die Wangen. „Ich weiß, dass es für dich sehr schwer ist. Das ist es für uns alle. Aber vielleicht geht es nicht anders."

Laura nickte und dankte ihrer Mutter. Nachdem sie gegangen war, nahm Laura ihren Laptop von der Kommode neben dem Bett und googelte Post-Abortion-Syndrom. Eine Internetadresse mit dem Namen *Es ist ein Leben* erschien als eine der ersten Seiten. Laura überflog die Seite und sah einen Abschnitt mit der Überschrift „Depression und Schuldgefühle". Sie fing an zu lesen. *Viele Menschen, die am Post-Abortion-Syndrom leiden, leugnen jahrelang, dass sie an einer Abtreibung beteiligt waren. Erst dann fangen sie an, sich zu fragen, ob es ein Junge oder ein Mädchen war. Wie alt er oder sie heute wäre. Vor allem Männer werden von diesen Fragen oft überrumpelt.*

Die Worte erreichten Lauras Herz und öffneten ihr die Augen auf eine neue Art und Weise. War es das, was Brad gerade durchmachte? Eine Art traumatische Erfahrung, bei der die Fragen nach dem Baby ihn überwältigten? Laura versuchte sich vorzustellen, wie es wäre, mit dem Wissen zu leben, dass aufgrund ihrer Entscheidung ein Baby gestorben war. Die Wirklichkeit wurde ihr mit einem Mal lebhaft bewusst und sie stellte sich das Kind vor. Das Kind, das inzwischen neun Jahre alt wäre.

Sie wandte sich wieder der Website zu und las weiter. Ein anderer Abschnitt trug die Überschrift: „Vergebung – ein lohnendes Geschenk". Lauras Finger zitterten, als sie weiterblätterte. *Nach einer Abtreibung gibt es zwei Phasen der Heilung und Vergebung. Zuerst müssen Sie zugeben, was Sie Ihrem Kind und dem Menschen, mit dem Sie dieses Kind gezeugt haben, angetan haben – selbst wenn Sie zu der Abtreibung getrieben oder überredet wurden oder glauben, dass es die richtige Entscheidung war. Sie müs-*

sen die Verantwortung für Ihr Handeln übernehmen und dann um Vergebung bitten, wenn Sie jemals Heilung erleben wollen.

Laura schloss die Augen und stellte sich Brad vor, den Mann, den sie liebte. Sie malte sich aus, wie er Emma traf und ein so intimes Gespräch mit ihr führte. Wie sie über das Baby sprachen, das sie verloren hatten, und gemeinsam Vergebung erlangten. Wie konnten sie so viel Nähe erleben und sich nicht wieder ineinander verlieben? Aber wie konnten sie andererseits dieses Gespräch nicht führen, nachdem sie gemeinsam eine Abtreibung verantwortet hatten? Ihre Mutter hatte recht. Brad würde ohne diese Erfahrung nie Frieden finden.

Sie wischte ihre Ängste beiseite und las weiter. *Einander zu vergeben, ist nicht immer möglich. Menschen führen ihr Leben und in vielen Fällen bleibt ein Gefühl der Geringschätzung oder Verlegenheit gegenüber dem Menschen, mit dem man das Erlebnis der Abtreibung teilt, zurück. So oder so – ob Sie die Vergebung dieses Menschen erhalten oder nicht – können Sie sich selbst vergeben. Dies ist erst der Anfang einer Heilung vom Post-Abortion-Syndrom. Wahre Heilung geschieht nur durch Gottes Vergebung. Bekennen Sie ihm Ihre Sünde und stellen Sie sich unter seine Gnade. Sie werden eine unglaubliche Freiheit erfahren, wenn Sie Christus erlauben, Ihnen zu vergeben. Genau aus diesem Grund ist er gestorben und er liebt Sie so sehr, dass er Ihren Schmerz heilen möchte. Er will nicht, dass Menschen von Schuld und Reue niedergedrückt werden. Erst recht nicht in dieser Situation.*

Sie schaltete den Computer aus, löschte das Licht und starrte im Dunkeln zur Zimmerdecke hinauf. Geringschätzung? War es das, was Brad für Emma empfand? Das glaubte Laura nicht, so wie er über sie gesprochen hatte. Mitleid war vielleicht ein besseres Wort. Sie dachte an Brad, an den Mann, den sie kannte und liebte. Sein erstes Kind war tot. Anders konnte man diese Situation nicht verstehen. Kummer überwältigte sie und sie schloss die

Augen. Zum ersten Mal, seit sie davon erfahren hatte, trauerte sie – um Brads Kind, und zwar so, wie sie es sich nie hätte träumen lassen.

Wenn Brad durch irgendein Wunder dazu fähig war, Emma wieder zu verlassen, nachdem er sie gefunden hatte, und wenn er zu Laura zurückkam und sie beide beschlossen, trotz allem zu heiraten, dann würden sie irgendwann vielleicht auch Kinder haben. Und diese Kinder würden nie den Jungen oder das Mädchen kennenlernen, der ihr Halbbruder oder das ihre Halbschwester gewesen wäre. Ein Teil ihrer Familie. Laura drehte sich auf die Seite und empfand den Verlust ein kleines bisschen so, wie Brad ihn empfinden musste.

Vielleicht hatte der Gedanke an die Hochzeit ihn dazu gebracht, auch an eigene Kinder zu denken, und dies wiederum hatte die Erinnerung an sein Kind mit Emma wieder aufleben lassen. Das Baby, das immer sein erstes Kind sein würde. Vielleicht übernahm er endlich – aus welchem Grund auch immer – die Verantwortung für seine Rolle bei der Abtreibung. Suchte endlich Vergebung, so wie er es Laura im Central Park zu erklären versucht hatte. Brad und Emma waren Jugendfreunde gewesen, und selbst wenn sie einander kaum gekannt hätten, konnte er das Leid, das er ihr angetan hatte, nicht leugnen. Die Worte der Internetseite kamen ihr wieder in den Sinn. *Die Vergebung des Menschen, der an Ihrer Abtreibung Anteil hatte, ist erst der Anfang.* Was das betraf, verstand Laura endlich, warum Brad Emma finden und um Vergebung bitten musste.

Weil er in seinen Augen vorher keine Heilung durch Gottes Vergebung finden konnte.

22

Emma war mit ihrem Papierkram früh fertig, aber sie weigerte sich, daran zu denken, was sie in einigen Stunden erwartete. Als sie die Formulare für alle ihre Schüler ausgefüllt und die Unterlagen an ihre Schulleiterin gemailt hatte, duschte sie und zog eine kurze Hose und ein langärmeliges T-Shirt mit V-Ausschnitt an. Sie gab sich keine Mühe mit ihren Haaren oder irgendwelchem Make-up. Was auch immer sich mit Brad ergab, er war nicht hier, um sich wieder zu verlieben. So viel Klarheit war über Nacht zu ihrem Herzen durchgedrungen.

Ja, er hatte ihr etwas zu sagen. Emma zwang sich, dafür Verständnis zu haben und ihre Erwartungen herunterzuschrauben. Sie musste nicht wissen, wie er sich verliebt hatte oder warum er verlobt war. Es änderte nichts an den Tatsachen. Er war für ein Wochenende hier und dann würde er nach New York zurückgehen und heiraten. Sie ging zwischen den beiden Strandhäusern am Ende ihrer Straße hindurch und überquerte das Felsenufer bis zu der Betonmauer auf der anderen Seite. Sie war früh dran, also setzte sie sich in den Sand und blickte aufs Meer hinaus. Und wartete.

Was hatte Brad über seine Reise gesagt? Nur Gott hätte ihn hergebracht? Ja, das war es. Nur Gott. Sie lehnte den Kopf an die Mauer. Brad Cutler hatte seinen Glauben an Gott also nicht verloren – nach allem, was sie durchgemacht hatten, war ihm das geblieben. Und was bedeutete das? Dass er seinen Frieden mit der Entscheidung gemacht hatte, die sie vor zehn Jahren gefällt hatten? Dass er so getan hatte, als wäre er ein anständiger christlicher Junge, nachdem er sie verlassen hatte?

Emma konnte noch so lange über Gott nachdenken, aber ihr fiel kein einziger Grund ein, warum dieser Gott irgendetwas mit ihr oder mit Brad hätte zu tun haben wollen. Nicht nach dem, was sie getan hatten. Wenn es überhaupt einen Gott gab. Emma dachte an Kristin Palazzo. Sie hatte am Vormittag einen Anruf von Kristins Mutter erhalten, als sie über ihren Formularen saß. Keine Veränderung. Das liebenswerte, lebhafte Mädchen hing immer noch an der Herz-Lungen-Maschine und die Ärzte hatten immer noch kaum Hoffnung.

Emma blinzelte in die Sonne, deren Strahlen vom Wasser reflektiert wurden. *Gott … wenn es dich gibt, bist du bestimmt furchtbar wütend auf mich. Ich kann es dir nicht verübeln. Aber falls du zuhörst, dann sei bitte bei Kristin. Bitte lass sie leben … Höre doch ihre Mutter und ihre Freunde von der Gemeinde, die für sie beten. Ich bin nicht sicher, ob du da bist oder mich hören kannst. Aber wenn, dann muss ich dich einfach bitten. Ich habe nichts verdient. Aber Kristin … Kristin verdient es zu leben. Bitte.*

Ihr Gebet brach so plötzlich ab, wie es begonnen hatte. Sie sprach es nur aus, weil Kristin es sich gewünscht hätte. In Zeiten wie diesen sehnte Emma sich wieder einmal nach ihrer Mutter; nach jemandem, der ihr gegenübersitzen und ihre Hände halten und ihr helfen könnte zu verstehen, warum sie an etwas anderes glauben sollte als an das, was sie mit eigenen Augen sehen konnte. Ihre Mutter hatte an Gott geglaubt, so viel stand fest. Emma sah den Wellen zu, die auf das Ufer zurollten. Vielleicht war das Einzige, was zwischen ihr und dem Glauben ihrer Mutter stand, die Schuld. Die Scham und die Reue und die Schuld, die inzwischen zu einem festen Bestandteil von Emmas Wesen geworden waren.

Sie stand auf und streckte sich, dann klopfte sie sich den Sand von den Beinen. Sie hatte eine Tasche mit Wasserflaschen, Sonnenlotion und zwei Badehandtüchern mitgebracht. Lange lehnte sie an der Betonmauer, beobachtete die Wellen und verlor sich in Erinnerungen. Vor einigen Jahren hatte einer ihrer Erstklässler beschlossen zu duschen, bevor er schlafen ging. Aber anstatt in der Dusche zu stehen, hatte er sich auf den Boden gelegt, um sich ein bisschen auszuruhen. Und von dem warmen Wasser, das auf sein Gesicht regnete, war er eingeschlafen. Er hatte mit seinem Körper den Abfluss blockiert und das Wasser war auf den Boden und in sein Zimmer im Obergeschoss geflossen. Seine Mutter hatte das Problem erst bemerkt, als das Wasser im Erdgeschoss aus den Lampen tropfte. Sie hatte seinen Namen geschrien und war nach oben gerannt. „Ich dachte, er wäre tot", hatte sie Emma später erzählt. Sie hatte die Badezimmertür aufgestoßen und ihn auf dem Boden der Dusche liegen sehen. Noch einmal hatte sie seinen Namen gerufen. Diesmal hatte der Junge geblinzelt und war aufgewacht, ganz und gar in Ordnung. Schläfrig und verlegen, aber am Leben. Am nächsten Tag hatte der kleinlaute Alan ihr alles erzählt und dass die Handwerker im Haus waren, um den Schaden zu beheben.

„Haben Sie sich schon mal gewünscht, Sie könnten die Zeit zurückdrehen und den Tag noch mal von vorn anfangen?"

Sie hatte gezögert und dann gelächelt. „Ja, Alan. Ich glaube, das haben wir uns alle schon mal gewünscht."

Einen Tag noch einmal von vorn anfangen. Seine Frage hatte sie nicht mehr losgelassen. Vor allem, wenn der 20. November kam, tauchte sie auf. Wenn es jemals einen Tag gegeben hatte, den sie noch einmal von vorne anfangen wollte, dann war es dieser schreckliche Tag in der Abtreibungsklinik. Tausendmal war sie die Szene im Geiste durchgegangen und heute wäre Emma aus dem Gebäude gelaufen, als die Frau erklärte, dass sie mehr Geld brauchte. Sie wäre um ihr Leben gelaufen und um das ihres ungeborenen Kindes.

Aber im richtigen Leben gab es keine Chance, einen Tag noch einmal von vorne anzufangen.

Sie nahm eine Bewegung neben sich war und blickte über die Schulter. Brad kam zwischen den Häusern hindurch auf sie zu. Er trug Shorts und Lederflipflops, ein weißes T-Shirt und Sonnenbrille. Er hatte sich nicht sehr verändert, aber er sah trotzdem anders aus, irgendwie besser. Er hatte jetzt die Statur eines Mannes, war kräftiger und runder. Das war neu. Und seine Art, sich zu bewegen, mit einem Selbstbewusstsein und einer Verlässlichkeit, die er früher nicht gehabt hatte.

Er zögerte, als er sie sah, und seine Schritte wurden langsamer. Sie fragte sich, ob er sich neben sie setzen und ihr endlich erklären würde, warum er eigentlich gekommen war, oder ob er wieder Small Talk machen würde wie gestern. Aber als er sie erreichte, tat er weder das eine noch das andere. Stattdessen holte er tief Luft und blickte aufs Wasser hinaus. „Laufen wir ein Stück." Er drehte sich zu ihr um. „In Ordnung?"

Eine Antwort war nicht erforderlich. Sie passte sich seinen Schritten genauso mühelos an, wie sie es als Teenager getan hatte. Und sogar schon als Kind. Sie stapften durch den Sand näher ans Wasser. In einer Mulde ließen sie ihre Sandalen und Emmas Strandtasche zurück. Dann zogen sie los, fort vom Pier und in dieselbe Richtung, in die es sie in jenem Sommer gezogen hatte. Zum ungestörten Teil des Ufers.

„Dies war nie unser Strand." Er hatte die Hände in die Taschen seiner Baumwollshorts geschoben und seine Schritte waren gemächlich. „Erst am Schluss."

Seine Bemerkung gab ihr das Gefühl, irgendwie einfältig zu sein, so als hätte sie damals etwas einwenden und Holden Beach meiden sollen. Sie schob das Kinn vor. Nein, sie würde sich nicht schuldig fühlen. „Ich mochte Wrightsville immer."

„Ich weiß." Er war näher am Wasser und wandte sich ihr zu. Er ging jetzt sehr langsam. „Es war meine Schuld, Emma. Ich wollte, dass wir nach Holden Beach fahren."

Sein Geständnis überraschte sie. Sie hatte keine Sekunde damit gerechnet, dass er die Verantwortung dafür übernehmen würde, dass sie hier, an diesem abgelegenen, romantischen Strand gelandet waren. Aber genau das tat er gerade. Sie waren nach Holden Beach gekommen, weil er es so gewollt hatte. Und was wäre gewesen, wenn sie nicht hergekommen wären? Sie hätte etwas sagen können, um ihn davon abzuhalten, nicht wahr? Sie hätte Nein sagen können, hätte sagen können, dass sie keine Lust auf eine Stunde Fahrt hatte, nur um am Strand zu sein. Wrightsville war in Wilmington, nur wenige Minuten von ihren Häusern entfernt.

Sie starrte auf ihre sandigen Füße und eine Weile liefen sie schweigend nebeneinanderher.

„Erinnerst du dich noch an Wrightsville?" Brad blickte zum Himmel hinauf und die Sonne spiegelte sich in seiner Brille. Ein Lächeln erschien auf seinem Gesicht. „Wir waren Kinder, in der vierten und fünften Klasse, aber wir sind mit unseren Fahrrädern zu Johnny Mercers Anleger rausgefahren. Unseren Eltern war es eigentlich egal, solange wir nur zusammen waren."

Emmas Stimmung hob sich ein wenig, als sie daran zurückdachte. Brads sonnengebräunte Beine strampelten vor ihr, so schnell er konnte, ein Handtuch hing über seinen Schultern und im Rucksack steckten Erdnussbutterbrote und eine Frisbeescheibe. „Und dann in der Mittelstufe, weißt du noch?"

Brads Lachen verlor sich im Geräusch der Wellen. „Wie viele waren wir da? Zehn? Zwölf? Und alle im Volleyballfieber."

„Jeden Tag, den ganzen Juli über. Wir dachten, wir wären auf dem Weg zu den Olympischen Spielen."

„Tommy Winters und ich auf jeden Fall."

„Ihr habt euch einmal sogar geprügelt. Um die Frage, ob der Ball drin war oder nicht."

„Der gute Tommy." Brad blieb stehen und wandte sich dem Wasser zu. „Was wohl aus ihm geworden ist."

„Tommy?" Emma trat neben ihn, hielt aber Abstand, damit ihre Arme sich nicht berührten. „Er schreibt mir manchmal auf Facebook. Verheiratet, hat zwei kleine Jungen. Er wohnt in Raleigh und arbeitet da beim Bezirksbauamt."

„Hmmm. Klingt nach einem guten Leben." Brad drehte sich kurz zu ihr um, und obwohl seine Augen hinter der dunklen Brille nicht zu sehen waren, wirkte er überrascht. „Du bist bei Facebook?"

„Manchmal." Sie verschränkte die Arme vor der Brust. Die Kälte, die sie verspürte, hatte nichts mit der Temperatur zu tun. „Und du?"

„Ich habe ein Profil, aber ich gehe eigentlich nie rein. Zu viel zu tun." Er lachte leise. „Ich werd ihm eine Freundschaftsanfrage schicken."

Sie schwieg einen Augenblick und stellte sich vor, wie anders dieses Wiedersehen hätte sein können. Wenn sie vor einem Jahrzehnt andere Entscheidungen getroffen hätten, wären sie einander vielleicht auf Facebook begegnet – so wie viele alte Freunde. Und vielleicht hätten sie sich eine Zeit lang Nachrichten geschickt und sich ab und zu getroffen. Bevor das andere Mädchen in sein Leben trat. Vielleicht hätten sie sich sogar hier in Holden Beach getroffen, wo ein Nachmittag wie vor Verheißungen glühte. Statt in der Kälte zu erfrieren, die sie jetzt empfand, angesichts all dessen, was sie verloren hatten.

„Wen hast du noch gesehen?" Brad setzte sich wieder in Bewegung, aber langsamer als vorher, immer noch westlich des Anlegers, fort aus der Öffentlichkeit. „Online, meine ich."

Emma hielt mit ihm Schritt. „Sara Schumacher. Sie ist immer noch in Wilmington. Ist jetzt Kinderärztin."

„Sara?" Brad schüttelte den Kopf auf eine Weise, die nahelegte, dass ihn das nicht überraschte. „Sie war schlauer als jeder Junge in unserem Mathekurs. Ich weiß noch, wie sie sagte, sie könnte es gar nicht erwarten, dass wir Trigonometrie durchnehmen."

„Das ist typisch Sara." Emma spürte, wie ihre Vorsicht nachließ. Sie hatte nicht erwartet, dass sie dieses Treffen so genießen würde. „Paul Bond ist Trainer an der Wilmington High. Football. Und Max Maynard unterrichtet dort."

„Max? Mr Party?“ Brad zog die Augenbrauen hoch und warf ihr im Gehen einen Blick zu. „Der Typ konnte im letzten Schuljahr keinen ganzen Satz formulieren.“

„Er wurde beim Abschlussball rausgeschmissen, weil er getrunken hatte. Weißt du noch?“ Emma hatte plötzlich den Drang, sich bei Brad unterzuhaken und mit ihm an ihrem gemeinsamen Strand entlangzulaufen, so wie sie es in jenem August getan hatten. Sie schalt sich selbst. *Sei vorsichtig, Emma. Pass auf dein Herz auf.*

„Jemand hat mir erzählt, dass er Christ geworden ist.“ Brads Stimme klang jetzt weicher. „Das würde es erklären.“

Die Kälte war wieder da. Emma fuhr sich mit den Händen über die Arme und hielt sie vor der Brust verschränkt. Es war, als wäre sie wieder das achtzehnjährige Mädchen, das neben Brad Cutler dahinlief. Es kostete sie ungeheure Mühe, sich daran zu erinnern, dass nichts so war wie damals. Ganz und gar nichts.

„Und die hast du alle auf Facebook gefunden?“

„Alle sind auf Facebook. Die Hälfte der Eltern der Schüler in meiner Klasse schickt mir noch in der ersten Schulwoche eine Freundschaftsanfrage.“ Emma lächelte. „Ist doch eigentlich gut. So bleiben die Leute in Verbindung.“

„Stimmt schon.“

„Aber dann ist da natürlich noch deine Methode.“ Emma trug ebenfalls eine Sonnenbrille und so konnte er nicht sehen, wie ihre Augen mit einem Mal blitzten. Aber er konnte das Lachen in ihrer Stimme hören. Es überraschte sie selbst, so wie alles in der vergangenen Stunde. Wie lange war es her, dass Brad und sie etwas gefunden hatten, worüber sie lachen konnten?

„Meine Methode?“ Er lächelte entspannt und blieb wieder stehen.

„Zehn Jahre warten und dann wie ein Geist am Ende eines Arbeitstages auftauchen.“

Einige Sekunden lang dachte sie, er würde ernst werden und

vielleicht darauf hinweisen, dass er das, was er zu sagen hatte, ja kaum bei Facebook posten konnte. „Stimmt." Ein langsames Lachen entstieg seiner Kehle, so als wäre er ebenso wenig bereit wie sie, über den eigentlichen Grund seines Besuches zu reden. „Ich wollte schon immer anders sein."

„Was normalerweise gut war." Emma erinnerte sich an Dutzende Gelegenheiten, bei denen die Jugendlichen aus ihrer Klasse mit jeder Menge Bierdosen an den Strand gezogen waren oder irgendwo auf dem Land wilde Partys gefeiert hatten. Brad hatte nie getrunken. Nie.

„Unsere Klasse konnte ganz schön durchgeknallt sein."

Sie schwiegen wieder und Emma hatte den Eindruck, dass Brad sich ebenso in den Erinnerungen an damals verlor wie sie selbst. Die Sonne wärmte ihre Schultern. Am blauen Himmel zogen Wolken auf – Wolken von der Art, die sich schnell in ein Gewitter verwandeln konnten. Ein ganzes Stück hinter ihnen, in der Nähe des Anlegers, sah Emma Familien mit riesigen Kühlboxen und Klappstühlen, Handtüchern und Schirmen. Zwei Kinder liefen zusammen los und ließen einen Drachen im Meereswind steigen. Sie sahen zu, wie er sich in die Lüfte schwang. Feriengäste.

Aber der Ort, an den Brad sie geführt hatte, war ebenso vertraut wie ungestört und das war die Atmosphäre, die sie für ihre Unterhaltung brauchten. Emma hatte das Gefühl, dass es an der Zeit war. Sie konnten nicht unbegrenzt über die Vergangenheit reden, ohne anzusprechen, warum er hergekommen war.

Brad wies auf einen Felsen, der ein paar Meter vom Wasser entfernt aus dem Sand ragte. An dieser Stelle gab es weite Flächen mit Strandgras, das Künstler in ihren Gemälden von der Küste Carolinas einzufangen suchten. „Komm."

Emma folgte ihm, aber ihr Herz schlug dabei in einem merkwürdigen Rhythmus. Entspann dich, sagte sie sich. Was konnte er schon sagen, das schlimmer war als die Neuigkeit von gestern – die Tatsache, dass er verlobt war? Sie setzte sich neben ihn, streckte die Beine aus und schlug sie übereinander.

War dies alles wirklich wahr? Sie starrte aufs Meer hinaus und versuchte, ihn nicht zu bemerken, aber das war unmöglich. Sie spürte seine Gegenwart mit jeder Faser ihres Seins. Brad Cutler, ein paar Handbreit von ihr entfernt. Seine Eigenarten, der Geruch seines Shampoos, vermischt mit der salzigen Luft, wie er ein Knie anzog und sich lässig darauf stützte. Die alte Vertrautheit umgab sie, verschlang sie förmlich. Da saßen sie beide, atmeten die gleiche Luft ein und starrten auf denselben alten Strand. Ihr Herz hätte so gerne geglaubt, dass sie immer noch ihm gehörte … und er ihr und dass dies nur ein weiterer Sommer in einem Leben mit lauter Sommern war, die sie mit ihm teilte.

Sie lehnte sich zurück und stützte sich auf ihre Hände, immer darauf bedacht, ihm nicht zu nahe zu kommen. *Sag es endlich,* hätte sie am liebsten geschrien. *Bringen wir es hinter uns.* Dann konnten sie dieses Treffen beenden; er konnte zu seiner Verlobten zurückkehren und nie wieder zurückkommen. Denn mit jedem Augenblick, den er an ihrer Seite verbrachte, fiel es ihr schwerer, sich selbst von der Wahrheit zu überzeugen.

Die Wahrheit, dass sie sich nie wieder in Brad Cutler verlieben durfte.

Brad genoss offensichtlich die Zeit so sehr, dass er den Mann, zu dem er geworden war, und sein Leben in New York City und alles andere vergaß, außer Emma neben ihm. Das Geräusch der Stille zwischen ihnen holte ihn mit einem Ruck in die Wirklichkeit zurück und erinnerte sein Herz daran, dass sie keine Teenager mehr waren. Trotz der Anziehungskraft, die er immer noch spürte, und trotz der Ungezwungenheit, wenn sie zusammen waren. Er war nicht hier, um an alte Zeiten anzuknüpfen und sich wieder einmal daran zu erinnern, warum er sich damals in Emma verliebt hatte.

Er liebte jetzt Laura und er musste nach Hause. Er durfte keine einzige Stunde mehr damit verschwenden, in Erinnerungen zu schwelgen.

Es dauerte einige Minuten, bis er seine Gedanken sortiert hatte. Die Scherben in seiner Seele mussten zwischen ihnen im Sand ausgebreitet werden, bevor er beginnen konnte, sie zu einem heilen Ganzen zusammenzufügen. Für sie beide. Er suchte immer noch nach einem geeigneten Anfang, als sie sich ein wenig zu ihm umwandte.

„Du bist nicht hergekommen, um über Tommy Winters oder Max Maynard zu reden." Ihr Ton war jetzt weicher als vorher. Und es lag keine Unbeschwertheit mehr darin. „Warum sagst du es nicht einfach, Brad. Sag mir, warum du hier bist." Eine riesige Wolke überschattete den Strand und sie nahm ihre Sonnenbrille ab.

Brad folgte ihrem Beispiel und jetzt konnte er bis in ihre Seele blicken. So wie er es immer gekonnt hatte. Als er den Schmerz in ihren Augen sah, wurde ihm ganz flau im Magen und er zweifelte plötzlich daran, dass es weise war, diese Unterhaltung zu führen. Er hätte ihr einen Brief schreiben oder die ganze Sache mit der Vermutung abtun können, dass Emma zu schwer zu finden sein würde. Alles, damit er nur nicht hier sein, ihre Verletztheit spüren und versuchen musste, irgendwie über die schmerzlichste Zeit ihres Lebens zu sprechen. Er sah so tief und weit in den blauen Himmel hinein, wie er konnte. Er musste es ihr sagen. Er hatte keine Wahl.

Die Wolken verdunkelten den Himmel, aber der Wetterbericht hatte erst für den späten Abend Unwetter vorhergesagt. Brad sah ihr in die Augen. Wenn er ihr sagte, wie es ihm ging, dann sollte sie wissen, dass er ehrlich war. Sie beobachtete ihn und wartete. *Bitte, Gott … gib mir die richtigen Worte ein …*

Ich bin bei dir. Hier beginnt die Vergebung.

Er holte tief Luft und hoffte, sie würde verstehen. „Ich weiß noch, wie ich dich hierher gebracht habe statt nach Wrightsville.

Und ich erinnere mich daran, wie ich dich zu diesem Teil des Strandes geführt habe." Er zögerte, während die Vergangenheit lebendig und schmerzlich vor seinem geistigen Auge erschien. „Und ich erinnere mich daran, dass ich mich nicht unter Kontrolle hatte."

Ihre Wangen wurden heiß, aber sie rührte sich nicht und sagte kein Wort.

„Ich sehe immer noch vor mir, wie ich dich zu der Klinik fuhr und dann ..." In seinen Worten schwang tiefes Bedauern und er kämpfte gegen aufsteigende Tränen an. „Ich weiß noch, dass ich die Stadt verließ und zur Uni fuhr, aber ..." Er starrte in den Sand. Was für ein Narr er doch damals gewesen war. Er biss die Zähne zusammen und begegnete dann wieder ihrem Blick. „Ich kann mich nicht erinnern, jemals gesagt zu haben, dass es mir leidtut." Er zuckte hilflos mit den Schultern, weil er die Tatsachen nicht ändern konnte. „Ich habe nie gesagt, dass es mir leidtut, Emma. Deshalb bin ich hier."

Ein paar Herzschläge lang starrte sie ihn regungslos an. Dann zog sie die Knie an und schlang die Arme darum. Sie starrte wieder auf den Ozean; ihr Rücken war gerader als eben noch. Es dauerte eine Minute, aber dann begannen die Tränen über ihre Wangen zu kullern, auf ihre nackten Beine zu tropfen und in den Sand zu rinnen. Irgendwann fuhr sie sich mit den Fingern übers Gesicht und schluckte ein paarmal. „Ich habe dich seit der vierten Klasse geliebt. Seit jener Woche, als ... als die Lehrerin uns dieses dämliche Seil halten ließ."

„Daran habe ich auch gedacht. An das Seil." Er klang todtraurig. „Auf dem Flug hierher."

„Von da an habe ich dir alles erzählt; du wusstest alles, was in meinem Herzen vorging. Jede Kleinigkeit. Du warst ... du warst mein bester Kumpel und mein Bruder und mein Freund." Wieder lief eine Träne über ihre Wange, aber Emma schien sie nicht zu bemerken. „Du warst alles für mich."

Brad wollte ihre Hand nehmen, aber er war klug genug, es nicht zu tun. Beim letzten Mal hatte das Gefühl ihn noch bis tief in die Nacht hinein verfolgt. Stattdessen ließ er seine Gedanken an jeden langen Nachmittag, jedes endlose Wochenende zurückwandern. Nicht nur Emma war es so gegangen. Auch er hatte ihr sein Herz offenbart. Was immer er fühlte, er erzählte es ihr. Bis ... „Bis wir hierherkamen ..."

„Ich wollte doch nur ..." Ihre Hand zitterte, als sie sie hob und sich die nächste Träne aus dem Gesicht wischte. Ihr Blick war ganz in der Vergangenheit verhaftet, gefangen in jener schrecklichen Zeit, als das Leben sich für sie beide verändert hatte. Dann sah sie ihn unverwandt an, und ihr Blick reichte bis in seine Seele. „Ich wollte nur ... dass du mich fragst, was an dem Tag damals geschehen ist." Sie senkte den Kopf auf ihre Knie. Als sie ihn wieder hob, suchte sie erneut seinen Blick. „Ich habe es nie jemandem erzählt, keiner Menschenseele. Nicht meiner Mutter und keiner Freundin und auch keinem Therapeuten." In ihrer Stimme lag eine unterschwellige Wut, aber sie wurde nicht laut. „Denn wenn ich es dir nicht erzählen konnte ... wem denn dann? Du hast mich in dieser Klinik den Gang hinuntergehen lassen, und als ich zurückkam, hast du kein Wort gesagt. Du hast mich nie gefragt, was geschehen war."

Die Wahrheit traf Brad wie eine Kugel, die sein Herz in tausend winzige Fetzen riss. Sie hatte niemandem erzählt, was am Ende jenes Ganges geschehen war? Sie hatte nie darüber gesprochen? Brad hatte sie nicht gefragt, weil er es nicht wissen wollte. Damals nicht und jetzt auch nicht. Aber deshalb war er hergekommen – damit er um Verzeihung bitten und damit sie beide trauern konnten. „Erzähl es mir, Emma." Er sprach die Worte aus, die er vor zehn Jahren hätte sagen sollen. Und während er es tat, wurde ihm etwas immer mehr bewusst: Er musste wissen, was geschehen war, weil es nicht nur Emmas Baby war. Es war auch sein Kind. „Bitte erzähl es mir."

„Brad …“ Sie schüttelte den Kopf und neue Tränen strömten über ihr Gesicht. „Es ist zu spät.“

„Nein. Deshalb bin ich hier.“ Er streckte die Hand aus, weil er sie brauchte. Sie brauchten einander. Hier ging es nicht darum, neue Gefühle füreinander zu entfachen. Es ging darum, die Vergangenheit zu verarbeiten. Als es nicht so aussah, als würde sie seine Hand ergreifen, rutschte er ein wenig näher und schloss seine Finger um ihre.

Sie wehrte sich nicht; aber ihre Lebhaftigkeit schien gewichen. Als wollte sie seinen Bemühungen, freundlich zu sein, widerstehen, hatte aber nicht die Kraft dazu. „Bitte erzähl es mir.“

Einige Sekunden verstrichen, aber sie drückte seine Hand und da wusste er es. Sie würde sprechen. Sie würde ihm die Einzelheiten erzählen, die er nicht hatte hören oder wissen wollen. All die Jahre hatte Emma die Wahrheit in sich verschlossen und jetzt, wo Brad hier war, konnte er sehen, dass sie keinen Frieden und keine Heilung gefunden hatte. Sie war immer noch verwundet von dem Weg, den sie damals in der Klinik zurückgelegt hatte, und sie brauchte unbedingt Heilung. Während Emma darum rang, was sie sagen sollte und wie sie es sagen sollte, spürte Brad den Schmerz … ihren Schmerz. Jetzt ging es nicht mehr um ihn. Denn was auch immer diese Geschichte beinhaltete, plötzlich war er sich einer Sache ganz sicher.

Wenn er sie gehört hatte, würde nichts mehr so sein wie vorher.

23

Eine solche Gelegenheit würde sich nie wieder ergeben.

Das war Emma bewusst, als sie mit der Wahrheit kämpfte und damit, wie sie ihm diese Wahrheit sagen sollte. Den Teil ihrer Geschichte, den sie Brad erzählen musste, hatte sie Gavin neulich nicht anvertrauen können, weil sie sich selbst die Einzelheiten kaum eingestand. Zehn Jahre lange hatte sie Brad von diesem Tag berichten wollen, damit er verstand, wie schrecklich es gewesen war. Jetzt – nach seiner Bitte um Verzeihung – wusste Emma, dass dies ihre einzige Chance war, es ihm je zu berichten.

„Ich hatte eine Todesangst, als ich im Wartezimmer saß." Sie zog Kraft daraus, dass ihre Hand sicher in seiner lag. Sicher und geborgen. Die Einzelheiten ihrer Geschichte würden sie nicht umbringen, wenn Brad so stark neben ihr saß. „Ich wollte zum Auto zurückrennen und dich anflehen, mich nach Hause zu fahren."

„Emma …" Er stöhnte leise und seine Schultern sackten ein wenig nach unten. „Du hättest es tun sollen."

„Nein." Sie schüttelte den Kopf. „Du wusstest es, Brad. Du hast gesehen, dass ich Angst hatte."

Zuerst sah er aus, als wollte er widersprechen, aber dann schloss er einen Moment die Augen. Als er sie wieder öffnete, war jede Verteidigungshaltung verschwunden. „Ja, ich wusste es. Ich wollte nicht über deine Gefühle reden." Er hatte Tränen in den Augen, aber er wandte den Blick nicht ab. „Ich wollte nicht, dass du deine Meinung änderst."

Er bestätigte mit seinem Geständnis nur, was Emma in ihrem Herzen schon wusste, aber es tat trotzdem weh. Er hatte sie zu der Klinik gebracht und nicht eine Minute daran gezweifelt, was er sich von diesem Termin erhoffte. Er wollte, dass Emma die Klinik verließ und nicht mehr schwanger war. Er wollte kein Baby, das seine Zukunft komplizierter machte, wollte nicht, dass etwas sein Leben aus dem Ruder brachte oder der Welt offenbarte, was Emma und er getan hatten.

„Ich hatte panische Angst, als sie meinen Namen aufriefen, aber wahrscheinlich …“ Emma blinzelte neue Tränen fort. Der Wind war jetzt kühler als vorher und sie rückte ein wenig näher an ihn heran, um seine Wärme zu spüren. „Zu diesem Zeitpunkt dachte ich, es sei zu spät, es mir anders zu überlegen.“ Sie konnte die Geschichte nicht in kleinen Häppchen erzählen. Mit ihrer Hand fest in seiner, gingen ihre Gedanken zurück in die Zeit, als sie jung und schwanger war und den kalten, unpersönlichen Flur einer Klinik hinunter zu dem Hinterzimmer ging, in dem Babys starben. Sie wappnete sich gegen den Schmerz der Vergangenheit und begann. Und als sie erst einmal angefangen hatte, erzählte sie die Geschichte, bis sie fertig war.

Eine ältere Frau mit verschlossenen Zügen und kurzen grauen Haaren führte sie den Gang hinunter und Emma blickte nur einmal zurück. Im Wartezimmer hatte Brad die Unterarme auf die Knie gestützt und starrte auf den Boden.

„Hier entlang“, sagte die Frau. Sie schien zu bemerken, dass Emma abgelenkt war, deshalb blieb sie stehen und legte Emma eine Hand auf die Schulter. „Keine Sorge, meine Liebe. Es ist bald vorbei.“

Emma ließ ihre Worte auf dem restlichen Weg bis zu einem kleinen weißen Zimmer am Ende des Ganges in sich nachklingen. Die Frau öffnete die Tür und nickte Emma zu. „Bitte legen Sie Ihre Kleider ab und ziehen Sie das Hemd an, das dort auf dem Tisch liegt. Und lassen Sie es bitte vorne offen. Dann müssen Sie noch ein Formular ausfüllen, bevor der Arzt kommt.“

Der Arzt? Emma erinnerte sich an ihre Verwirrung. Sie hatte kein einziges Mal darüber nachgedacht, dass die Abtreibung von einem echten Arzt durchgeführt werden könnte. Ihr Leben lang hatte sie geglaubt, Ärzte wären Menschen, die anderen halfen. Die Frau schloss die Tür und ließ Emma allein zurück. In mancher Hinsicht war der kleine Raum wie jeder andere Behandlungsraum, den Emma bei ihrem Hausarzt gesehen hatte. Ein Tisch, ein Waschbecken, ein runder Hocker auf Rollen für den Arzt. Aber in diesem Zimmer gab es außerdem einen kleinen, mit Papier bedeckten Tisch. Auf dem Papier lagen mehrere furchterregend aussehende Werkzeuge. Daneben stand ein Apparat mit einer Reihe schwarzer Schalter und einem transparenten Schlauch an der Seite.

Emma wandte den Blick von dem Gerät ab und ein Schauer lief ihr über den Rücken. Sie fing an zu frösteln und ihre Zähne begannen zu klappern, während ihr eine Gänsehaut über Schultern und Arme lief, bis ihr ganzer Körper zitterte. Eine Eisesstarre überkam sie und drang bis in ihr tiefstes Inneres ein. Sie konnte sich nicht erinnern, jemals so gefroren zu haben. Angst füllte den Raum und entzog ihm die Luft, sodass Emma kaum atmen konnte.

Tu etwas, ermahnte sie sich selbst. Du kannst nicht einfach hier rumstehen.

Sie konnte Stimmen auf dem Gang hören, aber sie verstand nicht, was gesagt wurde. Ihr Herzschlag hallte in ihrem Brustkorb und ihrem Kopf wider. Er war so laut, dass sie sicher war, die Schwester müsse ihn hören, wenn sie zurückkam. Geistesabwesend und noch immer zitternd vor Angst und Kälte, während sie Mühe hatte zu atmen, streifte Emma ihre Tennisschuhe ab und zog ihre Kleider aus. Sie legte sie auf einen kleinen Haufen in einer Ecke des Raumes, dann zog sie das Operationshemd an. Es war weiß mit kleinen blauen Blumen. *Wie in einem Babyzimmer*, dachte sie. Sie zog den Stoff fest um sich und der Geruch von Desinfektionsmittel stieg in ihre Nase.

Was machte sie hier? Und was war mit ihrem Baby? War es zu spät, aus diesem Zimmer zu fliehen? Das Büro und die sachliche

Frau und Brad hinter sich zu lassen und aus dem Gebäude zu rennen? Die Fragen trafen sie wie rasiermesserscharfe Pfeile, aber bevor ihr auch nur eine einzige Antwort einfiel, ging die Tür auf …

Die Frau trat ein, schloss die Tür hinter sich und reichte Emma ein Klemmbrett.

„Die Beratung vor dem Eingriff ist Pflicht." Die Frau lehnte sich an die Tür und lächelte. „Sie waren bei Ihrem Beratungstermin, nicht wahr?"

„Ja." Emma erkannte ihre eigene Stimme nicht wieder. Sie bemerkte aber zwei Dinge, an die sie sich Zeit ihres Lebens erinnern würde. Die Frau nannte die Abtreibung kein einziges Mal Abtreibung. Sie sprach von einem Eingriff. Und zweitens erreichte ihr Lächeln nie ihre Augen.

Unsicher, was sie als Nächstes tun sollte, starrte Emma auf das Blatt auf dem Klemmbrett. „Einwilligung" stand darauf. Die Frau trat näher und fühlte Emmas Stirn. „Sie haben kein Fieber. Sie müssen sich entspannen, meine Liebe. Wirklich." Sie trat wieder einen Schritt zurück und musterte Emma. „Hat jemand Ihnen gesagt, welche Möglichkeiten Sie haben?"

„Möglichkeiten?" Ein Anflug von Hoffnung flatterte durch Emmas Herz. „Was für Möglichkeiten habe ich denn?"

Die Frau zögerte. „Wie alt sind Sie?"

„Achtzehn." Emma legte das Klemmbrett neben sich und schlang die Arme um ihren Oberkörper, um die Kälte, die ihr in den Knochen saß, zu vertreiben. „Was für Möglichkeiten?"

„Also … darüber hätte eigentlich bei dem Beratungstermin gesprochen werden sollen. Über diese Möglichkeiten."

„Oh." Emma nickte. Die Möglichkeit, das Baby zu bekommen und zur Adoption freizugeben oder es zu behalten. „Ich … glaube, ich kenne die Möglichkeiten."

„Sehr gut." Sie lächelte wieder. „Viele Mädchen haben Angst, wenn sie hierherkommen, aber ich kann Ihnen versichern, dass es ein Routineeingriff ist. Er wird jeden Monat bei Hunderten Frauen hier in dieser Klinik durchgeführt." Sie sah Emma prüfend an. „Sie sind in der … zwölften Woche?"

Zwölfte Woche? Sie schluckte, weil sie nicht sicher war, was das bedeutete oder wie so viel Zeit hatte verstreichen können. „Ich … glaube schon. Mein Zyklus ist … nicht sehr regelmäßig."

„Ich bin sicher, dass Sie noch nicht viel weiter sind." Sie tätschelte Emmas Schulter. „Nach zwölf Wochen haben wir es noch nicht mit einem Baby zu tun, meine Liebe. Das ist einfach nur ein Zellklumpen. Bei dem Eingriff werden diese Zellen entfernt, damit kein Baby heranwächst. Dann können Sie Ihr Leben weiterleben und die ganze Sache vergessen."

Ein Zellklumpen? Emma klammerte sich an diese Definition und in einem Dunst tröstlicher Aussagen und Versicherungen der Frau unterschrieb Emma die Unterlagen. Sie setzte ihren Namen auf einen Bogen und versicherte damit, dass dies ihre Entscheidung war und dass niemand sie zu der Abtreibung gezwungen hatte, so wie sie es schon bei dem Beratungstermin einige Tage zuvor unterschrieben hatte.

Sie gab ihre Einwilligung.

Die Temperatur am Strand fiel noch weiter, und Emma war es jetzt so kalt wie damals in der Klinik. Sie wandte sich Brad zu und erkannte Scham und Schuld in seinen Augen, die sie noch nie dort gesehen hatte. Er strich mit dem Daumen über ihren Handrücken. „Ich hätte mit dir zu dem Beratungstermin gehen sollen."

Sie hätte gerne geglaubt, dass sie sich gegen die Abtreibung entschieden hätten, wenn er mitgegangen wäre; wenn sie den Erklärungen der Frau gemeinsam zugehört hätten. Aber sie wusste es besser. „Es hätte keine Rolle gespielt. Wir hatten uns zu diesem Zeitpunkt bereits entschieden. Es war nicht nur deine Schuld, Brad. Ich bin diesen Flur hinuntergegangen."

„Was … was geschah dann?“

Emmas Gedanken gingen zu dem Augenblick zurück.

Nachdem die Papiere unterschrieben waren, hatte die Frau nicht mehr viel zu sagen. Sie nahm ihr Klemmbrett und ließ Emma wieder allein. In dieser letzten Minute mit ihrem Baby legte Emma die Hand auf ihren Bauch. Bald würde alles vorbei sein, nicht wahr? Das hatte die Frau doch gesagt. Aber wenn dies das letzte Mal war, dass sie mit ihrem Kind allein war, dann musste sie unbedingt etwas sagen. Irgendwie ein letztes Mal Abschied nehmen. Tränen liefen über ihre Wangen, aber die heißen Ströme wärmten sie nicht. „Kleines Baby“, flüsterte sie. Das Zittern ließ ihr Flüstern wie eine Reihe merkwürdiger Schnatterlaute und Atemzüge klingen. „Es tut mir leid, Baby. Es ist nicht deine Schuld.“

Sie versuchte immer noch zu sprechen und weinte noch immer, als es an die Tür klopfte und ein Mann mittleren Alters hereinkam. Der Arzt musste ihr gesagt haben, dass sie sich hinlegen sollte, denn sie erinnerte sich daran, dass sie plötzlich auf dem Rücken lag und er ihre Fersen in eine Art Steigbügel setzte. Die Frau erschien und stand an der Wand, aber sie schien überall hinzusehen außer in Emmas Augen.

Sie kniff die Augen zusammen. *Es tut mir leid, kleines Baby … es tut mir schrecklich leid. Bitte vergib mir. Es ist nicht deine Schuld.*

Der Arzt gab ihr eine Spritze. Sie sog scharf die Luft ein und zitterte noch heftiger. „Mir … mir ist s-s-s-so k-k-kalt.“

„Gleich wird Ihnen wärmer.“

Wieder verschwamm alles um sie herum und der Raum schien in ständiger Bewegung zu sein. Die Frau an der Tür schwankte und der Arzt beugte sich über Emma.

Sie blinzelte und die Erinnerung verblasste. Brads Hand zu spüren, die ihre umschloss, gab ihr die Kraft fortzufahren. Das

Schlimmste kam erst noch. Sie holte tief Luft und erzählte Brad, was als Nächstes geschah. Jede Einzelheit – jedes einzelne, schmerzhafte, entsetzliche Detail dessen, was sie fühlte und hörte, und den ganzen Schmerz, den sie empfand.

„Die Erinnerung ist so klar und deutlich, als wäre es gestern geschehen." Emma blinzelte in Richtung Horizont und wünschte, sie könnte die Uhr zurückdrehen und die Vergangenheit ändern. „Aber nach einer Weile wurde ich bewusstlos. Vielleicht war es die Spritze oder die Wirklichkeit … dass ich wusste, was geschah."

Sie hörte Fetzen von dem, was der Arzt sagte, etwas über eine fortgeschrittene Schwangerschaft. Zu diesem Zeitpunkt hatte sie nicht mehr das Gefühl, auf einem kalten Operationstisch in einer Abtreibungsklinik in Wilmington zu liegen. Vielmehr hielt sie ihr Baby im Arm und beschützte es. *Alles ist gut, Kleines. Jetzt wird dir niemand mehr wehtun.* Jemand berührte sie an der Schulter … einmal und noch einmal. Geh weg, wollte sie schreien. Aber sie war zu müde, um etwas zu sagen. Sie wollte nicht geweckt werden – jetzt nicht und vielleicht nie mehr.

Aber irgendwann hörte sie die Stimme des Arztes. „Es ist vorbei. Sie können die Augen aufmachen."

Emma blinzelte und wusste im ersten Moment nicht, wo sie war. Doch dann wurde ihr die Wirklichkeit mit einem Schlag bewusst. Sie war in einer Klinik und ließ eine Abtreibung vornehmen, und jetzt … „Mein Baby?"

„Die Schwangerschaft wurde abgebrochen." Er sah zufrieden aus. „Der Eingriff war erfolgreich." Dann trat er zurück. „Sie waren etwa eine Woche über die zwölfte Woche hinaus." Er zögerte, und dann sagte er beinahe beiläufig: „Es war übrigens ein Mädchen."

Es waren Worte, die in Emmas Gedanken nachhallten, während der Arzt sie säuberte und dann den Raum verließ. Worte, die sie verfolgten und verspotteten, während sie die nächste halbe Stunde ausruhte und nachdem sie sich angezogen und – mit der Hilfe der älteren Frau – den Gang zurückgegangen war zu dem Raum, in dem Brad wartete. Das Baby war ein Mädchen.

Worte, die sie nie vergessen würde.

In der Ferne war Donnergrollen zu hören und Emma sah Brad an. Die Tränen waren versiegt. Die Einzelheiten ihrer Geschichte drangen erst jetzt zu ihm durch. Er saß lange wortlos da. Seine Augen waren feucht. Er hielt immer noch ihre Hand, nur dass er sie jetzt viel fester umklammerte als vorher. Er starrte aufs Wasser, in den verschwimmenden Horizont, die Zähne fest aufeinandergepresst. Nur ab und zu seufzte er tief, als fiele ihm das Atmen schwer und als enge etwas seine Brust ein.

Emma hätte gerne etwas getan, um ihm zu helfen, aber es gab nichts, was sie tun konnte. Seit damals hatte sie jeden Tag den Verlust ihres kleinen Mädchens betrauert, aber für Brad begann der Trauerprozess erst jetzt. Er hatte eine Tochter verloren und das hatte er bis jetzt gar nicht richtig verstanden.

Er fuhr sich mit dem Handrücken über die Wangen, über die ein paar Tränen liefen, und hob schließlich den Kopf, um sie anzusehen. „Es war nicht ihre Schuld … die Schuld unseres kleinen Mädchens.“ Er atmete dreimal kurz durch die Nase ein, während er ganz offensichtlich gegen den Kummer ankämpfte. „Es tut mir leid, Emma. Du … hast diesen Verlust … all die Jahre ganz allein ertragen.“

„Ich hätte es dir erzählt.“ Sie ließ seine Hand los und legte einen Arm um seine Schultern. Ihre erste Liebe, ihr bester Freund. Der Mann, der in ihren Augen ihr Feind geworden war. Ihre gepresste Stimme war kaum lauter als die Wellen, die ans Ufer schlugen. „Du hast mit keiner Silbe danach gefragt. Da dachte ich … du hast es nicht verdient, von ihr zu wissen.“

Brads Gesicht verzog sich zu einem Ausdruck grenzenloser Trauer. „Unsere Tochter ... unser kleines Mädchen."

„Ja." Emma nahm ihren Arm von seinem Rücken und bedeckte ihr Gesicht. Ihre eigenen Tränen waren versiegt, als sie ihre Geschichte erzählt hatte, aber jetzt stieg das Gefühl des Verlusts in ihr auf wie ein abgrundtiefes Meer des Kummers. „Sie ... wäre jetzt neun Jahre alt."

Etwas wie ein Schluchzer oder ein kehliger Aufschrei entwich Brad. „Wir konnten sie nie im Arm halten." Brad rutschte näher und legte beide Arme um Emma und klammerte sich an sie. „Es tut mir leid. Es tut mir so leid."

Es gab nichts, was sie sonst noch sagen konnten; nichts, was sie tun konnten. Ihr kleines Baby war nicht mehr da und alle Tränen und aller Schmerz konnten sie nicht zurückbringen. Trotzdem blieben sie so sitzen, im Augenblick gefangen, blind und taub für alles außer für die Tragödie, die sie gemeinsam erlebt hatten und mit der sie seither lebten.

Wieder donnerte es, diesmal näher als vorhin. Brad ließ Emma los und half ihr auf die Füße. Er schniefte und versuchte, seine Gefühle unter Kontrolle zu kriegen. „Wir müssen hier weg."

Emma warf einen Blick zum Himmel, als ein Blitz über dem Meer aufleuchtete. Es gab nur einen Ort, zu dem sie flüchten konnten – ob es klug war, Brad Cutler dorthin mitzunehmen, oder nicht. „Mein Haus. Wir müssen uns beeilen."

Mit tränennassen Wangen nahmen sie ihre Sonnenbrillen und liefen am Wasser über den nassen Sand zurück. Das Unwetter kam näher und als sie den Anleger erreichten, sah sie, wie die Familien eilig ihre Decken und Picknickkörbe und Kinder einsammelten und zu ihren Autos liefen.

„Meine Tasche." Emma zeigte auf die Stelle einige Meter entfernt und Brad rannte hin, um die Sachen zu holen. Er nahm die Tasche und beide Paar Schuhe. Es war keine Zeit, sie anzuziehen.

„Geh vor.“ Riesige Regentropfen fielen jetzt und sie ließen beide ihre Sonnenbrillen in Emmas Tasche fallen.

Sie rannte durch den Sand, dicht gefolgt von Brad, erst zu dem Weg zwischen den Häusern und dann die Dolphin Street entlang bis zu ihrer Verandatreppe. Als sie sicher in ihrem Haus angekommen waren, waren sie beide außer Atem und völlig durchnässt. Die Fliegengittertür knallte hinter ihnen zu, aber Emma ließ die andere Tür offen. Das Geräusch des tobenden Gewitters draußen mischte sich mit ihrem keuchenden Atem.

Brad stellte die Tasche ab und trat näher und ihre Blicke begegneten sich. Der Regen tropfte von seinen dunkelblonden Haaren und hing in seinen Wimpern, aber erst jetzt sah Emma, dass das Wasser auf seinem Gesicht nicht nur vom Regen stammte. Er starrte sie prüfend an. „Ich kann es noch immer nicht fassen. Dass du mit all dem leben musstest.“ Sein Brustkorb hob sich vom Laufen, aber auch von dem, was er gerade gehört hatte. „All die Jahre hast du damit gelebt.“

„Wem sollte ich es erzählen?“ Ihr Kinn bebte und sie strich sich das nasse Haar aus dem Gesicht. Auch sie war noch ganz außer Atem. „Du bist gegangen, Brad. Du wolltest dein Leben leben.“

Zuerst sah es aus, als würde er etwas sagen und versuchen, sich zu rechtfertigen. Doch dann sah er sie nur an und tat das Einzige, was sie beide tun konnten. Er trat zu ihr und schlang die Arme um sie, und dann hielt er sie so fest, wie Eltern sich bei der Beerdigung ihres einzigen Kindes halten würden. „Wenn ich die Entscheidung zurücknehmen könnte …“ Er hauchte die Worte in ihre Haare und drückte sie an sich. „Es tut mir leid, Emma. Unser kleines Mädchen … unser Baby.“

Die Blitze kamen jetzt näher und der Donner erfolgte schneller. Als wollten Himmel und Erde mit ihnen trauern. Sie hatte nicht damit gerechnet, jemals irgendjemandem von diesem schrecklichen Tag erzählen zu können. Aber Brad war zu ihr zurückgekommen und es tat ihm leid. Er wollte wissen, was geschehen war, und sie war froh, dass sie es ihm erzählt hatte. Aber eine Frage stand für sie beide noch im Raum. Die Frage, die Emma umtrieb, während sie dort in Brads schmerzlicher Umarmung stand, ganz gefangen im Augenblick. Sie hatte ihm alles gesagt, was es zu sagen gab.

Und jetzt? Wie sollte es jetzt weitergehen?

Brad konnte sich nicht überwinden, sie loszulassen. Seine süße Emma, das Mädchen, dem er so furchtbar wehgetan hatte. Er war nicht sicher, was er erwartet hatte, als er sich auf den Weg hierher gemacht hatte, aber jetzt kannte er die ganze Geschichte. Emmas Ängste und Zweifel, ihre entsetzliche Erfahrung in der Klinik und die Wahrheit, die am schwersten zu verkraften war.

Das Baby war ein Mädchen.

Wie das Baby auf dem Bild in seinem Büro. Die ganze Zeit hatte er sich gefragt, ob Emma und er eine Tochter gehabt hätten. Und jetzt war sie Realität und der Schmerz, sie zu verlieren, war mehr, als er ertragen konnte. Etliche Minuten standen sie so da, unweit der Tür ihres kleinen Hauses, während draußen der Sturm tobte.

Er strich ihr über den Rücken und hielt sie im Arm, als könnten sie dadurch den damaligen Augenblick wieder zurückholen; als könnten sie zum Auto zurücklaufen, sodass das Leben einen ganz anderen Verlauf nahm. Sie könnten es sich anders überlegen und anstelle von Schuld und Kummer und Reue gäbe es heute ein wundervolles neunjähriges Mädchen. Aber es gab keinen Weg zurück und die Tränen von zehn Jahren schwemmten jeden anderen Gedanken aus Brads Kopf. Er hatte sich die ganze Zeit eingeredet, er käme her, um mit Emma ins Reine zu kommen und sie um Verzeihung zu bitten. Aber jetzt wusste er es besser. Bei dieser Reise ging es ebenso sehr um seine Heilung wie um ihre. Es ging darum, ein Leben anzuerkennen, das wegen der Entscheidungen, die sie getroffen hatten, nie eine Chance gehabt hatte.

Bei dieser Reise ging es um ihre gemeinsame Tochter.

Emma löste sich als Erste aus der Umarmung und wischte sich über die Augen. „Ich brauche etwas zu trinken."

Er ließ sie los, folgte ihr aber in die Küche. Keiner sagte etwas, während sie zwei Gläser mit Wasser füllte und sie beide tranken. Alle dreißig Sekunden leuchtete ein Blitz um sie herum auf, gefolgt von einem Donnerknall. Emma stellte ihr Glas ab und ging in den angrenzenden Hauswirtschaftsraum. Sie nahm zwei Handtücher, eins für jeden von ihnen. Sie trockneten sich ab und dann ging Emma langsam ins Wohnzimmer zurück. Sie setzte sich auf ein verschlissenes geblümtes Sofa und Brad nahm neben ihr Platz.

Ihr Blick begegnete seinem und sie sah wieder aus wie mit achtzehn. „Ich vermisse sie." Sie weinte nicht mehr, aber ihre Lippen bebten und ihre leise Stimme zitterte. Sie sah erschöpft und mitgenommen aus. „Du hast keine Ahnung, wie sehr ich sie vermisse." Ein Donnerschlag erschütterte das Haus und Emma sah ihn an. „Bleib bei mir, Brad. Wenigstens noch ein bisschen."

Sie nahm ein Kissen vom Sofa und legte es ihm auf die Knie. Dann drehte sie sich auf die Seite, als könnte sie keine Minute mehr aufrecht sitzen, und legte ihren Kopf auf das Kissen. Brad strich ihr übers Haar und ihm wurde bewusst, dass er das, weswegen er hergekommen war, unmöglich vollbringen konnte. Er konnte Emma keinen Frieden bringen. Das konnte nur Gott – und das galt für sie beide.

Wenn sie diesen Verlust nicht zu Gott brachten, würden sie nichts finden als eine endlose, zermürbende Quelle von Trauer und Schmerz. Es würde keine Heilung geben, wenn nicht Christus ein Wunder geschehen ließ. Brad war plötzlich froh, dass sie den morgigen Tag noch hatten. Wenn Emma einverstanden war, würde er mit ihr in die Kirche gehen. Vielleicht konnten sie anschließend noch mit dem Pastor sprechen. Was sie heute miteinander geteilt hatten, war wichtig, und es war ein erster Schritt. Aber statt ihnen Heilung und Erleichterung zu bringen, hatte es ihnen das Herz zerrissen. Der Verlust ihrer Tochter war zu überwältigend und lähmend, als dass sie ihn hinter sich lassen konnten. Nicht jetzt und auch in Zukunft nicht.

Brad streichelte Emmas Haar noch eine Stunde, nachdem sie eingeschlafen war, bis das Unwetter weiterzog und die Nacht sich über den Strand senkte. Hier saß er, allein mit Emma Landon, Welten entfernt von Laura und seinem Leben in New York. Er liebte Emma immer noch, das wusste er jetzt. Aber nicht so, wie er sie früher geliebt hatte. Die Liebe, die er jetzt empfand, hatte mehr mit dem gemeinsamen Verlust ihrer Tochter zu tun und mit der Last der Fehler, die sie vor zehn Jahren begangen hatten. Sie hätten nie zu dieser Klinik fahren sollen, hätten nie das Kind abtreiben lassen dürfen. Vielleicht wäre er dann nie gegangen, und heute – an diesem stürmischen Nachmittag – hätte das Lachen eines neunjährigen Mädchens den Tag erfüllt.

„Es tut mir leid, Emma … du weißt gar nicht, wie leid es mir tut", flüsterte er so leise, dass er sie nicht weckte. Es hatte an diesem Tag Momente gegeben, in denen er nicht sicher war, dass er Emma noch einmal würde verlassen können, aber als er sie jetzt beobachtete, konnte er klarer denken. Er wollte keine neue Liebe mit Emma. Er wollte die alte Beziehung zurück, er wollte ihre Tochter zurück und alles, das ganz anders gewesen wäre, wenn sie die Abtreibung nicht durchgeführt hätten. Er wollte die Uhr zurückdrehen.

Aber das konnte er nicht.

Als er sicher war, dass sie nicht aufwachen würde, rutschte er vom Sofa und sah sich im Zimmer um. In einem Korb unter der Fensterbank fand er eine Steppdecke. Er trug sie zum Sofa, faltete sie auseinander und breitete sie vorsichtig über Emma. Dann blickte er sie lange an, betrachtete die eindrucksvollen Züge und das feuchte dunkle Haar.

Er würde sie morgen früh anrufen und fragen, ob sie mit ihm zum Gottesdienst ging. Er musste wissen, dass sie nach dieser Begegnung Frieden und Heilung fand. Soweit das möglich war. Als er ihr Haus verließ und die Tür leise hinter sich schloss, wurde ihm etwas bewusst, das ihn in Angst und Schrecken versetzte. Sie hatten nur noch einen Tag zusammen. Sie mussten morgen diesen Frieden und diese Heilung finden, mit Gott und miteinander. Wenn das nicht geschah, konnte er sich nicht vorstellen, in ein Flugzeug zu steigen und zu Laura zurückzukehren. Nicht, weil er sie nicht liebte, und auch nicht, weil er Zweifel wegen ihrer Hochzeit hatte.

Sondern weil er Emma Landon nicht noch einmal verlassen würde, es sei denn, es ginge ihr gut.

24

Laura beschloss am nächsten Morgen schon früh, Bella Joys Angebot anzunehmen und in die Stadt zu fahren. Sie war es leid, weinend im Bett zu liegen, und vor allem war sie ihre neue Rolle als Opfer leid. Sie wollte nicht über Blumengestecke oder Tischdekorationen sprechen oder darüber, ob es an der Zeit war, Hunderte Gäste wenigstens zu warnen, dass die Hochzeit in Gefahr war.

Sie wollte flüchten. Ein Ausflug nach Manhattan schien die vollkommene Gelegenheit dazu zu bieten.

Sie trafen sich gegen Mittag bei Laura zu Hause und fuhren dann mit einem Mietwagen der Firma, die ihr Vater immer nutzte, in die Stadt. Bella Joy wartete, bis sie im Wagen saßen, vom Fahrer durch eine Glasscheibe getrennt, bevor sie sich an Laura wandte. „Hast du etwas von ihm gehört?“

„Nein.“ Jede Stunde, die ohne einen Anruf verstrich, überzeugte Laura noch mehr davon, dass die Dinge nicht so liefen, wie Brad sie geplant hatte. Er hatte seine alte Freundin ganz offensichtlich gefunden und sie hatten entdeckt, dass zwischen ihnen immer noch eine starke Beziehung bestand. Sonst hätte er wenigstens eine weitere Nachricht hinterlassen. „Bald ist Montag.“ Laura weigerte sich, sich in Tränen aufzulösen. „Dann weiß ich mehr.“

Bella Joy betrachtete sie lange und lächelte dann. Aus ihrer Miene sprachen Mitgefühl und Verständnis. „Du willst nicht darüber reden?“

„Jetzt nicht.“ Sie holte tief Luft, um ihre Traurigkeit und Unsicherheit in Schach zu halten. „Heute will ich weder an Brad denken noch über ihn reden. Wenn es aus ist zwischen uns, muss ich wissen, dass ich auch ohne ihn klarkomme.“

Bella Joy nickte wissend. „Verstanden." Sie lächelte wieder und drückte kurz Lauras Hand. „Heute gibt es nur uns und die Stadt."

„Genau." Laura schluckte Angst und Schmerz hinunter. Sie sprach nur aus, wovon sie wünschte, es wäre wahr. Sie konnte genauso wenig aufhören, Brad Cutler zu vermissen, wie sie ihr Herz daran hindern konnte zu schlagen. Aber sie konnte einen Tag lang so tun als ob. Selbst das wäre besser, als sich in ihrem Zimmer zu verkriechen.

Die restliche Fahrt über erzählte Bella Joy von ihrer Freundin, die eine Rolle in dem Musical *Wicked – Die Hexen von Oz* ergattert hatte. Es lenkte Laura ein wenig ab, und als der Fahrer sie schließlich an der Ecke Fifth Avenue und Central Park absetzte, war sie ziemlich sicher, dass sie den Tag überstehen würde, ohne ständig an Brad denken zu müssen oder sich vorzustellen, was er gerade tat. Auch wenn sie ihn immer noch vermisste.

„Kaffee?" Bella Joys Augen leuchteten.

Laura war ihrer Freundin dankbar. Bella Joy war nicht nur bereit, das Thema Brad einen Tag lang zu ignorieren, sondern sie würde tun, was in ihrer Macht stand, um ihre gemeinsame Zeit so unterhaltsam und normal wie möglich zu gestalten. Laura hob den langen Riemen ihrer Handtasche über den Kopf, sodass er schräg über ihrer Brust lag, und grinste. „Ein Bummel über die Fifth Avenue ohne Starbucks?", lachte sie. „Unmöglich."

Sie schlenderten an Tiffany's vorbei und betraten den Trump Tower und fuhren mit dem gläsernen Aufzug in den ersten Stock, wo bei Starbucks hektisches Treiben herrschte. Laura war froh darüber, dass sie nicht hier ihr Hochzeitskleid gekauft hatte. Stattdessen sahen sie sich im Fenster Handtaschen von Louis Vuitton und Gucci an und kauften eine Krawatte für Bella Joys Dad zum Vatertag im Nobelkaufhaus Bergdorf Goodman.

Lauras einziger Einkauf war ein Polohemd von Lacoste für ihre Mutter. „Wenn sie sich mit Dad zum Golf verabredet." Laura lächelte Bella Joy zu, während sie zahlte. Sie sah sich gerne die Geschäfte in der Fifth Avenue an, hatte aber nur selten den Wunsch, etwas dort zu kaufen. Viele Geschäfte hier führten Kleidung, die schon mal leicht vierstellige Summen kostete. Wirklich absurd.

Ihr Einkaufsbummel führte sie zu H&M gegenüber von St. Patrick's Cathedral. Der Laden war drei Stockwerke hoch und gefüllt mit den aktuellen Modetrends zu Spottpreisen. Bella Joy fand zwei Paar Shorts und drei Sommertops und bezahlte für alles zusammen keine hundert Dollar, und Laura kaufte sich zwei Paar Capri-Jeans und ein Sommerkleid für weniger Geld, als sie bei anderen Sachen auf der Fifth Avenue allein für die Mehrwertsteuer ausgegeben hätte.

Während sie in Richtung Süden weiterzogen, warf Laura einen Blick hinüber nach St. Patrick's, aber sie schlug nicht vor, in die Kirche hineinzugehen, und Bella Joy tat es auch nicht. Laura blickte zum blauen Himmel hoch. *Gott … sei bei Brad. Was immer er heute tut. Ich weiß nicht, was gerade geschieht, aber du weißt es. Für heute muss das genügen.* Sie sprach ein lautloses Gebet, ging aber an der kunstvoll verzierten Kirche vorüber. Sie brauchte keinen Grund, die Fassung zu verlieren. Sie kamen am Sitz der NBC und am Rockefeller Center vorbei und verbrachten eine halbe Stunde im Kaufhaus *Anthropologie*, wo Bella Joy eine bunte Tischdecke für die Sommerpicknicks kaufte, die sie mit Laura und den Freundinnen veranstalten wollte. „Manchmal ist das Drumherum entscheidend."

„Das stimmt." Laura genoss diese wenigen Stunden, in denen sie nicht an Brad denken musste oder an ihre Hochzeit oder an ihr Leben mit ihm oder ohne ihn. Sie hätte ihre Freundin umarmen können. Bella Joy hatte den Tag genau so gestaltet, wie Laura es sich gewünscht hatte – mit unverfänglichem Small Talk und ohne jegliche Diskussionen über Brad. Bevor sie das Kaufhaus verließen, fand Laura noch ein Paar Sandalen für sich selbst und eine Kerze für ihre Mutter.

Als sie wieder auf der Straße waren, rief sie den Wagen. Sie stellten ihre Taschen in den Fond, lehnten aber das Angebot des Fahrers, sie zum Theater zu bringen, dankend ab. „Wir rufen Sie nach der Vorstellung wieder an“, sagte Laura zu ihm. „Irgendwann gegen Mitternacht.“ Der Fahrer versprach, sich bereitzuhalten für den Fall, dass die Mädchen ihre Meinung änderten und ihn eher brauchten.

Sie gingen auf der Neunundvierzigsten zum Broadway und aßen bei *Sbarro* am Times Square. Es war kein vornehmes Restaurant, aber sie bestellten Lachs und Nudelauflauf und nahmen ihr Essen mit zu einem Tisch im Untergeschoss. Bella Joy erzählte von ihrem Bekannten, der ein paar Blocks weiter auf dem Broadway im Stardust Diner arbeitete. „Er geht seit einiger Zeit in eine Gemeinde hier am Times Square. Sie haben Räume in dem alten Theater. Und ’ne ganze Menge Broadway-Leute tauchen da auch auf. Er sagt, die Gottesdienste seien toll und die Predigten gut. Klingt interessant.“

Laura zog die Brauen hoch, wieder einmal froh über die Ablenkung. „Der Typ oder die Gemeinde?“

Bella Joys Augen funkelten. „Ich bin nicht sicher.“ Sie trank einen Schluck aus ihrer Wasserflasche. „Du bist die Erste, der ich davon erzähle.“

Die Unterhaltung wandte sich Bella Joys Plänen zu, für Tanzrollen am Broadway vorzusprechen. „Das ist etwas, das man nie aufgibt.“

„Mmmm.“ Vor Lauras geistigem Auge flackerte ein Bild von Brad und ihr auf, wie sie in glücklicheren Tagen Hand in Hand durch den Central Park geschlendert waren. „So was gibt’s im Leben.“

Ihr Essen verging wie im Flug und anschließend gingen sie die Einundfünfzigste hinunter und weiter zum Gershwin-Theater. Die Vorstellung sollte in einer Viertelstunde beginnen und eine Menschentraube hatte sich vor dem Eingang versammelt und drängte mit erwartungsvollem Geschnatter in das Gebäude. Laura hatte schon ein paarmal versucht, das Musical zu sehen, aber aus ihren Plänen war nie etwas geworden. Brad und sie hatten die meisten anderen Broadway-Shows gesehen – sogar den neuen Hit *In the Heights*. Aber jetzt würde Laura zum ersten Mal die Vorgeschichte zum *Zauberer von Oz* sehen. Das zählte ja mittlerweile zu den erfolgreichsten Shows aller Zeiten.

Innen war das Theater mit einer riesigen Landkarte von Oz und anderen Gegenständen dekoriert, die aussahen, als hätte man sie direkt aus dem Originalfilm herausgeschnitten. Laura hatte das Buch zu *Wicked – Die Hexen von Oz* nicht gelesen, denn die meisten sagten, es sei eine sehr düstere Geschichte und gar nicht wie das Broadway-Stück. Aber sie kannte die Handlung. Das Stück erzählte, was geschah, bevor der Wirbelsturm Dorothy erfasste, und von der Freundschaft zwischen den guten und bösen Hexen von Oz.

Die beiden hatten fantastische Plätze, mitten in der vierten Reihe. Bella Joy beugte sich verschwörerisch zu Laura. „Es hilft, eine Freundin im Ensemble zu haben."

„Auf jeden Fall." Laura lehnte sich auf ihrem Sitz zurück, während die Lichter ausgingen. Vom ersten Ton an war Laura fasziniert von der schönen Geschichte. Als Elphaba – das grüne Mädchen – davon sang, dass der Mann ihrer Träume sich in Galinda verliebte und nicht in sie, kamen ihr die Tränen. Die Schauspielerin, die die Rolle spielte, hatte eine wundervolle Stimme, und als sie die Zeile *„I'm not that girl* ... Ich bin es nicht" sang, sprach sie Laura direkt aus dem Herzen. Genau das geschah schließlich gerade mit Brad, oder nicht? Er hatte sie verlassen und war zu seiner ersten Liebe zurückgekehrt. Egal, welche Gründe er hatte oder wie er seinen Aufenthalt in North Carolina rechtfertigte, die Tatsache blieb. Im Moment war sie nicht das Mädchen, mit dem er zusammen sein wollte – mochte sie ihn auch noch so sehr lieben.

Genau wie in dem Lied.

Bella Joy wies auf ihre Freundin auf der Bühne und Laura war beeindruckt. Das Mädchen war eine begabte Tänzerin und es war nicht schwer zu verstehen, warum sie die Rolle bekommen hatte. Nach der Pause gab es noch eine Szene, die Laura besonders ansprach: Galinda (die sich inzwischen Glinda nennt) und Elphaba finden am Ende wieder zueinander und singen gemeinsam: „Es kann gut sein … dass wir uns niemals wiedersehen." Die Worte trafen sie direkt ins Herz. Würde es bei Brad und ihr auch so sein? Dass sie sich noch einmal begegnen und einander dann Lebewohl sagen würden? Während der Song verklang, tupfte Laura verstohlen ihre Tränen fort. „Weil ich dich kannte … bin ich verändert … für immer." In dem Song ging es darum, in die Zukunft zu blicken und Vergebung zu finden in dem Wissen, dass das, was die beiden miteinander verbunden hatte, niemals halten würde. Aber es würde auch nie vergessen werden.

Die Bühne verschwamm vor Lauras tränengetrübtem Blick. So würde es sich mit Brad anfühlen. Wenn sie gezwungen war, ihn hinter sich zu lassen, dann würde sie es in dem Glauben tun, dass ihre Liebe zu ihm sie für immer verändert hatte. Bella Joy musste gemerkt haben, dass ihre Freundin weinte, denn sie legte den Arm um Lauras Schultern und drückte sie an sich. Laura war froh über die Schlussnummer der Vorstellung, die ihr Zeit gab, ihre Fassung wiederzugewinnen. Als das Licht anging, tupfte sie mit den Fingern die letzten Tränen fort. „Wunderbar. Ich könnte es gleich morgen noch einmal anschauen."

Bella Joy hatte das Stück schon zum dritten Mal gesehen und nickte zustimmend. „Das hier war bis jetzt die beste Besetzung. Die Show wird mit jedem Mal besser."

Sie folgten den anderen nach draußen und überquerten den Parkplatz auf dem Weg zum Bühneneingang. Bella Joys Freundin hatte ihre Namen beim Pförtner hinterlegt, sodass sie eingelassen wurden und mit einem Dienstbotenaufzug zur Bühne fahren konnten, wo sie die Tänzerin trafen. In der nächsten halben Stunde erhielten sie eine Führung durch die Kulissen und den Kostümfundus. Dann hatte die junge Frau eine Besprechung mit dem Ensemble und Laura und Bella Joy verließen das Theater, um zum Broadway zurück und dann zum Stardust Diner zu gehen.

Das Lokal war rappelvoll mit Touristen und Theaterbesuchern. Eine Bedienung gab gerade vernehmlich *„Ain't No Mountain High Enough"* zum Besten, als sie eintraten. „Da ist er." Bella Joy musste brüllen, um gehört zu werden, aber sie zeigte auf einen Kellner hinter dem Tresen. „Das ist Adam. Der Freund, von dem ich dir erzählt habe."

Adam war groß, hatte hellblonde Haare und ein schmales, sonnengebräuntes Gesicht. Er bemerkte sie sofort und kam ihnen entgegen. Bella Joy stellte ihm Laura vor, und auch wenn er sie höflich begrüßte, galt sein ganzes Interesse doch offensichtlich Bella Joy. Laura wurde bewusst, dass sie ihren Verlobungsring noch trug. Sie war stolz darauf und auf all das, wofür er stand. Aber war sie wirklich noch vergeben? Sie drehte nervös an dem Ring und folgte Bella Joy und Adam, der ihre Hand nahm und sie durch das Gedränge führte. „Kommt mit. Ich hab' euch einen Tisch reserviert – mitten im Getümmel."

Während Adam ihnen noch einen Weg durch den Raum bahnte, erschien ein Kollege von Adam – ein junger Mann mit dunklen Locken und seinem Blick nach zu schließen zu einem Flirt aufgelegt. Er ging auf Laura zu und begleitete sie zu ihrem Tisch, immer hinter Bella Joy und Adam her. Er streckte ihr die Hand zur Begrüßung entgegen, während sie sich weiterschoben.

„Hi", brüllte er, um den lauten Gesang zu übertönen. Ihre Finger berührten sich kurz. „Ich bin Donny." Er sah sie unverwandt an. „Ich dachte, wenn das schönste Mädchen in ganz New York City zur Tür hereinkommt, sollte ich mich wenigstens vorstellen."

Laura spürte, wie ihr die Hitze in die Wangen stieg. Sie hatte seit Jahren nicht mehr darüber nachgedacht, dass andere Männer sie anziehend finden könnten. Offenbar hatte er ihren Ring nicht gesehen. In dem chaotischen Restaurant herrschten grelles Licht und ein unglaublicher Lärm. Sie lehnte sich so weit vor, dass er sie hören konnte. „Ich heiße Laura."

Donny sah ihr in die Augen. „Schön, dich kennenzulernen." Sein Blick wanderte zu einer Bedienung auf der anderen Seite des Restaurants, die ihm ein Zeichen gab. „Sieht so aus, als wäre ich da hinten gefragt."

Er schlängelte sich an den Tischen vorbei. Die Kellnerin reichte ihm ein Mikrofon, während die ersten Klänge von *„Lean on Me"* ertönten. Laura setzte sich Bella Joy gegenüber an ihren Tisch. Ihre Freundin unterhielt sich noch mit Adam, der gerade versprach, gleich wiederzukommen und ihre Bestellung aufzunehmen. Jetzt waren alle Augen im Saal auf Donny gerichtet. Der Mann war Charme und Ausstrahlung in Person und er hatte eine Stimme, die eigentlich auf eine Bühne gehört hätte. Er suchte den Blickkontakt einiger älterer Frauen mit Kindern, während er sich durch das Restaurant bewegte, aber schon bald bahnte er sich singend einen Weg zu der Nische, in der Bella Joy und Laura saßen.

Bevor Laura wusste, wie ihr geschah, saß Donny neben ihr auf der Bank. „Gibt es eine Last … die du nicht tragen kannst …" Er legte den Arm um Laura und die Leute klatschten, während er den Augenblick genoss. Aber sein Blick schien zu sagen, dass er dieses Lied nur für sie sang. „Ich teile deine Last mit dir … wenn du mich rufst."

Laura lachte mit dem Publikum, das offenbar davon ausging, dass er sie für seine Vorführung willkürlich ausgewählt hatte. Aber was sie empfand, war beunruhigender, als sie zugeben wollte. Sie war immerhin verlobt. Sie hatte nicht das Recht, in einem Restaurant am Times Square mit einem Fremden zu flirten.

Egal, was Brad an diesem Abend tat. Donny beendete den Song, indem er ihr das Mikrofon reichte. „*Call me …*“, würde er singen, „*ruf mich an.*“ Und dann wäre sie an der Reihe: „*Call me …*“ Dann wieder er: „*You just call me … Ruf mich einfach an*“ und so weiter, bis der Song zu Ende war. Er beugte sich näher. „Du siehst aus wie Reese Witherspoon. Hat dir das schon mal jemand gesagt?“

„Ab und zu schon.“ Lauras Herz schlug schneller als vorher. Sie wollte ihm keine falschen Hoffnungen machen. Er war eine angenehme Ablenkung, aber irgendwie hatte sie das Gefühl, Brad zu hintergehen.

„Ich komme wieder.“ Eine Sekunde lang schien es, als wollte er ihr einen Kuss auf die Wange geben, aber stattdessen zwinkerte er, stand auf und drehte seine Kellnerrunde. Den ganzen Abend über kam er an ihren Tisch, wenn er wieder mit einem Song dran war. Laura bemühte sich, ihn nicht zu ermutigen. Bella Joy sagte kein Wort, aber sie zog ein paarmal die Augenbrauen hoch, wenn sie Laura ansah. „Er mag dich“ konnte Laura an den Lippen ihrer Freundin ablesen.

„Genau das, was ich brauche.“ Laura zog eine Grimasse in dem Versuch, locker zu wirken. Sie lachten beide, aber Laura hatte einen Knoten im Magen. Was tat sie hier? Sie sollte zu Hause sein und für Brad beten. Sie bestellten Milchshakes und blieben, bis das Restaurant um Mitternacht schloss. Zu diesem Zeitpunkt hatte sich das Lokal bereits ziemlich geleert und Donny war ebenso oft an ihrem Tisch gewesen wie Adam. Als Adam die Rechnung brachte, grinste er Laura an. „Donny und ich sind befreundet. Er meint, wir vier könnten doch noch ein bisschen zusammen abhängen.“

Eine plötzliche Panik überfiel Laura. Sie konnte das nicht. Egal, was mit Brad war, sie konnte nicht ins Stardust Diner spazieren und sich von irgendeinem singenden Kellner im Sturm erobern lassen. Egal, wie attraktiv und nett er war. Sie schüttelte den

Kopf. „Ich kann nicht.“ Sie warf Bella Joy einen Blick zu. „Wir müssen zurück.“

Adam zögerte, aber dann lächelte er und zuckte mit den Schultern. „Ist gut.“ Er berührte Bella Joys Schulter. „Wir sehen uns morgen im Gottesdienst?“

„Auf jeden Fall.“ Bella Joy schien eifrig darauf bedacht, Laura aus der Schusslinie zu holen. „Ich werde ein bisschen früher da sein.“

Laura war froh darüber, dass ihre Freundin ein so gutes Gespür hatte. Es war Zeit zu gehen. Sie verabschiedete sich schnell von den beiden Männern, und als sie ins Auto stiegen, ließ sie sich erschöpft auf den Rücksitz fallen. „Ich fühle mich schrecklich.“

„Du hast nichts Falsches getan.“ Bella Joy schien ganz entspannt und zufrieden mit dem Verlauf des Abends. „Du wolltest eine Ablenkung und das war es. Sonst nichts.“ Während der Heimfahrt sprach sie von Adam, aber als sie bei Lauras Elternhaus ankamen, umarmte Bella Joy sie. „Ich hab Donny schon ein paarmal getroffen. Er denkt sich nichts dabei.“

„Er hat mir nur bewusst gemacht, wie sehr ich Brad vermisse.“ Laura konnte nicht erklären, wie sie sich fühlte. Sie wollte nur allein sein. „Kein Problem.“ Laura lächelte. „Danke für alles.“

„Gern geschehen.“ Bella Joy zögerte. „Dass ich heute nicht über Brad geredet habe, bedeutet nicht, dass ich nicht an ihn denke. Ich bete die ganze Zeit für euch beide.“

Wieder wurde Laura daran erinnert, wie glücklich sie sich schätzen konnte, Freundinnen wie Bella Joy und die anderen zu haben. Laura wünschte ihrer Freundin für den nächsten Tag viel Glück mit Adam und dann sah sie dem wegfahrenden Wagen nach. Doch bevor sie schlafen ging, setzte sie sich in einen Sessel am Rand der überdachten Terrasse. Die Sterne funkelten am Himmel und sie fragte sich, ob man sie in North Carolina auch sehen konnte.

Mit einem Mal war sie beinahe sicher, dass sie den Tag nicht so verbracht hatte, wie sie es hätte tun sollen. Sie hatte nichts Unrechtes getan, das stimmte. Aber was hatte sie getan, um zu helfen? Ihr Verlobter steckte mitten in einer Krise. Anders konnte sie es nicht beschreiben. Er hatte nicht angerufen – aber nicht deshalb, weil er sie nicht liebte, sondern weil er vermutlich emotional völlig durcheinander war. Sie erinnerte sich daran, was sie über das Post-Abortion-Syndrom gelesen hatte. Sie war nicht das einzige Opfer in dieser Situation. Brad litt und es wurde Zeit, dass sie die Wahrheit nicht mehr als persönlichen Angriff auffasste. Wie auch immer die ganze Sache ausging, Brad hatte ihr nie wehtun wollen.

Sie musste ihre Bibel holen, ja, sie brauchte sie jetzt, wie sie die Luft zum Atmen brauchte. Sie schlich ins Haus, fand die Bibel im Arbeitszimmer ihrer Eltern und ging damit wieder zurück auf die Terrasse. Sie schlug Lukas sechs auf und las im Licht ihres Handys. Mit ihren Freundinnen hatte sie gelesen, dass man die Feinde lieben und nicht richten sollte. Sie hatten gelesen, dass man den Balken aus dem eigenen Auge entfernen musste, bevor man klar sehen und dem Bruder helfen konnte, der einen Splitter in seinem Auge hatte. Aber was war mit dem letzten Teil des Kapitels?

Laura blätterte vor, bis sie den Abschnitt fand, den sie suchte. Langsam und mit wachsender Unruhe fing sie an zu lesen. *Seid so barmherzig wie euer Vater im Himmel! Richtet nicht über andere, dann werdet ihr auch nicht gerichtet werden!* Laura schloss die Augen und der Boden unter ihren Füßen wankte. Sie fühlte sich elend wegen ihrer ersten Reaktion auf Brads Geständnis. Sie war überhaupt nicht barmherzig gewesen. Sie hatte ihn kritisiert und verurteilt. Als wäre sie selbst nicht in der Lage, der Sünde zum Opfer zu fallen oder jemanden, den sie liebte, zu enttäuschen.

Doch das war nicht der Teil des Bibeltextes, der an ihr nagte. Sie las weiter bis zum Ende des Kapitels, zu Vers 46. *Warum nennt ihr mich dauernd „Herr!", wenn ihr doch nicht tut, was ich euch sage?* Die Worte fühlten sich gewichtig an, so als stände Gott selbst neben ihr und spräche zu ihr. Sie las jetzt seit Wochen mit ihren Freundinnen dieses Kapitel. *Liebt, wenn es schwierig ist … verurteilt andere nicht … seid barmherzig.* Aber bis jetzt war ihr nicht ein einziges Mal der Gedanke gekommen, dass sie all das gar nicht getan hatte.

Wisst ihr, mit wem ich einen Menschen vergleiche, der meine Worte hört und danach handelt? Er ist wie ein Mann, der sich ein Haus bauen wollte. Zuerst hob er eine Baugrube aus, dann baute er die Fundamente seines Hauses auf felsigen Grund. Als ein Unwetter kam und die Fluten gegen das Haus brandeten, konnten sie keinen Schaden anrichten, denn das Haus war auf Felsengrund gebaut. Wer sich meine Worte allerdings nur anhört und nicht danach lebt, der ist wie einer, der beim Bauen auf das Fundament verzichtet und sein Haus auf weichen Boden baut. Bei einem Unwetter unterspülen die Fluten sein Haus, es gerät aus allen Fugen und stürzt krachend ein.

Was sonst war eine Trauung, wenn nicht das, dass zwei Menschen ein Fundament für ein gemeinsames Leben legten? Wenn sie Brad den Kummer dieses Wochenendes dauerhaft zur Last legte, dann würde sie den Rest ihres Lebens mit einem riesigen Baumstamm in ihrem Auge herumlaufen. Hochmütig und selbstgefällig. Und dann wäre sie die Schlimmste unter allen Sündern. Denn was Gott am meisten hasste, war der Stolz, der Lauras jüngste Gefühle Brad gegenüber geprägt hatte. *Wie kann er es wagen, schon sexuell erfahren zu sein … wie schrecklich, dass er es mir nicht eher erzählt hat … was für eine Sünde, mit seiner Exfreundin ein Kind abtreiben zu lassen.* Mit ihrem Stolz und ihrer Überheblichkeit legte sie Korn für Korn ein Fundament für sie beide, das aus nichts als haltlosem Sand bestand. Selbst der geringste Sturm des Lebens würde sie auseinanderreißen, wenn sie ihn zwang, der Böse zu sein; wenn sie ihm das Gefühl gab, er könne sich glücklich schätzen, dass sie ihn trotzdem noch genommen hatte. Wie konnte Brad sie in die Zukunft führen, wenn sie ihm das Gefühl gab, weniger wert zu sein, weil er Fehler gemacht hatte? Als ob sie selbst vollkommen wäre.

Plötzlich tauchte ein Bild vor ihrem geistigen Auge auf – etwas, das sie tun musste, wenn Brad zurückkam. Falls er zurückkam. Laura las das Ende des Kapitels noch einmal und diesmal tat sie sich selbst überhaupt nicht leid. Vielmehr stellte sie sich Emma vor. Sie sah eine junge Frau, die nicht nur ihre Reinheit verloren hatte, sondern eine Abtreibung hatte verkraften müssen und den Verlust eines Kindes, ohne dass der Mann, den sie liebte, auch nur um Verzeihung gebeten hatte. Laura blickte zu den Sternen hinauf. *Lieber Gott ... Ich habe heute versucht, vor dem Schmerz davonzulaufen, aber das hat zu nichts geführt. Er hat hier auf mich gewartet.* Sie dachte an Donny und seine Songs. Sie hatte nicht das Recht gehabt, an diesem Abend mit ihm zu flirten, nicht einmal ein bisschen. *Es wäre besser gewesen, wenn ich hiergeblieben wäre und mit dir geredet hätte.*

Bete ohne Unterlass, Tochter. Bete für den Mann, den du liebst.

Ja, das würde sie tun. Sie würde beten, dass Brad nach Hause kam und ihr ihren Stolz und ihre Überheblichkeit vergeben konnte. Und sie würde sich vornehmen, das Bild, das Gott ihr geschenkt hatte, in die Tat umzusetzen. Mehr noch: Sie würde beten, dass Emma vergeben und Brad stark sein konnte. Stark genug, um die Dinge mit ihr ins Reine zu bringen, und stark genug, um zusammen mit seiner ersten Liebe den Verlust ihres gemeinsamen Kindes zu betrauern. Stark genug mit Gottes Hilfe, die Sache hinter sich zu lassen. Wenn sie so betete, würde Laura anfangen, einen festen Grund für Brad und sich selbst zu legen. Natürlich würde sie auch noch um etwas anderes beten – und zwar so, als hinge ihr Leben von dem Ergebnis ab.

Dass Brad nach diesem Wochenende mit Emma stark genug sein würde, um nach Hause zu kommen.

25

Am Sonntagmorgen war Brad bereits bei Tagesanbruch auf, und um sieben Uhr parkte er seinen Jeep am Ocean Boulevard am Ende der Dolphin Street. Er stieg aus und lief über den Sand. Vom gestrigen Unwetter war nichts mehr zu sehen und die Sonne funkelte auf dem Wasser. Es war noch zu früh für die Feriengäste und außer einigen Metalldetektor-Fanatikern und zwei einsamen Joggern war er allein. Und genau das wollte er sein. Er musste nachdenken und er konnte sich keinen besseren Ort dafür vorstellen als diesen.

Die Realität hatte ihn wach gehalten und ihn durch die Nacht verfolgt. Er und Emma waren die Eltern eines kleinen Mädchens gewesen und ihre Entscheidung hatte ihre Tochter das Leben gekostet. Ihr kleines Mädchen … das Kind, das nie das Licht der Welt erblicken würde. Wenn er den Tag noch vor sich hätte, wäre er niemals mit Emma auch nur in die Nähe dieser Klinik gefahren. Sie hätten das Baby behalten oder zur Adoption freigegeben. Aber es wäre am Leben.

Die Schuld ihrer Entscheidung lastete wie eine bleierne Decke auf seinen Schultern. Ohne bewusst wahrzunehmen, wohin er ging, überquerte er den Strand und ging die Treppe zum Anleger hinauf und langsam ganz bis ans Ende des Steges. Lange stand er an die hölzerne Reling gelehnt und starrte ins Wasser, während die Erinnerungen in ihm aufstiegen. Was für ein Mensch war er nur damals gewesen, dass er sie zur Klinik gebracht und anschließend nicht einmal gefragt hatte, wie es ihr ergangen war?

Die Wahrheit über sein Verhalten lag ihm wie ein Stein im Magen und wieder war er überzeugt davon, dass es nur eine

Möglichkeit gab, wie sie das alles wirklich hinter sich lassen konnten. Er sah auf sein Handy. Schon halb acht. Er hatte früh am Morgen die Kirchen in der Gegend herausgesucht und einen Gottesdienst um neun in der *Holden Beach Community Church* gefunden – einer kleinen Gemeinde nicht weit von Emmas Haus.

Er wollte sie nicht wecken, aber er musste ihr genug Zeit lassen, sich fertig zu machen. Wenn sie überhaupt bereit war, ihn zu begleiten. Er wählte ihre Nummer und sie ging beim dritten Klingeln dran. „Hallo?" Ihre Stimme klang müde.

„Hi. Ich bin's." Er presste das Telefon ans Ohr, damit er sie bei dem Geräusch von Wind und Wellen hören konnte. „Wie geht es dir?"

Ein langes Schweigen folgte, bevor sie ihm antwortete. „Du bist gegangen."

„Du brauchtest den Schlaf."

„Stimmt." Sie klang jetzt wacher. „Wo bist du?"

„Am Anleger. Ich war früh auf und bin ein bisschen am Wasser langgelaufen."

Wieder Schweigen. „Und … was machen wir jetzt?"

Er war froh, dass er ihr nicht gegenüberstand. Er wollte sie nur in die Arme nehmen und sie vor jeglichem neuen Schmerz bewahren. Aber diese Art Bewahrung konnte er Emma nicht geben. Das erkannte er jetzt. „Ich hatte gehofft … dass du vielleicht mit mir in die Kirche kommst. Es gibt eine ganz in deiner Nähe. Der Gottesdienst ist um neun."

„Kirche?" Ihre Stimme klang skeptisch. „Wirklich, Brad? Das willst du heute tun?"

Er verstand ihren Zynismus, aber er durfte nicht aufgeben. Er musste ihr irgendwie seine Überzeugung klarmachen. „Emma … ich bin hergekommen, um dich um Verzeihung zu bitten. Ich wollte die Sache abschließen und Heilung für uns beide finden." Seine Stimme klang belegt, als er an ihre Geschichte von gestern dachte. „Es ist nur … ich habe darüber nachgedacht, und … ich glaube, dass es nicht möglich ist, bevor wir Frieden mit Gott machen."

Er hatte halb erwartet, sie würde lachen und ihm sagen, dass sie nichts mehr mit ihm zu tun haben wollte. Oder sie würde vielleicht einfach auflegen. Aber stattdessen hörte er sie seufzen – es war ein lang gezogener, trauriger Seufzer. „Also gut." Sie ging wieder auf Distanz, das konnte er an ihrer Stimme hören. „Hol mich um halb neun ab."

Er fühlte, wie ihm ein Stein vom Herzen fiel vor Dankbarkeit. Das hatte Gott bewirkt. Eine andere Erklärung gab es nicht. „Ich werde da sein."

Den größten Teil der nächsten Stunde verbrachte er im Gespräch mit Gott. *Führe uns, Vater … Zeig mir, wie ich mit ihr und mit dir ins Reine kommen kann. Ich habe so total versagt, Herr. Bitte zeig du mir jetzt den Weg.*

Als es so weit war, ging er langsam zu seinem Jeep zurück und fuhr zu Emmas Haus. Auf dem Weg dachte er an Laura. Er wollte sie anrufen und ihr versichern, dass er die Situation mit Emma so schnell und gründlich wie möglich klären würde. Aber er hatte das Gefühl, dass dies nicht der richtige Zeitpunkt war. Jetzt befand er sich in Emmas Welt. Er musste sich auf die aktuelle Situation konzentrieren, bevor er sich Laura widmen konnte. Aber er betete auch für sie. Dass sie den Großmut haben würde, ihn zu verstehen. Er hatte ihr mit all dem niemals wehtun wollen. Das war es ja gerade. Er war es leid, anderen Schmerz zu verursachen. Deshalb war er hier.

Er klopfte an Emmas Tür und dachte an die vielen Hundert Male, die er so vor dem Haus ihrer Mutter gestanden hatte – an die Tage, an denen er mit dem Fahrrad vor ihrer Haustür erschienen war, und an die Gelegenheiten, bei denen er nach seinem siebzehnten Geburtstag mit seinem 65er-Mustang zu ihr gefahren war. Ihr rotes Cabrio stand in der Auffahrt, sodass es nicht schwerfiel, sich in Erinnerungen an alte Zeiten zu verlieren.

Sie trug eine Sonnenbrille, als sie die Tür öffnete. Außerdem hatte sie ein kurzärmeliges Sommerkleid angezogen, das ihre Knie umspielte, aber keineswegs auffällig war. Beim Anblick ihrer langen Haare, die ihr über die Schultern fielen, hatte Brad Mühe, sich daran zu erinnern, warum er hier war. Er umarmte sie kurz. „Danke."

„Ich bin nicht sicher, warum ich mitkomme." Sie lächelte müde.

„Vielleicht wissen wir es nachher."

Sie sagten nicht viel, während sie zur Kirche fuhren, die nur ein paar Straßen entfernt war.

Das Gebäude war aus roten Ziegeln und klein, aber einladend. Große Bäume rahmten das Grundstück ein. Menschen gingen vor der Kirche auf und ab, Kinder spielten Fangen und Eltern unterhielten sich in kleinen Gruppen.

„Ich kann das nicht." Emma umklammerte den Türöffner. Sie nahm ihre Sonnenbrille ab und sah Brad flehend an. „Ich gehöre nicht hierher."

„Das tun wir beide nicht." Brad betrachtete die Gottesdienstbesucher, die bereits erschienen waren. „Niemand gehört hierher." Er lächelte traurig. „Darum geht es ja, glaube ich."

„Die Leute werden mich erkennen, Brad. Jeder kennt mich in dieser Stadt."

Daran hatte er nicht gedacht. „Wir setzen uns ganz nach hinten."

Auch diesmal willigte sie widerstrebend ein. Er stieg als Erster aus und hielt ihr die Tür auf. Gemeinsam gingen sie hinein und begrüßten mehrere Leute auf dem Weg in die Kirche. „Kennst du hier irgendjemanden?"

„Bis jetzt noch nicht." Emma hielt den Blick gesenkt, auch nachdem sie Plätze in einer der hinteren Reihen gefunden hatten.

Brad schlug das Gottesdienstprogramm auf und der Titel der Predigt traf ihn mit einer Wucht, die er nicht erwartet hatte. *Ver-*

gebung – der fehlende Friede. Nur Gott konnte das planen ... er hatte sie hierher gebracht, damit sie eine Predigt hörten, die nur für sie geschrieben zu sein schien.

Er stieß Emma an und deutete auf die Überschrift.

Sie las sie und er sah, wie ihr die Tränen kamen. Der Gottesdienst begann und es kam ihm vor, als wären nur der Pastor und sie beide im Raum. Der Bibeltext stand im ersten Kapitel des ersten Johannesbriefes und die Worte schienen nur Brad und Emma zu gelten. Brad nahm ihre Hand und fragte sich, ob sie es genauso empfand.

„Wenn wir behaupten, sündlos zu sein, betrügen wir uns selbst. Dann ist kein Fünkchen Wahrheit in uns. Wenn wir aber unsere Sünden bekennen, dann erfüllt Gott seine Zusage treu und gerecht: Er wird unsere Sünden vergeben und uns von allem Bösen reinigen.“

Der Reinigungsprozess, fuhr der Pastor fort, sei das, was den Frieden brachte. „Die Vergebung ist der fehlende Friede, den wir alle suchen.“

Emma saß mit gesenktem Kopf neben ihm. Die Tränen liefen ihr über die Wangen und auf ihr Kleid und Brad brauchte nicht länger zu rätseln. Die Predigt hatte sie genauso getroffen. Als der Gottesdienst zu Ende war, sprach der Pastor mit ein paar Leuten und wartete, bis die Kirche sich leerte. Die ganze Zeit blieben Emma und Brad sitzen. Wieder kam niemand auf sie zu, und Brad vermutete, dass ihr Bedürfnis nach Ungestörtheit offensichtlich war. Aber als die Bänke sich geleert hatten, kam der Pastor näher und blieb ein paar Schritte entfernt stehen. In seinem Lächeln lag Freundlichkeit. „Ich bin Dave. Ich bin hier der Pastor.“ Er streckte die Hand aus und Brad ergriff sie. „Sie sind neu hier?“

Emma blickte nur ganz kurz auf, also übernahm Brad die Führung. „Ja, wir sind zum ersten Mal hier. Brad Cutler. Ich komme aus Wilmington.“ Er sah Emma an und war erschüttert, welche Zerrissenheit ihr abzuspüren war. „Meine Freundin Emma wohnt hier am Strand."

„Bis zum nächsten Gottesdienst ist noch eine Stunde Zeit. Wenn Sie wollen, können wir uns unterhalten."

Brad hatte erwartet, dass Emma vor einem Gespräch zurückschrecken würde. Sie war ganz eindeutig nicht scharf darauf, hier zu sein, und die Predigt war für sie beide schwer zu verdauen gewesen – auch wenn sie genau auf sie zugeschnitten zu sein schien. Aber Emma sah den Pastor an. „Ich habe eine Frage." Sie weinte jetzt nicht mehr, aber in ihrer Stimme klangen Besorgnis und Kummer mit.

„Fragen Sie." Der Pastor war Ende vierzig. Sein Lächeln war herzlich und er schien kein bisschen voreingenommen zu sein. „Dafür bin ich ja hier."

„In Ordnung." Sie umklammerte Brads Hand fester. „Kann Gott *alles* vergeben?"

Der Pastor wartete einige Sekunden. „Ja, gewiss." Mitgefühl lag in seiner Miene. „Wenn jemand seine Sünden bekennt, wenn er Gott gegenüber echte Reue zeigt, dann wird Gott ihm vergeben, ja. Deshalb ist Jesus ans Kreuz gegangen."

Es sah aus, als wollte Emma ihre Frage genauer erklären, doch dann überlegte sie es sich offenbar anders. „Wenn ... wenn ich mal mit jemandem sprechen will ... nicht heute, sondern später. Mit einer Frau vielleicht. Könnten Sie mir dann jemanden empfehlen?"

„Oh, da gibt es etliche." Seine Körpersprache war offen und einladend. Er ließ die Arme locker hängen. „Es gibt eine sehr gute christliche Therapeutin in der Stadt und ein paar Selbsthilfegruppen für Frauen treffen sich hier im Gebäude. Meine Frau wäre auch eine Möglichkeit. Sie leitet die Frauenarbeit der Gemeinde."

Emma nickte. „Ich müsste ... vielleicht mit jemandem reden." Sie kniff die Augen zusammen und ihre Miene zeigte deutlich den

Kummer in ihrem Herzen. „Ich möchte diesen Frieden finden … den Frieden, von dem Sie gesprochen haben."

„Er ist für Sie da. Jesus bietet ihn jedem Menschen an." Er zog eine Visitenkarte aus seiner Jackentasche und reichte sie ihr. „Wie heißen Sie mit Nachnamen, Emma?"

„Landon." Sie ging zum Mittelgang und Brad spürte eine neue Kraft in ihr. „Emma Landon."

Wenn er sie als Lehrerin an der örtlichen Grundschule erkannte, ließ er es sich nicht anmerken. Stattdessen bat er sie um ihre Telefonnummer. „Ich bitte meine Frau, Sie anzurufen. Wenn Sie nichts dagegen haben."

Emma zögerte und Brad betete im Stillen für sie. Er wurde Zeuge eines Durchbruchs. *Bitte, Gott, lass nichts dazwischenkommen. Emma braucht diese Befreiung. Wir brauchen sie beide.*

„Ist gut." Sie warf Brad einen Blick zu und sah dann wieder den Pastor an. Dann räusperte sie sich und ratterte ihre Nummer herunter. Dave notierte sie auf der Rückseite einer seiner Karten. Er gab erst Emma und dann Brad die Hand. „Schön, dass Sie hier waren."

„Danke." Brad ließ Emmas Hand los. „Wir mussten herkommen."

„So geht es uns allen." Er zögerte. Abgesehen von ihnen dreien war die kleine Kirche leer. „Hätten Sie etwas dagegen … wenn ich für Sie bete?"

Brad sah Emma an, die noch immer nervös und unsicher wirkte. Es war geradezu ein Wunder, dass sie nach so langer Zeit überhaupt wieder einen Fuß in eine Kirche gesetzt hatte. Er wartete nicht auf ihre Zustimmung. Stattdessen nickte er dem Pastor vorsichtig zu und legte Emma einen Arm um die Schultern. „Das wäre nett. Danke."

„Gut." Der Pastor lächelte. „Dann beten wir." Er legte eine Hand auf Emmas, die andere auf Brads Schulter. „Lieber Vater, diese beiden jungen Menschen leiden. Das sehe ich und du siehst es gewiss auch. Bitte hilf ihnen zu glauben, dass sie hier am richtigen Ort sind, was auch immer sie hergeführt hat. Jeder Augenblick in ihrem Leben hat auf diesen Moment hingeführt, und du, Herr, rufst sie und bittest sie, deine liebevolle Umarmung zuzulassen." Er brach ab; dann betete er ruhig und ungehetzt weiter. „Du allein kannst die Heilung schenken, die wir alle brauchen, Herr. Den Frieden, den wir alle suchen. Du kennst die Geschichte dieser beiden Menschen. Bitte lass dies ein Anfang für Brad und Emma sein. Schenke Vergebung, wo Vergebung nötig ist. Schenke Umkehr, wo Umkehr nötig ist. Sei bei ihnen, Vater. Lass Emma einen guten Draht zu den Frauen in unserer Gemeinde finden und lass sie deine Liebe spüren, hier, an diesem Ort, und wenn sie von hier fortgeht." Das Lächeln war jetzt in seiner Stimme zu hören. „Danke, Herr, dass du der Lebensspender bist. Nur du. In Jesu Namen. Amen."

Der Pastor dankte ihnen noch einmal dafür, dass sie gekommen waren, und versprach Emma, dass jemand sich bald bei ihr melden würde. Als sie gingen, sah er ihr in die Augen. „Sie schaffen das, Emma. Jetzt, wo Sie hier sind, wird es gut werden."

Emma sagte nichts, aber sie machte einen Schritt vor und umarmte den Pastor kurz. In einem gequälten Flüstern sagte sie das Einzige, was angemessen schien. „Danke."

Brad hatte keine Ahnung, was er zu Emma sagen sollte, als sie gingen. Irgendwie hatte er das Gefühl, dass das Schweigen stärker war als alle Worte, die er dem Gebet des Pastors noch hätte hinzufügen können.

Als sie beim Wagen ankamen, drehte Emma sich zu ihm um. „Ich möchte dir etwas zeigen. Unten am Strand."

„Jetzt?" Er trug eine lange Hose und ein kurzärmeliges Hemd. In seinen Schuhen war noch Sand von seinem Spaziergang am frühen Morgen. „Ich habe andere Sachen im Auto. Vielleicht sollten wir uns umziehen und uns in einer halben Stunde bei dir treffen."

Emma nickte und die Fahrt zu ihrem Haus verlief in ehrfürchtiger Stille. Etwas ging hier vor sich – und Brad hoffte, dass es die Heilung war, um die er gebetet hatte. Was auch immer es war, Emma war anders als an diesem Morgen oder gestern. Irgendwie stärker. Er lächelte ihr zu, als er vor ihrem Haus hielt. „Ich bin gleich zurück."

„Ist gut." Sie sah ihm einen Moment lang in die Augen. Dann stieg sie aus und lief leichtfüßig die Stufen zu ihrer Haustür hinauf.

Brad suchte sich ein Café in der Stadt, wo er auf der Toilette in seine khakifarbenen Shorts und ein dunkelblaues T-Shirt schlüpfen konnte. Er kaufte eine Flasche Wasser und fuhr in der Stadt herum, um die Zeit totzuschlagen, während er überlegte, was Emma ihm wohl zeigen wollte. Die halbe Stunde verging schnell und Brad fuhr wieder zu ihrem Haus. Sie öffnete in einer weißen Caprihose und einer roten Bluse. Sie sah wundervoll aus, obwohl er ihr das nicht sagen würde. Sie wollte ihm etwas am Strand zeigen und er betete, dass sie die Gelegenheit hatten, über die Predigt zu reden, über ihre Gedanken in Bezug auf Gott und über den nächsten Schritt auf dem Weg zur Heilung für sie beide. Er musste im Blick behalten, wozu er hier war.

„Komm kurz mit rein." Ihr Hund erschien neben ihr und sie lächelte ihm zu und kraulte ihn hinterm Ohr. „Riley ist ein braver Hund."

„Hallo, mein Junge." Brad tätschelte den Kopf des Tieres. Gestern Abend war er zu zerfahren gewesen, um ihm viel Aufmerksamkeit zu widmen. „Er ist kräftig für einen Labrador."

„Alles Muskeln." Sie lachte und rieb die Seiten des Hundes. „Nicht wahr, alter Junge? Alles nur Muskeln."

Brad war froh, auch etwas von Emmas jetzigem Leben zu sehen, das glücklich und unbeschwert schien. „Du nimmst ihn mit zum Joggen, stimmt's?"

„Ständig." Sie sah ihn an und die Durchsichtigkeit ihrer Augen raubte ihm den Atem. Die Distanz, die sich im Laufe der Jahre zwischen ihnen aufgebaut hatte, war jetzt verschwunden. „Setz dich ins Wohnzimmer. Ich muss Riley rauslassen."

Er gehorchte und nahm auf dem geblümten Sofa Platz, auf dem sie am Tag zuvor zusammen geweint hatten. Als sie wiederkam, hatte sie einen Karton auf dem Arm. Sie setzte sich und stellte die Schachtel vor sich auf den Boden.

Brad wollte näher rutschen, um besser sehen zu können, was der Karton enthielt. Aber er hielt sich zurück und wahrte einen gewissen Abstand zwischen ihnen. In mancher Hinsicht bewegte er sich auf dünnem Eis, wenn er allein hier mit Emma Landon war. Er genoss die Zeit mir ihr und das Gefühl, in ihrer Nähe zu sein. Deshalb ermahnte er sich, sein Herz im Zaum zu halten. Heute empfand er eine Dringlichkeit, eine Entschlossenheit, die Zeit, die sie noch hatten, so gut wie möglich zu nutzen. Brad war ziemlich sicher, dass es ihnen beiden so ging. „Ich dachte ... du wolltest mir etwas am Strand zeigen."

„Das will ich auch." Da war sie wieder, die Traurigkeit, die jetzt zu ihr gehörte. „Ich habe diese Schachtel nach dem Gottesdienst gefunden. Ich wollte dir ein paar Dinge daraus zeigen."

Brad drehte sich ein wenig, um sie besser ansehen zu können. Das Erste, was sie aus dem Karton holte, war ein abgewetzter Teddy mit einer rosa Schleife um den Hals.

„Erinnerst du dich an den hier?" Sie reichte ihm den Plüschbären. „In dem Sommer, als du in die Highschool kamst, hast du ihn beim Jahrmarkt für mich gewonnen."

Er berührte das zerdrückte Fell und ein Schwall Erinnerungen überfiel ihn. „Und ich hab dir gesagt, du solltest ihn jede Nacht mit ins Bett nehmen, das ganze Schuljahr hindurch, so lange, bis wir wieder an derselben Schule sind."

Emma nahm ihm den Bären ab und drückte ihn an sich. Sie wirkte wieder wie ein kleines Mädchen. „Ich hab ihn nachts im Arm gehabt, bis du aufs College gegangen bist. Jede Nacht."

Er stellte sich vor, wie sie neben dem alten Bären lag und sich danach sehnte, all das zu behalten, was sie einmal miteinander geteilt hatten. Das Bild löste wieder den Wunsch in ihm aus, sie in den Arm zu nehmen und ihr noch einmal zu sagen, dass es ihm leidtat. Aber heute schien sie sein Mitleid nicht zu wollen. Sie atmete den Geruch des kleinen Bären ein und legte ihn dann liebevoll wieder in die Schachtel zurück.

Als Nächstes zog sie ein Jahrbuch der Highschool hervor, auf dessen rotem Einband geprägte Worte prangten. „Wilmington High – Jahrgang 1999". Das Jahr, in dem Brad seinen Abschluss gemacht hatte. „Das haben wir Ende Mai bekommen." Sie hob den Blick und die Botschaft war unmissverständlich. Ende Mai. Bevor sie angefangen hatten, nach Holden Beach zu fahren. Bevor sich alles änderte.

„Emma ..." Er war nicht sicher, ob er das hier durchstehen würde. Sie konnten so lange in den Schätzen der Vergangenheit kramen, wie sie wollten, die Uhr konnten sie nicht zurückdrehen. Er spürte, wie ihm etwas die Kehle zuschnürte. „Ich weiß nicht ..."

„Bitte." Ihr Blick zeigte eine Stärke, die er nicht empfand. „Ich will, dass du dich an uns erinnerst ... daran, wie wir waren ... vorher. Was in dem Sommer geschah, unsere Entscheidungen damals, das hat alles ruiniert. Aber als ich diese Kiste hier fand" – ihr Blick wanderte zu dem Karton und sie lächelte wehmütig – „da habe ich mich daran erinnert, wie toll es vorher war. Bitte ... lass uns diese Erinnerungen teilen."

Sie musste ihn nicht überreden. Er war bereits in der Vergangenheit, seit sie den Teddy herausgeholt hatte. Er nickte, aber seine Kehle war wie zugeschnürt, sodass er kein Wort herausbrachte.

Emma fuhr mit der Hand über das Jahrbuch und schlug es dann auf, als wären die Seiten irgendwie heilig. „Hier." Sie reichte ihm den Band. „Lies, was du hineingeschrieben hast."

Brad wollte nicht, aber ihm blieb nichts anderes übrig. Er musste es tun, musste sich daran erinnern, wie sehr er sie geliebt hatte. Wenn er die vergangenen neun Jahre betrachtete, sah er nur, wie alles geendet hatte. Wie schrecklich traurig und verlegen sie gewesen waren, als ihre Wege sich für immer getrennt hatten. Aber das hier … das würde seine wahren Gefühle zeigen. Er nahm das Jahrbuch auf den Schoß und sah seine eigene, vertraute Handschrift. Emma beobachtete ihn, als er anfing zu lesen, um in Gedanken seine Stimme zu hören.

Meine liebste, teure Emma … kann es sein, dass ich die Highschool schon verlasse? Erinnerst du dich noch an die Zeit, als es sich anfühlte, als würden die Tage, die wir zusammen verbrachten, ewig dauern? Als würde das immer gleiche Aufwachen und Zur-Schule-Gehen nie enden? Aber jetzt ist es so weit, und ich muss dir ein paar Dinge sagen. Erstens: Zwischen uns wird sich nichts ändern. Ich werde auf's College gehen, und du kommst in einem Jahr nach. Du hast deinen Bären, der dir Gesellschaft leisten kann, wenn ich nicht hier bin.

Brad blinzelte. Er hatte feuchte Augen. Er streckte den Arm aus und hielt Emmas Hand, während er weiterlas. *Du bestimmst alle meine Erinnerungen – mit deinem Lachen und deiner Liebe. Ich danke Gott dafür, dass du und ich ihn an die erste Stelle gesetzt haben. Wir haben uns von dem dummen Zeug ferngehalten, das die anderen alle tun, und wir werden uns davon fernhalten, bis ich dich heirate. Und ich werde dich heiraten, Emma. Niemand hat dich je mehr geliebt, als ich es tue.*

Die Tränen liefen Brad jetzt übers Gesicht und tropften auf die Seite. Er tupfte sie fort und rang um Fassung. Er hatte sie geliebt. Dies war ein Beweis, der gar nicht mehr nötig gewesen wäre. Er blinzelte und nahm den Faden wieder auf.

Der Schulabschluss ist nur eine Phase. Wir haben die Grundschule und die Mittelstufe hinter uns gebracht. Wir haben sogar Wilmington High überlebt. Ich weiß ganz sicher, dass wir auch das, was als Nächstes kommt, überleben werden, und eines Tages ... eines Tages werde ich dir den Ring geben, von dem wir immer sprechen. Du bist meine andere Hälfte, Emma Landon. Ich liebe dich, und dass du mir das nicht vergisst! Immer und ewig ... deine Liebe, dein bester Freund ... Brad.

„Siehst du ...“ Emma war immer noch sehr ruhig; sie weinte nicht. Als bedeute es auf irgendeine Weise eine Anerkennung für den Schmerz, den sie all die Jahre mit sich herumgetragen hatte, dadurch gerechtfertigt, wenn sie ihm das alles zeigte. „Siehst du, wie sehr du mich geliebt hast, Brad?“

Er wischte sich über die Augen. „Ja, das hab ich. Mehr, als ich wahrhaben wollte.“

„Das Ende war hässlich, und ich glaube ... ich glaube, du wolltest vergessen, was vor all dem war. Aber das hat es alles gegeben.“ Sie lächelte, und jetzt glänzten auch ihre Augen. „Damals waren wir unschlagbar.“

„Das waren wir.“ Sein Blick wanderte wieder zu seiner Unterschrift und zu dem Datum, das er unten auf die Seite gekritzelt hatte. 26. Mai 1999. Als das ganze Leben noch sorglos und so verlässlich schien wie der Wechsel der Jahreszeiten.

Emma nahm ihm das Buch ab. Sie strich über die Seite und lächelte, als sähe sie die Worte zum ersten Mal. Dann klappte sie das Buch langsam zu und legte es zurück in die Kiste. „Eine Sache noch.“

Er war sich nicht sicher, wie viel er noch ertragen könnte. Sie konnten nicht zurückholen, was sie früher miteinander geteilt hatten, konnten das hässliche Ende nicht ungeschehen machen. Warum also quälten sie sich jetzt damit? Brad schluckte, aber andererseits verstand er. Emma wollte, dass er sich an die guten Zeiten erinnerte, an ihre Liebe, bevor sie die Dinge hatten aus dem Ruder laufen lassen. Was immer es ihn kosten mochte, das war er ihr schuldig.

Sie griff in die Kiste und zog ein aufgerolltes Stück Seil heraus und Brad wusste sofort, was es war. Wieder drohten Tränen seine Sicht zu trüben. „Unser Seil."

„Ich hab's aufgehoben."

Brad betrachtete es und hob dann den Blick, um sie anzusehen. „Ich habe ein Foto. Wie wir beide die Enden festhalten." Er schniefte und konnte kaum fassen, dass er es tatsächlich in den Händen hielt. Das Seil, das sie zusammengebracht hatte. „Ich habe mich immer gefragt ... was damit passiert ist."

Sie wickelte es ab und fuhr mit der Hand über das weiche Material. „Was für eine verrückte Idee, zwei Kindern für eine Woche die Enden eines Seils in die Hand zu drücken."

„Ich weiß nicht ..." Er nahm das andere Ende. „Ich glaube, ich habe es nie wirklich losgelassen."

Zum ersten Mal, seit sie sich gesetzt hatten, sah er auch in ihren Augen Tränen. „Ich auch nicht." Sie hielt ihr Ende des Seils fest umklammert. „Aber nach dem heutigen Tag ... müssen wir. Wir müssen beide loslassen."

Er nickte und kniff die Augen zusammen. „Ich weiß." Er hielt sein Seilende fest und machte eine Faust darum. Emma hatte das Seil die ganze Zeit behalten? Wenn er das gewusst hätte, hätte er sie dann in jenem schrecklichen Sommer wirklich verlassen? Jetzt, wo er das Seil in der Hand hielt, fragte er sich, wie sie sich jemals hatten trennen und zulassen können, dass das Leben sie auseinanderriss. Wenn sie doch nur zu dem Seil zurückgefunden hätten, vielleicht ... eine Million Vielleichts.

„Ich bin so weit." Sie zog ihm das Seil aus der Hand, wickelte es auf und hielt es fest, während sie aufstand. „Ich möchte es zum Strand mitnehmen, an den Ort, den ich dir zeigen will."

Sie griff noch einmal in die Kiste und zog etwas heraus. Einen kleinen Umschlag. Nur öffnete sie ihn diesmal nicht und ließ ihn auch nicht sehen, was sich darin befand. Sie legte Seil und Umschlag in ihre Strandtasche und warf sie sich über die Schulter. Draußen waren die Wolken zurückgekehrt, aber es war kein

Regen vorhergesagt. Sie hatten nur noch wenige Stunden Zeit. „Komm mit mir, ja? Ein letztes Mal, Brad."

Er fragte sich, ob sein Herz es aushalten würde. Alle Lügen, die er sich selbst eingeredet hatte, waren jetzt verschwunden; die Lügen, dass er über Emma hinausgewachsen war und dass ihre Beziehung eben eine Jugendliebe und nichts Ernstes gewesen war. Er hatte sie mehr geliebt als sein eigenes Leben. Sie hatten immer zusammenbleiben wollen und hatten doch alles weggeworfen. Er stand auf und nickte.

Er würde sie begleiten, wohin auch immer dieser Weg führen mochte.

26

Emma ging voran und Brad begleitete sie. Als sie am Sandstrand angekommen waren, reichte sie ihm die Hand und sein Herz floss über angesichts all dessen, was sie beide durchgemacht hatten. Damals, vor all den Jahren, und jetzt noch einmal – an diesem Wochenende. Bis jetzt hatte Brad ihre Hand als eine Art freundliche Geste gehalten, so wie man bei einer Gebetsrunde den Nebenmann an der Hand fasst. Aber als er jetzt ihre Hand nahm, flochten ihre Finger sich umeinander und es fühlte sich in diesem Moment richtig und passend an. Diese Zeit gehörte Emma und ihm. Es war kein Platz für Vorspiegelungen, nicht nach all dem, woran sie ihn in der letzten Stunde erinnert hatte.

Sie gingen am Anleger vorbei zu demselben Parkplatz, auf dem er vor einer Woche den Pick-up seines Vaters abgestellt hatte. Er war genau hier vorbeigekommen und auf einmal hatte Brad eine Ahnung, wohin sie ihn führte. Aber das konnte doch nicht sein, oder? Der Strand war menschenleer, als sie den sandigen Hügel hinauf zu einem abgelegenen, ungestörten Fleckchen gingen, das von den Badegästen weiter unten nicht einzusehen war. Allmählich erkannte er, dass er richtig lag. Sie führte ihn zu dem kleinen weißen Holzkreuz, das er bei seinem ersten Besuch hier gesehen hatte. Er erstarrte und blieb abrupt stehen, den Blick auf das Kreuz geheftet. Dann blickte er zu Emma auf. „Ich habe es gesehen. Als ich letzte Woche hier war."

„Du hast es gesehen?" Emma sah ihn prüfend an.

„Ich habe es gesehen, aber ich bin weitergelaufen. Es ... es fiel mir auf ... das ist alles." Er bückte sich und entdeckte etwas, das er vorher nicht gesehen hatte. Das Datum, das in das verwitterte weiße Holz eingraviert war. 20. November 1999. Er berührte das

Holz und fuhr mit dem Finger über die Buchstaben und Zahlen. Der Kummer überwältigte ihn unerwartet. Der zwanzigste November. Der Tag, an dem ihre Tochter gestorben war. Er umfasste den oberen Rand des Kreuzes und sank in dem mit Gras bewachsenen Sand langsam auf die Knie. Er neigte den Kopf in einem Abgrund der Trauer, der so tief und breit war wie nichts, was er je erfahren hatte.

Sie kniete sich neben ihn und legte ihm einen Arm um die Schultern. „Ich komme oft hierher." Ihre Stimme klang fest. „Immer, wenn ich joggen gehe."

Er blickte sie an und sah, dass ihre Augen trocken waren. Sie hatte bereits ein Jahrzehnt damit verbracht, hier an diesem kleinen weißen Kreuz zu trauern. „Sie war ein richtiger Mensch. Unser kleines Mädchen." Emma legte ihre Hände auf die seinen, und gemeinsam umklammerten sie das Kreuz. Ein kühler Wind fuhr durch den Strandhafer neben ihnen. „Ich brauchte etwas, um mich an sie zu erinnern."

Mit aller Kraft umklammerte Brad das Kreuz und in dieser Geste lag alles, was ihn ausmachte. Als könnte er dadurch jenen Moment in der Klinik wieder heraufbeschwören, könnte zurückgehen zu dem Zeitpunkt, als sie noch die Chance hatten zu gehen. Damals, als ihre kleine Tochter noch am Leben war. Aber sie waren nicht gegangen und ihre Tochter war an jenem Tag gestorben. Am 20. November 1999.

Er schlug die freie Hand vors Gesicht und weinte – weinte um dieses kostbare Mädchen. Beweinte, dass sie die Kleine nicht als Säugling auf dem Arm gehalten und später gesehen hatten, wie sie ihre ersten Schritte machte. Dass sie nie das Stimmchen hören und das Lächeln sehen würden. Dass sie sich um all das und um jedes erste und letzte Mal gebracht hatten durch diese eine, schreckliche und endgültige Entscheidung.

Brad hatte keine Ahnung, wie lange er so da im Sand gekniet hatte, Emmas Arm um seine Schultern, während die Tränen eines ganzen Jahrzehnts den Platz bewässerten, an dem das Kreuz errichtet worden war. Schließlich sah er sie an, erschöpft und unglücklich. „Sie fehlt mir." Er spürte neue Tränen aufsteigen, als würde das Leid, das er verursacht hatte, nie enden. „Wie kann sie mir fehlen, wenn ich sie doch nie kennengelernt habe?"

Emmas Augen waren immer noch trocken. „Ich vermisse sie auch. Jedes Mal, wenn ich hier stehen bleibe. Jeden Morgen, wenn ich in die Schule gehe und am Raum der vierten Klasse vorbeigehe. Ich vermisse sie, Brad. Das war alles, was ich von dir wollte. Dass du sie auch vermisst. Das sind wir ihr schuldig, meinst du nicht?"

Er hatte Kopfschmerzen vom Weinen, aber er betrachtete wieder das Datum. „Ja." Er wischte sich noch einmal übers Gesicht. „Das sind wir ihr schuldig."

„Ich habe das hier mitgebracht." Sie nahm ihren Arm von seinen Schultern und holte den Umschlag aus ihrer Strandtasche.

Darin befand sich ein kleines Foto eines Mädchens, das Brad bekannt vorkam. Emma hielt es hoch, sodass sie es beide sehen konnten, und er wusste sofort, wer das war. „Das bist du. Damals in der Grundschule. Als wir das Seil festhalten mussten."

„Ja." Sie sah das Foto mit einem traurigen Lächeln an. „Ich war neun. Vielleicht hätte unser kleines Mädchen auch so ausgesehen. Es hilft mir zu wissen, dass sie Wirklichkeit ist."

Brad fuhr mit den Fingern über das Bild von Emma als Kind. Er wollte nicht fragen, weil er sicher war, die Antwort zu kennen. Aber er war schon so weit gekommen und jetzt hatte er keine Wahl mehr. „Hast … du ihr einen Namen gegeben?"

„Ja." Emma schob das Foto wieder in den Umschlag und verstaute den Umschlag in ihrer Tasche. Sie starrte wieder auf das weiße Kreuz. „Ich habe sie Amanda genannt. Das bedeutet „wert, geliebt zu werden". Denn sie war unschuldig. Sie war es wert, dass wir sie lieben, auf jede nur erdenkliche Weise."

„Amanda." Brad war nicht sicher, ob er den Schmerz ertragen

konnte – das Gefühl, dass sein Herz in tausend Scherben am Fuß des kleinen weißen Kreuzes lag. Wert, geliebt zu werden. Ja, das war sie.

„Ich würde gerne glauben“ – Emmas Stimme brach und zum ersten Mal, seit sie zum Strand aufgebrochen waren, hatte sie Tränen in den Augen – „dass meine Mom und Amanda irgendwo im Himmel zusammen sind. Meine Mutter hat Kinder geliebt und Amanda … sie hätte meine Mom gern gehabt.“ Emmas Gesicht verzog sich und sie kniff die Augen zusammen. Als sie sie wieder öffnete, fuhr sie mit dem Finger über das Datum auf dem Kreuz und sah dann Brad an. „Gott würde sie doch sicher zusammen sein lassen, oder?“

„Ja. Ganz bestimmt.“ Brad zweifelte keine Sekunde daran. „Amanda und deine Mom sind zusammen. Da bin ich ganz sicher.“

„Gut.“ Emma nickte. „Ich möchte es jedenfalls gern glauben. Um ihrer beider willen.“ Sie schniefte und trocknete sich die Wangen. Wieder schien sie eine Selbstbeherrschung zu finden, die ihn erstaunte. „Wir haben unrecht getan, Brad. Egal, was die Leute sagen – dass es legal ist oder man die Wahl hat oder sonst irgendetwas. Was wir getan haben, war falsch.“

„Ja. Es war falsch.“

Sie setzte sich im Schneidersitz auf den Boden und sah ihn an. „Der Pastor hat gesagt, wir müssten unsere Sünden bekennen. Das sei der erste Schritt zur Vergebung.“

„Ja.“ Darum hatte Brad gebetet. Dass sie beide Heilung und Vergebung erfuhren. Aber er hatte nicht geahnt, wie hart es sein würde, wenn es tatsächlich so weit war.

Emma sah das Kreuz an. „Seit jenem Tag habe ich mich gegen Gott gewehrt. Als meine Mom starb …“ Sie wandte sich dem Meer zu, den Rücken zum Kreuz.

Brad ließ sich auch im Sand nieder, aber er zog ein Knie an und blickte Emma an.

Der Wind vom Meer umfing den Augenblick und ließ ihn ganz persönlich und zugleich fast wie einen Traum erscheinen. Emma blickte aufs Wasser. „Ich habe ihr gesagt, ich würde an meinem Glauben festhalten. Damit wir beide uns wiedersehen können." Ihr Blick wanderte wieder zu Brad. „Aber ich hab es nicht ernst gemeint. Meine Mutter wusste nicht, was ich getan hatte. Ich dachte, ich würde meine Schuld mit ins Grab nehmen, also hab ich aufgehört, an Gott zu glauben. Denn wie konnte ich zulassen, dass jemand mein Baby tötete?" Schmerz durchzog ihre Stimme. Sie atmete tief ein, so als fände sie mit einem Mal eine neue Kraft, die sie vorher nicht gekannt hatte. „Aber ich kann nicht mehr so leben. Mit diesen Schuldgefühlen. Und vor dem Leben weglaufen."

Brad verstand, wie sie sich fühlte. Aus genau demselben Grund war er heute hier und nicht bei einem Herrenausstatter in New York City, um seinen Hochzeitsanzug anzuprobieren. Sie saßen einander jetzt gegenüber, sodass ihre Füße sich fast berührten.

„Heute Morgen in der Kirche … habe ich zum ersten Mal … Gottes Stimme gehört. Ich habe gehört, wie er mich rief. Ich will gar nicht zu viel darüber nachdenken oder es analysieren. Aber ich bin es leid, gegen Gott anzukämpfen." Sie streckte beide Hände aus, und wieder fanden ihre Finger sich. „Ich will nur gehorchen. Ich möchte den Frieden, von dem Dave heute im Gottesdienst gesprochen hat."

Brad spürte, wie ein Sonnenstrahl der Freude die trockene und unfruchtbare Landschaft seines gebrochenen Herzen durchbrach. „Das wünsche ich mir auch."

„Ich weiß nicht, wie das funktioniert, aber ich glaube nicht, dass es kompliziert sein muss." Sie hielt seine Hände fest umschlossen. „Also sage ich es einfach." Stille Tränen standen in ihren Augen und flossen auf ihre Wangen über. Der hohe Strandhafer um sie herum wehte im Wind und verbarg sie vor den Blicken eventueller Spaziergänger. Sie waren allein, nur sie beide und Gott und die Erinnerung an ein nie geborenes Mädchen namens Amanda. Emma hustete ein wenig und sprach weiter, ohne den Blick auch nur ein einziges Mal abzuwenden. „Es war meine eigene Entscheidung, in die Klinik zu gehen, Brad. Es war unrecht – egal, wer den Termin gemacht hat, und egal, was das Gesetz sagt. Ich habe die Entscheidung getroffen, mein Baby zu töten.“ Ihre Stimme brach und sie senkte den Kopf. „Das ist meine Beichte – vor dir und vor Gott.“

Brad hatte sie noch nie so geliebt wie in diesem Augenblick. Die Kraft, die sie brauchte, um diese Worte auszusprechen, konnte nur von Gott kommen. Jetzt war er an der Reihe. Er strich ihr mit den Daumen über den Handrücken und suchte nach den richtigen Worten. „Emma – als du mir erzählt hast, dass du schwanger bist, hat mich der Mut verlassen. Ich habe Gott nicht um Weisheit und Hilfe gebeten. Ich habe nur an mich selbst gedacht.“ Er blickte ihr direkt ins Herz, auch wenn er das Gefühl hatte, es könnte ihn umbringen. „Ich wusste … ich wusste an diesem Tag, dass du Angst hattest, aber ich wollte nur, dass alles so blieb, wie es war. Du und das Baby, ihr wart mir egal. Ich habe dich zur der Abtreibung gedrängt und damit den Tod unseres kleinen Mädchens verursacht.“ Wieder überwältigte der Kummer ihn, aber zugleich spürte er auch die befreiende Wirkung seiner Worte. „Das ist meine Beichte – vor dir und vor Gott.“ Er sah ihr ins Gesicht, in die Augen. „Es tut mir leid, Emma.“

„Mir tut es auch leid.“

Brad brauchte sie nicht zu fragen. Ihr nächster Schritt war so offensichtlich wie der nächste Atemzug. „Bete mit mir.“

Sie nickte, senkte den Kopf und schloss die Augen. Er warf noch einen Blick auf das Kreuz. „O Gott, wir kommen zu dir. Wir hätten es schon längst tun sollen. Wir haben unrecht getan, das haben wir vor dir und voreinander bekannt.“ Brad spürte heilige Hände auf seinen Schultern, und er wusste so sicher, wie er noch nie im Leben etwas gewusst hatte, dass sie hier auf diesem verborgenen Flecken von Holden Beach in der Gegenwart des allmächtigen Gottes waren. „Bitte vergib uns, Vater. Lass uns diesen Ort geheilt und erneuert verlassen. Und bitte“ – Tränen erstickten jetzt seine Worte, aber er fuhr fort – „bitte lass Amanda wissen, dass wir sie lieben. Und lass sie mit Emmas Mutter zusammen sein. Bis wir sie eines Tages im Himmel sehen können.“

„In Jesu Namen ...“, nahm Emmas Stimme den Faden auf, als er verstummte. Dann sagten sie beide gemeinsam: „Amen.“

Sie öffneten die Augen und eine Weile schwiegen sie, während sie einander nur ansahen und dem Augenblick nachspürten. Brad sprach zuerst. „Spürst du es?“

„Ja.“ Sie lächelte und in ihren Augen leuchtete ein Licht, das vorher nicht da gewesen war. Nicht mehr seit damals, vor jenem Sommer. „Ich spüre Gott.“

„Er ist hier.“ Eine Last hob sich von Brads Schultern und trotz der Traurigkeit dieses Moments verstand er, was für ein Geschenk sie bekommen hatten. „Das ist der Friede, der höher ist als jede Vernunft. Von dem die Bibel spricht.“

Während sie gebetet hatten, waren die Wolken aufgerissen. Nicht nur der Himmel war jetzt klar, auch die Antworten waren klar und deutlich zu sehen. Und wie sollte es auch anders sein? Gott hatte sie wieder zusammengeführt und ihnen vergeben. Nichts konnte daran etwas ändern, und Brad war sicher, dass er sich an diesen Augenblick sein Leben lang erinnern würde.

Er und Emma und das Kreuz.

Und die Gegenwart Gottes, die sie von allen Seiten umgab.

27

Emma rückte ein wenig herum, sodass sie aufs Meer blicken konnte, und Brad tat es ihr gleich. Die Halme tanzten neben ihnen, hinter ihnen stand unbewegt das weiße Kreuz. „Sieh mal, das Wasser da hinten. Dort ... wo der Himmel darüber blau ist."

„Es ist wunderschön." In Brads Stimme lag jetzt etwas Ruhiges; Schmerz und Trauer waren daraus verschwunden. Der Friede, von dem er gesprochen hatte, galt ihnen beiden. Brad atmete tief ein, so als wollte er tief in sich aufsaugen, wie er sich hier am Strand von Holden Beach fühlte. „Ich habe es vermisst."

Ihre Ellbogen und Knie berührten einander, aber jetzt machte es sie nicht mehr verlegen oder unbehaglich. In Emmas Herz war ein Durchbruch geschehen und eines wusste sie mit absoluter Gewissheit: Sie würde nie mehr dieselbe sein. Nie wieder. Die Freude, die Kristin Palazzos Leben bestimmte, und das Strahlen, das von Francescas Lächeln ausging, und die Vergebung, von der Gavin Greeley ihr erzählt hatte – diese Freude und dieses Licht durfte sie jetzt auch erleben. Und Brad hatte dazu beigetragen. Niemand konnte ändern, was sie heute an diesem Strand miteinander geteilt hatten. Egal, was der morgige Tag brachte – für jeden von ihnen.

Ein tröstliches Schweigen senkte sich um sie. Rechts von ihnen neigte die Sonne sich dem Horizont entgegen. Emma lehnte einen Augenblick den Kopf an Brads Schulter, dann richtete sie sich wieder auf, den Blick immer noch auf den Horizont gerichtet. „Erzähl mir von ihr, Brad. Von deiner Verlobten."

Er antwortete nicht sofort. „Wirklich, Emma?" Er wandte sich ihr zu und sah ihr in die Augen. „Jetzt?"

„Ja." Vorher war sie nicht bereit dafür gewesen. Brad wiederzusehen, in seiner Nähe zu sein; hatte in ihr nur den Wunsch ausgelöst, sich daran zu erinnern, wie ihre Beziehung vor jenem Sommer gewesen war. Aber jetzt … jetzt war sie ein anderer Mensch. Wenn sie Abschied nehmen mussten, dann wollte sie ihm ihren Segen für die Zukunft mitgeben. „Bitte, Brad. Erzähl mir von ihr."

Sein Blick veränderte sich und Emma konnte so deutlich in seinen Augen lesen, wie sie es als Kind gekonnt hatte. Wer auch immer diese Frau war und egal, wie sie einander kennengelernt hatten … Brad liebte sie. Diese Tatsache hätte er gar nicht verbergen können, selbst wenn er es gewollt hätte. „Sie heißt Laura. Laura James." Brad wandte den Blick ab und blickte wieder zum Meer hinaus. „Ich arbeite für ihren Vater. Er hat eine Werbeagentur in Manhattan. Die, bei der ich arbeite." Er zögerte. „Wir haben uns bei einem Mitarbeiterpicknick kennengelernt und seitdem sind wir zusammen."

Emma gestattete sich einen Anflug von Eifersucht. Es war merkwürdig zu hören, wie Brad über diese andere Frau sprach und dass er schon so viele Jahre mit ihr zusammen war. Bis heute hatte Emma sich immer noch an den Tag geklammert, an dem Brad Cutler aus ihrem Leben verschwunden war. Gut, sie hatte ihre Ausbildung absolviert und eine Arbeit gefunden, sie war in das Haus gezogen und hatte unterwegs ein paar Tiere eingesammelt. Aber sie hatte sich nie getraut, ihr Herz neue Wege gehen zu lassen. Es war ihre selbst auferlegte Strafe für das, was sie getan hatte.

Bei Brad war es anders gewesen. Er war vor seinem Schmerz davongelaufen, fort von Emma und zu dieser anderen Liebe, dieser Laura James. „Sie wusste nichts von uns?"

„Sie wusste nichts von … von dem Baby. Von der Abtreibung."

Emma zögerte. Sie straffte den Rücken. *Schaffe ich das, Gott … komme ich damit klar?*

Ich bin bei dir, Tochter. Ich verlasse dich nicht.

Die Antwort war wie ein Frühlingsregen, der ihre ausgetrocknete Seele tränkte und ihr versicherte, dass sich etwas in ihr verändert hatte. Ja, sie würde es schaffen. Mit Gottes Hilfe konnte sie zuhören, wenn Brad von seinem jetzigen Leben und von seiner Verlobten sprach. Es war Sonntagabend und sein Flug ging morgen früh. Einen anderen Zeitpunkt gab es für diese Unterhaltung nicht. „Du hast es ihr erzählt?“

„Ja.“ Brad klang müde, als wollte er nicht über die Einzelheiten reden. „Ihrem Vater hab ich es auch gesagt.“

Emma versuchte sich vorzustellen, unter welchem Schock Laura und ihre Eltern stehen mussten. In einem Monat sollte sie Brad heiraten, aber er saß hier neben ihr in Holden Beach, in vertrauter Zweisamkeit mit seiner ersten Liebe. Sie wollte nicht fragen, aber jetzt war sie für seine Antwort eher bereit, als sie es am Freitag gewesen war. „Du willst sie heiraten, nicht wahr? Das willst du immer noch?“

Brad sah ihr tief in die Augen und die Wahrheit war deutlich zu sehen, ohne dass er ein Wort sagte. „Darüber habe ich an diesem Wochenende viel nachgedacht.“

„Aber du willst es.“ Der Wind fuhr durch ihre Haare und sie schob sich eine Strähne hinter die Ohren, damit sie ihn im Licht der untergehenden Sonne sehen konnte. „Das stimmt doch, oder?“

Er strich ihr mit dem Finger über die Wange – eine so sanfte Berührung, dass sie unmöglich etwas anderes sein konnte als ein Ausdruck längst vergangener Gefühle. „Ja, Emma, das wünsche ich mir immer noch.“

Tränen traten ihr in die Augen, aber sie lächelte und nickte. Sie hatte es gewusst. Die ganze Zeit hatte sie es gewusst. Sie dachte daran, was sie empfunden hatte, als sie ihn auf dem Parkplatz gesehen hatte, und was für ein Schlag es gewesen war, als er ihr von seiner Verlobung erzählt hatte. Aber heute, während Gott ihre Seele heilte, war ihr klar gewesen, dass sie einander Lebewohl sagen mussten. Dass dies kein Neuanfang für sie beide gemeinsam war, sondern ein Neuanfang für jeden von ihnen in seinem eigenen Leben.

In dem Leben, das sie von jetzt an führen würden.

Emma starrte aufs Meer hinaus. Dann holte sie das Seilende aus ihrer Strandtasche und drückte es an ihre Brust. „Du und ich … wir waren eins, Brad. Unsere Liebe hat strahlender geleuchtet als alle Farben des Sommers zusammen."

„Ja. So war es." Brad streckte die Hand aus und ergriff beinahe geistesabwesend das Seil.

„Aber nach … nach dem, was wir getan hatten, nachdem du gegangen warst, bin ich hierher an den Strand gekommen. Ich ich habe bei dem Kreuz gesessen." Sie lächelte und ignorierte die Tränen, die erneut in ihr aufstiegen. „Ich habe unseren Strand angesehen und mir wurde klar, was geschehen war. Wir waren nicht mehr eins. Du warst der Himmel und ich das Meer, und wir würden nie wieder eins sein. Es gab keinen Weg zurück – egal, was kommen würde. Nie wieder dieselbe leuchtende Farbe."

„Nein." Er hörte zu und seine Liebe war deutlich zu spüren. Nicht die Liebe, mit der er sie früher geliebt hatte, und auch nicht die Liebe, von der sie gehofft hatte, dass sie am Ende dieses Wochenendes stehen würde. Es war eine andere Liebe, aber Liebe war es doch.

Sie kostete seinen Blick aus, der sich in ihre Augen versenkte. „Jetzt sind wir verschiedene Blautöne. Du und ich. Mehr nicht."

Er legte den Kopf schief und suchte ihren Blick, beinahe, als wollte er ihn sich für immer einprägen. „Blautöne. Hier werden wir immer sein." Er sah wieder aufs Meer hinaus. „In diesen Blautönen."

Sie wollte nicht mehr weinen. Es wurde allmählich spät. Sie mussten zurückgehen und sich verabschieden. Sie nahm das Seil und drehte es in der Hand. „Ich lasse es hier, unser Seil. Es gehört mir nicht mehr. Und dir auch nicht."

Mit einem leichten Ruck zog sie es ihm aus der Hand. Dann richtete sie sich auf den Knien auf und drehte sich um. Ganz vorsichtig schlang die das Seil um den Fuß des Kreuzes. „Es gehört hierher. Zur Erinnerung an Amanda." Sie stand auf und betrachtete das Kreuz. Die Zeit würde es diesem Ort vielleicht entreißen. Ein starker Wind oder ein Wirbelsturm. Kinder, die vorbeikamen und sich freuten, dass sie ein altes Stück Seil und ein Holzkreuz entdeckt hatten.

Trotzdem zögerte Emma nicht, beides hier zurückzulassen. Die Erinnerung an das, was sie und Brad gemeinsam erlebt hatten, an Amandas kurzes Leben, war nicht hier. Sie war nicht an ein Stück Holz oder an ein Seilende gebunden. Die Erinnerung war tief in ihrem Herzen verborgen. Und dort würde sie immer sein.

Sie klopfte den Sand von ihrer Caprihose und streckte die Hand aus, um Brad hochzuhelfen. Er stand neben ihr, sodass ihre Schultern sich berührten, und blickte ein letztes Mal auf das Kreuz und das Seil. „Ich bin nicht sicher ..." Er blickte auf und in seinen Augen spiegelte sich die ganze Tiefe und Intensität dessen, was sie an diesem Nachmittag erlebt hatten. „Ich weiß nicht, ob ich noch einmal wiederkommen werde."

„Ich weiß." Seine Worte schmerzten, aber nicht annähernd so, wie sie es am Freitag getan hätten. Jetzt, angesichts dessen, was zu Hause auf ihn wartete, waren es die richtigen Worte. So sollte er empfinden. Sie verschränkte die Arme vor der Brust und nickte noch einmal. Sie hoffte, dass ihr Lächeln ihn beruhigte. „Das hab ich auch gerade gedacht." Ihr Blick wanderte zu dem Kreuz zurück. „Und dass wir keinen Anhaltspunkt mehr brauchen, um uns zu erinnern."

„Nein." Er legte den Arm um ihre Schultern. „Jetzt nicht mehr."

Er ließ den Arm wieder sinken und nahm ihre Hand und seine Finger schoben sich zwischen ihre wie vorher. Emma versuchte, sich dieses Gefühl einzuprägen, denn es war wunderbar, so mit Brad zusammen zu sein. Nicht, weil sie sich eine zweite Chance mit ihm erhoffte, sondern weil dieser Abschied so viel besser war als der letzte. So viel abgeschlossener. Sie drehten sich um, ohne noch einmal zurückzublicken, und gingen langsam und schweigend am Wasser entlang. An ihrem Strand. Die untergehende Sonne warf orangefarbene und gelbe Streifen über das Blau des Himmels, als wollte Gott selbst den Vorhang über der Vergangenheit zuziehen. Alles war zu Ende gegangen – ihre Schuld und Sünde und Scham. Ihre gemeinsame Zeit an diesem Wochenende.

Alles, was sie beide betraf. Endgültig vorbei.

Zu schnell hatten sie Emmas Haus erreicht. Sie standen bei seinem Mietwagen und sahen ein letztes Mal aufs Meer hinaus. Brad hielt immer noch ihre Hand. „Ich bin hergekommen, um dir zu sagen, dass es mir leidtut. Um dich um Verzeihung zu bitten." Er sah sie an und nahm auch noch ihre andere Hand. „Aber Gott hatte viel mehr vor."

„Das muss er wohl." Sie lächelte über die neue Unbeschwertheit in ihrem Herzen und ihrer Seele. „Ich hatte die Gelegenheit, dir zu sagen, was wirklich geschehen ist. Dir von unserer Tochter zu erzählen." Sie zog die Nase hoch. „Und ich habe eine Gemeinde gefunden." Sie spürte das Lächeln. „Ich glaube, ich werde in Daves Frau eine Freundin finden. Und wir haben beide Vergebung gefunden." Ihr Lächeln schwand und sie trat einen Schritt auf ihn zu. Lange ließ sie die Stirn an seiner Brust ruhen. Als sie aufblickte, fragte sie sich, ob sie das wirklich schaffen würde ... Brad Cutler für immer Lebewohl zu sagen. Sie schluckte gegen den Schmerz an, der mit Sicherheit kommen würde. „Und ich habe noch etwas gefunden."

„Was denn?" Er legte die Arme um ihre Taille und hielt sie, wie er eine Schwester oder gute Freundin halten würde. Mehr war es nicht. „Was hast du gefunden, Emma?"

„Ich habe den alten Brad wiedergefunden." Sie berührte seine Brust an der Stelle, wo sich sein Herz befand. „Den Brad, von dem ich wusste, dass er immer noch irgendwo da drin ist."

„Versprich mir etwas." Er strich ihr über die Wange. Die Sonne war untergegangen und die Dämmerung senkte sich um sie.

„Was immer du willst." Emma tauchte noch einmal in seine Augen ein.

„Ich möchte, dass du wieder liebst. Du hast mir nicht erzählt … ob es jemanden in deinem Leben gibt."

„Es gibt niemanden." Plötzlich sah sie Gavin Greeleys attraktives Gesicht wieder vor sich und ihre Wangen wurden warm. „Jedenfalls niemanden, den ich an mich herangelassen hätte."

„Lass ihn, Em. Du musst. Gottes Vergebung bedeutet: Du darfst leben."

Sie ließ den Gedanken nachklingen und zum ersten Mal schien er ihr reizvoll. Und das musste bedeuten, dass Gott tatsächlich ein Wunder in ihrem Herzen vollbracht hatte. Seine Vergebung war wirklich vollkommen. „Mal sehen." Sie neigte den Kopf ein wenig. Sie wollte jetzt nicht über Gavin sprechen. Dieser Augenblick gehörte Brad und ihr und Gott. Nur ihnen. „Darf ich für dich beten, bevor du gehst?"

Brad wirkte ein wenig überrascht, aber gleich darauf sah sie Dankbarkeit in seiner Miene. „Bitte." Er hielt sie immer noch im Arm, und ihre gesenkten Köpfe berührten einander.

„Gott … ich bin all die Jahre vor dir weggelaufen, aber jetzt … jetzt bin ich bereit, den Rest meines Lebens mit dir zu leben. Von jetzt an werde ich mich wieder über mein Leben freuen. Über mein Leben und das jedes anderen Menschen, in dem ich eine Rolle spielen darf." Sie hatten nur noch wenige Augenblicke bis zum Abschied und diese Tatsache war plötzlich ernüchternd. „Ich bete für meinen Freund Brad. Er fährt nach Hause zu einem wunderbaren Mädchen, das er sehr liebt." Ihre Augen brannten bei dem Gedanken, aber sie weinte nicht. „Bitte sei bei Laura und hilf ihr, Brad zu vergeben. Hilf ihr, ihn so zu verstehen, dass es die beiden näher zusammenbringt." Sie atmete tief ein und schloss dann mit den Worten: „In Jesu Namen. Amen."

Ihre Blicke trafen sich und Emma spürte wieder das Wunder in ihrem Herzen. Hatte sie gerade wirklich für Brads Verlobte gebetet? Dass sie ihm vergeben und ihn verstehen möge, worum es bei diesem Wochenende ging? Sie trat einen Schritt zurück. „Danke, Brad. Dafür, dass du hergekommen bist. Und alles riskiert hast, damit wir diese Zeit miteinander haben konnten."

„Wie ich am Freitag schon sagte: Ich musste dieses Kapitel abschließen."

„Und das hast du." Sie lächelte ihn an und verbarg den Schmerz, der sich bereits in ihrem Herzen ausbreitete.

„Ja." Er sah sie prüfend an. „Und das habe ich dir zu verdanken. Weil du bereit warst, mit mir zusammen Vergebung zu finden."

Sie nickte und hätte den Augenblick gerne noch hinausgezögert. Aber es war vorüber. Zeit, das zuzugeben und in die Zukunft zu blicken. „Du fährst jetzt besser." Sie stellte sich vor, wie er in seinem schwarzen Smoking vorn in einer geschmückten Kirche stand und darauf wartete, dass Laura James zum Altar schritt. „Geh zu ihr, Brad. Bring die Dinge mit ihr ins Reine."

Er nickte, aber er sah nicht aus, als wollte er über Laura sprechen. Wieder fuhr er mit den Fingern sacht über ihre Wange. „Danke. Dass du mir von Amanda erzählt hast. Und dass du mir das Kreuz gezeigt hast."

Ein Geräusch, das halb Aufschrei, halb Lachen war, entfuhr ihr. „Das hat Gott bewirkt. Er hat uns beide zum Kreuz geführt."

„Ja, so war es wohl." Brad kniff die Augen zusammen und warf einen letzten Blick in ihr Herz, so wie es vor langer Zeit gewesen war. Emma hatte das Gefühl, dass er sie in diesem Moment so sah, wie sie in der dritten Klasse und in der Mittelstufe gewesen war; wie sie an ihrem ersten Tag in der Highschool ausgesehen hatte und ihre unschuldige Miene, als er ihr im Mai 1999 das Jahrbuch gegeben hatte. „Du wirst mir fehlen."

„Du mir auch." Sie wollte ins Haus rennen, bevor sie wieder anfing zu weinen. Er verdiente einen fröhlichen Abschied, damit er sicher war, dass sie das mit der Hochzeit und mit Laura verstand. Aber als sie ihn anblickte, sah sie nur den Jungen, der er gewesen war und den sie für immer hatte lieben wollen. „Brad ..." Es klang wie ein Aufschrei, und sie schlang die Arme um ihn. Lange hielt sie ihn so, weil sie nicht wollte, dass er ihre Tränen sah, und weil dies ihre letzte Chance war, ihn noch einmal im Arm zu halten. Schließlich riss sie sich los und trat einen Schritt zurück. „Geh. Bitte, Brad. Ich halte das nicht aus."

Erst jetzt sah sie, wie sehr er sie immer noch liebte und immer lieben würde. Denn auch er weinte. Er trat auf sie zu und umarmte sie noch einmal. „Falls du jemals in New York bist, kannst du immer ..."

„Nein." Sie warf ihm das Wort an die Brust, während sie sich aus seinen Armen zog. Ihr Lächeln kam aus dem tiefsten Innern ihrer Seele, denn sie wollte, dass er sie so in Erinnerung behielt. „Ich werde nicht anrufen, Brad. Geh und lebe dein Leben und ich werde meins leben."

Er zögerte und in diesem Augenblick gab es nur sie beide auf der ganzen Welt. Er streckte noch einmal die Hand aus. „Ich werde unsere Amanda nie vergessen."

Sie spürte, wie Schluchzer in ihr aufstiegen und ihr Herz zu ersticken drohten, aber sie hielt sie zurück. „Danke. Das hat sie verdient."

Er sah ihr noch einmal in die Augen und diesen Blick würde sie nie vergessen. Dann strich er ihr ein letztes Mal über die Wange. „Ich liebe dich. Das werde ich immer tun."

„Ich liebe dich auch." Sie umklammerte seine Finger, dann ließ sie los und ging rückwärts auf ihr Haus zu. Sie hob die Hand und weil ihr Herz verhinderte, dass sie einen Ton herausbrachte, formte sie das Wort nur mit den Lippen. „Leb wohl.“

Er tat dasselbe und nach einem letzten Blick war er fort. Während er davonfuhr, fragte sie sich, ob sie hier auf dem Rasen vor ihrem Haus tot umfallen würde; so unendlich groß war der Schmerz dieses Verlusts. Aber stattdessen zwang sie sich, sich an das Gute zu klammern, an das Wunder der Zeit, die sie miteinander hatten verbringen können.

Sie hatten Vergebung und Frieden und sogar Liebe gefunden. Aber nicht die Art Liebe, die sie früher erlebt hatten. Selbst mit Gottes Heilung konnten sie die Folgen dessen, was sie an jenem Novembertag getan hatten, nicht ungeschehen machen. Sie konnten nicht mehr so lieben, wie sie es vorher getan hatten. Brad würde zu Laura zurückfliegen, und wenn sie ihm vergab, würden die beiden in vier Wochen heiraten. Und sie selbst würde auch ihren Weg machen und ein neues Leben beginnen. Ein Leben, das ihr vor diesem Wochenende nicht als möglich erschienen war.

Trotzdem würde sie ihn niemals vergessen. Sie würde ihn sehen, wenn sie an dem weißen Holzkreuz vorbeilief, und sie würde sich an ihn erinnern, wenn sie in ihrem Pappkarton kramte. Sie würde den Jungen mit den großen Augen in den Zeilen sehen, die er in ihr Jahrbuch geschrieben hatte, und gelegentlich, wenn sie beim Joggen am Strand eine Pause machte, würde sie seine Hand am anderen Ende des Seils spüren. Und sie würde ihn vor sich sehen, wie er den Ort betrachtete, an dem Himmel und Meer sich berührten. Wo sie ihn immer sehen würde.

In den Blautönen.

28

Brad war nicht sicher, wie weit er gefahren war, bis die Tränen endlich aufhörten zu fließen. Bei allem, was sie in den vergangenen Tagen gemeinsam gefunden hatten, war er für die Möglichkeit offen gewesen, dass er sich wieder in Emma Landon verlieben könnte. Aber es war nicht diese Art Liebe, die er nach all dem, was sie an diesem Nachmittag gemeinsam durchgemacht hatten, für sie empfand.

Und auch sie empfand nicht diese Art Liebe für ihn. Das konnte er in ihren Augen sehen. Sie hatten eine wunderschöne Vergangenheit miteinander geteilt, aber auch einen schrecklichen Fehler, ein Leben voller Kummer und jetzt eine Heilung, die nur von Gott kommen konnte. Aber er liebte sie nicht. Nicht so, wie er Laura liebte. Mit jedem Kilometer, den er zwischen sich und Emma brachte, wuchsen in ihm Hoffnung und Vorfreude.

Wie sehr er Laura mit seiner Entscheidung verletzt haben musste! Er konnte nur ahnen, was sie dachte oder wie sie und ihre Eltern sich gefühlt haben mussten. Trotzdem hatte er diese Reise machen müssen, hatte Emma finden und diesen Teil seiner Lebensgeschichte abschließen müssen. Wie sein Dad es ihm geraten hatte. Er lächelte und stellte fest, dass seine Wangen trocken waren. Der gute Carl Cutler. Die Weisheit dieses Mannes hatte diesmal Brads Leben verändert. Vielleicht hatte sie ihm sogar auf eine gewisse Weise das Leben gerettet.

Jetzt konnte er nur hoffen, dass Laura ihn immer noch liebte, so wie er sie liebte.

Er nahm seinen BlackBerry vom Beifahrersitz und trennte ihn vom Ladegerät. Ihre Nummer war die erste auf der Liste der abgespeicherten Telefonnummern, deshalb brauchte er kaum auf das Handy zu sehen, um sie anzurufen. Die Nacht war rabenschwarz und auf der Straße nach Wilmington war kaum ein Auto unterwegs. Nicht wie morgen Abend, wenn der Feiertag vorbei war.

Die Melodie, die erklang, bevor jemand abnahm, war neu. Sie musste sie am Wochenende heruntergeladen haben. Brad lauschte aufmerksam, um den Titel zu erkennen. *Ich will nicht nur Routine leben … will keinen Tag mehr verstreichen lassen … ohne deine Liebe zu mir, die alles erfüllt* … Er kannte den Text und erkannte den aktuellen Song *The Motions* von Matthew West, einem christlichen Sänger.

Sein Herz setzte einen Schlag aus und er ließ zu, dass darin Hoffnung aufflammte. Dann ermahnte er sich schnell, keine voreiligen Schlüsse zu ziehen. Ein solches Lied konnte bedeuten, dass sie Gott bat, das Wochenende zu überstehen … aber es konnte auch bedeuten, dass sie Gottes Hilfe brauchte, um eine unvermeidliche Trennung zu überstehen. *Nimm ab … bitte, Laura. Geh ans Telefon.*

Aber nach einigen weiteren Liedzeilen schaltete sich die Mailbox an. Er wollte nichts in einer Nachricht auf der Mailbox erklären, aber er musste wenigstens andeuten, wie es ihm ging. Als der Pfeifton erklang, holte er rasch Luft. „Hallo … ich fahre gerade zu meinen Eltern zurück. Morgen komme ich nach Hause und sage dir, was alleine zählt." Er zögerte. „Ich liebe dich, Laura. Ich möchte dich heiraten. Ich hoffe … ich kann nur hoffen, dass du genauso empfindest. Wir sehen uns morgen."

Er unterbrach die Verbindung und ließ das Telefon wieder auf den Sitz fallen. Vielleicht hätte er am Wochenende öfter anrufen sollen. Aber es hatte Augenblicke gegeben, in denen er nicht mit ihr hätte reden können. Außerdem hatte sie seinen Anruf vom Freitag nicht erwidert. Was bedeutete das? Er umklammerte das Lenkrad und starrte auf die roten Schlusslichter eines Wagens weit vor ihm. Konnte es wirklich sein, dass ihre Beziehung zu

Ende war? Würde er nach Hause kommen und erfahren, dass sie die Hochzeit abgesagt hatte?

Sein Herz schlug schneller als sonst, während er diese Möglichkeit erwog. *Nein, Gott, bitte … bitte hilf ihr zu verstehen, was hier geschehen ist.* Er dachte daran, wie Emma für Laura gebetet hatte – er hatte sich nicht vorstellen können, dass das geschehen würde. Wenn Emma dafür beten konnte, dass Laura ihm vergab, konnte Laura doch sicher verstehen, dass er Emma hatte finden müssen.

Oder?

Seine Gedanken schwankten zwischen allen möglichen Optionen hin und her, bis er schließlich in die Auffahrt zum Haus seiner Eltern bog. Wenn Laura die Hochzeit abblasen wollte, musste er heute Nacht beten, dass sie ihre Meinung änderte. Seine Fahrt nach North Carolina hatte eines für ihn getan: Sie hatte ihn nur besser darauf vorbereitet, Laura zu heiraten.

Er war erschöpft von den Emotionen des Wochenendes und ziemlich sicher, dass seine Augen noch immer gerötet waren von den Tränen, die er am Strand bei dem weißen Holzkreuz vergossen hatte. Aber im Blick auf seine Eltern machte das nichts aus. Sie würden keine Fragen stellen, wenn er nicht reden wollte. Und das wollte er nicht.

Es war bereits nach neun, als er das Haus betrat. Seine Mutter war im Wohnzimmer und faltete Wäsche auf dem Sofa, während im Hintergrund eine alte CD von Roger Whittaker lief. Sein Vater saß in einem Sessel und kramte in einem Korb mit metallenen Gegenständen. Auf einer Seite hatte er einen Mülleimer neben sich stehen, in dem schon ein paar verlorene Dinge lagen. „Bradley." Er blickte auf, aber nur kurz. Dann sortierte er weiter. „Gab heute Abend am Strand jede Menge aufzuspüren."

„Dein Vater glaubt, irgendwo in dem Schrott wäre ein Klumpen aus massivem Gold versteckt." Seine Mutter grinste und zuckte mit den Schultern. „Solange er dabei glücklich ist."

„Ich habe eine Anstecknadel aus dem Zweiten Weltkrieg und eine australische Münze gefunden. Jahrgang 1954." Sein Vater hob den Zeigefinger. „Und ich habe eine gute Verwendung für die Decke von Kotton Kids gefunden." Er zog den hellblauen Stoff hervor, der neben ihm auf dem Sessel zusammengeknüllt lag. „Taugt gut zum Polieren. Das muss man dem Ding lassen."

Brad betrachtete seinen Vater und lachte leise – zum ersten Mal an diesem Tag. „Ich bin froh, dass die Decke zu etwas gut ist." Er ging zu seiner Mutter und half ihr, die Wäsche zusammenzulegen. „Möchtest du einen Kaffee?"

„Nein, danke." Sie sah ihn an. „Ich hab dich gestern Abend gar nicht gesehen."

„Ich war nicht lange hier. Ich konnte nicht schlafen."

„Wie geht es Emma?" Es war eine Frage mit Hintergedanken, aber das war in Ordnung.

Es machte Brad nichts aus. Immerhin sollte er in vier Wochen heiraten. Seine Mutter hatte das Recht, nach Emma zu fragen. Er nickte. „Es geht ihr gut. Wir brauchten diese Zeit."

„Und", sagte seine Mutter mit hochgezogenen Augenbrauen, „wirst du sie wiedersehen?"

Diesmal ließ sein Vater die Kotton-Kids-Decke sinken und sah ihn ebenfalls abwartend an.

„Nein." Brad beugte sich vor und küsste seine Mutter auf die Wange. „Wir haben beide gesagt, was gesagt werden musste. Und mittendrin ist uns Gott begegnet."

Seine Mutter zögerte und studierte fragend seine Augen und seine Miene. Offenbar war sie mit seiner Antwort zufrieden, denn sie lächelte. „Ich hab Emma immer gemocht." Sie stand auf und griff nach einem Stapel Geschirrtücher. „Aber du heiratest Laura. Dafür gibt es einen Grund."

Wenn sie mich nimmt, hätte er beinahe gesagt. Stattdessen wartete er, bis seine Mutter das Zimmer verlassen hatte. Dann durchquerte er den Raum und blieb neben dem Mülleimer stehen. Einige Dutzend metallene Schrottteile lagen darin – zusammengeknüllte Aluminiumfolie und zerbrochene Kugelschreiberminen, eine halbe Gürtelschnalle und eine Reihe anderer „unwürdiger Zielobjekte“, wie sein Dad sie nannte. Brad legte seinem Vater die Hand auf die Schulter. „Es war ein guter Rat, Dad. Das Kapitel zu beenden.“

„Ja.“ Sein Vater hielt bei seiner Tätigkeit inne und blickte kurz zu ihm auf. „Bist du bereit für das nächste Kapitel?“

„Ja, das bin ich.“ Er fügte nicht hinzu, dass er betete, Laura möge ebenfalls dazu bereit sein, weil er seine Eltern nicht beunruhigen wollte. Jedenfalls nicht, bevor es definitiv einen Grund gab, beunruhigt zu sein.

„War der Jeep in Ordnung?“ Sein Vater streckte die Hand nach einer Schachtel aus, die in der Nähe des Sessels stand. Darin hatte er nach bestimmten Kategorien die unterschiedlichsten Coupons und Nachlässe und Daten von Preisausschreiben sortiert, die noch offen waren. „Ich kann ihn noch ein Wochenende haben, wenn du ihn noch mal brauchst. Ich habe das Kleingedruckte gelesen.“

„Nein, danke.“ Brad musste über die Fürsorglichkeit seines Vaters lächeln. „Ich werde nicht wieder nach Holden Beach fahren.“

Sein Vater lächelte. „Gut.“ Dann wurde seine Miene nachdenklich. „Obwohl ich den Jeep umsonst kriegen könnte.“ Er zuckte mit den Schultern. „Uns fällt schon irgendeine Verwendung dafür ein.“

„Bestimmt. Irgendeine Verwendung.“

Brad wünschte seinen Eltern eine gute Nacht und ging in sein Zimmer. Er wollte heute Nacht gut schlafen, aber als er im Dunkeln lag, fiel ihm die Kampagne für Kotton Kids wieder ein. Er dachte an die Fotos von den Babys in seinem Büro und an die kleine Amanda. Geliebte Amanda. Plötzlich schien ihm ganz klar, wie der Slogan lauten musste. *Kotton Kids – weil es für die Liebe nur eine Chance gibt.*

Es war eine Zeile, die Eltern im ganzen Land begeistern würde. Nicht, weil sie clever war. Sondern weil sie der Wahrheit entsprach. Eine traurige Gewissheit machte sich in Brad breit. Dies war es, wonach er gesucht hatte, das perfekte Motto, auf dem er seine Werbekampagne aufbauen konnte. Eine Chance. Das war Brad jetzt klarer, nachdem er das Wochenende mit Emma verbracht hatte. Bei allen Erinnerungen an seine Vergangenheit mit ihr und angesichts der trostlosen Realität all dessen, was sie in der kalten Abtreibungsklinik verloren hatten, blieb diese Wahrheit bestehen.

Nur eine Chance für die Liebe.

Während er einschlief, konnte er nur beten, dass Laura James in dieser Nacht dasselbe fühlte. Er hatte die beiden Dinge getan, die Gott von ihm verlangt hatte, oder er hatte es wenigstens versucht. Er hatte das Gute erkannt, das er tun musste, und er hatte es getan, indem er vor Gott und Emma Landon seine Schuld bekannt hatte. Und er hatte sich mit ihr auf eine Weise versöhnt, die bedeutete, dass er frei war, das zu versuchen, was er unbedingt tun wollte.

An den Altar zurückkehren, an dem seine Gabe wartete.

Der Sonntagabend verstrich nur langsam. Als sie schon im Bett lag, hörte Laura, wie ihr Handy auf der anderen Seite des Zimmers klingelte. Egal, ob es Brad war oder nicht, sie wollte nicht reden. Nicht, bis er leibhaftig vor ihr stand. Bis sie ihm in die Augen sehen und ihm sagen konnte, was sie fühlte.

Ihre Eltern hatten sie in Ruhe gelassen – sie hatten keine Fragen nach ihrem Tag mit Bella Joy gestellt und auch nicht nach ihren Gefühlen für Brad. Sie selbst hatte es ja erst spät am Samstagabend erkannt. Sie ging an diesem Sonntag nicht zum Gottesdienst, sondern verbrachte den größten Teil des Tages in ihrem

Zimmer – mit alten Fotoalben und Briefen von Brad. Dann las sie ganze zwei Stunden lang in der Bibel und sah sich das sechste Kapitel des Lukasevangeliums noch einmal genau an. Sie las es mehrmals und schrieb sechs Seiten ihres Journals voll, während sie überlegte, was Gott ihr durch diesen Text sagen wollte.

Alle wussten, dass Brad am Montag zurückkam – oder es jedenfalls vorgehabt hatte. Und am Morgen, als Laura ihre Nachrichten abhörte, fiel ihr ein Stein vom Herzen. Er liebte sie immer noch. Er kam zurück. Jetzt musste sie ihren Part übernehmen, ansonsten würde die Hochzeit vielleicht trotzdem nicht stattfinden.

Gib mir Kraft, Gott ... ich darf nicht wütend auf ihn sein oder ihm tausend Fragen über Emma und sein Wochenende mit ihr stellen. Ich muss tun, was du von mir verlangst. Sie fühlte sich schon stärker. Gott würde ihr helfen, die Sache durchzustehen. Jetzt musste sie es nur noch tun.

Sie hatte einen Schlüssel zu Brads Wohnung in New York, weil sie seine Blumen goss und die Katze fütterte, wenn er auf Dienstreise war. Im Laufe des Montags packte Laura alles zusammen, was sie brauchte, und ließ sich von einem Wagen ihres Vaters in die Stadt fahren. Am frühen Abend betrat sie Brads Wohnung – eine halbe Stunde, bevor er nach Hause kommen sollte. Sie bereitete schnell und konzentriert alles vor und dann wartete sie. Aus einer Viertelstunde wurde eine halbe Stunde, dann eine Dreiviertelstunde. Sie war nicht sicher, ob sein Flugzeug Verspätung hatte oder ob nach dem Feiertag der Verkehr dichter war als sonst. Wie auch immer, sie würde weiter warten.

Dreißig Minuten später hörte sie dann endlich den Schlüssel im Schloss. Laura wartete und blickte zur Tür.

Brad trat ein und schaltete das Licht im Flur an. Sofort trat er einen Schritt zurück und riss die Augen auf. Die Tatsache, dass jemand in seiner Wohnung war, musste ihn überraschen, denn er rührte sich einige Sekunden lang nicht von der Stelle. Allmählich gewöhnten seine Augen sich an die romantische Kerzenlichtatmosphäre im Nebenzimmer. Er stellte seine Tasche ab und kam näher. „Laura?"

„Komm, setz dich, Brad." Sie saß auf dem Boden neben seiner Ledercouch und wartete auf ihn. „Bitte."

Auf seinem Gesicht machte sich Verwirrung breit, aber er trat näher. Er ging ins Wohnzimmer und sah sie vor dem Sofa sitzen. Einige Sekunden verstrichen, bevor er zu begreifen schien, was er da sah. Sie kniete sich vor eine Schüssel mit warmem Seifenwasser, ein dickes weißes Handtuch und einen Waschlappen neben sich.

„Was ... Liebling, was machst du da?"

„Zieh die Schuhe aus." Sie hörte selbst, wie gebrochen sie klang. Dann zeigte sie auf eine Stelle mitten im Raum. „Zieh sie aus und stell sie dort ab."

Brad zögerte. „Ich verstehe nicht ..."

„Schhh." Sie legte einen Finger an die Lippen. „Bitte, Brad. Ich muss das hier tun."

„Laura ..." Brad blickte zwischen dem Wasser und ihr hin und her. Aber so verwirrt er auch war, er zog seine Schuhe aus und kam wieder zu ihr. „Kannst du mir das vielleicht erklären, Liebling? Damit ich weiß, was los ist?"

„Das werde ich." Sie stand auf und nahm seine Hand. Es war berauschend, ihre Haut zu berühren. „Setz dich hier aufs Sofa."

Er gehorchte und die ganze Zeit sah er sie unverwandt an. Dann nahm sie den Saum seiner Jeans und rollte das Hosenbein bis über die Wade auf. Dasselbe tat sie mit dem anderen Bein, dann half sie ihm, die Füße in die Schüssel mit Wasser zu stellen.

Offenbar verstand er in diesem Augenblick, was sie vorhatte, denn er zuckte zurück und sah sie erschrocken an. „Du ... das geht nicht." Er wollte seine Füße wieder aus dem Wasser nehmen, aber sie umfasste seine Fußgelenke sanft mit den Fingern.

„Lass mich ... Gott hat mir diese Idee eingegeben."

Brads Gesicht war blass, als wäre die Vorstellung, dass Laura ihm auf irgendeine Weise diente, nicht nur verrückt, sondern entsetzlich. „Ich habe uns in diese Schwierigkeiten gebracht. Du hast nichts getan." Er fasste sich an die Stirn und massierte seine Schläfen. „Ich verstehe das nicht."

Sie sammelte sich, nahm dann den weißen Waschlappen und fing langsam, mit der ganzen Liebe in ihrem Herzen, an, ihm die Füße zu waschen. Zentimeter für Zentimeter wusch sie sie, fuhr mit den Händen über die glatte Haut auf dem Spann des Fußes und über seine Zehen und die raueren Stellen an der Ferse. Dass sie seine Füße wusch, war nur ein Teil von dem, was Gott, wie sie glaubte, sich von ihr wünschte. Der andere Teil bestand nicht aus Taten, sondern aus Worten.

„Als du mir von Emma erzählt hast … von deiner Vergangenheit mit ihr, war meine erste Reaktion ganz falsch. Sie war sehr egoistisch. Ich wollte, dass ich für dich die Erste bin, weil ich mich für dich aufgehoben hatte. Ich habe nicht daran gedacht, wie es dir ging, und ich … ich habe nicht an das Baby gedacht, das du verloren hast. Wie schrecklich sich das angefühlt haben muss und wie traurig es für dich gewesen sein muss. Mit anderen Worten: Ich habe nichts von deinem Schmerz gefühlt, Brad. Ich habe nur meinen eigenen Schmerz gespürt." Sie spürte, dass ihr die Haare an der Wange klebten, aber sie fuhr fort, während sie ihn ansah und mit dem Lappen und ihren Händen langsam über seine nassen Füße fuhr. „Aber Gott hat dieses Wochenende dazu benutzt, mir etwas klarzumachen." Ihre Stimme war bewegt, aber sie brachte die Kraft auf weiterzusprechen. „Mich zurücklehnen, die Nase rümpfen, dich verurteilen." Sie schüttelte den Kopf. „Gott wollte nicht, dass ich das tue. Als du zurückgefahren bist zu Emma, warst du eher auf Gottes Spur, als ich es jemals gewesen bin."

„Laura … dir kann unmöglich jemand irgendwelche Schuld an all dem geben." Seine Augen flehten sie förmlich an, aufzuhören und die Dinge so zu sehen wie er. „Ich hatte unrecht getan. Das war meine Schuld, nicht –“

„Brad, bitte.“ Sie hob eine nasse, seifige Hand und wartete, bis er wieder zuhörte. Dann fuhr sie fort, ihm die Füße zu waschen, mit dem Waschlappen über die Seiten und die Zehen zu fahren. „Du wusstest, dass du einen Fehler gemacht hattest. Was auch immer an diesem Wochenende geschehen ist, deshalb bist du gegangen. Damit du die Sache mit Gott und mit ihr ins Reine bringen konntest.“ Sie fühlte Tränen aufsteigen. „Ich wasche deine Füße, weil wahre Liebe vergibt. Als Jesus den Jüngern vergab, den Menschen, die ihm am nächsten standen, diente er ihnen. Er wusch ihre Füße. Mir fiel keine bessere Methode ein, um dir zu zeigen, dass ich dir von ganzem Herzen vergebe – und dass ich dich ebenso von ganzem Herzen um Vergebung bitte. Bitte vergib mir, dass ich dich verurteilt habe.“

Sie hatte seine Füße gewaschen und trocknete sie jetzt einen nach dem anderen ab. Als sie fertig war, brachte sie die Schüssel ins Bad, goss das Wasser ins Waschbecken und wusch und trocknete ihre Hände. Als sie zurückkehrte, nahm sie ihre Bibel vom Couchtisch und setzte sich neben ihn. Doch bevor sie ihm die Verse zeigen konnte, die Gott gebraucht hatte, um ihr Herz zu ändern, zog er sie auf die Füße und umarmte sie. Die Heftigkeit seiner Umarmung verriet ihr, welche Angst er gehabt hatte, sie könnte nicht hier sein, wenn er nach Hause kam.

„Ich liebe dich, Laura.“ Seine Worte waren ein herzzerreißendes Flüstern, das direkt in ihr Herz drang. „Vergib mir, dass ich so lange gewartet habe, um mich meiner Vergangenheit zu stellen. Heirate mich. Bitte.“

„Ja.“ Sie flüsterte das Wort und es klang doch wie ein Schrei aus ihrer tiefsten Seele. „Ich werde dich heiraten und den Rest meines Lebens damit zubringen, dich zu lieben und für dich da zu sein. Denn an diesem Wochenende hast du mir gezeigt, was du zu tun bereit bist, um Vergebung zu erlangen. Wenn du mich so liebst, wenn du *uns* so liebst ... haben wir das glücklichste Leben vor uns, das wir uns denken können. Du und ich, wir beide." Sie lachte, auch wenn zwei Tränen über ihre Wangen kullerten. „Ja, Brad. Ich werde dich heiraten."

Die Sorge verschwand aus seiner Miene und seine Augen begannen zu tanzen. „Ich habe gebetet, dass es so sein möge."

„Ich auch." Ihr Blick verlor sich in seinem. Sie liebte Brad Cutler mehr denn je. „Vergibst du mir, dass ich eine so enge Vorstellung von der Liebe hatte und dass ich so selbstgerecht war?"

Er zögerte, als könnte er sich nach allem, was sie gesagt und getan hatte, immer noch nicht vorstellen, dass er ihr irgendetwas verzeihen sollte. Aber er schien ihren Blick zu verstehen, denn er zog sie in seine Arme und küsste ihre Stirn. „Natürlich vergebe ich dir."

„Ich muss dir etwas zeigen. Einen Vers." Sie setzten sich nebeneinander und sie schlug ihre Bibel beim Lukasevangelium auf. Sie fand den Abschnitt, der ihr die Augen geöffnet hatte, und mit einer Liebe, die sie noch nie empfunden hatte, las sie ihm die Worte vor.

„‚Seid so barmherzig wie euer Vater im Himmel! Richtet nicht über andere, dann werdet ihr auch nicht gerichtet werden!'" Ihr wurde noch immer übel, wenn sie an ihre erste Reaktion auf Brads Geständnis dachte. Aber sie las weiter, denn diese Gefühle lagen jetzt hinter ihr. *„‚Gebt, was ihr habt, dann werdet ihr so reich beschenkt werden, dass ihr gar nicht alles aufnehmen könnt.'"* Sie las den Abschnitt zu Ende bis zu der Stelle, an der die Verse mit einem Mal völligen Sinn für ihr Leben ergeben hatten. An der es darum ging, ein solides Fundament zu legen.

Als sie geendet hatte, sah sie in seinen Augen, dass er die Veränderung, die in ihr vorgegangen war, verstand. „Ich liebe dich, Laura. Ich liebe dich von ganzem Herzen."

„Ich liebe dich noch mehr." Sie lächelte ihm zu und spürte, dass ihr Gesicht glühte und ihre Augen sich mit Leben füllten, weil dies das Ergebnis war, um das sie gebetet hatte.

Er küsste sie wieder, diesmal zärtlich auf die Lippen. Kein Kuss, der die Leidenschaft in ihnen wecken sollte, sondern ein Kuss, der ihr sagte, dass er nach Hause gekommen war, um zu bleiben. Hier waren keine Worte nötig. Die Bibel hatte alles gesagt, was es zu sagen gab. Es würde Jahrzehnte dauern, das gemeinsame Lebenshaus zu errichten, dessen Fundament sie demnächst legen würden, und manche Zeiten würden schwieriger sein als andere. Aber an diesem Wochenende hatte Gott ihnen gezeigt, wie sie die Reise des Lebens gemeinsam meistern konnten. Wie sie durch schwere Zeiten einander noch näherkommen konnten. Sie hatten beide auf Gott gehört, beide Vergebung gesucht und gefunden. Sie hatten nach seinem Wort gehandelt und waren dadurch Gott nähergekommen.

Sie hatten die ersten Steine eines felsenfesten Fundaments gelegt, das Bestand haben würde.

29

Kristin Palazzo war tot.

Emma konnte es jetzt akzeptieren. Gott hatte sie an einem warmen Sommertag, am neunten Juni, zu sich geholt, als ihre Familie um sie versammelt war. Heute – zwei Wochen vor Brads Hochzeit – fand in einer überfüllten Kirche unweit der Gemeinde, in die Emma jetzt regelmäßig ging, die Trauerfeier für Kristin statt. Eigentlich war Trauerfeier nicht der richtige Ausdruck. Die Feier ihres Lebens, so nannten Kristins Eltern es. Emma saß ziemlich weit hinten und einige Minuten, bevor der Gottesdienst begann, schlüpfte Gavin leise in die Kirche und setzte sich neben sie. Er hatte Kristin natürlich nicht gekannt. Aber er war nach Kristins Herzstillstand mit Emma im Krankenhaus gewesen. Und er hatte seitdem für sie gebetet.

Die Kirche war so voll, dass die Leute sich sogar in den Gängen drängten. Kristins Freunde und Verwandte und sogar die meisten Kinder aus Emmas Klasse passten in den Raum – darunter auch Francesca und ihre Eltern. Kristin war sehr beliebt gewesen, dafür war dieser Tag ein neuerlicher Beweis. Immer noch kamen Leute herein und schrieben in das Kondolenzbuch am Eingang, bevor sie ihre Plätze einnahmen. Musik erklang in der Kirche – die Lieder von Jeremy Camp, die Francesca Emma am letzten Schultag geschenkt hatte. Kristins Lieblings-CD.

Sie hatte die CD immer wieder gehört, nachdem Brad zurück nach New York gefahren war. Mindestens zwanzig Mal. Francescas Mutter hatte recht; wenn Emma die Lieder spielte, konnte sie Kristins Stimme hören und ihr lächelndes Gesicht sehen, als wäre sie noch immer nur eine Armlänge entfernt. Gerade lief Emmas Lieblingslied: „*Take you back*“ – „Ich nehme dich wieder an“.

Emma lauschte den Worten, und wie immer kam es ihr vor, als wären sie nur für sie geschrieben worden … *Ein Herz, aus dem Vergebung strömt … die all die schmerzlichen Erinnerungen* übertönt… *Ich weiß, dass du nur eine Antwort für mich hast: Ich nehme dich wieder an …* Genau das hatte Gott für sie getan und er hatte Brad Cutler gebraucht, um das geschehen zu lassen. Gott hatte sie wieder angenommen und sie würde ihn nie wieder verlassen.

Neben ihr saß Gavin, sehr aufrecht und groß – ein in jeder Hinsicht starker Mann. Er hatte ein paarmal angerufen und bei jeder Unterhaltung hatte sie gemerkt, dass sie sich mehr und mehr zu ihm hingezogen fühlte. Sie verstand jetzt besser, warum er sie mochte – obwohl er von ihrer Vergangenheit wusste. Vorher hatte es sie große Mühe gekostet, ihm zu widerstehen – als sie weder seinen Glauben an Gott noch an die Vergebung geteilt hatte. Jetzt … jetzt war es offen, wohin Gott ihre enger werdende Freundschaft führen würde. Sie lächelte ihm zu und er erwiderte ihr Lächeln. Seine Augen sagten ihr, dass er für sie da war. Wenn der heutige Tag zu schwer wurde – er war da.

Das Gemurmel verstummte und der Gottesdienst begann. Eine Diashow zeigte Kristin als kleines Mädchen mit ihrem schwarzen Labrador Mollie und mit ihrer Oma und ihren Cousinen. Es gab Fotos, auf denen Kristin Arm in Arm mit ihrem Vater, ihrem Helden, zu sehen war – dem Mann, der in ihren letzten bewussten Augenblicken auf Erden bei ihr gewesen war. Andere Fotos zeigten sie mit ihrer jüngeren Schwester Stephanie. Es gab außerdem mehrere Bilder von Kristin bei einem Ausflug zu einer Puppenausstellung und im Ferienhaus ihrer Eltern in den Bergen von West Virginia.

Die etwa sechshundert Anwesenden lachten, als Bilder zu sehen waren, auf denen Kristin breit grinsend in einem Topf Spaghetti rührte, T-Shirt und Gesicht mit roter Soße bespritzt. Während sie die Bilder betrachteten, wurde Emma bewusst, dass sie noch immer von Kristin und ihrer bescheidenen, offenen Art lernten. Und von ihrem Lebensmotto, Gott zu vertrauen, was auch immer ihr widerfuhr, auch als sie so krank war.

Das gefiel Emma besonders an der Diashow. Ihre Eltern hatten Fotos ausgewählt, auf denen Kristin nicht krank oder zerbrechlich wirkte. Nichts mit einem Krankenhausbett, denn das war nicht Kristin. Das Mädchen hatte das Leben geliebt und mit jedem Atemzug Gott geehrt. Und das war die Botschaft, die die Bilder weitergaben.

Als die Projektion zu Ende war, sagte der Pastor ein paar Worte über Kristins Leben und das Vermächtnis, das sie hinterlassen würde. „Ich möchte Ihnen die ersten Verse aus Psalm 46 vorlesen, dem Bibeltext, den Kristin am liebsten mochte." Er schlug die Bibel auf und fing an zu lesen. *„Gott ist unsere Zuflucht und Stärke, ein bewährter Helfer in Zeiten der Not. Darum fürchten wir uns nicht, selbst wenn die Erde erbebt, wenn die Berge wanken und in den Tiefen des Meeres versinken."* Er klappte die Bibel zu und lächelte in die Menge und sein Blick wanderte zu den Menschen an der Seite und ganz hinten und dann wieder zu Kristins Familie in der ersten Reihe. „Die Berge sind im Meer versunken, weil Kristin Palazzo nicht mehr bei uns ist, wo wir sie gerne hätten. Aber heute würde sie Sie bitten, sich nicht zu fürchten. Gott war ihre Zuflucht und er ist auch unsere Zuflucht."

Ja, das war genau das, was Kristin sich wünschen würde. Emma konnte sie beinahe sehen, wie sie von ihrem himmlischen Platz an der Seite Gottes herunterlächelte. Sie lehnte sich zu Gavin hinüber. „Ich wünschte, du hättest sie gekannt."

Aus seinen Augen leuchtete etwas von der Liebe Gottes. „Es kommt mir vor, als hätte ich sie gekannt." Er drückte Emmas Hand kurz und liebevoll. „Und irgendwann werde ich sie kennenlernen."

Der Gottesdienst ging weiter und mehrere Personen gingen nach vorne und sprachen über Kristins Leben; darüber, dass sie nie über ihre Krankheit geklagt hatte und dass ihr andere Menschen immer wichtiger gewesen waren als sie selbst. Ihre Freunde hatten über die lustigen Fotos gelacht, die sie machte, und über ihre Art, andere glücklich zu machen. Eine Freundin sagte mit Tränen in den Augen: „Ich stelle mir gern vor, dass Kristin in Zukunft eine noch größere Rolle für mich spielen wird, als sie es in der Vergangenheit getan hat." Ihre Stimme klang tränenerstickt. „Und sie hat in meiner Vergangenheit eine ungeheuer große Rolle gespielt."

Zum Schluss trat der Leiter der Highschool vor, eine beeindruckende Holzplakette in der Hand. „In diesem Herbst werden wir eine neue Kunstausstellung in den Gängen unserer Schule eröffnen. Im ersten Jahr werden wir nur Kristins Werke zeigen, und danach sollen die Kunstwerke von Schülern wie ihr ausgestellt werden, die einen Blick für das Leben haben." Er ging mit der Plakette zu der Bank, in der Kristins Eltern saßen. „Wenn ich Ihnen diese Plakette überreichen darf im Namen der Holden Beach Highschool, im Namen der Kristin-L.-Palazzo-Galerie."

Rick, Kristins Vater, erhob sich und nahm die Plakette entgegen, während die Freunde seiner Tochter und ihre Angehörigen aufstanden und dem Leben, das Kristin geführt hatte, ihrem Vermächtnis und der Tatsache, dass Holden Beach High sich so an sie erinnern wollte, wie sie es verdient hatte, Beifall zollten.

Als der Gottesdienst vorbei war, nahm Gavin Emma lange in den Arm. Er sagte nichts Plattes und Oberflächliches und versuchte auch nicht so zu tun, als könnte er verstehen, wie der Verlust von Kristin Emma ganz persönlich berührte. Das war auch etwas, das sie an Gavin mochte – seine Fähigkeit, ihr Freund zu sein, ohne ein Wort zu sagen. Bevor sie die Kirche verließen, gab Lynne Palazzo Emma ein Zeichen, kurz zu warten. Die Augen der Frau waren tränenverschmiert, aber ihr Lächeln war ehrlich und offen.

„Hier." Sie gab Emma ein Päckchen. „Kristin muss das für Sie gemacht haben, bevor … vor dem Tag. Wir haben es neben ihrem Bett gefunden, als wir ihre Sachen durchgegangen sind."

Emma war sprachlos. Sie nahm das Geschenk und dankte Kristins Mutter. Sie umarmten einander, dann sah Lynne Palazzo Emma tief in die Augen. „Sie hat die ganze Zeit für Sie gebetet. Dass Sie Jesus so kennenlernen, wie sie ihn kannte. Und ich habe den Eindruck, dass etwas in der Art passiert ist."

„Ja, das ist wahr." Emmas Herz wurde bei der Erinnerung ganz warm. Sie dachte an Brad und an alles, was Gott getan hatte, um sie beide an diesem einen Wochenende zu verändern. „Kristins Gebete sind erhört worden."

Lynne lächelte. „Ich würde mich freuen, wenn wir in Kontakt bleiben könnten. Kristin hätte sich das gewünscht."

„Auf jeden Fall." Emma konnte sich das vorstellen. „Ich habe auch noch etwas für Sie. Ein Bild, das eine meiner Schülerinnen für Kristin gemalt hat. Ich würde es Ihnen gern vorbeibringen."

Wieder kamen Kristins Mutter die Tränen, aber sie lächelte noch breiter als zuvor. „Bitte … tun Sie das."

Emma dankte ihr noch einmal für das Päckchen und dann ging sie mit Gavin hinaus und die Stufen vor der Kirche hinunter. Als sie ein Stück von den anderen Trauergästen entfernt waren, öffnete Emma das Geschenk und schob das blass geblümte Geschenkpapier sorgfältig zusammengefaltet in ihre Handtasche. Erst dann wurde ihr bewusst, was sie da in der Hand hielt. Das Geschenk für sie, an dem Kristin mit ihrer Klasse gearbeitet hatte. Es war das Bilderbuch, das von ihrem Schuljahr mit der Klasse erzählte. Kristin musste es vor ihrem Kollaps irgendwie noch fertiggestellt haben.

Und jetzt würde es Emma für immer gehören – eine Erinnerung an Kristins Leben und an die Gebete, die das Mädchen für sie gesprochen hatte. Dies war der Beweis für das Wunder, das Gott innerhalb von wenigen Tagen in ihrem Leben bewirkt hatte. Eine

Erinnerung daran, dass jedes Leben gefeiert werden sollte. Gott hatte sie diese Lektion gelehrt – durch die kleine tot geborene Cassandra ihrer Freundin, durch Francescas Lebensmut und schließlich durch den Tod von Kristin Palazzo. Aber er hatte auch ihre eigenen Verluste genutzt. Das Leben war kostbar – jeden Tag. Das würde sie von jetzt an immer glauben.

Gavin begleitete sie zum Parkplatz und zu ihrem roten Cabrio. Er blickte zum sonnigen blauen Himmel auf. „Ich trainiere übrigens immer noch für diesen Halbmarathon." Er grinste sie an. „Wie steht's mit dir?"

Sie zog eine Grimasse und genoss das Gefühl, das er ihr gab – das Gefühl, eine zweite Chance zu erhalten, ihr Leben richtig auszukosten. „Ich war ein bisschen faul, muss ich zugeben."

„Was bedeutet ... wenn du deine Laufschuhe holst und wir uns in einer Stunde am Anleger treffen, habe ich vielleicht eine Chance, mit dir mitzuhalten."

Sie lachte laut und fühlte sich wunderbar leicht und frei ums Herz. „Ist gut. Ich werde versuchen, dich nicht zu sehr zu strapazieren."

Seine Augen funkelten, als er ihr zuwinkte und zu seinem Wagen am anderen Ende des Parkplatzes ging.

Die Stunde verging wie im Flug und er wartete schon auf sie, als sie zum Anfang des Holzstegs joggte. „Bist du so weit?"

Emma würde Kristin immer vermissen, aber dies war irgendwie auch eine Erinnerung an ihr Leben – wie alles, was Emma an diesem Nachmittag tun würde. Mit Gavin, einem neuen Freund an ihrer Seite, laufen. Glauben, dass Gott noch etwas mit ihr vorhatte.

Sie liefen in Richtung Westen und dann am Anleger vorbei und zur anderen Seite des Strandes. Emma hatte sich überlegt, dass sie so viel Abstand wie möglich zu dem weißen Kreuz halten würde. Aber als sie sich ihm näherten, änderte sie ihre Meinung. Gavin neben sich, lief sie den Hang hinauf und blieb an der Stelle stehen, wo das Kreuz stand. Das Seil war immer noch um den Fuß des Kreuzes geschlungen. Sie hatte Gavin nichts von Brads Besuch erzählt. Dazu war später noch Gelegenheit. Sie stemmte atemlos die Hände in die Seiten und starrte das Kreuz an.

Gavin sah neugierig erst das Kreuz an und dann sie. „Das ist deins?"

Sie nickte, während ihr Brustkorb sich hob und senkte. „Das ist es."

„Ich hab es schon gesehen." Lange sagte er nichts und ließ ihr damit eine Zeit, in der sie keine Antworten geben musste. Dann sah er genauer hin und seiner Miene war zu entnehmen, dass er verstand. „20. November 1999."

„Ja." Emma blickte noch einmal auf das Kreuz hinunter. Der Anblick hatte sie immer traurig gestimmt. Aber diesmal war es anders. Jetzt stand das Kreuz für mehr als für ein verlorenes Leben. Es stand für die Erlösung ihrer Seele. Sie lächelte Gavin an und vertraute ihm in einer Verletzlichkeit, die sie zuvor nicht zugelassen hatte. „Ich dachte, du möchtest es vielleicht sehen."

Gavin hielt ihrem Blick einen Moment lang stand und in seinen Augen lag Verständnis. Er drückte ihre Hand einige Sekunden lang und dann liefen sie wieder los und Emma sah am Strand von Holden Beach entlang. Ja, dies war der Ort, wo das Leben und die Liebe geendet hatten. Aber heute – an Kristins Tag – beschloss Emma, diesen Strand anders zu betrachten.

Als den Ort, an dem das Leben begann.

Am letzten Samstag im Juni schien die Sonne über Manhattan und funkelte auf dem Hudson River, während eine Brise über den frisch gemähten Rasen beim Liberty House wehte. Brad trug einen Smoking, der ebenso elegant wie zurückhaltend war, und er stand neben seinem Trauzeugen – seinem Vater, dem weisen alten Carl Cutler. Der Pastor stand rechts neben Brad und neben seinem Vater waren weitere Freunde des Bräutigams aufgereiht und warteten auf den großen Moment.

Sein Vater beugte sich vor. „Bist du bereit?"

„Absolut." Brad zwinkerte ihm zu

Sein Dad klopfte diskret auf seine Tasche. „Ich habe hier eine Liste mit Liedern, zu denen deine Mutter und ich später tanzen wollen. Und du und Laura natürlich auch."

Brad grinste und legte seinem Dad eine Hand auf die Schulter. „Klingt gut." Gemeinsam wandten sie sich um und sahen den Weg hinunter, der neben dem Gebäude auf der anderen Seite des Gartens endete. Hunderte Gäste folgten ihrem Beispiel und die Menge verstummte. Keiner von ihnen wusste, dass die Hochzeit in Gefahr gewesen war, und das war auch gut so. Was in den letzten Monaten auch immer geschehen war, Brad hatte nie wirklich daran gezweifelt, dass Gott ihnen diesen Augenblick schenken würde. Diesen Hochzeitstag.

Eine andere Melodie wurde angestimmt und die Gäste drehten sich um und sahen zu, wie Lauras beste Freundinnen nacheinander den Weg zum Pavillon hinaufschritten. Brad wusste ihr Lächeln zu schätzen, die Art, wie sie ihn ansahen und wortlos ihm und dieser Heirat ihren Segen gaben – und all dem, was sie hatten durchmachen müssen, um bis hierhin zu kommen.

Schließlich erhoben die Gäste sich und wandten sich dem Eingang des Liberty House zu. Wieder änderte sich die Musik und Laura trat heraus, begleitet von ihrem Vater. Selbst aus dieser Entfernung war sie eine Erscheinung – das Kleid, von dem sie so lange gesprochen hatte, war atemberaubend. *Du hast es so geführt, Gott …* Brad spürte, wie eine Liebe in seinem Herzen aufstieg, die ein Leben lang halten würde. Er liebte sie und nur sie.

Und er würde sie lieben, bis er seinen letzten Atemzug tat.

Ein ehrfürchtiges Raunen ging durch Familie und Freunde, als Laura und ihr Vater näher kamen. Das Kleid war für sie entworfen worden, keine Frage. Aber das war nicht der Hauptgrund, warum sie so umwerfend aussah. Sie schien niemanden von den Gästen zu sehen, sie hatte nur Augen für ihn. Der Blick in ihren Augen ließ sein Herz schneller schlagen – Unschuld und Hingabe und Reinheit, Liebe und Verständnis. All das zusammen machte sie zur schönsten Braut aller Zeiten.

Ihr Vater hatte noch nie so strahlend gelächelt, auch wenn ihm Tränen in den Augen standen. Er führte Laura bis kurz vor die Stelle, an der Brad stand, und dann trat Lauras Mutter neben ihn.

„Wer gibt diesem Mann die Hand dieser Frau zur Eheschließung?" Die Stimme des Pastors, der die zeremonielle Frage stellte, klang heiter.

Randy James lächelte seiner Tochter zu und gab ihr einen Kuss auf die Wange. Dann nahm er die Hand seiner Frau. Er wandte sich dem Pastor zu und räusperte sich. „Ihre Mutter und ich."

Das war natürlich geprobt worden, aber jedes Detail bedeutete jetzt so viel mehr – am eigentlichen Tag der Trauung. Lauras Mutter umarmte sie und ihr Vater ebenso. Dann nahm er Lauras Hand und mit der ganzen Liebe eines Vaters legte er sie in Brads ausgestreckte Rechte. „Gib auf sie acht", flüsterte er.

„Das werde ich bestimmt." Brad lächelte ihn an und sein Blick war fest und selbstbewusst. Dann nahm er Lauras Arm und gemeinsam wandten sie sich dem Pastor zu.

Die Zeremonie war einfühlsam und herzlich und wie in einem Rausch gaben Laura und Brad ihr Trauversprechen und steckten einander die Ringe an. Erst als sie in den Pavillon traten, um die Hochzeitskerze zu entzünden, schien es ihnen beiden zugleich bewusst zu werden. Sie wechselten einen beglückten Blick und schienen ihr Glück kaum fassen zu können. „Wir sind verheiratet!", hauchte er an ihrer Wange, als sie sich gemeinsam vorbeugten, um die Kerze anzuzünden.

„Es ist wie ein Traum."

Sie sahen einander noch einige Sekunden lang in die Augen, als die Kerze brannte. Dann kehrten sie an ihre Plätze zurück und lächelten den Pastor an.

„Mit der Autorität, die mir vom Bundesstaat New Jersey verliehen wurde, erkläre ich euch hiermit zu Mann und Frau." Er lächelte breit. „Brad, du darfst jetzt die Braut küssen."

Er nahm sie in die Arme als das kostbare Geschenk, das sie war, und küsste sie mit einem Kuss voller Liebe und Hingabe. Als der Kuss vorüber war, klatschten die Gäste, und der Pastor ergriff zum letzten Mal das Wort. „Darf ich vorstellen: Mr und Mrs Brad Cutler!"

Als er zwischen den applaudierenden Menschen hindurchschritt, Lauras Hand in der seinen, hatte Brad das wundervolle Gefühl, dass es vielleicht nie wieder einen so vollkommenen Augenblick geben würde. Es kam ihm vor, als ob Gott selbst neben ihnen herging. Oder vielleicht war es einfach das Gefühl, von Gott begünstigt zu sein, denn auch er musste doch damit zufrieden sein, wie die Dinge sich gefügt hatten – für alle Beteiligten. Brad hatte getan, was er tun musste. Er war nach Holden Beach zurückgekehrt und hatte sich mit Emma versöhnt. Laura hatte sich auch verändert – so schmerzlich dieser Prozess auch gewesen war. Ja, es würde immer schmerzen, wenn er an Emma Landon und ihre gemeinsame Tochter Amanda dachte. Aber er würde auch die Vergebung spüren. Für sie alle. Und deshalb war diese Hochzeit genau das, was sie sein sollte.

Die erste Seite des ersten Kapitels vom Rest ihres Lebens.